Badisch Blues

Michael Moritz, 1968 in Freiburg geboren und am Kaiserstuhl aufgewachsen, schreibt und produziert seit zwanzig Jahren Theaterstücke und Kurzfilme. Im Emons Verlag erschienen »Tod in der Rheinaue«, »Roter Regen«, »Weinselig«, »Lost Place Vienna«, »Zürcher Verschwörung«, »Tod im Theaterhaus«, »Um die Wurst« und »Die Tote im Dolder«.

MICHAEL MORITZ

Badisch Blues

DER BADISCHE KRIMI

emons:

Bibliografische Information der Deutschen Nationalbibliothek
Die Deutsche Nationalbibliothek verzeichnet diese Publikation in der Deutschen Nationalbibliografie; detaillierte bibliografische Daten sind im Internet über http://dnb.d-nb.de abrufbar.

FSC
www.fsc.org
MIX
Papier aus verantwortungsvollen Quellen
FSC® C083411

Umschlagmotiv: photocase.com/maspi
Umschlaggestaltung: Tobias Doetsch
Gestaltung Innenteil: César Satz & Grafik GmbH, Köln
Lektorat: Irène Kost, Biel/Bienne (CH)
Druck und Bindung: CPI – Clausen & Bosse, Leck
Printed in Germany 2014
ISBN 978-3-95451-445-8
Der Badische Krimi
Originalausgabe

Unser Newsletter informiert Sie regelmäßig über Neues von emons:
Kostenlos bestellen unter
www.emons-verlag.de

Wir kommen nie zu Gedanken. Sie kommen zu uns.

Martin Heidegger

EINS

Die Vase flog durch die Luft, drehte sich um die eigene Achse, streifte die Deckenlampe und zerschellte auf dem Boden. Belledin hörte den Lärm nicht. Sein Schrei war lauter. Er sah nur den Scherbenhaufen vor sich und brüllte. Wie ein angestochener Stier. Morgen wüssten es alle im Dorf. Merdingen war klein. Und wenn die Frau des Kommissars mit dem Apotheker durchbrannte, verbreitete sich das wie ein Lauffeuer.

Wie konnte sie nur? Obendrein an einem Mittwoch? Er hatte sich so auf den wöchentlichen Sex mit Biggi gefreut, war extra früher nach Hause gekommen, hatte Sekt gekauft und drei rote Rosen. Nach fünfundzwanzig Jahren Ehe hatte er einen Anflug von Romantik verspürt, und Biggi dankte es ihm, indem sie ihm einen Brief auf den Wohnzimmertisch gelegt hatte. Sie hatte nicht den Mumm gehabt, es ihm ins Gesicht zu sagen. Ein Brief. Mit Füller. In Schönschrift.

Belledin erinnerte sich. Letztes Jahr vor Weihnachten hatte Biggi den Kalligrafiekurs belegt. Dort hatte sie den Apotheker näher kennengelernt. Beim Schönschreiben. Dagegen konnte Belledin nicht anstinken. Er war kein Schönschreiber. Seine Schrift war unleserlich, gehetzt und klein, nicht geizig, aber aufs Wesentliche beschränkt. Zum Schönschreiben hatte er keine Zeit. Zum Schönreden und Schöntun schon zweimal nicht. So ein Apotheker schon. Er lebte davon, dass er Süßholz raspelte und alternden Frauen Verjüngungswässerchen und Hormone andrehte. Und jetzt war Belledin der Depp.

Er glättete das Papier, das er zerknüllt in seiner Faust gepresst hatte, und stierte auf die Zeilen. Tränen der Wut versperrten die Sicht. Er warf den Brief auf den Scherbenhaufen. Im Blumenwasser, das den Teppich tränkte, lagen die drei roten Rosen. Leichen der Liebe. Gott, wie kitschig. Es war ihm peinlich. Er war kein Meister der Metaphern. Leichen der Liebe. In einer Schnulze würde sich der Mann jetzt auf die Scherben knien und eine der Rosen in die Hand nehmen. Belledin sprang drauf und zertrampelte die Köpfe, bis sich die Blütenblätter in den beigen Teppich färbten.

Sein Handy brummte. Biggi? Hatte sie es sich anders überlegt? Kroch sie zu Kreuze? Nein. Auf dem Display blinkte der Name: Wagner. Belledin nahm den Anruf entgegen.

»Ja … bin sofort da.« Normalerweise fluchte er, wenn er von einem Mord erfuhr. Diesmal nahm er es hin. Gerade war ohnehin alles tot und sinnlos. Was kümmerte da eine Leiche mehr in der Schwarzwaldstraße?

Er ließ die Leichen der Liebe hinter sich, schlüpfte in seinen Wollmantel, zog den Stetson auf und band sich den Schal um, den ihm Biggi für diesen Winter gestrickt hatte. Die Wolle kratzte. Er hatte es schon beim ersten Mal bemerkt, als er ihn angezogen hatte. Aber er hatte nichts gesagt, weil sich Biggi damit viel Mühe gegeben hatte. Es war ein schwieriges Strickmuster. Er riss den Schal vom Hals. Lieber bekäme er eine Mördergrippe, als sich von Biggi würgen zu lassen.

Ein letzter Blick in den Ankleidespiegel der Garderobe. Seine Augen waren gerötet. Er könnte auch Schnupfen haben.

Er zog die Haustür hinter sich zu, stieg in den Audi und fuhr los. Im Scheinwerfer tanzten winzige Schneeflocken. Bald war Weihnachten. Und Belledin allein in Bethlehem.

★★★

»Alles ordnungsgemäß«, sagte Dorfer. »Drei Monate Kündigungsfrischt. So steht's im Vertrag.« Er klopfte mit der rechten Rückhand bestätigend auf den Wisch, den er Killian vor die Nase hielt. Killian stand vor der Schiebetür und versperrte Dorfer den Eingang ins Atelier. Es störte ihn nicht, dass es zwei Grad minus hatte und schneite. Ab morgen würde er sowieso kein Dach mehr überm Kopf haben. Oberrotweil gehörte dann der Vergangenheit an. Für ein paar Jahre war das Atelier Killians Höhle gewesen, in die er sich zwischen Einsätzen an der Front hatte zurückziehen können. Jetzt wollte ihm der schmierige Dorfer diesen kleinen Halt nehmen.

»Ich bin erst gestern wieder zurückgekommen. Ich war drei Monate unterwegs. Hören Sie mir überhaupt zu?«

»Wichtig isch, dass Sie mir zuhöre. Morge komme die Bauarbeiter. Da will ich, dass hier alles leer isch. Jede Verzögerung lascht ich Ihne an. Das kann teuer werde.«

Dorfer drückte Killian den Räumungsbescheid in die Hand, ging die Rampe hinunter und verschwand in einer braunen Mercedes-Limousine. Killian zog die Tür zu und ließ sich neben der Fototasche auf das Barocksofa fallen. Er warf den Bescheid auf den Boden und goss sich einen Grauburgunder ein. Fruchtig und trocken. Ein Zungenschnalzen entglitt ihm. Mit dem Glas in der Hand ging er zum Plattenspieler und spielte die Scheibe, die bereits seit drei Monaten auf dem Teller lag. »Paris–France« von Miles Davis. Er setzte den Saphir auf die vierte Nummer: »So what«. Das passte. Er hatte die Platte gehört, bevor er nach Paris gefahren war, um für Moshe Fotos zu schießen. Drei Monate hatte es gedauert, bis er brauchbares Material im Kasten hatte. Von Anfang September bis jetzt. Es war eine intensive Zeit gewesen, und er hatte sich kurz überlegt, ob er nicht in Paris bleiben sollte. Aber er wollte in Swinthas Nähe sein. Nein, er war kein Gluckenvater. Im Gegenteil. Aber er hatte Swintha erst kennengelernt, als sie gerade zwanzig geworden war. Zuvor hatte er überhaupt nicht gewusst, dass er eine Tochter hatte. Bärbel hatte es ihm verschwiegen. Jetzt war Swintha da, und er fühlte sich verantwortlich. Unbestimmt. Verwaschen. Er wusste selbst noch nicht, wie diese Verantwortung genau aussehen sollte. Vor allem seitdem er wusste, dass Moshe sie in Berlin mit Ramelow zusammengebracht hatte. Moshe hatte Killian versichert, dass er Swintha erst einmal nur beobachten würde. Aber Killian kannte seinen Freund. Wenn er Swinthas Talent und ihren Hang zum Abenteuer witterte, würde er nicht lockerlassen. Und Killian wollte nicht, dass Swintha in sein Fahrwasser geriet. Er wusste, wohin es führte. Immer. Ausnahmslos. Bärbel durfte davon nichts wissen. Sie würde Killian die Augen auspicken. Sie glaubte, Swintha studiere einfach nur Fotografie in Berlin. Dass sie auf dem besten Weg war, eine freie Mitarbeiterin Moshes zu werden, durfte

Bärbel nicht einmal ahnen. Nicht einmal Swintha selbst. Killian war machtlos. Er konnte nur hoffen, dass Swintha vernünftiger war als er. Gleich wollte er sich mit ihr in Freiburg treffen. Sie hatte für ihre Bachelorarbeit ein Projekt über misshandelte Frauen begonnen. Die Idee hatte sie von Bärbel bekommen, die ihren Lehrerjob an den Nagel gehängt hatte und jetzt für die Frauenberatungsstelle »FreiJa« arbeitete.

Aber der nette Herr Dorfer hatte einen fetten Strich durch Killians Rechnung gemacht. Das Treffen mit Swintha musste er verschieben. Er stellte das Weinglas neben dem Plattenspieler ab, drehte die Musik leiser und wählte Swinthas Nummer.

***

Belledin fuhr zu schnell. Sein rechter Fuß zuckte cholerisch. Die behaarten Pranken krampften sich ums Lenkrad. Was für eine Demütigung. An ihm hatte es bestimmt nicht gelegen. Er hätte Biggi auch mehr als nur am Mittwoch bescheren können. Täglich, wenn sie es wollte. Auch zweimal. Aber nichts sagen, so tun, als wäre alles in Ordnung, und dann einfach mit Galli, dem Apothekerarschloch, durchbrennen – unfassbar.

Der Tote kam ihm wie gerufen. Eine Leiche zur Ablenkung. Über fünfundzwanzig Jahre lösten sich in Rauch auf. Sein Leben – ein großes Loch. Er würde sich rächen. Nicht an Biggi. Nicht an dem Apotheker. Aber an dem Mörder. Stellvertretend. Wer immer er auch war, was immer er auch für einen Grund gehabt hatte zu töten, er hatte den falschen Kommissar zum falschen Zeitpunkt erwischt.

Belledin erreichte den abgesperrten Tatort. Schwarzwaldstraße. Mitten in der Stadt. Da mussten doch Zeugen zu finden sein. Die Spurensicherer sammelten eifrig Hinweise, hinter der Absperrung drängten sich trotz heftiger gewordenen Schneefalls die Schaulustigen. Belledin zückte sein Handy und fotografierte die kleine Gruppe dreimal. Vielleicht war ein Gesicht darunter, dem man später die Tat anhängen konnte. Wäre nicht das erste Mal, dass ein Mörder sich daran ergötzte, wie viel Aufmerksamkeit seine Tat erheischte.

Wagner kam Belledin entgegen. Er schien nüchtern. Zumindest hatte er seinen Pegel so weit im Griff, dass er arbeiten konnte.

»Üble Sache«, sagte Wagner.

So fing er immer an, wenn er sich wichtigmachen wollte.

»Zwei Schüsse. Einen ins Herz und einen in die Hoden.«

Belledin verzog das Gesicht. Genau dort schmerzte es ihn auch. Besser konnte man einen Mann nicht treffen.

»Wissen wir, wer es ist?«

Wagner nickte und schnaufte tief durch.

Eine Spannungspause. Belledin hätte ihn dafür ohrfeigen können. Er hielt sich zurück und gönnte Wagner seine Wichtigkeit. Der Kollege genoss es wohl, dass er für kurze Zeit vom Archiv wieder an die Front wechseln durfte, weil Belledin noch immer auf einen qualifizierten Partner wartete.

»Dr. Kerner. Scheidungsanwalt.«

»*Der* Kerner?«

Wagner hob bedeutungsvoll die Brauen, schürzte die Lippen und nickte. Belledin roch, dass Wagner bereits gesoffen hatte.

»Hast du was da?«, fragte Belledin.

»Nein.« Wagner war ein schlechter Lügner.

»Gib her. Ich brauch was.«

Wagner zog einen Flachmann aus der Daunenjacke und reichte ihn Belledin. Er goss sich einen in die Kappe und trank ihn. Es brannte bis in die Darmzotten. Belledin goss nach und kippte auch den zweiten Hut.

»Mirabell. Aus Mösbach«, sagte Wagner.

»Ich dachte, die brennen dort nur Kirsch.«

Wagner nahm den Flachmann an sich, schraubte ihn zu, setzte die Kappe drauf und verstaute den Schnaps in der Daunenjacke.

»Wenn Sie den Toten noch sehen wollen, ehe er zu mir kommt, dann müssen Sie sich beeilen.« Selinger, der Gerichtsmediziner, hatte es wieder einmal eilig.

»Bei Ihnen ist es auch nicht wärmer als hier«, sagte Belledin.

»Also genießen Sie wenigstens mal die frische Luft und nehmen Tempo raus. Mit Eile löst man keinen Mord.«

»Aber mit einem klugen Time-Management kann man sein Familienleben retten. Und bei mir zu Hause wartet eine hübsche Frau mit drei Kindern.«

Sollte Belledin Selinger die Faust ins Klugscheißergesicht rammen oder einen weiteren Mirabell kippen? Er entschied sich weise gegen beides. »Erzählen Sie mir etwas über den Toten.«

»Seit wann seziere ich im Freien?«

»Gibt es denn gar nichts, was Sie mir sagen können?«

»Aufgesetzte Schüsse. Vermutlich Schalldämpfer. Das Gesicht ist von Schmerz verzerrt. Deshalb gehe ich davon aus, dass der erste Schuss in die Hoden ging und dann erst der erlösende ins Herz.« Selinger sah auf seine Breitling. Der Kerl hatte reich eingeheiratet. Da war es nur verständlich, dass er pünktlich zu Hause sein wollte.

»Bis morgen Mittag weiß ich mehr. Schönen Abend.«

Selinger verschwand hinter der Absperrung im Pulk der Schaulustigen. Belledin ging zur Leiche, die im Blitzgewitter der Spurensicherer ihre letzte Aufmerksamkeit erhielt.

»Dr. Kerner«, nuschelte Belledin in seinen dicken Schnurrbart. »Der Mann, der Ehen gerecht trennt. Der Salomon der Scheidungsanwälte.«

»Was?«, fragte Wagner.

»Der Salomon der Scheidungsanwälte. So hieß doch der große Artikel in der Badischen über ihn. Erinnerst du dich nicht?«

»Doch. Klar. Hat mich aber nit interessiert. Hab ja kei Frau. No woman, no cry.« Er lachte.

»Wird völlig falsch übersetzt.«

»Was?«

»No woman, no cry. Das heißt nicht: Keine Frau, kein Weinen.«

»Sondern?«

»Nein Frau, weine nicht.«

»Echt?«

»Ja. Ist Jamaika-Slang. Brother.«

»Jetzt sage Sie bloß, Sie fange jetzt au noch an mit Joint rauche.«

»Nein. Aber einen Mirabell würde ich noch trinken. Bevor ich es seiner Frau sage.«

»Isch der nit gschiede?« Wagner wartete vergeblich auf einen Lacher. Belledin streckte fordernd die Hand aus. Wagner gab ihm den Flachmann. Diesmal verzichtete Belledin auf das Hütchen und trank aus der Flasche.

Eine Frau von der Spurensicherung kam auf Belledin zu. Sie war neu. Spitznagels Nachfolgerin. Sie würde es schwer haben. Bei Belledin hatte es alles Neue schwer.

»Herr Belledin?«, fragte sie und streckte ihm ihre Hand mit dem Plastikhandschuh entgegen. Er drückte zu. Plastik auf Haut mochte er nicht.

»Steffi Berger«, sagte sie. Belledin schätzte sie auf Anfang dreißig. Unter der Schutzhaube lugte eine brünette Locke hervor. Die Augen kastanienbraun. Der Mund war viel zu groß für die kleine Nase. Aber Belledin mochte volle Lippen. Über kleine Nasen konnte er hinwegsehen.

»Wir haben Gleitcreme und Viagra in seiner Jacke gefunden. Auch Kondome.«

Belledin ließ den Plastikhandschuh los und gab Wagner den Flachmann zurück. »Na und? Das gehört zu meiner Grundausstattung.«

Sie sah ihn mit großen Augen an. Belledin grunzte und ließ sie stehen. Berger sah zu Wagner. »Ist der immer so?«

Wagner blickte auf den Flachmann, dann zu Belledin, der sich den Toten ansah. »Eigentlich schon. Aber heut etwas mehr.«

***

Killian hatte Swintha auf die Mailbox gesprochen, sie solle ihn zurückrufen. Er schnappte sein Handy, warf sich die Winterjacke über und verließ das Atelier. Auf dem Defender lag eine leichte Schneeschicht. Killian fegte das Pulver vom Fenster, startete den Wagen und fuhr los. Sein Handy klingelte Musik: Giora Feidman, »Mazel Tov«. Es war Bärbel.

»Ja? … Nein, ich habe sie auch nicht erreicht … ich dachte, sie arbeitet mit dir zusammen … nein, ich kann jetzt nicht … ich muss zu Hilpert … ich brauche einen Sprinter. Hilpert leiht mir bestimmt einen … Mein Vermieter wirft mich raus. Morgen wollen die Bauarbeiter rein … hat alles seine Richtigkeit, hätte halt einen Nachsendeantrag nach Paris stellen sollen … keine Ahnung … Danke, aber ich glaube nicht, dass das eine gute Idee ist … ich melde mich, wenn ich von ihr höre.« Er beendete das Gespräch. So weit käme es noch, dass Killian bei Bärbel einziehen würde. Obwohl die Bahnhofswohnung groß genug wäre. Aber wenn er mit Bärbel und Swintha dort wohnen würde, bekäme er plötzlich Familiengefühle. Dann doch lieber ein Biwak im Schnee.

Das Handy blies erneut Klezmer. Moshe. Killian zögerte, nahm dann doch ab. »Shalom, Boker erev. Manischma? … freut mich, dass dir die Fotos gefallen. Könntest dafür auch einen Extra-Bonus zahlen. Fast wäre ich aufgeflogen …« Er schaltete den Lautsprecher ein.

»Du bist aufgeflogen, mein Freund.« Moshe sagte es mit einem Seufzer, als hätte er lediglich ein Glas Wein verschüttet.

»Was? Wer und wann?« Killian ahnte, was das bedeutete.

»CIA.«

»Ich dachte, ihr arbeitet zusammen?«

»Mal mehr, mal weniger. In dem Fall nicht.«

»Und was heißt das nun? Soll ich mich entschuldigen?«

»Wozu? Meinst du, Snowden würde eine Entschuldigung etwas bringen?« Er lachte leise. »Nein. Das heißt nur, dass du draußen bist.«

»Die Sache ist doch sowieso gelaufen. Willst du etwa feilschen? Geht es darum?«

»Leider nicht. Ich wünschte, es wäre das. Aber die Sache ist noch nicht erledigt. Es wird in der kommenden Woche noch zwei Treffen in Paris geben, deren Dokumentation für uns von großer Bedeutung sind.«

»Wer?«

»Ich sagte doch, du bist draußen.«

»Und weshalb rufst du mich an?«

»Weil ich dein Freund bin und um deine Erlaubnis bitten will.«

Killian bremste scharf. Er war den Vogelsang in Richtung Bötzingen zu schnell hinabgefahren.

»Nein«, sagte Killian scharf und wiederholte es noch zweimal auf Hebräisch, damit es Moshe auch ja verstand: »Lo! Lo!« Dann drückte er das Gespräch weg.

Der Defender fuhr in Bötzingen ein. Killian perlte Schweiß an der Stirn. Moshe würde ihn nur in einer Sache um Erlaubnis bitten. Und wie er Moshe kannte, tat der das erst im Nachhinein. Bestimmt war er längst an Swintha dran. Deswegen ging sie nicht ans Telefon. Sie war sicher schon unterwegs nach Paris.

Er wählte ihre Nummer. Wieder nur die Mailbox. »Swintha. Tu es nicht. Fahr nicht nach Paris. Lass die Finger davon, hörst du? Und ruf mich zurück. Sofort!« Er warf sein Handy auf den Beifahrersitz und klopfte mit der Faust gegen das Dach des Defenders.

Sein Rauswurf war jetzt zweitrangig. Sollten doch morgen früh die Bauarbeiter kommen und das Atelier stürmen. Wen kümmerte es? Swintha war auf dem besten Weg, in ihr Unglück zu stürzen. Das musste er verhindern.

Er bretterte bei Dunkelrot über die Ampel und ließ Hilperts Werkstatt rechts liegen. So schnell wie möglich nach Freiburg. Er nahm das Handy und checkte den Zugfahrplan. Wenn sie nicht schon unterwegs war, würde sie den nächsten um zweiundzwanzig Uhr siebzehn nehmen. Jetzt war es halb zehn. Das konnte er schaffen.

***

Belledin saß in einer Eckkneipe neben der Ganter-Brauerei und nippte an einem Pils. Er hatte Wagner nach Hause geschickt. Er wusste, dass dem Kollegen der Außendienst an die Nieren ging. Nicht umsonst hatte Wagner sich ins Archiv versetzen lassen. Aber jetzt musste er aushelfen. Belledin hatte längst Verstärkung angefordert. Ohne Erfolg. Es war der Wurm drin. Generell. Durch

Belledins Leben fraß sich ein fetter Bandwurm, dem nichts heilig war. Er nahm einen großen Schluck, wischte sich den Schaum aus dem Schnäuzer und starrte auf die Eingangstür. Gleich würde sie aufgehen, und Biggi würde vor ihm stehen. Weinend. Ihn um Verzeihung anflehend. Die Tür ging auf. Aber nicht Biggi kam herein. Dafür eine attraktive Brünette mit leicht gelocktem Haar, das weit über die Schultern fiel. Die Spitzen endeten dort, wo sie hingehörten. Knapp über den Brüsten.

Sie kam direkt auf Belledin zu. Hoppla. Hatte der Wurm sich satt gefressen? Kam nun Licht in Belledins Düsternis? Schickte ihm der Herr einen Engel?

Der Engel lächelte. Tadellose Zähne. »Ich trinke auch ein Pils«, sagte sie, und der vollbärtige Wirt hinter der Theke zapfte. Sie drehte sich zu Belledin und zog etwas aus der Jackentasche, das sie ihm über den Stehtisch schob. Eine Visitenkarte. Belledin nahm sie und las: »FSK-Palast, Tullastraße 75.« Er hatte von dem Schuppen gehört. Ein neuer, beliebter Puff, in dem man relativ günstig auf seine Kosten kommen konnte. Er sah die Brünette an. Sie wirkte nicht wie eine, die sich verkaufte. Aber was wusste er schon? Welches Klischee hatte Bestand? Hatte überhaupt etwas Bestand? Der Bandwurm begann wieder zu nagen.

»Tut mir leid, Kleine. Du siehst klasse aus, aber ich bin nicht in Stimmung.«

Der Wirt stellte das Pils ab und verzog sich wieder. Die Brünette lachte, stieß mit ihrem Glas gegen Belledins und sagte: »Auf gute Zusammenarbeit.« Sie nahm einen kräftigen Schluck, setzte das Glas auf den Deckel und sah Belledin in die fragenden Augen.

»Berger. Steffi Berger. Spurensicherung.«

Belledin schoss Blut in den Kopf. Seine Rübe glühte. »Gott, ist mir das peinlich. Entschuldigung. Ich habe Sie nicht erkannt.«

»Schon gut. Ich nehme es als Kompliment.« Sie zeigte mit dem Finger auf die Visitenkarte, um das Thema zu wechseln. »Kennen Sie den Club?«

»Vom Hörensagen. Drin war ich noch nie. Hatte das bislang nicht nötig. Ich weiß nur, dass der Laden Petkovic gehört. Einer, den ich überall lieber wüsste als in Freiburg. Woher haben Sie die Karte?«

»Der Tote trug sie bei sich. Hinten steht mit Kugelschreiber eine Telefonnummer drauf.«

Belledin drehte die Karte und las. »Mobil. Da rufen wir doch gleich mal an.« Er zog sein Handy und tippte die Nummer. Mailbox, auf der sich eine Frauenstimme meldete. »Hier ist Lilith. Leider bin ich momentan beschäftigt. Ich nehme mir Zeit für den Augenblick. Auch mit dir. Aber dein Augenblick kommt später, wenn du magst. Hinterlasse mir deine Nummer, und ich rufe zurück.« Piep.

»015151097…« Belledin legte auf und sah Berger an. »Schon was vor heute Abend?«

»Ja.«

»Wartet ein Mann zu Hause?«

»Ja.«

»Dann sollten Sie jetzt gehen.«

»Darf ich das Bier noch austrinken?«

»Wenn es Ihnen nichts ausmacht, dass ich Sie hier allein zurücklasse. Ich muss jetzt nämlich in den Puff.« Er tippte mit der Kante der Visitenkarte auf den Tisch und legte einen Zehner hin. »Sie sind eingeladen.« Er nickte dem Wirt zu und verließ die Kneipe.

***

In zwei Minuten fuhr der Zug nach Paris ein. Killian parkte den Defender vor dem Bahnhof. Was war schon ein Knöllchen gegen die Zukunft seiner Tochter. Er sprang aus dem Wagen und durchquerte die Halle. Auf Bahnsteig eins hielt er Ausschau nach Swintha. Hoffentlich hatte sie nicht doch den Zug um halb neun genommen. Swintha war nicht zu sehen. Der ICE fuhr ein. Eisen quietschte. Geruch von geflexten Spänen. Reisende stiegen aus. Reisende stiegen ein. Keine Swintha. Die Schaffnerin gab das Signal zum Türenschließen. Hinter Killians Rücken schoss eine Gestalt vorbei, die es gerade noch in den Zug schaffte. Swintha.

Sie hatte ihn überrumpelt. Sie sah aus dem Fenster und warf ihm einen Handkuss zu. Der Zug fuhr an. Killian sah ihm nach, bis er ein kleiner Punkt unter einem großen Fragezeichen war. Feidman spielte vom Handy. Swintha. Er nahm nicht ab. Er brauchte jetzt keine Erklärungen und Entschuldigungen. Sie hatte sich fürs Abenteuer entschieden. Sie musste auch damit klarkommen, dass von nun an niemand außer Moshe für sie erreichbar war.

Killian ging in einen Zigarettenladen und kaufte sich Messmer Zigarillos. Brasil. Vor dem Bahnhof steckte er sich mit dem Zippo, das er von Moshe geschenkt bekommen hatte, eine an. Er sah auf die drei Worte, die auf Hebräisch eingraviert waren: Cherut ve ahava – Freiheit und Liebe. Moshe hatte ihn einmal gefragt, was Killians Lieblingsworte wären. Er drückte das Zippo fest, steckte es ein und ging zum Wagen. Kein Knöllchen. Es war schon spät. Außerdem schneite es. Welcher Polizist trieb sich da noch auf den Straßen herum?

***

Belledin stellte den Kragen hoch und stapfte durch den Schnee. Der FSK-Palast prahlte mit blinkenden Leuchtröhren à la Las Vegas. Zwei geschorene Schafsköpfe bewachten den Eingang. Belledin zeigte ihnen seinen Dienstausweis. »Ich möchte den Chef sprechen.« Die Schafe sahen sich an. Der eine zog sein Handy und wählte.

»Boss. Hier ist ein Polizist, der mit Ihnen reden will … Moment …« Er drehte sich zu Belledin. »Wie heißen Sie noch mal?«

»Belledin. Hauptkommissar Belledin. Kripo Freiburg. Mordkommission.« In dieser Ankündigung schwang alles mit: Stolz, Macht und Gelassenheit. Eine drohende Überschrift.

»Belledin. Hauptkommissar. Kripo Freiburg. Mordkommission«, wiederholte der Türsteher. Nicht annähernd so gefährlich, wie es Belledin vorgemacht hatte.

Der Schafskopf steckte sein Handy ein. »Kommen Sie mit.« Er führte Belledin durch einen langen Gang, der satt mit Erotikmalerei dekoriert war. Wandlampen, wie sie in Saloons der amerikanischen Fünfziger-Jahre-Western hingen. Viel roter Samt. Zwei Bunnys huschten halb nackt von einer Tür zur anderen. Klirren von Sektgläsern, Ploppen von Champagnerkorken. Gelächter und Gestöhne. Alles über Lautsprecher. Vor einer Gabelung blieb der Schafskopf stehen. »Rechts geht es zum Chef. Aber wenn Sie es sich noch anders überlegen wollen, können Sie auch gerne durch diese Tür gehen. Auf Kosten des Hauses.« Er zwinkerte ihm zu.

Dreistes Arschloch.

»Zu Petkovic«, sagte Belledin, so trocken er konnte.

»Sie verpassen was. Wir haben gerade wieder fünf Neue. Vom Feinsten. Da waren noch nicht viele dran.« Er ging vor.

Belledin sah auf den geschorenen Schädel und dachte sich, wieso Kerle, die noch Haarwuchs hatten, sich eine Glatze schoren. Damit jeder sehen konnte, dass drunter nichts wuchs? Was hätte Belledin darum gegeben, wenn er noch sein volles schwarzes Haar hätte! Jetzt konnte er sich nur noch einen Haarkranz stutzen, der an einen Mönch erinnerte. Aber er war kein Mönch. Und schon gar kein Heiliger. Doch jetzt auf Dienstausweis frei vögeln, das kam überhaupt nicht in Frage.

Der Schafskopf klopfte gegen die Tür, vor der sie gelandet waren, und öffnete sie. Petkovic saß hinter einem Schreibtisch vor sechs Monitoren, auf denen er den Club überwachen konnte. Auch er war älter geworden. Er hatte Falten um die Augen bekommen und färbte sich die Haare schwarz nach. Zu offensichtlich. Jogi Löw konnte es besser. Drei der Bildschirme waren ausgeschaltet.

»Danke, du kannst gehen«, sagte Petkovic und lächelte ölig wie ein Pfarrer, der für die Dritte Welt sammelte. »Belledin. Schön, Sie wieder zu sehen. Ich hatte eigentlich gedacht, Sie erwarten mich mit einem Blumenstrauß vor dem Gefängnistor.«

»Ich erwarte Sie bald wieder dahinter, in einem grauen Drillich, der ordentlich kratzt.«

Petkovic lachte laut und falsch. »Geben Sie einem Mann wie mir denn keine Chance? Einmal Blechnapf, immer Blechnapf? Belledin, ich hätte Sie für aufgeklärter gehalten. Hier läuft alles legal. Ihre Kollegen von der Sitte kommen regelmäßig.« Er hob die Arme und zeigte die Handflächen. »Ich bin jetzt ehrbar. Fragen Sie Kanzinger.«

»Kennen Sie Wolfgang Kerner?«

Petkovic nahm die Hände runter und fasste die Revers seines Jacketts. Er plusterte die Lippen, als würde er nachdenken. »Kerner, Kerner … Kerner. Nein. Nicht, dass ich wüsste. Wieso?«

Belledin streckte ihm sein iPhone über den Tisch und zeigte ihm das Foto, das er von dem toten Kerner am Tatort gemacht hatte.

Petkovic verzog das Gesicht, als würde er die Einschüsse gerade mitempfinden. »Sieht nach einer aufgesetzten Luger mit Schalldämpfer aus«, sagte er.

Belledin hielt ihm die Karte des Clubs vor die Nase. »Die trug Kerner bei sich.«

Petkovic nahm sie entgegen und sah sie sich an. »Das Design gefällt mir immer noch nicht. Da fehlt der Pep, der Schampus, finden Sie nicht? Kein Prickeln. Man könnte meinen, wir wären ein Café mit Ausblick. Aus Kirchzarten oder Horben. Da muss ich noch mal investieren.«

»Kennen Sie eine Lilith?« Belledin blieb unbeirrt.

»Lilith? Nein. Aber ein süßer Name. Wenn Sie wollen, kann ich Ihnen aber eine Dunja besorgen.« Er zeigte auf einen der Bildschirme. »Wie ich sehe, ist sie gerade frei geworden. Sieht aus wie vierzehn, hat aber schon neunzehn Lenze auf dem Buckel. Wie gesagt, alles legal.«

Belledin wählte Liliths Nummer. Die Mobilbox sprang wieder an. Er stellte auf Lautsprecher und gebot Petkovic zu hören. Nach dem Piep drückte er die Leitung weg. »Und? Kennen Sie vielleicht die Stimme?«

»Wenn Sie mir ihre Titten zeigen und ich sie kennen sollte, dann picke ich sie unter Tausenden heraus. Aber Stimmen, nein. Das liegt vermutlich daran, dass ich nicht gerne zuhöre. Das habe ich noch nie gekonnt.« Er fühlte sich sicher hinter seinen Monitoren.

Belledin hätte ihm das Grinsen gerne ausgetrieben. Er ahnte, dass auch dieser Raum mit Kameras bestückt war.

»Wir sehen uns wieder.«

»Wie gesagt, Dunja ist ein Knaller.« Petkovic musste das letzte Wort haben. Er drückte auf einen Knopf. Der Glatzkopf erschien. Belledin folgte ihm nach draußen.

***

Sollte er den nächsten Zug nehmen und Swintha hinterherfahren? Was würde es bringen? Swintha wollte es wissen. Sie würde sich nicht abhalten lassen. Und welches Argument hatte er, es ihr auszureden? Ausgerechnet er, der auf jeden Waggon sprang, der nur einen Hauch von Abenteuer versprach. Aber er wusste um den hohen Preis dieser Abenteuer. Den wollte er Swintha nicht zumuten. Doch auch dazu hatte er kein Recht. Es war ihre Freiheit. Zu Glück oder Unglück. Sie war erwachsen. Er hatte sie nie als Kind gekannt. Warum tat er jetzt so, als wäre sie eins?

Bärbel rief an. Er verweigerte das Gespräch.

Der neue Zubringer, der die Dörfer Umkirch und Gottenheim links liegen ließ, fuhr sich angenehm. Schon war er in Bötzingen. Er parkte vor der Ampel direkt vor dem Gasthaus Krone. Gegenüber lag Hilperts Werkstatt. Das Rolltor war verschlossen. Hilpert schraubte vielleicht noch in seiner Privatgarage.

Killian kletterte über das Tor und ging über den Hof. Aus der Garage erklang Mozarts Klarinettenkonzert. Killian schob das Tor zurück und trat ein. Hilpert stand vor der Motorhaube eines VW-Busses T1 und spielte mit dem Keilriemen. Killian drehte die Musik leiser. Hilpert schreckte auf und griff sofort nach einem Schraubenschlüssel.

»Ich glaub, die Größe stimmt«, sagte Killian. »Und locker isch sie bestimmt. Aber wo genau sie sitzt, des weiß ich nit.« Hilpert war der Einzige, mit dem Killian noch Dialekt sprach. Aus alter Verbundenheit gemeinsamer Klarinettentage beim Musikverein.

»Häsch du mich jetzt aber verschreckt.« Hilpert legte den Schraubenschlüssel zurück, nahm dafür ein veröltes Tuch, mit dem er sich die Hände abwischte, und streckte Killian das saubere Handgelenk zum Gruß hin. Killian fasste es kurz.

»Ich muss heut Nacht noch s'Atelier räume. Kannsch mir helfe? Es isch nit viel.«

»Längt ä Sprinter?«

»Locker.«

Hilpert sah auf die blecherne Wanduhr, auf der sich der Rost bereits ebenso durchgefressen hatte wie im Unterboden des T1. »Elf. Des isch kei Zeit. Do zieht heut jeder um.« Er lachte, knallte die Motorhaube des VW-Busses zu und warf Killian einen Schlüssel zu. »Der mit dem rote Ring isch fürs große Tor.« Er stieg in den Sprinter. Killian lief über den Hof und öffnete das Tor. Hilpert fuhr den Sprinter vor. Killian sprang rein.

»Hoffentlich schafft's die Kischte dä Berg hoch. Lauft schnell heiß«, sagte Hilpert. »Und Winterreife hab ich au noch keine druffzoge.« Er fuhr bei Orange über die Ampel. »Aber e wing Abenteuer isch nit verkehrt, oder?« Er klopfte Killian auf den Schenkel und lachte. Dann jagte er den Sprinter die Bergstraße in Richtung Vogtsburg den Kaiserstuhl hoch.

Killians Handy. Swintha. Diesmal nahm er ab.

»Swintha, kehr um. Tu es nicht … du bist nicht ich … das ist kein Spiel … bitte … ja … ja, ich verstehe es ja … aber warte noch … überleg es dir … okay … ja … pass auf dich auf.« Killian plusterte die Backen und sah auf die blendenden Gegenlichter.

»Alles gut?«, fragte Hilpert.

»Nein. Gar nichts ist gut. Die Tochter will in die Fußstapfen ihres Vaters treten und lässt sich nicht abhalten.«

»Des muss nit schlecht sie. Mei Ältschte isch au Mechaniker worre. Tradition isch nit verkehrt. Und Fotografe braucht's immer. Taufe, Kommunion, Konfirmation, Hochzeit, Vereinsjubiläum. Es wird halt au bei euch alles immer digitaler. Wie bei uns au. Kei Motor mehr ohne Computersteuerung. Do wirsch wahnsinnig. Ich find's gut, dass dä Florian des blickt. Ohne ihn hätt ich de Lade scho längscht zumache müsse. Sieh's so.«

Killian hätte es gerne so gesehen. Aber wenn die Entwicklung auch in der Spitzelarbeit ihre digitale Konsequenz hatte, wozu dann noch den Menschen vor Ort, der Fotos schoss? Durfte er darauf hoffen, dass seine Spezies bald überflüssig war, weil sowieso jeder Ort der Welt längst gläsern war? Noch war es nicht so weit. Noch brauchte es den Menschen, der sich dorthin wagte, wo die ferngesteuerte Technik keinen Zutritt hatte. Er würde Swintha viel lieber hinter einem Computer sitzen sehen, eine Drohne lenkend, als in der Nähe eines palästinensischen Rebellenführers. Schon der Gedanke daran brachte ihn ins Schwitzen.

»Kannsch du d'Heizung e wing runterdrehe?«, fragte er.

»Dann lauft dä Motor heiß. Dä Ventilator isch kaputt. Ich nimm d'Heizung als Abwärme, verstehsch?«

Killian öffnete das Fenster und streckte den Kopf hinaus. Schneeflocken peitschten ihm ins Gesicht und trieben die Hitze aus dem Hirn.

Hilpert spielte mit dem Fensterheber. Killian erschrak und zog den Kopf hinein. Hilpert lachte.

Der Sprinter fuhr in Oberrotweil ein. In der Bruckmühlenstraße parkten zwei Autos so, dass es für den Sprinter eng wurde.

»Wie kann ma so blöd de Karre hinstelle? Am liebschte tät ich sie ramme. Meinem alte Bock macht des nix.« Hilpert fuhr aber vorsichtig und passierte den Lack der beiden Autos schadlos. Vor Killians Atelier parkte er mit dem Heck an der Rampe, damit sie bequem einladen konnten.

Killian stieg die Stufen der Rampe empor. Am Schiebetor zögerte er. Hatte er vergessen abzuschließen? Er war sich sicher, dass er es getan hatte. Leise schob er das Tor auf und horchte. War jemand drin? Nichts. Kein Laut.

»Packe mir's an«, rief Hilpert in die Stille.

Killian knipste das Licht an und sah ein Chaos.

»A weng aufräume hättsch scho könne«, sagte Hilpert.

Killian bahnte sich den Weg durch die Unordnung. Papiere lagen verstreut auf dem Boden. Das Polster des barocken Sofas war aufgeschlitzt, jemand hatte sich am Laptop versucht. Killian war sich sicher, dass er das Display auf die Tastatur geklappt hatte. Jetzt fragte der Rechner nach dem Passwort. Zum Glück hatte Killian seine beiden Kameras im Defender. Er fand den Koffer mit den teuren Objektiven. Sie waren unversehrt. Dafür hatte jemand fast jede Platte aus der Hülle gerissen und dabei die kostbarsten Covers zerfleddert. Die Anlage hatten sie verschont. Killian bückte sich und hob eine Platte auf. »The Best of the Stylistics«. Die hatte er lange nicht mehr gehört. Er legte sie auf den Teller. »Can't give you anything«. Philadelphia Soul hob die Stimmung.

»Des sieht nach Nachtschicht aus«, sagte Hilpert. »Häsch irgendwo was zum trinke?«

»In de Küche steht ä angebrochene Grauburgunder. Stand jedenfalls, bevor ich ging.«

Hilpert stieg wie über ein Minenfeld durch den Raum und verschwand in der Küche.

Killian hielt ein altes Cover von Jackson Five in der Hand. »Who's lovin' you«? Er las es laut und fand keine Antwort. Dafür lärmte es aus der Küche, und Hilpert kam rückwärtsgetorkelt, als hätte ihn jemand gestoßen. Er stolperte und landete in den zerfetzten Polstern des Sofas. Ein Maskierter erschien in der Küchentür. In der Hand eine Luger mit Schalldämpfer. Er zielte auf Killian und drückte ab. Schon in der Aufwärtsbewegung der Waffe hechtete Killian hinter das Sofa und landete auf Vinyl. Irgendwo über ihm schlug die Kugel ein. Killian hatte keine Waffe, mit der er dagegenhalten konnte. Er zog Hilpert vom Sofa auf den Boden. Gerade rechtzeitig. Zwei weitere Schüsse poppten und zerfetzten die Lehne des Sofas. Killian griff nach einigen Platten, tauchte hinter der linken Seite des Sofas hoch und feuerte die Scheiben wie Ninjas ihre scharfen Sterne in Richtung des maskierten Schützen. Der ließ sich für einen Moment von dem Gegenangriff überraschen, richtete aber gleich die Waffe wieder auf Killian – da traf ihn eine Platte am Hals. Der Maskierte taumelte und stieß gegen das Rolltor. Killian sah es als Chance und schleuderte drei weitere Platten auf den Angeschlagenen. Der duckte sich, die Scheiben zersplitterten am Holz der Tür. Der Fremde riss die Luger hoch. Killian sah in den Lauf. Es war zu spät. Wenn man in den Lauf sah, war man tot. Wegspringen war sinnlos. Das taten sie nur in schlechten Filmen. Er blieb stehen, dachte an Rohina und spürte den Druck der Explosion, die ihn damals verschont hatte. Er sah Swintha, wie sie sein sinnloses Erbe antreten würde. Und am Ende einer Bolzwiese tauchte ein kleiner Junge auf, der mit dreckigen Knien und einem Ball, dessen Nähte gerissen waren, seinen letzten Elfmeter schoss. Im Tor ein Maskierter mit den längsten Armen der Welt. Der kleine Junge nahm drei Schritte Anlauf, sein linker Fuß trat gegen das schwere, getränkte Leder, der Torwart hechtete in die richtige Ecke.

Killian lebte noch immer. Der Maskierte hatte gezögert, und Hilpert hatte sich auf ihn geworfen. Der Schuss der Luger riss Putz von der Decke. Ehe Killian begriff, schrie Hilpert auf, und der Fremde war verschwunden. Der Motor eines Autos zündete, Reifen quietschten. Hilpert wimmerte und biss auf die Zähne.

»Die Sau hätt mir dä Arm ausgekugelt.«

Killian wählte eine Nummer.

»Polizei?«, fragte Hilpert.

»Meine Tochter«, sagte Killian.

Die Stylistics sangen ihre nächste Nummer: »You make me feel brandnew«.

ZWEI

Wenn Biggi zu Hause gewesen wäre, hätte er es auf morgen verschoben. So aber wartete niemand auf ihn. Belledin stand vor der sanierten Gründerzeitvilla in der Günterstalstraße in Freiburg und sah auf das blank geputzte Messingschild: Dr. Wolfgang Kerner. Rechtsanwalt. Mehr durfte auf so einem Schild nicht stehen. Hätte Kerner gedurft, hätte er bestimmt alle seine Orden auf die Platte geklebt. Keine regionale Promischeidung, die nicht über Kerners Tisch gelaufen war. Und so diskret das Messingschild warb, so geschickt hatte es der Anwalt verstanden, die Werbetrommel für sich zu rühren. Irgendwie hatte er sich immer auf die Fotos der lokalen Gazetten geschlichen. Scheinbar im Hintergrund – doch immer präsent.

In der Villa brannte noch Licht. Belledin würde also niemand aus dem Bett läuten. Er drückte zweimal den Klingelknopf und wartete. Durch den Lautsprecher am Eingang drang ein zögerndes »Ja?«.

Belledin nahm an, dass er auch gefilmt wurde. Er konnte sich ausmalen, dass Scheidungen nicht immer gerecht verliefen. Da konnte es schon mal vorkommen, dass ein Verlierer wutentbrannt beim Anwalt anläutete. Ob er hier ein Motiv für den Mord an Kerner fand? Was würde er tun, wenn Biggi das Haus in Merdingen zugesprochen bekam? Deswegen den Anwalt töten? Er würde zuerst einmal dem Apotheker die Leviten lesen.

»Ja?«, wiederholte die Stimme im Lautsprecher.

»Kommissar Belledin, Kripo Freiburg«, sagte er.

Ein Summen öffnete das Gartentor. Belledin ging über Waschbeton, auf den der Schnee eine zarte Decke gelegt hatte. Er musste fünf Granitstufen steigen, ehe er an der Haustür stand.

»Zeigen Sie bitte Ihren Ausweis.« Auch hier ein Lautsprecher. Jetzt sah Belledin die Kamera. Sie saß oben im Winkel des Vordachs und schwenkte auf Belledins Kopf. Er kramte seinen Ausweis hervor und streckte ihn nach oben. Die Tür wurde geöffnet.

Belledin schätzte sie auf Anfang dreißig. Sie strich ihr blondes Haar zurück, das ihr bis auf die Schultern fiel, und verschränkte die Arme über der Brust, dabei schloss sie den blausamtigen Morgenmantel vor Kälte und diebischen Blicken. Sie wirkte müde. Aber das tat ihrer Schönheit keinen Abbruch. Mindestens eins achtzig. Ohne Schuhe. Wenn diese Gazelle noch High Heels trug, konnte Petkovic mit seinen Bräuten einpacken. Wenn einer so eine Frau zu Hause hatte, warum ging er dann in den Puff? Sie sah ihn streng an. So eine Frau hatte es nicht nötig zu lächeln. Sie warf einen Mann auch so um.

»Darf ich reinkommen?«

Sie trat einen Schritt zur Seite. Belledin sah auf ihre nackten Füße. Blau lackiert. Passend zum Morgenmantel.

»Frau Kerner?«, fragte er.

»Nein. Olga Kizyma, die ukrainische Putzfrau«, sagte sie.

Belledin flog das Gesicht aus dem Rahmen. Die Putzfrau lachte und zeigte Zähne wie aus der Werbung. »Schauen Sie nicht so. Natürlich bin ich Frau Kerner, wer sonst? Oder glauben Sie etwa, hier wird um elf Uhr nachts im Morgenmantel geputzt?« Sie lachte noch einmal.

Sehr erfrischend.

Belledin lachte mit. Nicht weil er es witzig fand. Er wollte dazugehören. Teil dieses sorglosen Lachens sein, das sich über alle Probleme der Welt hinweghob; wie in Träumen, in denen man fliegen konnte. Ihr Lachen verstummte.

»Was kann ich für Sie tun?«, fragte sie.

Gott. War diese Frau schön. Und wie unbeschwert. Belledin würde gleich ihr Leben zerstören, genauso wie er die Unschuld der Schneedecke am Eingang zertreten hatte. Warum hatte er nicht Wagner geschickt? Der hätte sich zwei Mirabell hinter die Binde gekippt und der armen Frau die Fakten vor den Latz geknallt. Belledin hatte zwar auch schon etwas intus, aber ihn machte Alkohol nicht stark, sondern sentimental.

»Herr Kommissar?« Sie sah ihn an mit ihren wasserblauen Murmeln. Sardinien. So war das Wasser in Sardinien. Letzten Sommer war er mit Biggi dort gewesen. Erst hatte er nicht gewollt, aber dann war er nicht mehr aus den Wellen gestiegen. Nur getaucht. Den ganzen Tag. Im nächsten Sommer würden sie nicht nach Sardinien fahren. Obwohl sie es sich versprochen hatten. Biggi hatte ihm auch ewige Treue versprochen. Das Versprechen einer Frau war nichts wert. Und die Unbeschwertheit von Frau Kerner hatte keine Frau der Welt verdient. Tief im Innern waren sie alle Biggis. Irgendwann erlagen sie der Versuchung. Eva der Schlange, Biggi dem Apotheker. War nicht das Symbol der Apotheker eine Schlange, die sich um einen Stab wand?

»Herr Kommissar?« Sie hatte die Silben auseinandergezogen. Ihre perligen Zahnreihen wurden in Belledins Phantasie kariös, faulig und stinkend.

»Ihr Mann wurde ermordet.« Er genoss den Satz, als hätte er Biggi eben gesagt, dass der Apotheker die Syphilis hatte.

Frau Kerner verzog das Gesicht, versuchte den Satz zu verarbeiten, sah Belledin ungläubig an und stützte sich mit einer Hand an der Wand ab. »Was? Warum? Habe ich gerade richtig gehört?« Sie ließ sich in einen Ledersessel fallen, auf dem bereits Jacken und Mäntel abgelegt worden waren.

Belledin schloss die Tür hinter sich. »Wollen wir nicht irgendwo ins Warme? Sie erkälten sich noch.« Jetzt hatte er ein schlechtes Gewissen. Diese Frau war nicht Biggi. Keine Eva, die Adam in Versuchung führte, sondern eine geschockte Gattin, die vom plötzlichen Tod ihres Mannes gehört hatte.

Sie sah zu ihm auf. Hilflos wie ein verwaistes Spatzenküken. Belledin fasste sie an Arm und Schulter und half ihr hoch. Er kam dabei nah an ihren Hals. Es roch betörend: Veilchen, Rosen, Lavendel? Er wusste es nicht. Er wusste nur, dass er seine Nase gerne gegen ihre Aorta gebohrt hätte, um sich vollends zu betäuben.

»Geradeaus.« Das Timbre ihrer Stimme war gewichen. Brüchig und voller Hauch. Fast heiser.

Belledin erreichte mit ihr eine Doppeltür, die in einen großzügigen Salon führte. Er setzte sie auf einem Sofa ab, das mit orientalischen Stoffmustern bezogen war. Sie nahm sich ein

Kissen, drückte es unter ihren Nacken und schwang die langen Beine auf das Sofa.

»Können Sie mir ein Glas Wasser bringen?«

Belledin kam sich vor wie in einem Melodram mit Rock Hudson aus den fünfziger Jahren. Von allem ein Tick zu viel.

»Wo?«

»Wenn Sie den Salon durch diese Tür verlassen, dann gehen Sie links direkt auf die Küche zu. Gläser stehen in der Spüle.«

Belledin folgte der Beschreibung und landete in einer Küche, in der auch er kochen würde. Ein Profiherd stand mitten im Raum. Man mochte meinen, hier würde für ein Restaurant angerichtet. Er drehte den Wasserhahn auf, nahm ein Glas, füllte es und kehrte in den Salon zurück.

Frau Kerner lag noch immer so, wie er sie verlassen hatte. Er trat an sie heran, gab ihr das Glas und setzte sich zwei Schritte entfernt auf einen Stuhl. Sie trank, stellte das Glas auf einem kleinen Tisch ab und atmete tief durch. Dabei sah sie auf ein Ölbild, das an der Wand hing. Es zeigte den verschneiten Schwarzwald. »Todtnauberg«, sagte sie. »Heideggers Hütte. Ich bin gerne dort. Jeden Winter zum Skifahren. Fahren Sie auch Ski?«

Belledin verneinte, indem er den Kopf schüttelte. Es schien sie ohnehin nicht zu interessieren, ob er Ski fuhr. Sie plapperte weiter: »Mein Mann hat mich zum Skifahren gebracht. Durch einen Fall, den er zu verteidigen hatte. Ausnahmsweise keine Scheidung. Es ging um einen Schneekrieg in Todtnauberg. Wissen Sie, dass siebzig Prozent des Jahresumsatzes dort oben in der Weihnachtszeit und an Fastnacht gemacht werden? Stellen Sie sich vor, es liegt dann kein Schnee. Dann können sich die Liftbetreiber erhängen. Also müssen sie Schnee machen. Es gibt aber nur geschätzte fünf kalte Tage, wenn der Ostwind weht, an denen es sich lohnt, Schnee zu backen. Und an diesen fünf Tagen braucht es sehr viel Wasser. Wenn man aber nur drei kleine Bäche hat, in denen auch Fische leben, hat man gleich die Naturschützer auf dem Plan. Allein das Bild, Sie stürzen in den Schnee und haben auf einmal einen gefrorenen Fisch im Mund. Käpt'n Iglo.« Sie lachte.

Wieder das Lachen, das alles vergessen machte.

»Also was tun? Mein Mann hatte die glorreiche Idee, ein Sammelbecken bauen zu lassen. Natürlich kostet das was. Und natürlich haben auch da die Naturschützer wieder etwas einzuwenden. Und wissen Sie, was mein Mann gemacht hat? Er hat die Naturschützer geschmiert. Einfach geschmiert. Ab einer gewissen Summe ist denen auch egal, wo der nächste Steinpilz wächst.«

Sie nahm einen weiteren Schluck aus dem Glas und atmete wieder tief durch. Den Blick weiterhin auf das Ölbild geheftet.

»Wie ist es passiert?«, fragte sie.

»Erschossen. Erst in die Hoden. Dann ins Herz.«

»Dramatisch. So wie er es liebte. Hätte er es überlebt, er hätte etwas zu erzählen. Und er würde es ausschmücken. So trocken, wie Sie es eben gesagt haben, gefällt es mir aber besser. Das hat Stil. Ist unaufdringlich.«

»Wissen Sie, ob er Verkehr mit Prostituierten hatte?«

Sie sah ihn an.

»Wir fanden eine Visitenkarte vom FSK-Palast und eine Telefonnummer, unter der eine Frauenstimme namens Lilith antwortet.«

»Lilith. Ein schöner Name.« Sie sah zu ihm. »Schauen Sie mich an. Sehe ich nicht aus wie eine Edelnutte? Wo fängt Prostitution an? Mein Mann war zwanzig Jahre älter als ich. Wäre ich mit ihm zusammen, wenn er mir nichts Materielles zu bieten hätte?«

Unverfroren ehrlich. Plötzlich ein eiskalter Vamp. Die Stimme überhaupt nicht mehr brüchig, sondern surrendes Metall.

»Hatten Sie Grund, Ihren Mann zu töten?«

Sie sah wieder auf das Bild. »Nein. Schauen Sie sich um. Ich hätte es nicht besser haben können. Ich bin dankbar dafür, dass er mich genommen hat. Er hätte sich jede kaufen können. Aber er wollte mich. Warum sollte ich ihn also töten wollen?«

»Weil Sie nicht ihn, sondern nur sein Geld wollten?«

»Sein Geld war nicht entscheidend. Einen Reichen hätte ich mir jederzeit angeln können. Ich weiß, wie die Männer ticken. Ganz subtil muss man vorgehen. Man darf nicht billig sein. Zug um Zug zieht sich das Netz der Spinne zu. Nur keine Eile.«

»Wenn es das Geld nicht war, was war es dann?«

»Sein Wesen. Seine Leidenschaft, im Rampenlicht zu stehen. Weibchen wie ich stehen auf Alphatiere. Aber irgendwann musste es so kommen.«

»Wieso? Hatte er Feinde?«

»Haben Sie keine? Überall, wo Leute gewinnen und verlieren, gibt es zwangsläufig Feinde. Und mein Mann schuf sich täglich neue.«

Sie hatte sich aufgesetzt.

»Schauen Sie mich nicht so an. Ich bin nicht so kalt, wie Sie glauben. Ich habe nur gelernt, schnell mit traumatischen Umständen umzugehen. Ich könnte tatsächlich auch eine ukrainische Putzfrau sein. Ich komme aus einem Land, in dem Korruption und die Beseitigung von Feinden so normal ist, wie zwei Boxweltmeister zu haben.«

»Wo waren Sie heute zwischen acht und zehn Uhr?«

»Bei der ›FreiJa‹ in der Schwarzwaldstraße. Mein Mann hat mich dort abgesetzt.«

»›FreiJa‹? Was machen Sie dort?«

»Ich unterstütze ein Projekt für Opfer von Frauenhandel aus Osteuropa. Die wenigsten Frauen, die sich an die ›FreiJa‹ wenden, sprechen Deutsch. Und da der Mensch ja auch Sinn im Leben sucht und nicht nur die verwöhnte Frau eines Staranwalts sein will, übersetze und berate ich die Frauen, die aus dem Teufelskreis ausbrechen wollen.«

»Zeugen?«

»Zeuginnen. Zwei ukrainische Mädchen, die als Au-pair hierherkommen sollten und jetzt als Neue im FSK-Palast angepriesen werden.«

»Heißt eine davon Dunja?«

»Ja. Kennen Sie sie?«

»Und die andere? Vielleicht Lilith?«

»Nein. Eine Lilith kenne ich nicht.«

»Ich brauche die vollständigen Namen. Sonst ist Ihr Alibi wenig wert.«

»Lassen Sie die beiden aus dem Spiel. Sie haben es schwer

genug. Wenn jetzt die Polizei bei ihnen auf der Matte steht, verlieren sie das Vertrauen in uns.«

»Und Ihnen soll ich blind vertrauen?«

Sie lachte.

Verdammt. Dieses Lachen könnte ihn dazu verführen, mit ihr Banken auszurauben.

»Nein. Mir dürfen Sie niemals vertrauen. Und das meine ich ernst. Aber ich habe noch eine andere Person, die bestimmt sehr vertrauenswürdig ist. Bärbel Engler. Sie leitet das Büro des Diakonievereins. Sie kann bezeugen, dass ich dort war.«

»Bärbel Engler?«

»Sie kennen sie?«

»Wenn es die ist, die ich befürchte.«

»Wittere ich da eine Verflossene?«

»Um Gottes willen. Nein.« Belledin lachte. Es krachte ordentlich in seiner Kehle. Er konnte sich nicht daran erinnern, wann er das letzte Mal so gelacht hatte. »Ich werde das überprüfen.«

»Nehmen Sie es mir übel, wenn ich Sie nicht zur Tür begleite?«

»Nein, keine Sorge. Ich nehme es Ihnen aber übel, wenn Sie mich belogen haben.«

Sie sah auf Heideggers Hütte.

Er merkte, dass er zu streng geworden war. »Mein Beileid.« Es gehörte dazu.

»Der Schmerz verschenkt seine Heilkraft dort, wo wir sie nicht vermuten«, sagte sie.

Wohl ein Zitat. Belledin tippte auf den deutschen Philosophen. Er ging.

***

»Bereit?«, fragte Killian.

Hilpert stand unter Schock. »Der hät uf uns gschosse. Ich fass es nit. Mir isch so was noch nie passiert.«

Killian bewegte Hilperts Schulter.

»Tut das weh?«

Hilpert kam nicht dazu zu antworten. Killian nahm die

Schulterkugel in beide Hände, zog nach oben und drehte sie gleichzeitig nach außen. Hilpert schrie wie am Spieß. »Leck mich doch am Arsch.« Er verdrehte die Augen und sackte weg. Killian überprüfte die Schulter. Sie saß wieder im Gelenk. Er ging in die Küche, holte eine Packung Eis aus dem Gefrierfach und legte sie auf Hilperts Schulter. Er bettete Hilpert auf das zerstochene Sofa, vergewisserte sich, ob Hilpert tief schlief, und ging in die Küche zurück. Er nahm sein Handy, wählte und wartete. Am anderen Ende meldete sich Moshe.

»Jemand war bei mir und hat meine Bude auseinandergenommen«, sagte Killian leise. »Weißt du mehr? … Er hat hier etwas gesucht. Ich befürchte, dass es etwas mit Paris zu tun hat. Solange das nicht geklärt ist, will ich nicht, dass Swintha an einer Operation teilnimmt. Auch nicht zum Kaffeemachen, hast du verstanden? Lass sie nicht in die Schusslinie.«

Moshe versprach es hoch und heilig, und Killian wusste, dass dieses Versprechen wertlos war, wenn es um höhere Interessen ging. Es war nicht neu, dass Killian nur Bauer in einem großen Strategiespiel war. Aber es war neu, dass Swintha plötzlich auf dem Brett tapste. Wie ein verspielter Bär, der nur auf Honig aus war, nichts ahnend, dass im Hinterhalt Schützen lauerten, die auf sein junges Fell gierten.

Killian ging in den Atelierraum zurück. Hilpert schlief fest. Killian machte sich daran, das Chaos seiner Sachen zu ordnen. Eine Aufgabe, die er auch für sein Seelenleben nutzen sollte. Was war da noch heil? Was hoffnungslos vernichtet? Was galt es zu bewahren? Er hielt die Scherben mehrerer Platten in den Händen. In der einen Metallica, in der anderen Reinhard Mey. Sie passten fast, als könnte man sie zu einer Platte zusammenkleben. Ein schräger DJ-Mix wäre das. Heute nichts Außergewöhnliches, dass man die Genres mischte. Aber fürs eigene Leben war es ein großer Spagat. Killian war zersplittert, und seine Einzelteile so weit voneinander entfernt wie Reinhard Mey und Metallica. Da passte nichts mehr zusammen. Er warf die Plattenstücke in einen Karton, den er mit weiterem Unrat füllte, und versuchte beim Packen seiner Sachen so wenig wie möglich zu denken. Einfach nur zu tun und es als richtig zu empfinden, was er tat. Er hatte diese Art der Meditation von Moshe gelernt. Danach ging es ihm oft besser. Er hoffte, dass es auch diesmal half.

***

Belledin saß im Auto und wusste nicht wohin. Auf der Windschutzscheibe klebten Schneeflocken. Erste Streufahrzeuge krochen über die Günterstalstraße. Er traute sich nicht nach Merdingen. Er fürchtete das große, leere Haus. Überall würde ihm Biggi begegnen. Es war ihr Reich. Sie hegte und pflegte, schrubbte und bürstete es. Er war ein Gast gewesen. Jedenfalls in den letzten Jahren. Wohlgefühlt hatte er sich in dem Heim nie, wo es immer aussehen musste, als besuchte man einen Warenkatalog. Wenn er mal krümelte, sprang sofort der Staubsauger an, wusch er sich die Hände, trocknete Biggi das Waschbecken nach. Manchmal glaubte er, er war mit einem Tatortreiniger verheiratet. Eine Spurenverwischerin. Ja, das war sie. Sie hatte seine Spuren verwischt, so lange, bis er nicht mehr für sie da war. Der letzte Anker war noch der Mittwoch gewesen. Da waren sie sich begegnet. War es eine Begegnung? Oder nur abgespultes Ritual? Auch der Sex war clean. Das Laken sofort gewechselt. Gleich unter die Dusche. Aprikosengeschmack, damit sein scharfer Männerschweiß keine Marke hinterließ.

Belledin wischte mit dem Scheibenwischer den Schnee zur Seite. Alles wurde klarer. Biggi hatte ihn nach und nach entsorgt. Wie einen Fussel von der Hose. Systematisch.

Nein, nach Merdingen würde er jetzt nicht fahren. Das Haus würde ihn schlucken wie eine Monsterwaschmaschine. Ihn kochen, schleudern und trocknen, bis er auseinanderfiel. Er war aber keiner, der auseinanderfiel. Er hielt sich zusammen. Biggi und der Apotheker würden sich wundern. Auch die Mörderin von Kerner würde sich wundern. Mörderin? Wieso eine Frau? Weil er es so wollte. Es musste eine Frau sein. Nur Frauen schossen Männern brutal in Eier und Herz. Belledin sah Kerners schmerzverzerrtes Gesicht, dachte an die schöne Marta. Was für eine Frau. Bei ihr hatte er sich nicht als Gast gefühlt. Er hätte auch bleiben können. Wie sie dalag und auf das Ölbild schaute. Selbst ein Gemälde. Todtnauberg.

Er startete den Wagen und fuhr los. Er würde heute in Todtnauberg übernachten. Auf Spesen. Wichtige Ermittlungen. Er griff zum Handy und wählte eine Nummer. Erst als die Sprachbox ansprang, merkte er, was er getan hatte. Er hatte Biggi angerufen. So, wie er es immer tat, wenn er wegen eines Falles nicht nach Hause kam. Sein Weg nach Todtnauberg führte durchs Höllental.

***

Jetzt fehlte noch das Sofa, auf dem Hilpert lag und schlief. Den Rest hatte Killian im Sprinter verstaut. Er steckte sich eine Badisch-Brasil an und rieb sich die Augen. Ein Blick aufs Handy verriet ihm, dass es drei Uhr morgens war. Swintha war noch im Nachtzug. Vermutlich stand sie gerade in Mulhouse. Killian kannte die zähe Verbindung nach Paris. Fünf Stunden wartete man in Mulhouse, bis der Zug endlich weiterfuhr. Keiner wusste warum. Killian wusste aber, was Swintha in Paris erwarten würde. Einer von Moshes Leuten würde sie abholen und in ein Hotel bringen. Wie Killian Moshe kannte, würde er sich nicht lumpen lassen, wenn es in den Plan passte. Killian hatte schon auf israelische Staatskosten in den besten Häusern residiert. Wenn es die Lage erforderte, aber auch auf kaltem Stein geschlafen. Auch jetzt würde er mit dem Boden vorliebnehmen müssen. Zu Hilpert wollte er sich nicht drücken. Er nahm eine Wolldecke, rollte sie aus und legte sich hin. Den Blick starr zur Decke gerichtet, rauchte er zu Ende. Er schloss die Augen, konnte aber nicht schlafen. Der Maskierte geisterte durch seinen Kopf. Es mochte Einbildung sein. Killian glaubte, den Kerl hinter der Maske zu kennen. Der Bewegungsablauf schien ihm bekannt. Was hatte er hier gesucht?

Hilpert stöhnte. Er hatte sich im Schlaf gedreht und auf die lädierte Schulter gelegt. Er schoss hoch und saß aufrecht. »Wo bin ich? Wer isch hier? Hau ab. Ich hab nix gmacht.« Der Schock saß ihm tief in den Knochen.

Killian stand auf und ging zu ihm. Hilpert erkannte ihn nicht und schlug mit dem gesunden Arm auf ihn ein. Killian hielt Hilpert fest und versuchte ihn zu beruhigen. »Ich bin es. Killian. Ganz ruhig.«

Hilpert atmete schnell und stöhnte. Killian legte ihm die Hand auf die Stirn. Nasskalt. »Leg dich wieder hin und versuche zu schlafen.«

Hilpert sah ihn mit großen Augen an, schien ihn aber nicht zu sehen. »Der hät uf mich gschosse. Einfach so. Ich hab dem doch nix gmacht. Verstehsch du des? Ich nit … ich nit.«

Killian wollte ihn in Liegeposition drücken. Hilpert leistete Widerstand und packte Killian am Kragen. »Wer bisch du, Killian? Ich glaub, ich kenn dich gar nit.«

Killian gab keine Antwort.

»Sag's mir.« Hilpert rüttelte am Kragen. »Wo stecksch du drin, dass die dir Killer uf de Hals hetze?«

Killian befreite sich und trat einen Schritt zurück. Hilpert legte sich hin und rollte sich wie ein Kleinkind zusammen. Ihm war kalt. Killian nahm die Wolldecke vom Boden und deckte Hilpert damit zu.

Sein Handy brummte: Moshe. Killian ging nach draußen. Es schneite noch immer. Mittlerweile lagen fünfzehn Zentimeter. Von fern hörte er einen Schneepflug durch die Hauptstraße von Oberrotweil kratzen.

»Ja? … Was? … Scheiße! … Zieh sofort Swintha da raus, hörst du? Oder ich mach ein Fass auf, dass du deine Paris-Operation abblasen kannst …«

Moshe hatte sich verabschiedet. Wieder mit hohen und heiligen Versprechen, dass er sich um alles kümmern würde. Killian glaubte ihm nicht. Es ging um die Sicherheit im Nahen Osten. Und dadurch um globale Sicherheit. Und natürlich um alle Geschäfte, die sich um diese Schlagworte rankten. Milliarden. Was war ein Menschenleben dagegen wert? Vor allem auf einem Markt, der am Tod ganzer Völker seinen größten Umsatz wälzte?

Killian kauerte sich in den Schnee. Nässe und Kälte sollten ihm Schmerz zufügen, damit er seine Angst um Swintha nicht mehr spürte. Wenn er erfror, wäre er alle Sorgen los. Aber der Kaiserstuhl war nicht die Arktis, sondern der wärmste Ort Deutschlands. Selbst wenn es mal schneite, erfrieren würde er hier heute Nacht nicht mehr. Bald würden die ersten Autos zur Arbeit fahren. Man würde ihn auflesen und ins Krankenhaus bringen. Vielleicht bekäme er eine Lungenentzündung. Aber Killian war zäh. Er bekam keine Lungenentzündung. Er hatte das Islamisten-Camp in Pakistan überstanden, wo andere zusammengebrochen waren. Und er hatte es geschafft, an der syrischen Grenze Fotos von Dschihadisten zu schießen, die in Kürze die Metropolen Europas mit Selbstmordattentaten bombardieren wollten. Auch ihm hatte man eine Stadt zugeordnet: Paris. Eine optimale Gelegenheit, unter dem Deckmantel des Heiligen Kriegers in Paris gleich einen weiteren Auftrag für Moshe zu erledigen. Dort hatten sich Syrer mit den Russen getroffen. Das war nichts Neues. Aber Moshe hatte Wind davon bekommen, dass bei diesem Treffen auch ein deutscher Waffenhändler mit von der Partie war. Moshe wollte wissen, ob der Händler als Privatier oder im Auftrag der Bundesregierung tätig war. Killian hatte zwar Fotos schießen und Moshe damit die Begegnung bestätigen können, aber in wessen Auftrag der Händler fungierte, hatte er nicht rausbekommen. Der Auftrag war damit zu Ende gewesen, und Killian war an den Kaiserstuhl abgetaucht. So, wie er es immer tat. Und bislang war die alte Heimat auch stets der Zufluchtsort gewesen, an dem Killian sich erholen und seine Wunden lecken konnte.

Nun holte ihn Moshes Welt hier ein. Killian war sich jetzt sicher, den Maskierten erkannt zu haben. Es war Rafik Seif. Syrischer Ausbilder, den Killian in Pakistan kennengelernt hatte. Killian hatte sich öfters mit ihm unterhalten. Ein kluger Kopf, der aus Hass auf Amerika sein Leben zu opfern bereit war. Er hatte in Berlin Chemie studiert und war dann in den Jemen gegangen. Von dort aus hatte er das Onlineportal »Inspire« mitentworfen. Eine knallige Seite, die auf die Generation Facebook abzielte und salopp für den Heiligen Krieg warb. »Yes we can – jeden Tag eine Kugel hält den Ungläubigen fern.« Oder: »Fabriziere eine Bombe in der Küche deiner Mutter.« Das Portal sollte vor allem »einsame Wölfe« inspirieren, selbstständig Attentate auszuführen. Losgelöst von jeglicher Vernetzung. Seif träumte davon, einen unabhängigen Schwarm zu motivieren, der wie Lemminge an unvorhergesehenen Orten auftrat und sich in die Luft sprengte. Eine Facebook-Party der besonderen Art. Politisch kalkulierter Flashmob. Nachdem Samir Khan, der Hauptautor des Portals, von einer amerikanischen Drohne getötet worden war, hatte sich Seif abgesetzt und war nach Pakistan abgetaucht. Dort war er zum Ausbilder deutscher Fanatiker geworden. Und jetzt war er hier. Am Kaiserstuhl. Und er suchte Killian. Abtauchen hatte wenig Sinn. Sie mussten sich treffen, austragen, was es auszutragen gab. Aber Seif würde sich nicht in der Öffentlichkeit mit Killian treffen. Er war Guerillakämpfer. So würde er auch agieren.

»He, Schneemann!« Es war Hilpert, der auf der Rampe stand. »Von mir aus könne ma los. Ich krieg hier kei Aug mehr zu.«

Hilpert hatte recht. Wozu noch hier bleiben?

Killian ging zum Sprinter und drückte sich hinter das Steuer. Hilpert schloss das Tor des Ateliers und kam vorsichtig die Stufen der Rampe hinunter, darauf bedacht, nicht im Schnee auszurutschen.

»Heilandsack! Jetzt krieg ich au noch nasse Haxe.«

Killian öffnete ihm die Beifahrertür und startete den Sprinter. Die Räder drehten durch.

»Des isch klar. Ohne Winterreife geht do gar nix«, sagte Hilpert. »Des kannsch vergesse.«

Killian stellte den Motor ab.

»Wo willsch des Zeug eigentlich hinbringe?«

»Keine Ahnung. Ich dachte, ich stelle es bei dir unter.«

»Bei mir isch kei Platz. Außer in einere Garage. Aber dort isch es feucht.«

»Ich kann es ja im Sprinter lassen. Wie in einem Container.«

»Geht leider nit. Ich hab im Schwager negscht Woch versproche, ihm beim Umzug zu helfe.«

»Wer zieht im Winter um?«

»Du.« Sie sahen sich an und lachten. Das Lachen gefror, und sie sahen beide aus dem Fenster auf die Front des Ateliers.

»Des war kein Einbrecher, gell?«, fragte Hilpert nach einer Weile.

»Doch. Das war ein Einbrecher. Glaub es einfach. Bitte. Es ist besser für deine andere Schulter. Noch besser wäre es, wenn du dich tatsächlich beim Heben verrenkt hättest.«

Hilpert sah ihn an. »Du stecksch diesmol tief in dä Scheiße. Hab ich recht?«

***

Belledin schlief schlecht. So bequem das Bett auch sein mochte, er war seine eigene Matratze gewohnt. Er hatte den Fernseher laufen gelassen, um nicht allein zu sein. Wie lange er im Hotel Engel bleiben würde, hatte er sich offengehalten. Ob er nun von Merdingen oder von hier aus ermittelte, war einerlei. Im verlassenen Eigenheim würde er sich aber vorkommen wie ein Holzwurm im Freiburger Münster.

Auf der Mattscheibe warben vollbusige Frauen für Telefonsex. Dunja, Mascha, Elvira und Lilith. Belledin sah genauer hin. Diese Lilith war mokkabraun und flirtete mit karibischem Akzent. Nein. Das war nicht die Lilith vom Anrufbeantworter; obwohl man Stimmen natürlich verstellen konnte. Aber dass ausgerechnet diese Lilith die Lilith sein sollte, die Belledin gerne gesprochen hätte, war unwahrscheinlich. Er würde Wagner morgen darauf ansetzen, über die Telefonnummer die Adresse herauszukriegen. Und wenn ihr Handy auf GPS ausgerichtet war, konnte er sie auch so finden. Jetzt räkelte sich Antonella auf einem Laken und wiegte ihre Silikontitten. Belledin stand auf und ging durch den Wohnraum in die Küche. Er hatte sich ein Zimmer mit Wohnküche gemietet. Ein Raum war ihm zu klein.

Marta Kerner ging ihm nicht aus dem Kopf. Verführerische Frau. Er würde ihr zu gerne glauben. Sie hatte gesagt, dass sie zur geschätzten Tatzeit bei Bärbel Engler gewesen war. Direkt um die Ecke. Ausgerechnet bei der Engler. Die war auch überall, wo es Ärger gab. Jetzt half sie sogar bei der ›FreiJa‹ aus. Lehrer mussten Zeit haben. Er würde sie morgen direkt nach Marta befragen. Und wenn er Glück hatte, kannte Bärbel sogar auch Lilith. Immerhin war die ›FreiJa‹ für gefallene Mädchen zuständig.

Er legte sich wieder ins Bett. Noch immer fuhren sich nackte Weiber mit der Zunge über die Oberlippe. Belledin zappte durch die Sender. Er blieb bei Arte hängen. Dort zeigten sie »Die Bankiersfrau« mit Romy Schneider. Was für eine Frau. Und was für eine Rolle. Die Bankiersfrau. Lesbierin, die es auch mit Männern machte, wenn es sein musste. Geschäftsfrau und Politikerin, sexy und schön. Belledin erlag ihr schon in der ersten Szene. Sie sah ganz anders aus als Marta – aber etwas erinnerte ihn an sie. Ihm fielen die Augen zu. Romy Schneiders Stimme im Ohr – in seinen Träumen sah er Marta auf dem Diwan liegend, den Blick auf das Ölbild gerichtet. Das Ölbild wurde lebendig, der gemalte Schnee stieb, die Wipfel der Tannen bogen sich knarzend im Ostwind. Männer in Schneeanzügen brachen durchs Unterholz. Sie zerrten Schneekanonen an Seilen hinter sich her. Wie eingespannte Maulesel kämpften sie sich durch den hohen Schnee. Einer zog sich den Handschuh ab, leckte sich die Kuppe des Zeigefingers und ortete damit die Richtung. Osten. Er nickte den anderen zu. Sie reckten jubelnd die Arme gen Himmel. Die Schneekanonen verwandelten sich in Geschütze, die Wellington in Waterloo haben siegen lassen. Schwarz und schwer. Die Männer steckten eine große Eisenkugel in das Rohr, zündeten die Kanone und drückten sich die Finger in die Ohren. Der Ostwind drehte die Öffnungen der Kanonen aus dem Ölbild hinaus, Belledin starrte in ein schwarzes Loch, das ihn zu fressen drohte. Er hörte das Züngeln der Lunte, zählte von drei rückwärts, kniff die Augen zusammen und schrie gegen den Lärm der Explosion an. Die Druckwelle schleuderte ihn fünfzig Meter zurück. Und trotzdem befand er sich im Ölbild – nur eben fünfzig Meter entfernt von den Kanonen. Und sie schossen. Aber sie spuckten keine Kugeln, sondern Schnee. Und sie trafen alle. Belledin mitten ins Gesicht. Erst schrie und fluchte er, dann begann er mit jeder Schneesalve, die ihn traf, zu tanzen und zu lachen. Er wachte auf. Auf Arte lief Pippi Langstrumpf und lieferte sich mit zwei Polizisten eine Schneeballschlacht. Es war sieben Uhr.

***

Killian hatte außer Bärbel niemanden, den er hätte fragen können. Deswegen war er nach Breisach gefahren. Er parkte den Defender am Seitenstreifen und ging über die Bahnhofstraße. Hier hatte man gestreut. Von den Bäumen rutschten Schneepackungen und klatschten auf den Boden. Der Föhn wehrte sich gegen den Einzug des Winters.

Killian stapfte durch Schneematsch und läutete bei Engler. Er hatte Bärbel auf Band gesprochen, dass er vorbeikäme. Er ging davon aus, dass sie hier war. Sie war es nicht. Er klingelte erneut. Dreimal kurz hintereinander. Das würde sie nerven. Sie war leicht zu nerven. Wieder keine Reaktion. Sie war wohl doch nicht da. Er wollte gehen. Bärbel versperrte ihm den Weg, zwei Einkaufstaschen in den Händen.

»Ich dachte, wenn du schon mal vorbeikommst, kannst du gleich beim Großeinkauf mit anpacken. Es sind noch ein paar Sachen im Auto.«

So kannte er sie. Schnoddrig, direkt und praktisch. »Guten Morgen, Bärbel«, sagte Killian und versuchte sich an einem Lächeln.

»Was hast du vor? Du setzt dein schmieriges Gesicht doch nicht gratis auf, oder?«

Das konnte heiter werden. Wenn sie schon jetzt in Feuerlaune war, wollte Killian nicht wissen, wie Bärbel reagieren würde, wenn sie wüsste, dass Swintha gerade ihr erstes Rendezvous mit dem Mossad hatte. Den Teufel würde er tun. Kein Wort. Er wäre tot.

»Wo steht dein Wagen?«, fragte er.

»Zu weit weg. Mein Parkplatz vor der Tür hat so ein Idiot

mit seinem Defender versperrt.« Sie verzog die Lippen zu einem gekünstelten Lächeln und ließ die Mundwinkel sofort wieder fallen. »Was brauchst du eigentlich so einen Wagen hier? Vor allem, was der schluckt. Gut, es ist dein Geld. Aber denk auch mal an die Umwelt.«

»Ich bin froh, dass ich ihn habe. Er dient mir als Schlafzimmer.«

»Was?«

»Ja. Seit heute bin ich doch obdachlos. Erinnerst du dich nicht? Der Vermieter hat mich aus dem Atelier geworfen.«

»Einfach so? Dagegen kannst du angehen.«

»Nein. Alles legal. Die Kündigung kam vor drei Monaten. Aber ich war in Paris. Steht dein Angebot noch?« Er setzte zu einem Dackelblick an.

»Nein. Das war eine blödsinnige Idee von mir. Das willst du doch auch nicht wirklich, oder? Nicht für eine einzige Nacht.«

»Nein. Natürlich nicht. Ich wollte auch nur fragen, ob ich meine Sachen bei dir auf dem Speicher unterstellen kann. Die Bahnhofswohnung ist doch groß genug. Und da Swintha auch nicht mehr da ist …«

»Was heißt, sie ist nicht da? Natürlich ist sie da. Während ihrer Projektarbeit schläft sie auch immer wieder hier.«

»Verstehe. Wo steht dein Wagen noch mal?«

»Dort hinten.« Sie deutete mit dem Kinn in die Richtung.

Killian trottete durch den Schnee, mit hängenden Schultern. Er wusste, dass Bärbel ihm nachschauen würde, und hoffte auf Mitleid. Wenigstens für sein Sofa und die Plattensammlung. Er schaffte es, vier Tüten auf einmal zu nehmen. Nur das Waschpulver ließ er im Wagen. Dafür brauchte es noch einen zweiten Gang.

Bärbel war schon im Bahnhof. Unter die Haustür hatte sie einen Keil geklemmt. Killian kickte den Keil weg, stieg die alten Holzstufen empor in die Wohnung und hörte, wie die Haustür hinter ihm zuflog. Er inhalierte Vergangenheit. Gegen Gerüche war man machtlos. Er stellte die Tüten auf den Küchenboden und sah aus dem Fenster. Der Blick auf die Gleise brach Erinnerungen Bahn, und er spürte einen Moment die unendliche Kraft von Jugend, mit der er einst aufgebrochen war, die Welt zu verbessern.

»Du kannst alles auf den Tisch oder die Stühle stellen. Das Waschpulver hast du nicht?«

»Ich hole es noch.«

»Nein, lass. Ich muss nachher sowieso nach Freiburg.«

»Fährst du nicht mit der Bahn? Ich meine, wegen der Umwelt.«

Sie kniff die Augen zusammen. »Suchst du Streit oder Platz für deine Sachen?«

»Hast du denn Platz?«

»Komm mit.«

Sie ging vor. Killian folgte ihr durch die Wohnung, in der er früher so oft zu Besuch war. Vorbei an den vielen Zimmern bis ans Ende, wo einst Bärbels Zimmer lag und jetzt Swinthas Sachen standen. Fotos hingen an der Wand. Von Swintha geschossen. Sie hatte Talent. Auch von ihm hingen zwei Fotos dazwischen. Jerusalem. Die Klagemauer und die jüdischen Gräber auf dem Ölberg.

»Bet chajim«, sagte Killian.

»Ist das Hebräisch?«, fragte Bärbel.

»Ja. Es ist das schönste Wort für Friedhof, das ich kenne. Es bedeutet: Haus des Lebens.« Er verlor sich auf dem Foto und brauchte nicht lange, um zu wissen, wann er dieses Foto geschossen hatte. Am selben Tag war Rohina von einer Bombe zerrissen worden. Er merkte, wie ihn Bärbel an der Hand fasste, und sah zu ihr.

»Alles klar?«, fragte sie.

Er schluckte widerspenstige Tränen, ehe sie ihn verraten konnten, atmete langsam und nickte. »Tov meod.«

»Ich kann kein Ivrit«, sagte Bärbel. »Und es reicht schon, dass Swintha jetzt auch damit anfängt.«

»Tut sie das?«

»Natürlich. Alles, was der liebe Herr Vater macht, muss auch Swintha machen. Anstatt dass sie mir ein wenig mehr nacheifert.«

»Tut sie doch. Immerhin macht sie ihr Fotoprojekt bei dir.«

»Nachdem ich lange darum gebettelt habe. Aber wirklich bei

der Sache ist sie nicht. Es scheint sie nicht zu interessieren, wie es den unterdrückten Frauen geht. Wie auch. Sie ist ja ohne Mann aufgewachsen.«

»Das hast du mir zu verdanken.« Er grinste.

Sie sah ihn ernst an. »Du lenkst ab. Du brauchst eine Therapie, und das weißt du. Kein Mensch kann das, was du erlebt hast, mit sich allein austragen.«

»Komm, so schlimm fand ich unsere vier Jahre nicht. Und sie liegen auch schon über zwanzig Jahre zurück.«

»Mach nur Witze. Deiner Depression entkommst du nicht ohne Hilfe von außen. Ich kriege es jetzt mit, wie wichtig ein äußerer Anker für gestrauchelte Menschen ist. Das kann man sich gar nicht vorstellen.«

»Dir macht die neue Arbeit also Spaß?«

»Spaß? Das ist kein Spaß, Frauen, die zur Prostitution gezwungen wurden, in eine gesellschaftliche Normalität zurückzuhelfen. Aber es macht Sinn.«

»Mehr Sinn, als Kindern Wissen und Werkzeuge mit auf den Weg zu geben, wie sie den gesellschaftlichen Wahnsinn überleben?«

»Mehr Sinn, als mit grenzdebilen Kollegen und Kolleginnen über PISA zu streiten. Komm.« Sie verließen das Zimmer und gingen durch eine Tür, die direkt auf den Speicher führte. Die alte Trapezschaukel baumelte vom First. Kommoden und Schränke standen verstaubt und gepfercht beieinander, eine Werkbank samt Stemmeisen und Schleifpapier wartete darauf, dass man sich ihrer annahm.

»Hast du angefangen zu tischlern?«, fragte Killian.

»Ich wollte die alten Möbel restaurieren. Guter Ausgleich. Aber ich komme nicht dazu. Falls du nichts zu tun hast, kannst du ja weitermachen.«

»Als Miete für meinen Krempel. Abgemacht?« Er hielt die Hand hin.

»Abgemacht.« Sie legte ihre auf seine. Es fühlte sich vertraut an. Noch immer. Nach all den Jahren. Nähe. Wärme. Verständnis. Wenigstens an der Basis. Sie hatten es schon ein paarmal gehabt. Rückfall. Sich anfassen, küssen, miteinander schlafen. Um danach zu bemerken, dass sie zwanzig Jahre verschiedene Richtungen eingeschlagen hatten, die aus ihnen andere, einander fremde Menschen gemacht hatten. Diesmal küssten sie sich nicht. Bärbel zog ihre Hand zurück.

»Ich muss gleich wieder los«, sagte sie. »Ich lasse dir einen Schlüssel, dann kannst du einräumen, wann du magst.«

Sie ließ ihn allein auf dem Speicher zurück. Killian strich über die Kirschkommode. Die hatte er Bärbel mal zu Weihnachten geschenkt. Er hatte sie günstig erstanden und selbst restauriert. Den Holzwurm hatte er aber nicht getilgt. Der hatte nun zwanzig Jahre Zeit gehabt, sich an der Kirsche fett zu fressen. Sollte man ihn noch vertreiben? Oder hatte er sich lebenslanges Wohnrecht erworben?

»Willst du einen Kaffee?«, rief Bärbel aus der Küche.

Killian verließ den Holzwurm und ging zu Bärbel. »Heißes Wasser. Danke.«

Sie hatte bereits die meisten Lebensmittel in Schubladen und Kühlschrank verstaut und kramte eine Packung Illy aus dem Einkauf. Sie öffnete die Dose, der Geruch von Kaffeepulver durchzog die Küche. Killian inhalierte und genoss es.

»Verstehe nicht, warum du keinen Kaffee mehr trinkst«, sagte sie. »Mach doch wenigstens einen Tee, damit es nach was schmeckt.«

»Mir schmeckt es.«

»Hauptsache anders sein, was?«

»Du nicht?«

Sie lachte. Und hielt sich den Bauch. Diese Geste mochte er. Sie zeigte Unbeschwertheit. Die hatte Killian längst verloren.

»Unbedingt. Anders als diese verfluchten acht Milliarden. Verrückt, oder? Wie will man da noch individuell sein? Möchte wissen, wie viele Kopien es von mir auf der Welt gibt.«

»Keine einzige.«

»Das wollte ich hören. Schleimer.« Sie setzte den Kaffee auf und holte eine Packung Kekse hervor. »Komme in diesem Jahr nicht zum Backen.«

»Keine Vanillekipferl? Keine Paganini?«

»Nein. Nur Leibnitz. Magst du?«

Killian wehrte ab.

Bärbels Handy klingelte. Sie ging dran. »Engler … Was? … Scheiße. Ja, ich bin schon auf dem Weg. Habt ihr die Polizei angerufen? Mach das, unbedingt. Sofort. Sonst verschleppen die alles … direkt den Kanzinger. Der ist zuständig.«

Sie steckte das Handy ein, stellte den Herd aus und warf sich in den Mantel. »Ich muss los. Bei uns waren ein paar Typen und haben eine Frau mitgenommen. Ich habe schon zweimal um Polizeischutz gebeten, aber es gibt keine Kapazitäten und auch keinen triftigen Grund. Auf halbseidenen Verdacht könne man keine Polizisten abstellen. Und das haben wir jetzt davon.«

»Wieso nehmt ihr euch keinen privaten Sicherheitsdienst?«

»Keine Kohle. Weißt du, was die meisten von uns kriegen? Gar nichts. Wie sollen wir da einen Sicherheitsfuzzi bezahlen?« Sie sah Killian an, als wäre ihr die Formel von Einsteins Relativitätstheorie eingefallen. »Du. Du könntest uns helfen.«

»Was?«

»Natürlich. Du hast kein Dach überm Kopf. Wir geben dir eins. Und dafür passt du auf, dass den Frauen nichts passiert.«

»Werde ich jetzt zum staatlichen Zuhälter?«

»Diakonisch. Wir sind von der Diakonie.« Sie sah ihn an wie ein kleines Mädchen, dem man mit einer Kugel Erdbeereis das Leben retten konnte. »Na, komm schon. Die Möbel bei mir, Unterkunft bei der ›Freija‹. Das ist doch eine Lösung. Und du machst was Sinnvolles. Und gleichzeitig kannst du Swintha bei ihrem Projekt unterstützen.«

Killian schluckte. Swintha. Verdammt. Er musste sich um sie kümmern.

»Ja. Das ist eine gute Idee. Danke. Ich glaube, das ist gut für alle.«

Er sah sie dabei nicht an, sondern starrte aus dem Fenster auf die Schienen, die auf Umwegen auch nach Paris führten.

Bärbel gab ihm einen Kuss auf die Wange. »Komm, wir müssen los.« Sie ging voran.

Killian nahm den Zweitschlüssel vom Küchentisch und schloss hinter sich zu.

»Fährst du mit mir? Wegen der Umwelt«, fragte Bärbel.

»Eigentlich müsste ich den Sprinter holen und ausladen. Hilpert braucht den Wagen.«

»Ruf ihn an. Ich helfe dir dann später beim Ausräumen.«

Killian nickte. Was blieb ihm übrig? Er wollte es sich mit Bärbel nicht verscherzen.

»Wer fährt?«, fragte er.

»Ich. Aber mit deinem Wagen. Wollte schon immer mal so eine Kiste lenken.«

Killian warf ihr den Schlüssel zu.

DREI

Belledin schrak hoch und saß senkrecht im Bett. Er sah neben sich. Das Bett war leer. War Biggi schon auf? Sonst war er immer vor ihr unten und machte den Kaffee. Das konnte er. Kaffee machen. Seit sie die neue Profimaschine hatten. Er starrte auf den Fernseher. Eine Doku über den Amazonas flimmerte. Jetzt wusste er, dass Biggi nicht in der Küche war und sie auch keinen Kaffee kochte.

Belledin schwang sich aus dem Bett und riss die Vorhänge auf. Er kniff die Augen zusammen. Das Weiß blendete. Mindestens dreißig Zentimeter Neuschnee. Und was für ein Blau am Himmel. Er trottete ins Bad, pinkelte und duschte. Warm. Ja, warm musste es sein. Dann heiß und mit einem Ruck auf eiskalt. Er schnaufte und japste, schrie und lachte. Sein Herz war stärker, als der Arzt diagnostiziert hatte. Und auch stärker, als Biggi es glaubte. Es würde nicht zerspringen. Weder durch Kaltwasserschocks noch durch das große Loch, das Biggi vor ihm aufgerissen hatte.

Er trocknete sich ab, schlüpfte in seine Kleider und ging in den Frühstücksraum. Rühreier mit Speck und ein Laugenbrötchen mit Butter. Er drückte sich Kaffee aus der Maschine und setzte sich mit Blick auf den Kachelofen. Die Wirtsstube war geschmückt mit allerlei: Fotos, Bilder, Bollenhüte, Blumengestecke, Kuckucksuhr. Belledin mochte es. Zwischen dem Kachelofen und einem Blumengesteck zwängte sich ein schlichtes Porträt Martin Heideggers. Der Philosoph durfte hier nirgends fehlen. Schwarze Hefte hin oder her. Neben dem Schnee war er die große Attraktion Todtnaubergs. Frau Boch, die Wirtin des Familienbetriebs, hatte ihn bei der Frage nach seinem heutigen Vorhaben sofort auf den Heidegger-Rundweg aufmerksam gemacht. Als ob er Zeit für Spaziergänge hätte. Vielleicht nachdem er den Fall gelöst hatte? Vielleicht würde er dann nach Jahren auch wieder auf Skiern stehen? Und beim Après-Ski jemanden kennenlernen?

Er wischte sich den Mund mit der Serviette und brach auf.

Er sah seinen Audi und verfluchte den Schnee. Er hatte keinen Besen, keine Schaufel, keine Handschuhe. Den Schnee schob er mit den Armen von Dach und Scheiben, bis die Finger steif wurden. Er schmiss sich in den Wagen, startete den Motor und stellte die Sitzheizung auf Stufe drei. Langsam fuhr er vom Parkplatz. Er legte eine CD ein, die er noch nie gehört hatte. Ein Geschenk seiner Tochter Annette. Zur letzten Weihnacht. Fast ein Jahr. Es wurde Zeit, mal reinzuhören. Klassik. Ein Potpourri. The best of. Es begann mit Haydn. So stand es wenigstens auf dem Cover. Belledin mochte Haydn. Jedenfalls das, was er bislang hörte. Es passte zur verschneiten Landschaft. Heute konnten die Fotografen Bilder für ihre Kataloge schießen. Gott, was für ein Bilderbuch sich da ausbreitete. Schwere Tannen in Weiß vor blauem Hintergrund. Hätte Belledin herausgefunden, für was für eine Melodie der Herr Haydn sich nun entscheiden wollte, er hätte mitgepfiffen. Ein schönes Geschenk. Er erinnerte sich gar nicht, ob er sich bei Annette dafür bedankt hatte. Er würde es tun. Sobald der Fall erledigt war. Ob Annette wusste, dass Biggi mit dem Apotheker durchgebrannt war? Bestimmt. Sie hatte immer schon zu Biggi gehalten. Belledin kannte sie eigentlich gar nicht. Verrückt. Dabei war sie seine Tochter. Vielleicht sollten sie mal reden? Aber wozu? Mit Belledin hatte auch nie jemand geredet. Und das Studium hatte man ihm schon zweimal nicht bezahlt. Deswegen war er ja auch gleich in den Staatsdienst, obwohl er auch gerne Jura studiert hätte. Aber dafür war kein Geld da. Er zahlte Annette das Studium, was auch immer sie gerade studierte. Nach dem dritten Orientierungswechsel hatte Belledin aufgegeben. Sie studierte eben und schenkte ihm zum Geburtstag und zu Weihnachten CDs. Jetzt wurde es sehr lebhaft. Das klang anders. Bestimmt nicht Haydn. Belledin warf einen Blick aufs Cover. Vivaldi. Vier Jahreszeiten. Frühling. So ein Blödsinn. Das passte gar nicht. Dafür sah er jetzt den Hirschsprung. Das würde Glück bringen. Und das brauchte er.

***

»Und? Was hat er gesagt?«, fragte Bärbel beim Eintreten, ohne eine der Frauen zu grüßen.

»Er war noch nicht da«, sagte eine blondierte Frau um die fünfzig, die eine Dose Bier in der Hand hielt und gierig an einer Zigarette saugte.

»Ilona. Hier gilt die Regel: Geraucht wird auf dem Balkon.« Bärbel nahm ihr die Zigarette aus der Hand und drückte sie in einem Aschenbecher aus, der schon Kippen beherbergte.

»Immer cool, Bärbel. Ich bin nervös, kannst du das verstehen?«

»Klar kann ich das verstehen. Entschuldige. Aber ohne dass ihr hier gewisse Regeln einhaltet, habt ihr keine Chance. Versteht ihr das?« Sie stellte ihre Frage in die Runde. Fünf Frauen nickten. Jede auf ihre Art. Sie interessierten sich aber weniger für Bärbels Standpauke als für Killian, der zwei Meter hinter Bärbel stand und nicht recht wusste, was er hier sollte. Bärbel bemerkte, dass sie Killian vergessen hatte, und drehte sich zu ihm. »Das ist Killian. Ein guter Freund. Er wird eine Weile unten im Büro schlafen und auf euch aufpassen.«

Ilona lachte heiser und zeigte Zahnlücken. »Haben wir jetzt wieder einen Zuhälter? Auf Kosten der Diakonie?« Die anderen Frauen lachten mit. Bis auf eine kleine Asiatin. Sie schien nichts zu verstehen.

»Wenn wir nichts tun, geht es euch wie Smaranda. Wollt ihr das?« Bärbel war geladen.

»Mich klaut bestimmt keiner mehr«, sagte Ilona. »Ich würde mich besser fühlen, wenn mich noch einer auf den Strich jagen würde. Dann wüsste ich, dass ich noch attraktiv bin.« Sie nahm einen kräftigen Schluck. »Jetzt bleibt mir Hartz IV, und wenn ich es schaffe, trocken zu werden, Altenpflege.« Sie leerte die Dose und zerdrückte sie in der Hand. »Aber wer weiß, vielleicht zahlen die Alten im Heim ja ordentlich für einen guten Blowjob?« Sie lachte wieder und warf die Dose auf drei Meter Entfernung in den Papierkorb am Eingang. »High Five«, sagte sie, hob die Hand, und die kleine Asiatin schlug lachend ein. Dann verschwand Ilona in ein angrenzendes Zimmer und knallte die Tür hinter sich zu.

Bärbel wählte eine Nummer und wartete ungeduldig, bis sich am anderen Ende jemand meldete. »Bärbel Engler. ›FreiJa‹ Freiburg. Wir hatten eine Entführung gemeldet. Aber Herr Kanzinger ist hier noch nicht aufgetaucht. Wie kommt es? … Ah, viel zu tun, verstehe. War wohl gestern Nacht zu lange im FSK-Palast, was? Rein dienstlich, versteht sich … Ich sage Ihnen eins: Ich gehe an die Presse. Ich mache richtig Wirbel … es geht hier um Menschenhandel. Organisiertes Verbrechen … Nein, das ist weder Privatsache noch Familienangelegenheit, sondern Prostitution! … Hallo?« Sie starrte fassungslos in die Runde. »Aufgelegt. Dieser Idiot hat einfach aufgelegt.« Sie drehte sich zu Killian, der sich auf einen Sessel in die Ecke zurückgezogen hatte. »Da siehst du es. Die Polizei, dein Freund und Helfer. Die verdienen doch an der ganzen Scheiße mit. Lassen es sich im Puff besorgen und gucken weg. Alle korrupt.«

»Na, na, na. Nicht alle über einen Kamm scheren. Ich kenne keinen korrupten Kollegen in meiner Umgebung.« Es war Belledins Bass, der Bärbels Tirade überrollte. Er stand im Türrahmen und blickte finster drein.

Bärbel sah ihn erstaunt an. »Das ist aber eine Überraschung. Mordkommission. Noch ist es nicht so weit. Noch schlägt und entführt man hier die Frauen nur. Die Geier können ruhig noch eine Runde um den Bertholdsbrunnen kreisen und sich eine Bratwurst genehmigen. Ich rufe dann, wenn es die ersten Leichen gibt.«

Belledin ging auf das Scharmützel nicht ein. Er kannte Bärbel aus der Schulzeit und überhaupt. Sie waren sich immer wieder begegnet. Wo es gesellschaftliche Konflikte auszutragen gab, war die Engler nicht weit. Eine immer glühende Beißzange. Unausstehlich. Aber mit Prinzipien. Das schätzte er dann doch.

»Es gibt bereits eine Leiche. Dr. Wolfgang Kerner. Er wurde gestern am späten Abend nicht unweit von hier erschossen aufgefunden.«

»Kerner? Der Scheidungsanwalt?« Bärbel sah ihn mit großen Augen an. Die anderen Frauen wechselten Blicke. Die Asiatin verstand nichts, spürte wohl nur, dass etwas Unangenehmes in der Luft lag. Sie nickte Belledin mit einem höflichen Lächeln zu, knickste und verschwand in einem angrenzenden Zimmer.

»Kanntest du ihn?«, fragte Belledin.

»Natürlich. Gehört zur Freiburger Prominenz.«

»Gehörte.«

»Ja.«

»Scheint dich nicht zu erschüttern?«

»Erschüttert es dich, dass gestern hier eine junge Rumänin von ihrem Zuhälter geraubt wurde? Sie war auf dem besten Weg, ihr Leben in den Griff zu kriegen, und jetzt ist alles vorbei. Wenn sie Glück hat, schlitzt er ihr nur das Gesicht auf. Und ich kann dir noch weitere Geschichten erzählen, die mich erschüttern.«

»Nur zu. Ich habe von der Welt noch nichts gesehen.«

»Jetzt wirst du zynisch.«

»Du bestimmst das Niveau.«

»Ach, Scheiße. Hören wir auf damit. Natürlich ist es schlimm, dass man Kerner ermordet hat. Aber ich kenne ihn nur aus der Zeitung.«

»Aber du kennst seine Frau.«

»Und?«

»Mich interessiert, ob sie gestern Abend hier gewesen ist.«

»Ja. Sie hatte zwei Sitzungen. Eine mit Seline und eine mit Ilona. Und dann war noch Dunja da. Sie arbeitet im FSK-Palast und würde gerne aussteigen. Danach haben wir noch einen Punsch getrunken.«

»Wie viel Uhr?«

»Von acht bis elf. Sie wollte noch länger, aber ich war zu müde. Die hat Power. Ist eine große Hilfe für uns. Vor allem Seline und Ilona halten sich an ihr fest. Ohne Marta wären die beiden längst vor die Hunde gegangen.«

»Kannst du mir die Namen von den Frauen geben, die hier wohnen?«

»Seline Matei, Ilona Hartmannn, Nadja Ostrova, Jana Chuan. Und bis gestern Smaranda Radu.«

Belledin notierte sich die Namen in seinen kleinen Block. Er musste beim Schreiben fest drücken. Der Kugelschreiber pfiff aus dem letzten Loch. Er schrieb sich auch Dunja und FSK-Palast auf. »Und eine Lilith? Kennst du auch eine Lilith?«

»Lilith? Nein. Warum?«

»Der letzte Anruf, der von Kerners Handy ausging, landete bei einer Lilith. Es scheint, dass er trotz seiner attraktiven Frau gerne im Milieu unterwegs war.«

»Gehörte vielleicht zu seinem Beruf? Rein dienstlich. Wie die Polizei das auch tun muss.«

Belledin kniff die Augen zusammen. »Kannst es nicht lassen, was?«

»Sag Kanzinger Bescheid, dass er sich um uns kümmert. Wir brauchen seine Hilfe.«

Belledin wollte gehen, da sah er aus dem Augenwinkel im Halbdunkel einen Mann im Sessel sitzen, den er bisher nicht bemerkt hatte. Er rührte sich nicht. Belledin ging einen Schritt auf ihn zu und erkannte ihn. »Ein Unglück kommt selten allein. Was machst du hier? Bist du jetzt auch unter die Sozialarbeiter gegangen?«

»Hast du einen besseren Job für mich? Brauche nämlich Kleingeld und ein Dach überm Kopf.«

»Hat der Mossad keinen Platz im Kibbuz? Wäre mir recht, wenn du weit weg wärst. Bist mir wieder zu nah an einem Mord, auf den ich noch keinen Reim weiß. Und wenn du in der Nähe bist, vermute ich immer gleich größere Verstrickungen.« Belledin war auf ihn zugegangen und sah ihm direkt in die Augen. Killian hielt dem Blick stand. »Weißt du etwas über Kerner? Organisierte Kriminalität? Internationales aus der Verschwörungskiste? Spuck es aus, dann kann ich die Füße hochlegen.«

»Tut mir leid. Ich glaube, das ist dein Fall.« Killian stand auf und ging zu Bärbel. »Ich schaue mir mal unten meinen Arbeitsplatz an«, sagte er und verschwand.

»Arbeitsplatz?«, fragte Belledin.

»Ja. Er passt auf die Frauen auf. Damit morgen nicht gleich wieder eine fehlt. Ihr habt dafür ja keine Ressourcen.«

Belledin kratzte sich am Kinn. Er hatte sich heute nicht rasiert. Wie Schmirgelpapier. Das Kraut wuchs schnell. Vielleicht würde er sich einen Vollbart züchten. War jetzt in Mode. Er sah in die Frauenrunde.

»Das ist nicht mehr Kanzingers Fall. Ich übernehme. Das liegt mir zu nah an dem Mord. Vielleicht haben die Rumänen was mit der Sache zu tun. Kommt noch jemand aus Rumänien?« Belledin sah die drei Frauen an, die noch anwesend waren. Seline hob die Hand.

»Ich möchte Sie gerne unter vier Augen sprechen.«

Seline sah zu Bärbel.

»Geht schon klar. Nur, wenn er dich unter Druck setzt oder dir droht, dann pochst du auf deine Rechte, und ich hole einen Anwalt.«

Seline ging vor in ihr Zimmer. Belledin folgte ihr und schloss die Tür hinter sich.

***

Killian sah aus dem Fenster des Büros. Direkt auf die Schwarzwaldstraße. Weiter oben lag der Messplatz. Früher war er dort zweimal im Jahr mit seiner Oma auf den Rummel gegangen. Magenbrot hatte es gegeben und fünf Mark für Fahrten: Karussell oder Achterbahn. Killian hatte sich immer gegen die Fahrt entschieden. Er hatte sein Geld an einen Zauberer verschwendet, der Tricks verkaufte. Mit großen Augen und offenem Mund hatte Killian den Kunststücken applaudiert. Spielkarten, die mit Hilfe von Zaubersalz ihre Werte wechselten, am Ende sogar zu Blankokarten wurden. Münzen, die von einem Ort zum anderen wanderten, nur durch ein Fingerschnipsen des lässigen Magiers. Und wie der reden konnte. Keine Sekunde hatte sein Mund stillgestanden. Ein Witz nach dem anderen fiel ihm aus dem Schnabel. Die Leute lachten und applaudierten. Und sie kauften wie verrückt. Auch Killian wollte kaufen. Den ganzen Wohnwagen hätte er am liebsten eingepackt – samt Zauberer. Doch mit fünf Mark musste er sich gut überlegen, welchen Trick er bevorzugte. Vier Mark für die fünf Karten, die ihre Werte wechselten, und eine Mark für das Zaubersalz. Das Geld war weg. Und zu Hause die Erkenntnis, dass es Zaubersalz nicht gab. Killian war verstört über die seltsamen Karten. Es waren Trickkarten, die nur halb bedruckt waren. Je nachdem, wie man sie fächerte, hatte man den Eindruck, sie hätten sich verwandelt. Das Zaubersalz war Lüge. Ein Hokuspokus, der sich wichtig nahm. Killian hatte die Karten und das Salz in die Ecke gepfeffert und vor Wut geheult. Er hätte damals schon der Wahrheit ins Auge schauen sollen. Dann hätte er gewusst, dass die Welt nur ein großer Rummel war, in dem echte Zauberei keinen Platz hatte – dafür aber umso mehr Gelegenheiten für Taschenspieler bot.

Sein Handy spielte Klezmer. Hilpert. »Ja? … Was? … Nein. Verdammte Scheiße … Nein, keine Polizei. Die braucht davon nichts zu wissen … Ich zahl dir den Wagen. Kein Problem … wie geht's der Schulter? … gut. Ich melde mich heute Abend.«

Hilpert hatte den Sprinter, nachdem der Schnee von den Straßen getaut war, vor dem Atelier abholen wollen. Aber jemand hatte ihn gestohlen. Killian tippte auf Seif. Er hatte keine Ahnung, wonach der Extremist suchte. Alle Fotos, die Killian in Paris von Seif und Geschäftspartnern geschossen hatte, lagen längst bei Moshe. Killian hatte den Chip danach sofort gelöscht.

Bärbel trat ein. »Na? Gefällt es dir? Ist doch ganz gemütlich, oder?«

»Ist in Ordnung.«

»Küche ist leider nicht dabei. Aber das bist du bestimmt gewohnt. Gegenüber gibt es eine gute Pizzeria. Kannst auf uns anschreiben lassen. Mehr können wir aber nicht zahlen.«

»Schon gut. Wasserkocher wäre nicht schlecht.«

»Müsste hier sein. Oder eine der Frauen hat ihn mit hochgenommen. Ich frag nachher mal nach.«

»Ist Belledin noch da?«

»Ja. Er spricht mit Seline. Sie ist Rumänin und gehört demselben Schlepperclan an.«

»Und warum hat man sie nicht auch gleich mitgenommen?«

»Keine Ahnung. Sie war nicht hier.«

»Ist das nicht Auflage, dass die Frauen nachts hier sein müssen?«

»Nein. Da sind sie frei. Solche Regeln bringen nichts. Wenn

eine wieder auf den Strich gehen will, kann sie das zu jeder Tageszeit.

Seline hat einen Job als Serviererin in einem Tanzclub.«

»Tanzclub.«

»Nicht wie du meinst. So was wie der Heuboden in Umkirch. Kein Puff. Um drei ist dort meistens Schluss.« Bärbel trat einen Schritt näher an Killian heran und legte ihm die Hand auf die Schulter. »Was ist mit dir? Geht es dir nicht gut? Wenn du willst, kann ich einen Termin mit Marta Kerner arrangieren. Sie ist spezialisiert auf Traumata.«

Killian sah sie an, als wollte er sie gleich fressen. Nur einen Moment, aber er genügte, dass Bärbel ihre Hand von seiner Schulter zurückzog.

»Ist das nicht die Frau des Ermordeten? Ich glaube, sie wird jetzt selbst mit einem Trauma zu schaffen haben.«

»Ich weiß nicht. Sie scheint schon viel erlebt zu haben. Kann mir vorstellen, dass sie das gut wegsteckt.« Sie ging zum Schreibtisch und zog eine Visitenkarte aus dem Karteikasten. Sie wollte sie erst Killian in die Hand drücken, wagte es aber nicht und legte die Karte auf den Tisch. »Falls du dich doch mal traust, mit jemandem über dich zu reden.« Sie sah ihn liebevoll an, wohl wissend, dass sie keine Antwort erwarten durfte. »Ich gehe wieder hoch. Muss sehen, ob Belledin meine Frauen ordentlich behandelt.«

Killian sah an ihr vorbei und starrte auf die Visitenkarte. Wieder eine Karte, die zaubern sollte.

***

Belledin hatte lange nichts gesagt, war nur dagesessen. Er wollte warten, bis Seline das Schweigen brach. Sie sagte keinen Ton. Hockte nur auf der Bettkante und sah auf das Fensterbrett, auf dem zwei Spatzen und eine Kohlmeise Sonnenblumenkerne pickten.

»Für wen haben Sie gearbeitet?«, fragte Belledin endlich.

Seline sah weiter auf die Vögel. »Wenn ich sie morgen nicht

mehr füttere, kommen sie trotzdem wieder. Und dann sind sie am leichtesten zu fangen.« Sie sah zu ihm hoch. »Verstehen Sie?«

Belledin verstand nichts. Er wollte klare Antworten, keine Metaphern.

»Warum hat Cosmin nicht mich mitgenommen? Warum war ich nicht hier, als er kam? Ich wäre mitgegangen. Smaranda ist auch einfach mitgegangen. Sie hat sich nicht gewehrt. Sie wurde nicht entführt. Sie wurde befreit. Sie kriegt wieder Sonnenblumenkerne von Cosmin.«

Belledin kannte das Abhängigkeitsphänomen. Es war nicht das erste Mal, dass ihm so etwas begegnete.

»Neue Wege sind nun mal anstrengender. Aber sie zahlen sich aus«, sagte er. Es kostete ihn Überwindung, so eine Trostfloskel zu dreschen. »Kannten Sie Kerner?«, fragte er, um bei den harten Fragen zu bleiben.

Seline sah ihn an. »Ja. Er war der Anwalt von Cosmin.«

»In was für einer Angelegenheit?«

»Menschenhandel. Cosmin wurde Menschenhandel vorgeworfen. Dabei hat er uns nur vor dem Hunger und der Schmach zu Hause gerettet. Cosmin war gut zu uns.«

»Und warum sind Sie hier?«

»Weil die Polizei unser Nest ausgehoben hat. Wir wurden nicht gefragt. Man hat uns einfach hierhergebracht.«

»Es zwingt Sie niemand, hier zu sein.«

»Wo soll ich denn hin? Es bleibt mir nichts anderes, als anständig zu werden. Es sei denn, Cosmin holt mich auch.« Sie drückte ihren Kopf gegen die Fensterscheibe. »Ich verstehe es nicht. Ich verstehe es wirklich nicht. Warum Smaranda? Ich dachte, ich sei sein Liebling. Aber sie ist jünger. Das wird es sein. Das macht viel aus auf dem Strich. Oder du bist ganz alt. Da gibt es auch wieder viel Kundschaft. Da kommen dann die Jungs, die sich nicht trauen, mit ihrer Mutter zu vögeln. Aber ich habe ein Scheißalter. Wie alt schätzen Sie mich?«

»Mitte dreißig.«

Sie lachte laut. »Arschloch. Mitte dreißig? Ich bin Ende zwanzig. Smaranda gerade neunzehn. Noch Fragen?«

»Hatten Sie auch Sex mit Kerner?«

»Nein. Ich war nicht sein Typ.«

»Smaranda vielleicht?«

»Vielleicht. Keine Ahnung.« Sie drückte sich vom Fenster ab und ging auf eine Ikea-Kommode zu, auf der eine Tüte mit Sonnenblumenkernen stand. Sie nahm eine Handvoll heraus und öffnete das Fenster. Kalter Wind zog herein. Belledin fröstelte auf der Halbglatze.

Seline streute das Futter auf die Fensterbank und behielt ein paar Kerne in der Hand zurück.

»Wollen Sie auch?«, fragte sie und streckte ihm das Futter entgegen.

Belledin sah auf die Hand. Lange, zarte Finger. Knallrote falsche Nägel. »Nein. Danke«, sagte er und stand auf. Er nahm seinen Hut von der Kommode und setzte ihn sich auf. Bevor er an der Tür war, drehte er sich noch einmal zu ihr um. Ein Columbo-Trick. »Kennen Sie eine Hure, die Lilith heißt?«

»Nein. Hat auf jeden Fall nicht für Cosmin gearbeitet. Vielleicht bei Petkovic?«

»Aber Sie haben schon mal von Lilith gehört?«

»Jeder hat schon von ihr gehört. Aber keiner weiß, ob es sie wirklich gibt. Sie ist ein Gespenst. Die Wundernutte. So was wie die heilige Maria des Puffs. Sie kommt nachts zu dir, wenn du nicht mit ihr rechnest, und besorgt dir den Orgasmus deines Lebens.« Seline lachte. »Glauben Sie an so einen Blödsinn? Ich nicht. Aber die Männer wollen an so etwas glauben. Sie brauchen die Legende, das Normale reicht ihnen nicht. Ich verkleide mich auch manchmal. Aber Lilith bin ich nicht.«

»Und Dunja?«

»Ist noch ein Kind. Jünger als Smaranda. Petkovic verschachert sie als Jungfrau. Das kommt gut an. Wenigstens für die ersten Wochen. Danach muss sie auch Tagesgeschäft übernehmen. Aber sie ist nicht blöd. Sie hat es geschnallt. Deswegen hat sie sich an Kerner gehängt, damit er sie von Petkovic freikauft. Pech gehabt. Kerner ist tot, und Dunja bleibt bei Petkovic.«

»Und Marta Kerner? Die kennen Sie aber?«

»Klar. Marta ist klasse. Die versteht uns. Hab nie kapiert, warum sie mit Kerner zusammen war. Sie kann froh sein, dass der Wichser tot ist.«

»Warum?«

»Wie der gehurt hat! Noch nicht einmal heimlich. Ich glaube nicht, dass Marta das wirklich toll fand. Sie hat so getan, als würde ihr das nichts ausmachen. Aber ich glaube, dass es sie im Inneren schon verletzt hat. Sie ist stolz. Eine stolze Frau erträgt keine anderen neben sich.«

»Und Sie? Ertragen Sie Smaranda neben sich?«

»Ich kratze ihr die Augen aus, wenn ich sie erwische. Cosmin gehört mir. Und es wird ihm wieder einfallen, was er an mir hat. Wenn sein Schwanz genug von Smaranda hat, wird er wieder merken, für wen sein Herz schlägt.«

»Und was werden Sie dann tun?«

»Ihn schmoren lassen.« Sie sah ihn finster an. »Und ihn dann irgendwann küssen und Heimkehr feiern.« Sie lächelte schwach. »Ich weiß, es ist Schwachsinn, aber gegen mein Herz bin ich machtlos. Ein Mann versteht das nicht.«

»Und Bärbel Engler?«

»Nervt.«

»Danke.« Er tippte mit der Fingerspitze an die Hutkrempe und ging.

Im Flur war niemand. Die Frauen waren wohl auf den Zimmern. Nur am Ende der Flucht hörte Belledin laute Stimmen. Er folgte dem Lärm. Bärbel und Ilona standen in der Küche und diskutierten heftig.

»Nein. Das sind hier die Regeln. Wenn du nicht lernst, dich hier an Regeln zu halten, wie willst du es dann draußen lernen?«

»Fick dich, mit deinen Regeln. Ich rauche, wo es mir passt. Ich brauche Zigaretten. Wenn ich keine Kippe im Maul habe, denke ich nur an all die Schwänze, die ich lutschen musste. Kapierst du das nicht?«

»Ilona, du machst es dir zu einfach.«

»Ach ja? Ich würde sagen: Du machst es dir einfach. Regeln

aufzustellen, die man selbst leicht befolgen kann, das ist kein Hexenwerk.«

»Ich war auch mal Raucherin, und ich habe es geschafft, davon loszukommen.«

»Hast du auch schon Schwänze gelutscht? Einen vielleicht oder zwei. Welche, auf die du standest. Aber zehn am Tag? Und vielleicht einmal die Woche einen, der schön war. Ansonsten nur krumme Hunde. Ich bin oral getriggert, kapierst du? Ich brauch was im Mund. Und von Kaugummis tut mir schon der Kiefer weh.« Sie sah Belledin, der herangekommen war. »Und was willst du? Verzieh dich. Typen wie dich kenne ich genug.«

»Glaube ich nicht«, sagte er. »Ich bin einmalig.« Er liebte seinen Bass in solchen Situationen. Ilona sah ihn nervös an und suchte in der leeren Schachtel zittrig nach einer Zigarette. Sie gab es auf und warf die Schachtel in die Spüle. »Fuck. Ich weiß nichts. Nichts gesehen, nichts gehört. Kapiert?«

Sie wollte an Belledin vorbei. Er versperrte ihr den Weg. »Entweder ich stelle Ihnen hier ein paar Fragen, oder Sie kommen mit aufs Revier. Und weder in meinem Auto noch in meinem Büro darf man rauchen. Und in dem Zimmer, in dem ich Sie erst einmal vier Stunden warten lasse, bis ich Ihnen meine Fragen stelle, sind Rauchmelder und Kameras installiert.«

»Hab verstanden. Arschloch. Aber nicht in meinem Zimmer. Ich mag keine Herrenbesuche mehr in der Nähe meines Bettes. Wir machen einen Spaziergang.«

Sie ging an Belledin vorbei. »Hole nur noch meine Jacke.«

Belledin sah ihr nach.

»Was hat Seline erzählt? Ich hoffe, du warst anständig mit ihr. Sie ist sehr sensibel«, sagte Bärbel.

»Das scheinen hier alle zu sein. Seit wann machst du das hier? Ich dachte, du bist Lehrerin in Breisach?«

»Keinen Bock mehr. Der Direktor ist ein Idiot. Ein falscher Hund, der nichts für seine Leute tut. Er buckelt vor den Eltern. Ohne Rückendeckung stehst du irgendwann wie ein Depp vor den Schülern, weil sie wissen, dass ihre Eltern sie mit einem Gespräch wieder in die Versetzungszone hieven.«

»Die Kollegen könnten doch zusammenhalten.«

»Willst du mich provozieren? Vergiss es. Ein paar wenige, die noch Ideale haben, verlassen den Laden oder stumpfen ab. Ich musste weg von dort.«

»Und warum hierher?«

»Warum nicht? Das ist doch sinnvoll hier.«

»Und die Erfolgsquote? Hievst du hier eine in die Versetzungszone?«

»Bei euch gibt es doch auch Bewährungshelfer. Oder ist das nur Zynismus? Sag nichts. Ich weiß, was du denkst.«

»Ist es nicht so?«

»Nein. Ist es nicht. Nicht immer. Es gibt Hoffnung.«

»Na dann.« Er sah Ilona in einer hellgrauen Daunenjacke aus dem Zimmer kommen. »Bisschen dalli. Ich schwitz mir in dem Schlafsack einen ab.«

»Wir sehen uns bestimmt noch mal«, sagte er zu Bärbel, tippte mit Zeige- und Mittelfinger gegen seine Stirn und folgte Ilona, die bereits auf dem Weg nach draußen war.

***

Killian wählte die Nummer, die auf der Visitenkarte stand. Es meldete sich eine Frauenstimme. »Frau Kerner? … Killian. Ich hätte gerne einen Termin mit Ihnen … am Telefon lässt sich das schwer zusammenfassen … am besten so schnell wie möglich. Sonst überleg ich es mir wieder anders. Das kommt Ihnen doch bestimmt bekannt vor, oder? … Gut. In zwei Stunden bin ich bei Ihnen.«

Er legte das Handy auf den Tisch und atmete durch. Es war nicht das erste Mal, dass er um psychologische Hilfe bat. Aber vielleicht war es diesmal das erste Mal, dass er auch hingehen würde. Zwei Stunden. Bis dahin konnte noch viel passieren. Schon jetzt, direkt nach dem Anruf, zweifelte er daran, ob er den Termin einhalten würde.

Bärbel kam herein. »Belledin ist weg. Spazieren mit Ilona. Hoffe, er behandelt sie anständig.«

»Wird er schon. Er ist knorrig, aber kein Schwein.«

»Du musst es ja wissen. Magst du ihn etwa?«

»Dich mag ich ja auch.«

»Witzig.«

»Ja. Ich mag ihn. Irgendwie. Wir haben was Verwandtes.«

»Und das wäre?«

»Badisch Blues.«

»Bei Belledin höre ich da eher Polka.«

»Unter der Polka schwelt der Offbeat. Wenn die Polka aus dem Takt kommt, wird er stolpern, und dann zeigt sich ihm sein wahres Wesen. Und darin wird er mir ähnlicher sein, als ihm lieb ist.«

»Oder als dir lieb ist?«

Killian lachte zynisch durch die Nase.

Sie sah ihn an. »Du siehst so scheiße aus«, sagte sie.

»Danke. Für deine Komplimente bist du berühmt.«

»Und trotzdem so heiß.«

»Was soll das werden? Belästigung am Arbeitsplatz?«

»Im Gegenteil. Halte dich zurück bei den Frauen hier, hast du gehört? Die fallen auf angeschlagene Seelen herein. Weil, mit denen bist du verwandt. Nicht mit Belledin.«

»Hab verstanden.« Er warf sich seine Jacke über. »Ab wann brauchst du mich hier?«

»Ich gehe um sieben heim. Wenn du dann hier wärst, wäre das klasse.«

»Gut.«

Er ging an ihr vorbei. Sie hielt ihn am Ärmel fest. »Danke.«

»Ich habe ein Dach überm Kopf. Was will ich mehr. Und über mir einen Haufen Huren, auf die ich aufpassen muss. Davon habe ich als Teenie geträumt. Ich habe zu danken.« Er grinste aufgesetzt und ging.

***

Ilona kam aus dem Tabakladen. Belledin hatte draußen gewartet. Sie hatte das Päckchen schon aufgerissen und im Mund eine

Zigarette, die sie anzünden wollte. Das Feuerzeug streikte. Sie schüttelte es und schnippte nervös am Feuerstein. Nur Funken. Keine Flamme. Sie schnippte noch mal. Vergebens. Bevor sie das Feuerzeug auf die Straße werfen konnte, hielt ihr Belledin eine Flamme unter die Nase. Dankbar, wie ein Hund, der nach langem Marsch Wasser bekam, sah sie Belledin an, während sie sich das Feuer in den Tabak zog. Sie inhalierte tief und hustete Schleim, den sie auf den mit Salz bestreuten Bordstein spuckte.

»Auch eine?«, fragte sie und hielt Belledin das Päckchen entgegen.

»Nein. Danke. Ich rauche nur zum Genuss.«

»Verstehe. Sie vögeln bestimmt auch nur zum Genuss, hab ich recht?« Sie sah ihn von unten an, den Kopf leicht geneigt wie ein Vogel, der nicht recht wusste, ob er die Kerne picken durfte, die ausgestreut lagen. Sie erinnerte Belledin an die Kohlmeise auf Selines Fensterbrett. »Ich mache nichts zum Genuss. Genuss ist was für Gesunde. Ich bin nicht gesund. Hier oben. Verstehen Sie? Da hat es mich voll erwischt. Alle Frauen, die auf den Strich gehen, haben hier oben massiv einen Schaden. Aber die meisten gestehen sich das nicht ein. Ich schon. Bei mir ist es ja auch schwer zu leugnen. Das sieht jeder.« Sie lachte bitter. »Ist mir aber egal. Hab ich halt einen Knall.« Sie neigte wieder das Köpfchen. Diesmal nach rechts. »Sie haben auch einen Knall. Hab ich recht? Ich kenne Sie nämlich. Hab schon öfters in der Zeitung von Ihnen gelesen. Die Zeitung mag Sie nicht, obwohl Sie die Gegend sauber halten. Das greift Sie bestimmt an. Da steht keiner drüber.«

»Eigentlich stelle ich hier die Fragen.«

Sie hustete. Der Schleim landete knapp neben Belledins Budapestern. »Tausendmal gehört. In jedem Krimi muss der Kommissar das mindestens einmal sagen. So wie die Nutte immer erzählt, dass sie eine beschissene Kindheit hatte und daran glaubte, dass der Typ, der sie verkauft hat, sie wirklich liebte. Die Nutte zerbricht nämlich nicht an den verfickten Freiern, sondern an gebrochenem Herzen.« Sie nahm einen kräftigen Zug, der den Stängel mindestens einen Zentimeter kostete.

»Und? Entspricht es der Realität?«, fragte Belledin.

»Arschloch.« Sie drehte sich ab und ging.

Belledin holte sie ein. »Kannten Sie Kerner?«

Sie ging weiter. Belledin hielt Schritt. »Klar. Er hat hin und wieder seine Frau abgeholt.«

»Werden Sie von Marta Kerner betreut?«

»Ja.«

»Wie ist sie?«

»In Ordnung.«

»Warum?«

»Sie hört zu. Stellt kaum Fragen.«

Belledin stellte sich vor sie. Sie blieb stehen.

»Wenn Sie mir was Anständiges erzählen, bin ich mit meinen Fragen auch gleich durch.«

»Mir ist kalt. Laden Sie mich ein auf ein Bier?«

»Noch etwas früh, finden Sie nicht?«

»Halb zwölf. Fast Mittag. Hier, im Lord Byron. Da gibt's auch ein gutes Schnitzel. Ich hab Hunger. Laden Sie mich auch auf ein Schnitzel ein?«

Sie neigte ihren Vogelkopf nach links und klimperte mit den Wimpern.

»In Ordnung.«

Ilona warf den abgerauchten Stummel in den Schnee und gab Belledin einen Kuss auf die Wange. Er sah sie irritiert an.

»'tschuldigung«, sagte sie. »Das ist so drin. Sie zahlen mir was, ich gebe es als falsche Zuneigung zurück.« Sie öffnete die Tür. »Nach Ihnen.«

Belledin betrat die Kneipe. Ein rustikaler Schuppen mit viel dunklem Holz. Lord Byron, ein englisches Pub in Südbaden.

»Hey, Lord. Zwei Murphys und Wiener Schnitzel mit viel Pommes und wenig Salat.« Ilonas Stimme überschlug sich. Sie schien hier zu Hause. Der fette Lord hinter der Theke grunzte und stellte das Bier ab, das er gerade für einen am Hocker angewachsenen Kunden zapfte.

»Lord, das ist nicht ganz voll«, sagte der aufgedunsene Stammgast.

»Du dafür. Bis zum Rand. Mehr kriegst du heute nicht mehr.«

»Spinnst du? Ich zahl. Also kann ich saufen so viel ich will.«

»Wann zahlst du?«

»Nächsten Monat. Hab ich doch schon gesagt. Nächsten Monat hab ich Arbeit. Da kassier ich Vorschuss und trag die Hälfte davon zu dir. Hand drauf.« Er hielt seine dreckige Pfote in die Höhe, um den Anschlag zu kassieren.

Der Lord ließ sie in der Luft stehen und drehte sich zu Ilona. »Zahlt der Herr?«, fragte er.

»Wer sonst?« Ilona zwinkerte kokett.

»Eine Hure müsste man sein«, sagte der Stammgast. »Dann hat man immer Kohle und Freier, die einen aushalten. Einfach die Beine breit und dafür Geld kassieren. Und Spaß macht es auch noch, habe ich recht?« Er lachte tonlos, wie ein Maschinengewehr. Der Lord nahm ihm das Bier weg und schüttete es in den Ausguss.

»He! Was soll das?«

»Raus. Verschwinde. Oder soll ich dir Beine machen?«

»Man darf doch wohl noch einen Witz machen.«

Der Lord schwang sich hinter dem Tresen vor, packte den Trunkenbold im Genick und schleifte ihn zum Ausgang. Mit der freien Hand öffnete er die Tür, mit der anderen warf er den Zeternden in den Schnee. Brummig kam er zurück.

»Danke, Lord. Sehr nobel«, sagte Ilona, und ihre Augen glänzten vor Genugtuung.

»Irgendwann ist die Grenze überschritten. Etwas Anstand kann jeder aufbringen.« Der Lord stand wieder hinter der Theke und zapfte Bier.

»Setzen wir uns ans Fenster«, sagte Belledin und zeigte auf einen Tisch, auf den Tageslicht fiel. Sie setzten sich.

»Was wollen Sie wissen?«, fragte Ilona.

»Ob Sie vielleicht gestern Nacht etwas gesehen haben?«

»Was sollte ich gesehen haben? Wie Cosmin Smaranda geholt hat? Ich habe es gehört. Alle haben es gehört. Bis auf die Thailänderin. Die war nicht da. Aber da misch ich mich nicht ein. Das ist nicht mein Bier.« Sie zog ihren Pullover hoch und zeigte Belledin eine zehn Zentimeter lange Narbe, die sich schräg oberhalb des Bauchnabels zog. »Hübsch, was? Da habe ich mich das letzte Mal eingemischt. Vor vier Jahren. Auch Rumänen. Die fackeln nicht lange. Bei denen ist das Messer wie eine Zahnbürste. Dreimal täglich.« Sie zog den Pulli nach unten.

»Waren Sie gestern Abend mal draußen? Auf eine Zigarette? Oder ein Bier?«

»Gestern? Nein. Es schneite doch. Beim ersten Schnee werde ich immer melancholisch. Da verkriech ich mich unter die Decke.« Sie trank, bis das Glas leer war, und klopfte es energisch auf den Bierdeckel. »Noch Fragen? Dann brauch ich was für meinen trockenen Hals.« Sie sah ihn an. Früher mussten ihre blauen Augen einmal das Meer versprochen haben. Jetzt glichen sie Tümpeln.

»Lilith. Kennen Sie Lilith?«

»Ich bin Lilith. Wenn Sie wollen. Das kostet aber extra.« Sie lachte schallend. »Was glotzen Sie so doof? Es gibt keine Lilith. Die haben sich Petkovic und Kerner erfunden, um mit einer Wundernutte Extrakohle abzuschöpfen. Immer eine andere muss Lilith spielen, es gibt nicht eine einzige Lilith, sondern eine ganze Truppe. Kapiert? So läuft der Hase. Noch Fragen?«

»Nein. Vorerst nicht.« Belledin stand auf, ging zum Lord an den Tresen und bezahlte.

***

Killian schlenderte über den Münsterplatz. Er hatte noch Zeit, ehe er sich mit Frau Kerner traf. Unter den Arkaden des alten Kaufhauses stöberte er in den Bücherkisten eines Antiquars. Er griff wahllos. Ein alter Fotoband von Freiburg. Schwarz-weiß. Er blätterte und steckte ihn zurück. Ein zerfledderter Krimi stach ihm wegen des Titels ins Auge: »Gefahr ist mein Geschäft«. Kriminalstorys von Raymond Chandler. Eine alte Ullsteinausgabe. Großartiges Cover. Blutroter Himmel. Low angle shot mit Fischauge verzerrte die Wolkenkratzer New Yorks. Killian sah nach oben. Das Münster schien ihm ebenso verzerrt, der blaue Himmel färbte sich in Killians Phantasie rot.

»Wenn es Sie interessiert. Ich habe noch mehr davon.« Es war der Buchhändler. Ein Mann um die sechzig, der sich die weißen Strähnen quer über die Glatze legte, um volles Haar vorzutäuschen. Er trug einen blauen Seemannspullover mit hohem Kragen und eine Cordjacke darüber. »Hammet.« Er zeigte Killian ein Buch mit dem Titel »Hinterlist im Zickzack«. Wieder Blutrot als Basisfarbe. Darüber zwei Revolver und große Felsbrocken, die Schatten warfen.

»Ich nehme beide«, sagte Killian. Er las selten Krimis. Aber die Cover und die Titel stießen etwas in ihm an. Vielleicht war es gut, wenn er mit Frau Kerner gleich darüber sprach? Als indirekter Einstieg? Er war sich sowieso nicht mehr sicher, ob er den Termin einhalten sollte. Er war aus dem Lot geraten. Nichts Neues. Das geschah immer wieder. Doch er hatte sich immer wieder gefangen. Warum nicht auch diesmal?

»Vielleicht interessiert Sie auch so etwas?« Der Antiquar reichte ihm ein Hardcover. »Dreifach« von Ken Follett. »Israelischer Geheimdienst. Da fährt der Mossad ganz groß auf. Geht um die erste Atombombe Israels.«

Der Buchhändler hatte Killian einen Tick zu lange angesehen. Lauernd auf eine Reaktion. Jetzt erst bemerkte Killian, dass der Mann einen Akzent hatte. »Sind Sie Franzose?«

»Je nach Historie.« Er streckte Killian das Buch entgegen.

»Nein. Danke. Geheimdienst interessiert mich nicht.«

»Hab ich mir fast gedacht.« Er steckte es in den Karton zurück.

»Elsässer?«, fragte Killian.

»Algerier.« Er lächelte. Die dünnen Lippen verschwanden dabei ganz. »In der Tradition Camus'.« Er drehte sich zu einer anderen Kiste und zog »Der Fremde« heraus. »Wenn Sie wollen. Den schenke ich Ihnen.«

Killian nahm das Buch. »Danke. Jetzt stehe ich in Ihrer Schuld.«

»Dann kaufen Sie noch ein Buch, und wir sind quitt.«

Killian glaubte, bei jedem Satz einen doppelten Boden zu hören. Aber warum? Ein Buchhändler, der aus Algerien stammte und ihm zufällig einen Thriller über den Mossad anbot. Wie hätte Seif wissen können, dass Killian über den Münsterplatz schlenderte? Oder hatte man ihn verfolgt? Hatte man den echten Händler kurz davon überzeugt, seinen Platz gegen den Algerier auszutauschen? Killian konnte sich nicht mehr erinnern, ob der Algerier bereits hier gewesen war, als er an den Stand gekommen war. Er sah überall Schatten, war durch, lag blank. Ja, er würde zu dieser Frau Kerner gehen. Er griff sich ein Buch mit dem Titel: »Stoffe der Weltliteratur«. Von Elisabeth Frenzel. Er mochte Geschichten, die sich in ihrem Archetypus wiederholten. Er hoffte, sich auch irgendwo darin wiederzufinden. Dann war für ihn klar, dass er nur nach den Regeln eines Archetyps handelte; in einer Geschichte, die so verlaufen musste, wie sie sich schon Jahrtausende wiederholte, und er gar keine Chance hatte, sich anders zu verhalten, als die Regeln es verlangten.

»Fünfzehn Euro zusammen«, sagte der Algerier und packte die Bücher in eine Plastiktüte. Killian zog mit den Büchern davon und ging über den Markt. An einem Würstchenstand stellte er sich an und nahm eine Bockwurst mit Zwiebeln und scharfem Senf. Er aß im Gehen, zog einen Bogen und landete beim Bücherstand des Algeriers. Jetzt verkaufte eine junge Frau mit gelockten roten Haaren die Bücher. Sie trug eine Daunenjacke und war gegen die Kälte besser gewappnet als zuvor der Algerier mit der Cordjacke. Killian nahm den letzten Bissen und ging auf die Frau zu. Er brauchte Gewissheit.

»Entschuldigung. Wo ist der Mann, der hier eben Bücher verkauft hat?«

»Wieder weg.«

»Wer war er?« Killian sah sie scharf an, damit sie nicht auf den Gedanken kam, Spielchen mit ihm zu treiben.

»Ich … ich kenne diesen Mann nicht. Er hat mir hundert Euro gegeben und gesagt, er wolle einem alten Freund einen Streich spielen. Ich solle eine Viertelstunde verschwinden.«

Er drehte sich weg und wollte gehen.

»Halt. Warten Sie.« Sie lief zu einem der Kartons und nahm ein Buch heraus. Es war »Dreifach«. Sie streckte Killian das Buch entgegen. »Er sagte, wenn Sie wiederkommen, soll ich Ihnen das geben.«

Killian nahm das Buch, schlug es auf und blätterte darin. In der Mitte steckten Lesezeichen. Fotos. Von Swintha. In Paris. Killians Herz schlug schneller. Er trat einen Schritt auf die Frau zu. »Wo ist der Mann hin?«

»Ich weiß es nicht. Ich weiß es wirklich nicht.«

Er riss seinen Kopf in die Höhe, starrte auf den Punkt, wo die Spitze des Freiburger Münsters den Himmel anbohrte, und heulte wie ein Werwolf zum Vollmond. Passanten blieben stehen, lachten, schüttelten die Köpfe und gingen weiter. Killian brach das Geheul ab und verschwand in einer Nebengasse, die vom Münsterplatz in Richtung Schwabentor führte.

***

Belledin studierte sein Notizbuch. Jetzt fehlten noch Nadja Ostrova und Jana Chuan. Und Dunja. Er nutzte den Weg zum Frauenhaus, um Telefonate zu führen. Zuerst Lilith. Diesmal kein Anrufbeantworter. Sondern eine Frauenstimme, die erklärte, dass der Teilnehmer unbekannt sei. Verdammt. Die SIM-Karte hatte sich erledigt. Warum hatte er sich nicht sofort darum gekümmert? Vielleicht hatte Wagner mitgedacht. Er wählte ihn an und hoffte, dass der Kerl nicht irgendwo besoffen zwischen den Ordnern pennte. Eigentlich gehörte Wagner in den Entzug. Wieder einmal. Zweimal hatte er den Gang durch die Hölle angetreten, zweimal war er wieder rückfällig geworden. Erst dachten sie, er verkrafte den Außendienst nicht. Deswegen hatten sie ihn ins Archiv versetzt. Aber dort war es ihm zu trocken gewesen. Da sie unterbesetzt waren, musste Wagner wieder draußen mitanpacken.

Sein Alkoholismus war den Kollegen zur Normalität geworden. Es gab ja auch Fußballer, die soffen. Solange sie Tore schossen, kümmerte das keinen.

»Wagner? Endlich. Was brauchst du so lange? … hast du was über die Telefonnummer dieser Lilith herausgefunden? … Prepaid, verstehe … GPS? … Hureseich.« Er drückte Wagner grußlos weg und wählte die Nummer von Dr. Selinger. Der

Gerichtsmediziner nahm sofort ab. Hatte wohl nichts zu tun. »Hier Belledin … was gibt's über den Toten zu erzählen?«

Belledin lauschte und staunte. Dr. Selinger war bereits fleißig gewesen. So wusste er, dass Kerner noch sehr gut gespeist hatte, ehe man ihn ausknipste. Und er hatte Sex gehabt. Sein Sperma klebte an seinem Bauch. Ein langes blondes Haar, das nicht von ihm stammte, ebenfalls. Bingo. Belledin konnte schon mal auf DNA-Suche gehen. Ilona war blond. Und ihr traute er einiges zu. Die hatte sie nicht mehr alle beisammen. Aber auch Marta war blond. Kerner hätte auch Sex mit der eigenen Frau haben können. Heiß genug war sie. Und gestern war Mittwoch. Er lachte bitter über sein eigenes Sex-Ritual, das er mit Biggi über Jahre gepflegt hatte. Gleichzeitig merkte er, dass ihn das blonde Haar doch nicht wirklich weiterbringen würde. Es sei denn, das Haar war nicht von Marta. Dann konnte Eifersucht im Spiel sein. Aber Marta hatte ein Alibi. Sie war bei den Frauen. Trotzdem. Er würde zuerst Marta um ihre Zahnbürste bitten, danach Jana, Nadja und Dunja vernehmen.

***

Killian stand vor der Villa und zögerte. Was wollte er hier? Seifs Bande war hinter ihm her, drohte damit, Swintha etwas anzutun – und er wollte in Therapie? Er müsste eigentlich nach Paris. Swintha schützen. Vielleicht legte es Seif gerade darauf an? Wollte er Killian nach Paris locken? Dort war es ein leichtes Spiel, Killian in die Mangel zu nehmen. In Paris war Seif in der Überzahl und gut vernetzt. Dort würde es nicht auffallen, wenn sein eingespieltes Team Killian hetzte. Hier musste er Leute ankarren, die nicht auffallen durften. Oder er musste selbst Hand anlegen. Aber Seif war viel beschäftigt. Und es gab Wichtigeres als Killian. Ein paar Fotos von hochrangigen Wirtschaftsbossen und Islamisten, die Killian geschossen hatte, machten wohl einige nervös. Moshe hatte die wichtigen Fotos längst. Auf dem Chip seiner Nikon waren noch ein paar Fotos, die er als Tourist im jüdischen Viertel geknipst hatte. Ob es Seif darum ging? Warum?

»Wollen Sie zu mir?«, fragte eine schlanke, große blonde Frau, die mit dem Schnee im Hintergrund und in dem weißen Mantel aussah wie eine nordische Göttin. Ihre blauen Augen schienen riesig in dem schmalen, hochwangigen Gesicht. Fast ein Manga.

»Killian. Wir hatten telefoniert.«

Sie zog ihren hellbraunen Lederhandschuh aus und streckte ihm die feingliedrige Hand entgegen. Ein blauer Saphir, umkränzt von kleinen Diamanten auf Weißgold, zierte ihren Ringfinger. In der anderen Hand hielt sie eine Einkaufstüte. »Ich war gerade einkaufen.«

Sie schloss das Tor auf und ging voran. »Kommen Sie.«

Eine trauernde Witwe stellte er sich anders vor.

Sie öffnete die Haustür, stampfte sich den Schnee von den Stiefeln und trat ein. Killian tat es ihr nach.

»Hier entlang. In die Küche. Ich koche uns etwas, und Sie erzählen.« Während sie redete, drückte sie Killian die Einkaufstüte in die Hände, zog sich Mantel, Mütze und Stiefel aus, schlüpfte in Filzpantoffeln und trippelte darin wie eine Geisha in die Küche.

Killian stellte die Tüte auf der Arbeitsplatte ab.

»Und? Wie finden Sie die Küche? Man könnte meinen, wir bekochen hier täglich fünfzig Gäste. Hab ich recht?« Der Herd war mittig platziert. Es fehlte an nichts. Eine Profiküche. »Mein Mann mag das. Er kocht sehr gerne. Und auch gut.« Sie nahm eine Pfanne vom Haken, stellte sie auf den Herd und starrte auf die leere Fläche, in der gleich Olivenöl brodeln sollte. Sie sah zu Killian. »Entschuldigung. Ich bin ganz gut im Verdrängen. Mein Mann ist tot. Erschossen. Gestern Nacht. Und ich tue so, als ob nichts gewesen wäre, und nehme einen Termin an.« Sie setzte sich auf einen Hocker, der am Fenster stand. »Ich bräuchte jetzt selbst Hilfe. Tut mir leid, dass ich Ihnen zugesagt habe.«

Killian sah sie an. Eine Schneekönigin aus einer fernen Welt. Den Blick ins Nirgendwo zwischen Chromherd und Marmor gerichtet.

»Soll ich kochen?«, fragte er.

Sie sah weiterhin ins Nichts, nickte und lächelte. »Ja. Kochen

Sie etwas. Was können Sie am besten?« Sie sah zu ihm hoch. »Ich wette, Rührei.«

»Ist auf Platz zwei.«

»Spaghetti?«

»Platz drei.«

»Steak.«

»Falafel.«

»Falafel? Wie kommt's? Sind Sie Araber?«

»Nicht ganz. Bin manchmal in der Gegend.«

»Interessant. Vielleicht sollten wir doch eine Sitzung machen?«

»Wenn Sie wieder im Lot sind, gerne.«

Sie lachte und zeigte mit dem Finger auf ihn. »Haha! Sie haben Angst. Es ist Ihnen nur recht, dass es mir nicht gut geht. Sie glauben, Sie kommen so um die Klugscheißerei einer Therapeutin herum.«

»Sieht man mir das an?«

»Auf tausend Kilometer.«

Er sah in die Einkaufstüte und holte Freilandeier und frische Petersilie heraus. Dann nahm er eine Zwiebel aus einem hängenden Korb, hackte sie klein und goss Olivenöl in die Pfanne. »Wo geht es an?«

Sie stand auf und drehte am richtigen Knopf. Dabei kam sie Killian näher als gewollt. Sie roch gut. Er hielt sich sofort die Zwiebelfinger unter die Nase, um nicht auf unsinnige Gedanken zu kommen. Sie setzte sich wieder auf den Hocker.

»Macht man so Falafel?«

»Nein. Rührei.«

Sie grinste. »Sie gefallen mir.«

Killian drehte sich von der Pfanne weg und sah sie fragend an.

»Nein. Nicht wie Sie meinen. Aber ich glaube, Sie sind ein interessanter Fall. Ein Zu-Fall. Glauben Sie an Zufälle?«

Er nahm eine Schale und schlug vier Eier hinein. »Haben Sie Milch?«

»Im Kühlschrank. Dort hinten.« Sie zeigte in die Richtung. Killian mochte ihre Bewegungen. Sie glichen denen einer Tänzerin. Vom Zentrum heraus geführt. Er ging an den Kühlschrank und öffnete ihn. Randvoll bis oben hin.

»Bringen Sie mir ein Bier, bitte«, sagte sie. »Sie werden an Zufälle glauben müssen. Denn dass wir uns getroffen haben, hat mit Ursache und Wirkung wenig zu tun. Das ist bei den Haaren herbeigezogen. Spätestens nach der dritten Sitzung werden Sie mir beipflichten.« Sie grinste zweideutig, ließ die Mundwinkel plötzlich fallen und stierte ins Nichts. »Ja, das werden Sie. Verstehe einer die Welt.«

Killian nahm eine Flasche heraus, öffnete sie mit dem Griff eines Löffels und suchte nach einem Glas.

»Ich trinke aus der Flasche.«

Er reichte ihr die Flasche. Sie nahm einen Schluck. »Normalerweise trinke ich kein Bier. Mein Mann hat immer Bier getrunken. Ich trinke höchstens mal ein Glas Sekt oder Rotwein zum Essen. Wenn mein Mann Wild gekocht hat.« Ihr Blick schweifte wieder ab, Tränen stiegen in die blauen Augen, quollen über die Lider und hingen wie Kristalle an ihren Wangen. Killian verspürte das Bedürfnis, sie wegzuwischen, hielt sich aber zurück. Er hatte kein Recht dazu. Diese Perlen waren nicht für ihn gedacht. Sie gehörten ihrem verstorbenen Mann. Oder dem Maler, der sie so einfangen sollte.

»Wir können ja andersherum anfangen. Diesmal reden Sie. Das nächste Mal ich.« Er drehte die Pfanne mit dem Öl, damit es gleichmäßig erhitzte.

Sie wischte sich die Kristalle selbst weg. »Ich glaube Ihnen kein Wort. Bei Ihnen gibt es kein nächstes Mal. In keiner Beziehung. Hab ich recht? Eine Nacht und gut. Sie haben Angst vor Nähe. Angst davor, dass man Sie erkennen könnte. Und Ihre größte Angst ist, dass dort dann nichts zu finden ist. Kein Geheimnis. Keine Besonderheit. Einfach nur ein kleines Kind, das sich noch immer nach Liebe sehnt und zu früh erwachsen werden musste.«

»Reden Sie von sich?«

»Vielleicht. Aber bestimmt auch von Ihnen.«

Er goss Milch in die Schale und rührte mit einer Gabel die Eier. Dann hackte er die Petersilie und vermengte sie mit dem Ei.

»Salz?«

»Ohne. Nur der Dilettant braucht Salz. Der Meister würzt mit Kräutern. Sagt mein Mann.«

»Und wer, glauben Sie, hat ihm die Suppe versalzen?«

»Was?«

»Er wurde erschossen. Was glauben Sie, wer hat es getan?«

Sie starrte ihn an. »Sie sind pietätlos. Ist Ihnen ein Menschenleben so wenig wert, dass Sie so etwas fragen? Ich bin seine Frau. Ich versuche zu begreifen, was geschehen ist, und Sie fragen mich nüchtern nach Vermutungen aus. Wie dieser fette Polizist.«

»Belledin.«

»Ja. Belledin. Sie kennen ihn?«

»Ja.«

»Schon wieder ein Zufall.«

Er hielt das Rührei in Bewegung, drehte die Flamme kleiner, nahm Speckwürfel aus dem Kühlschrank und mischte sie unter.

»Clever. Jetzt haben Sie Ihr Salz drin.«

Killian zwinkerte ihr zu.

»Hat Sie dieser Belledin geschickt, damit Sie mich aushorchen?«

»Nein. Wir mögen uns nicht besonders.«

»Hatten Sie Ärger mit ihm?«

»Wie man's nimmt.«

»Sind Sie ein Ganove?«

»Vielleicht.«

»Sie tun sich wichtig. Männer. Ohne Geheimnis stehen Sie nicht im Mittelpunkt. Sie stehen gerne im Mittelpunkt.«

»Eher im Brennpunkt.«

»Also doch Polizist?«

»Kriegsfotograf.«

»Autsch. Das klingt schon jetzt nach schwerem Trauma.«

»Teller?«

»Hier. Bei mir.« Sie stand auf und öffnete einen Schrank. »Essen wir hier? Ich esse gerne in der Küche.«

Sie stellte die Teller auf einen quadratischen Tisch aus Nussbaum und legte Besteck daneben. »Wollen Sie auch ein Bier? Oder lieber Wein?«

»Heißes Wasser.«

»Sieh an. Ayurveda. Mit Ingwer?« Sie griff in die Einkaufstüte, wedelte mit einer Ingwerwurzel und warf sie Killian zu. Er fing und schnitt sich ein Stück davon ab.

»Ich kenne es aus Persien. Nicht aus Indien.«

»Iran. Waren Sie schon mal dort? Haben Sie dort im Krieg Fotos geschossen? Das werden aufregende Sitzungen.«

»Ich war in Katscha und habe Fotos von den Rosenplantagen gemacht. Jedenfalls erinnere ich mich an nichts anderes mehr.« Er sah sie an. Sie verschwamm und verwandelte sich in Rohina. Er drückte die Augen fest zusammen und öffnete sie langsam. Jetzt saß wieder Marta Kerner vor ihm.

»Ich mache das Wasser. Damit ich auch was beigetragen habe.« Sie nahm den Wasserkocher, der neben dem Waschbecken stand, füllte ihn und knipste ihn an. Killian schabte das Rührei in die Teller.

»Riecht gut«, sagte sie. »Wollen wir anfangen?«

»Prijatnawa apititja«, sagte Killian.

»Smatschnoho. Ich bin aus der Ukraine, nicht aus Russland.« Eiskalter Blick. Dann ein versöhnliches Lächeln. »Aber eigentlich ist es egal. Der Akzent ist für Deutsche derselbe. Jetzt bin ich in Deutschland. Und im Grunde sind die Leute sich auf der ganzen Welt ähnlicher, als sie gerne hätten. Prostitution zum Beispiel. Wo gibt es die nicht?«

»Essen Sie, sonst wird es kalt.«

»Erst Ihr Wasser.« Sie stand auf und goss Killian heißes Wasser in eine Tasse. Wieder bewunderte er ihre Art, sich zu bewegen. Alles ein Fluss. Am liebsten hätte er sie an den Kühlschrank geschickt, um ihm etwas zu holen. Nur damit er sehen konnte, wie sie sich bewegte. Er würde sie gerne in Bewegung fotografieren. Eine Schwarz-Weiß-Serie im Schnee.

Sie stellte die Tasse auf den Tisch und setzte sich. »Wo waren wir stehen geblieben?«

»Bei Ihrem Mann. Sie wollten mir erzählen, ob er Feinde hatte.«

»Nein. Wir waren bei der Prostitution.«

»Hatte Ihr Mann Feinde?«

Sie lachte. »Er war Scheidungsanwalt. Da gibt es meistens Gewinner und Verlierer. Aber eigentlich nur Verlierer. Wenn eine Ehe scheitert, haben beide verloren. Und die Verlierer suchen einen Schuldigen. Und manchmal glauben sie, es sei der Anwalt. Also Feinde wie Sand am Meer.«

»Aber warum schießt man ihm in Hoden und Herz? Das ist doch symbolisch, finden Sie nicht?«

Sie hatte noch keinen Bissen angerührt und sah auf die gelbe Masse mit den grünen Sprenkeln und den kleinen Speckstückchen. »Wenn ich nicht involviert wäre, hätte ich einige Thesen.«

»Sie haben auch so bestimmt Thesen. Ein denkendes Hirn lässt sich nicht abschalten, nur weil es involviert ist.«

»Aber die Thesen sind wenig wert.«

»Nennen Sie mir eine.«

»Haben Sie keinen Hunger?«

»Ich warte, bis Sie anfangen.«

»Ich warte, bis Sie Falafel machen.« Sie schob den Teller von sich weg. »Und jetzt wünsche ich, dass Sie wieder gehen. Ich glaube, dass das genug war für die erste Sitzung. Ich habe einen kleinen Einblick gewonnen.« Ihre Augen gefroren wieder.

Killian nahm einen Schluck vom heißen Wasser und stand auf. Sie wollte sich ebenfalls erheben. »Bleiben Sie sitzen. Ich finde hinaus.«

Er ging.

***

Belledin stutzte, als er Killian am Tor begegnete, und versperrte ihm den Weg.

»Was machst du hier?«

»Privatsache.«

Belledin kniff die Augen zusammen. »Du schnüffelst doch nicht etwa wieder in fremden Angelegenheiten?«

»Keine Sorge. Habe selbst genug an den Hacken. Da interessieren mich deine Toten nicht. Und wenn deine Kollegen jemanden in der ›FreiJa‹ abstellen würden, käme ich erst gar nicht in Verlegenheit.«

»Die Engler macht mich noch mal fertig mit ihrer Hysterie. Dass ihr zusammen ein Kind habt, krieg ich auch nicht zusammen. Was macht Swintha eigentlich?«

»Keine Ahnung. Ich dachte, ich würde sie in der ›FreiJa‹ treffen, weil sie ein Fotoprojekt über geknechtete Frauen macht.«

»Telefoniert ihr nicht? Ich meine, wenn sie schon in die Fußstapfen ihres Vaters tritt, wird sie sich doch sicher den einen oder anderen Tipp abholen.«

»Wie ist es mit deiner Tochter? Du hast doch auch eine, oder?«

»Das weiß ich selbst nicht so richtig. An Weihnachten und an Geburtstagen habe ich wohl eine. Eine, die mir Hörbücher und CDs schenkt.«

»Dafür hast du eine Frau. Das ist viel wert.«

»Was soll das Gesäusel? Als ob dich das interessieren würde. Willst du mich verarschen?«

»Nein. Ich wollte nur mal nett sein. Aber falls du einen Scheidungsanwalt suchst: Hier bist du zu spät. Dafür kannst du hier eine Therapie kriegen.« Killian ließ Belledin stehen.

»Volldubel.« Belledin nuschelte noch andere Flüche in seinen Schnäuzer und ging über den festgetretenen Schnee zum Hauseingang.

Frau Kerner schien überrascht, ihn vor der Tür zu sehen. Sie dachte wohl, Killian hätte etwas vergessen. »Was wollte Killian hier?«, fragte er direkt.

»Privatangelegenheit.«

»Habe ich heute schon mal gehört. Quatscht er sich aus? Bei Ihnen? Wenn das kein merkwürdiger Zufall ist. Vielleicht ist nichts dabei, und ich mache mir nur wieder einen unnötigen Kopf. Und, was erzählt er? Lagerfeuergeschichten? Oder ›Im Westen nichts Neues‹? Da möchte ich gerne Mäuschen sein. Darf ich reinkommen?«

Sie machte ihm Platz. Er ging an ihr vorbei. Sie schloss die Tür.

»Mmh. Riecht gut«, sagte er und hängte seine Nase hoch in die Luft.

»Es ist noch etwas da. Wenn Sie wollen, können Sie es gerne essen.«

»Wirklich? Sehr freundlich. Ich habe nämlich heute noch gar nichts gegessen. Außer Rührei.«

»Dann wird Sie mein Menü nicht verunsichern.« Sie wies Belledin den Weg in die Küche und bot ihm den Platz an, auf dem sie zuvor gesessen hatte. »Sie sind doch ein Gewohnheitstier, oder?«

Er hängte seinen Mantel über die Stuhllehne, legte den Stetson auf die Fensterbank und setzte sich. »Wie meinen Sie das?« Er sah auf den Teller mit dem Rührei.

»Soll ich es noch mal warm machen?«

»Nein. Nein. Das geht so. Danke.« Er nahm die Gabel und schob sich Rührei in den Mund. »Sehr gut. Sie sind eine ausgezeichnete Köchin.«

»Danke.«

Er sah den anderen Teller. »Esse ich gerade Killians Ei? Hat es ihm nicht geschmeckt?«

»Meine Fragen haben ihm nicht geschmeckt.«

»Dann ist das also Ihre Gabel? Ich meine, Sie haben davon gegessen?«

»Ist sonst noch jemand hier?«

»Entschuldigen Sie. Aber Polizisten sind manchmal penibel. Wir fragen lieber dreimal nach, ehe wir etwas dem Zufall überlassen. In Sachen Mord ist das nämlich nicht lustig.«

»Verstehe.«

»Haben Sie vielleicht eine saubere Plastiktüte? Oder eine Klarsichtfolie?«

»Einen Gefrierbeutel.«

»Sehr gut.« Er schob sich eine weitere Ladung in den Mund, kaute kaum und schluckte. Marta reichte ihm den Gefrierbeutel.

»Tun Sie einfach Ihre Gabel hinein.«

Marta tat es. Belledin nahm ihr den Beutel ab. »Ist wegen der DNA. Bei Ihrem Mann wurde Sperma am Bauch gefunden. Und daran festgeklebt ein blondes Haar. Jetzt wollen wir abgleichen, ob das Haar von Ihnen ist.«

»Sie können mich auch fragen, ob ich gestern noch Sex mit meinem Mann hatte.«

Belledin wagte es nicht, den Bissen zu schlucken, den er gerade im Mund hielt. Und mit vollem Munde sprach man nicht. Wenn sie also nicht fortfuhr zu sprechen, würde es nicht mehr vorangehen.

»Ja. Ich hatte Sex mit ihm. Wir hatten fast täglich Sex. Er war recht triebhaft. Und mir gefällt es auch.«

Belledin schluckte. Laut. Es war ihm unangenehm.

»Ich kann immer noch nicht glauben, dass er tot ist. Es ist so unwahr. Er war so vital. So voller Lebensfreude.«

Belledin hielt den Gefrierbeutel in die Luft. »Wir werden das trotzdem überprüfen. Wenn das blonde Haar eine andere DNA hat, ich meine, bei der Triebhaftigkeit Ihres Mannes, wie Sie sagen, könnte das ja durchaus sein. Also, wenn das blonde Haar eine andere DNA hat, dann wäre das eine Spur zu seinem Mörder.«

»Mörderin.«

»Was?«

»Mörderin. Ich glaube kaum, dass Wolfgang ein blondes Haar von einem Mann an seinem Bauch kleben hat. Schwul war er nicht. Da bin ich mir ganz sicher.«

»Entschuldigung.«

»Da gibt es nichts zu entschuldigen. Ich habe nichts gegen Schwule. Sie etwa?«

»Nein. Natürlich nicht.«

»Warum entschuldigen Sie sich dann?«

Belledin kam ins Schwitzen. Diese Frau konnte einem das Wort im Mund verdrehen. Und sie hatte einmal täglich Sex mit ihrem Mann gehabt. Was machte sie jetzt, da ihr Mann tot war? Würde sie es vermissen? Oder hatte sie es nur ihm zuliebe getan? Bestimmt nicht. Sie sah so aus, als würde es ihr Spaß machen. Bei ihr brauchte es keinen Mittwochtermin. Belledin stand mit einem Ruck auf. »Ich muss los. Vielen Dank. Und nochmals mein Beileid.« Er warf sich wie ferngesteuert den Mantel über, stülpte sich den Hut auf den Kopf, nahm den Gefrierbeutel mit der Gabel vom Tisch und marschierte aus der Küche und durch den Flur, bis er endlich draußen war und nach Luft schnappte. Erst jetzt wurde ihm bewusst, dass er seit seinem letzten Wort den Atem angehalten hatte.

***

Moshe reagierte nicht. Swintha nahm nicht ab. Killian wusste nicht wohin mit sich. Sollte er den nächsten Zug nach Paris nehmen? Und dann? Er würde Swintha nur gefährden. Ihn kannten sie. Wenn er in Swinthas Nähe auftauchte, wäre sie erledigt. Seifs Leute scherzten nicht. Konnte er denn wirklich nur warten und hoffen, dass alles gut lief? Er wollte in seinen Defender steigen, erinnerte sich aber, dass Bärbel den Wagen gefahren hatte. Er würde sich den Schlüssel bei ihr holen müssen. Er hatte keine Lust, Bärbel jetzt zu begegnen. Sie würde ihn nach Swintha fragen. Was war mit seinen Sachen? Hilperts Sprinter? Auch darum musste er sich kümmern. Und um Seif und den Algerier. Er sah sich um, ob ihn jemand verfolgte. Niemand schien ihm verdächtig. Er stieg in die nächste Straßenbahn, die in Richtung Hauptbahnhof fuhr. Ein kleiner Junge mit großen dunklen Augen hielt sich am Bein seines Vaters fest. Killian zwinkerte ihm zu. Der Kleine drückte sich mit dem Gesicht ans Bein des Vaters. Killian sah zum Fenster raus. Er sah sich selbst in der Spiegelung und konnte durch sich hindurchsehen. Physikalisch einfach zu erklären. Aber psychologisch nicht. Hinter seinem durchsichtigen Spiegelbild flimmerte die Stadt vorbei. Aus dem verwaschenen Bildermeer tauchte ein kleiner Junge auf. Killian. Mit acht. Am Bein seines Vaters. Direkt nach der Scheidung hatte er seinen Vater noch dreimal gesehen. Einmal sind sie Straßenbahn gefahren. Schwarz. Zwei Nonnen, die für die Diaspora sammelten, hatten Killian zugelächelt. So wie er es eben bei dem Kleinen mit den Knopfaugen getan hatte. Sein Vater hatte die Chance genutzt, um den Nonnen eine Geschichte aufzutischen, dass sich die Balken bogen. Killian wäre der Jüngste von fünf Kindern. Die Frau habe ihn verlassen, wäre mit einem anderen durchgebrannt, der mehr Geld hatte. Und jetzt stünde er allein da; arbeite zwei Schichten, um die hungrigen Mäuler zu stopfen. Aber mit Gottes Hilfe habe er die Kraft. Nur die nächste Miete würde er ihm halt auch nicht zahlen. Und wo die Kinder dann landeten, wolle er sich gar nicht ausmalen. Es war das erste Mal, dass der kleine Killian seinen Vater hatte weinen sehen. Dabei hatte er die beiden Nonnen mit seinen graugrünen Augen so angesehen, als hätte er vergessen, dass sie nur Jesus liebten. Und unter ihrem Gewand waren sie doch nur Frauen gewesen. Sie hatten ihm Geld gegeben. Dem Halunken. Als sie aus der Straßenbahn gestiegen waren, hatte sein Vater gelacht und gejubelt und Killian in die Luft geworfen und wieder aufgefangen. Er war ein Held. Dass er das Geld gleich in der nächsten Kneipe verspielt und versoffen hatte, war eine andere Geschichte.

Die Straßenbahn hielt am Bertholdsbrunnen. Vater und Kind stiegen aus. Killian fuhr weiter. Ein Mann setzte sich neben ihn. Der Algerier. Er zuckte mit den Schultern und lächelte. »Tut mir leid. Aber ich komme nicht von Ihnen los.«

»Wo ist Seif? Wieso kommt er nicht selbst?«

»Seif? Kenne ich nicht.«

»Was wollen Sie?«

»Das wissen Sie.«

»Wo sind meine Sachen?«

»In Einzelteile zerlegt. Wir kamen nicht drum herum.«

»Und? Was gefunden?«

»Säße ich dann hier?«

»Seif soll selbst kommen. Dann kriegt er, was er will. Unter einer Bedingung.«

»Swintha?«

Killian schwieg. Seine Augen glühten. Wie gerne hätte er dem Algerier die Gurgel zugedrückt.

»Ich verstehe Ihre Leute nicht. Wieso setzen sie Swintha ein, nachdem Sie verbrannt sind? Es liegt doch nahe, dass wir ihr Umfeld ausleuchten. Obendrein ist sie noch blutige Anfängerin. Kanonenfutter.« Er musterte Killian. »Oder eine verdammt gerissene Finte. Eine Ablenkung?«

Killian wusste nicht wohin mit sich. Er bekam Platzangst. Was wollte der Algerier? Was für ein Spiel trieb Moshe? Killian fühlte nur Ohnmacht.

»Kommen Sie mit mir. Ich führe Sie zu jemandem, der Ihnen erzählen wird, worum es geht.«

Die Straßenbahn hielt auf der Brücke über dem Hauptbahnhof. Killian und der Algerier stiegen aus. »Ich habe meinen Wagen auf der anderen Seite. Kommen Sie.«

Killian zögerte. Doch was hatte er zu verlieren? Swinthas Leben stand auf dem Spiel. Wenn ihr etwas zustieße, konnten sie ihn gleich mit einsargen. Er folgte dem Algerier.

VIER

Belledin klopfte an den Türrahmen. Steffi Berger hob den Kopf vom Mikroskop und sah ihn an.

»Störe ich?«, fragte Belledin, und er wunderte sich selbst über seine Zurückhaltung.

»Sie sind der Boss.« Berger kam auf ihn zu und streckte ihm die Hand entgegen. Er schlug ein und gab sich Mühe, nicht fest zu drücken, wie er es sonst gerne tat. Er war nicht zufrieden damit. Es fühlte sich unecht an. Wie ein Weib. Sie dachte jetzt bestimmt, er hätte keinen Mumm. Er wollte noch mal nachfassen und fester drücken, aber es war zu spät. Sie strich sich mit der Hand eine Strähne aus dem Gesicht. Über der Augenbraue entdeckte er ein Muttermal, das wie gemalt wirkte.

»Und? Hatten Sie gestern noch einen netten Abend zu Hause?«, fragte er, insgeheim hoffend, dass sie sich mit ihrem Mann nicht mehr verstand und die Beziehung längst dem Ende entgegenstrauchelte.

»Haben schon alle geschlafen.«

Zufriedenstellend war das nicht. »Dafür gibt es ja das gemeinsame stärkende Frühstück in den Tag, nicht wahr?« Belledin wollte es wissen.

»Frühstück? Mein Mann und die Kinder waren schon aus dem Haus, als ich aufgestanden bin. Ich brauche morgens meine Ruhe. Kann kein Wort reden. Zigarette und Kaffee. Bin ziemlich anstrengend, wenn man mich nicht in Ruhe lässt.« Sie lachte wieder. Belledin entdeckte ein Grübchen. Aber nur auf der linken Wange.

»Und Ihr Mann? Ich meine, steht der auf Morgenmuffel?«

»Ich werde ihn fragen, wenn ich ihn mal wieder zu Gesicht bekomme.«

Bingo. Belledin sah Chancen. Da konnte auch was in die Brüche gehen.

»Aber wissen Sie, ich glaube, das kann eine Beziehung auch

frisch halten. Wir lernen uns dadurch immer wieder neu kennen.« Sie seufzte.

Belledin sah durch sie hindurch. Er zwang sich zum Grund seines Besuchs. »Hier. Das ist für einen DNA-Abgleich. Die Gabel ist von Marta Kerner.« Er reichte ihr die Tüte. Sie nahm sie entgegen und legte sie neben das Mikroskop auf den Tisch.

»Heute Abend kriegen Sie es. Ich werde heute Überstunden klopfen. Mein Mann ist mit den Kindern bei seiner Mutter. Sie hat Geburtstag.«

»Und Sie müssen da nicht mit?«

»Um Himmels willen, nein. Wir können uns nicht ausstehen.«

»Und was sagt Ihr Mann dazu?«

»Nichts. Für ihn ist das in Ordnung. Ich habe ja ihn geheiratet, nicht seine Übermutter. Im Grunde muss ich ihr dankbar sein. Weil sie so eine Glucke ist, liebt mein Mann es, dass ich ihn in Ruhe lasse.«

»Sie sollten in eine Talkshow«, sagte Belledin, dem es aufstieß, dass bei den Bergers alles so glattlief, trotz Dutzender Gründe, warum es auch scheitern konnte.

»Und bei Ihnen? Sie sind ja schon eine Weile länger verheiratet? Wie läuft's bei Ihnen?«

»Meine Frau hat mich gestern verlassen. Ist mit dem Apotheker durchgebrannt. Hat mir einfach einen Zettel hingelegt. In Schönschrift. Ich weiß schon gar nicht mehr, was alles drinstand.« Er hatte es tatsächlich gesagt. Dabei hatte er es für sich behalten wollen. Ein Mann wie er durfte nicht von einer Frau verlassen werden. Das musste so lange verschwiegen werden, bis es nicht mehr wahr war. Bis Biggi wieder auf den Knien flehend angekrochen kam und ihn um Verzeihung bat. Und selbst dann würde es außer dem Apotheker niemand wissen. Und der würde sich selbst vergiftet haben, aus Angst, dass Belledin ihm den Hals umdrehte. Und schon bräuchte es Belledin gar nicht mehr zu erzählen, weil es gar nicht stattgefunden hatte.

Berger lachte herzhaft. Er sah das Grübchen, das Muttermal und fand sie sehr anziehend.

»Sie Witzbold. Ich wäre fast darauf reingefallen. Aber der

Apotheker und der Abschiedsbrief klingen schon sehr nach Daily Soap.«

»Ihnen kann man nichts vormachen.« Belledin war erleichtert, dass sie ihm nicht glaubte. »Sie sollten zum Ermittlerteam wechseln. Wir sind da stark unterbesetzt.«

»Des hab ich ghört«, sagte Wagner, der mit einem Ordner unterm Arm im Türrahmen auftauchte. Belledin trat einen Schritt zurück, sodass sie ein Dreieck bildeten.

»Was hast du gehört?«, fragte Belledin.

»Des mit dem unterbesetzt. War ä Anspielung auf mich, hab ich recht?«

»Mehr als das. Du gehörst einfach nicht in den Außendienst. Der macht dich fertig. Und das weißt du.«

»Nur keine falsche Anteilnahme. Aber so isches. Was willsch mache. Die Gauner froge nit: Wagner, wie geht's dir?« Wagner nickte mehrmals hintereinander, seine Worte bekräftigend. Das war neu. Belledin war es bislang zumindest noch nicht aufgefallen.

»Und? Was Neues?«

»Über Petkovic hab ich hier ein paar interessante Gschichtle.« Er klopfte mit den Fingern auf den Ordner. »Kannte Kerner besser, als er dir verrate wollt.«

»Heißt? Hat er ihn mal von einem Pferdchen geschieden, das die magische Altersgrenze von fünfundzwanzig überschritten hatte?«

»Pferdchen isch gut. Oxana Litschko.« Wagner ließ sich den Namen wie einen Hochprozentigen auf der Zunge zergehen.

»Was? Die Litschko und Petkovic?«

Wagner schürzte die Lippen und nickte. Er hörte gar nicht mehr damit auf, schien immer wieder von vorne damit zu beginnen.

»Wagner. Ist gut.« Belledin packte ihn bei den Schultern. »Erzähl weiter.«

Wagner reckte sich und fuhr in bemühtem Hochdeutsch fort: »Petkovic war kurz nach dem Jugo-Krieg nach Wien abgehauen. Stieg dort in ein kleines Unternehmen ein, das Schutzgeld erpresste. Dort begegnete er Oxana. Sie fand Gefallen an ihm und adoptierte ihn. Sie war damals auch schon Mitte vierzig und witterte wohl den Ehrgeiz in Petkovic. Es ging nicht lang, da kontrollierte er ihre Geschäfte. Und irgendwann wollte er sie loswerden. Aber Oxana wäre nicht Oxana, wenn das so einfach ginge.« Er nickte wieder. Belledin dachte schon, er müsse ihn wieder schütteln, aber Wagner fing sich. »Sie hatte einen schweren Autounfall. Angeblich eine Unaufmerksamkeit des Fahrers. Die Wiener Kollegen haben damals Rammspuren an der hinteren Stoßstange gefunden, sich aber nicht weiter darum gekümmert. Es war ihnen wohl recht, wenn sich das Milieu gegenseitig von der Rampe schoss. Und Oxana hat auch gar keine Anzeige erstattet. Wollte das wohl intern regeln.«

»Wann war das?«, fragte Belledin.

»Vor fünf Jahren. In ihrer Blüte.«

»Habe ich nichts mitgekriegt.«

»War ja auch in Wien.«

»Ich weiß nur, dass sie vor zwei Jahren nach Baden-Baden zog. In eine herrschaftliche Villa, und sich aus dem Geschäft zurückgezogen haben soll. Jetzt spielt sie angeblich nur noch Roulette.«

»Russisch Roulette.«

»Was?«

»War nur eine Assoziation.«

»Man muss nicht alles sagen, was einem in den Sinn kommt.«

»Vielleicht passt es aber?«

»Inwiefern?«

»Ihr schönes Gesicht hatte bei dem Unfall ziemlich gelitten. Völlig zerschnitten. Sie hat sich anschließend einigen Schönheitsoperationen unterzogen, aber die gingen ordentlich daneben.« Wagner öffnete den Ordner und zeigte Belledin Fotos. »Vorher.« Eine bildschöne große blonde Frau, die Belledin an jemand erinnerte. »Nachher.« Belledin erschrak. Wagner genoss seine Freak-Show. Oxana mit Silikon unterfüttert, aufgedunsen und zur Maske erstarrt. »Das meine ich mit russisch Roulette. Hat doch was davon, findest du nicht?«

»Und wie kommt Kerner ins Spiel?«

»Er hat die Scheidung von Oxana und Petkovic geregelt.«
»Für welche Seite?«
»Für beide.«
»Für beide? Wie geht so was?«
»Salomon. Anwalt und Richter in einem. Anscheinend verlief alles sehr gütlich. Oxana bekam ihren Alterssitz in Baden-Baden und eine saftige Abfindung. Petkovic übernahm die laufenden Geschäfte.«
»Wann war die Scheidung?«
»Noch in Wien, vor …«
»Und trotzdem hat Kerner sie abgehandelt?«
»Vielleicht kennen sie sich schon lang?«
»Seit wann ist Kerner in Freiburg?«
»Seit sechs Jahren.«
»Und davor war er auch in Wien?«
»Ja. Aber nicht als Scheidungsanwalt, sondern bei der UNO. Er war zum Teil für die UNO auch als Beobachter im Jugo-Krieg. Schätze, er hat dort Petkovic kennengelernt.«
»Heilige Mafia. Kannst du dich mit den Kollegen in Wien zusammentun und noch ein wenig nachbohren? Vielleicht gab es da schon ein paar Geschichten, die uns einen Hinweis auf den Mord an Kerner liefern.«
»Schon probiert. Aber die wissen von nichts.« Er hob bedeutend die Augenbrauen.
»Verstehe.« Belledin knabberte an seinem Schnäuzer und drehte sich zu Berger. »Sie sagten, Sie wären mit der DNA-Analyse bis heute Abend fertig?«
»Ja.«
»Gibt es bereits DNA im Archiv von Oxana Litschko?«
»Deswegen bin ich hier.« Wagner grinste.
»Gut. Bitte abgleichen. Ich fahre nach Baden-Baden. Du fährst zur ›FreiJa‹ und befragst noch zwei Frauen. Nadja Ostrova und Jana Chuan. Die eine ist Russin, könnte vielleicht was über Oxana wissen. Die andere Thailänderin. Sie war laut Aussage von Ilona Hartmann, einer anderen Exhure, um die Tatzeit auf der Straße. Vielleicht hat sie etwas gesehen.«

»Und was ist mit Petkovic?«

»Knöpfen wir uns vor, wenn ich mit Litschko gesprochen habe. Im FSK-Palast gibt es auch noch ein Mädchen, sie heißt Dunja. Vielleicht weiß die was über Lilith. Oder ist es sogar.«

»Weisch, Belledin, manchmal wär's nit schlecht, wenn du mir ä Bericht schreibe tätsch. Oder ein Memo. Irgend so was. Aber immer zwische Tür und Angel. Und all die Name. Wie soll ich mir des alles merke?«

»Du schaffst das. Du bist der Champ.« Belledin klopfte ihm auf die Schulter und drehte sich zu Berger. »Bis heute Abend.« Er ging.

Wagner rief ihm hinterher: »Du, was ich noch frage wollt. Hab ich richtig ghört vorhin? Biggi isch mit dem Apotheker durchgebrannt?«

***

»Flotter Schlitten für einen Antiquar«, sagte Killian und stieg auf den Beifahrersitz des Jaguars.

»Man gönnt sich ja sonst nichts.« Der Algerier grinste und klemmte sich hinters Steuer. »Anschnallen.«

Killian gehorchte und zog sich den Gurt über die Brust. »Wohin geht die Reise?«

»Baden-Baden.« Er fuhr los.

»Russen?«

»Gewonnen.«

»Was hat Seif mit den Russen zu schaffen?«

»Wenn ich Ihnen alles erzähle, brauche ich Sie nicht mehr hinzufahren. Dann kann ich warten, wie Sie reagieren, und Sie gleich abknallen.«

»Wäre umweltfreundlicher.«

Der Algerier konnte darüber nicht lachen.

»Darf ich rauchen?«

»Nein. Im Auto wird mir schlecht davon. Nachwehen alter Malaria.«

»Für die Franzosen in Afrika?«

»Sie sollten wirklich spielen. Wieder gewonnen.« Er schielte zu Killian herüber. »Man sagte mir, Sie seien ein stummer Fisch und es würde Mühe kosten, Sie zum Reden zu bringen. Aber Sie plappern wie ein Dutzend Fischweiber aus Marseille.«

»Marseille. Dort war ich lange nicht mehr.« Er sah zum Fenster raus. Der Schwarzwald zog rechts an ihnen vorüber.

»Erst vor zwei Wochen. Sie haben Izzo besucht. Was wollten Sie von ihm?«, sagte der Algerier. Er war sichtlich stolz darauf, Killian zu zeigen, dass er über ihn Bescheid wusste. »Sie haben mich nicht erkannt. Ich trug einen schwarzen Vollbart und die passende Langhaarperücke.«

»Seit wann bin ich aufgeflogen?«

»Seif hat es erst durch uns erfahren. Er selbst hat gar nichts gemerkt.«

Killian horchte auf und setzte sich aufrecht hin. »Wie? Sie gehören gar nicht zu Seif?«

»Nein.«

»Und die Fotos, die Sie von meiner Tochter geschossen haben?«

»Was soll damit sein?«

»Weiß Seif nichts davon?«

»Noch nicht.« Der Algerier grinste breit.

»Also arbeiten Sie gar nicht mit Seif zusammen?«

»Manchmal. Kommt darauf an, wie Sie sich entscheiden.«

»Wozu entscheiden?«

»Ich hatte doch gesagt: Wenn ich Ihnen jetzt alles erzähle, brauchen wir nicht zu meinem Boss zu fahren. Und ich nehme ihm nur ungern die Freude, Ihnen selbst sein Angebot zu unterbreiten.« Er setzte den Blinker und drückte den Jaguar auf die Überholspur.

***

Belledin nahm die Autobahnauffahrt in Richtung Karlsruhe. Sein Handy klingelte. Wagner. Er nahm den Anruf entgegen. »Du, das mit dem Apotheker war ein Scherz«, sagte er, ohne Begrüßung.

So sehr hatte es ihn beschäftigt, dass Wagner die Nachricht gehört hatte. »Nicht, dass du irgendeinen Blödsinn verbreitest ... Wagner? Bist du noch dran?« Funkloch. Belledin verstand das nicht. Wie konnte es noch irgendwo ein Funkloch geben, wenn die NSA überall alles abhören konnte? Es klingelte wieder. Wagner war wieder dran. »Ja? ... Was? Scheiße ... ja, ich komm.«

Er öffnete das Fenster, setzte die Sirene aufs Dach und gab Vollgas. In Teningen machte er kehrt und heizte zurück. Dieser Tote öffnete ein neues Fass. Oder war er nur die logische Konsequenz des ersten Mordes? In Beziehung standen die beiden Leichen auf alle Fälle. Aber jetzt konnte es sich von einem Beziehungsdrama zu einem Bandenkrieg ausweiten. Petkovic. Wie konnte jemand so nah an Petkovic kommen, um ihm in Eier und Herz zu schießen? Oxana Litschko? Er würde dringend nach Baden-Baden müssen. Aber zunächst wollte er die Leiche sehen.

Belledin parkte den Audi vor dem FSK-Palast und marschierte an dem Schafskopf vorbei, den er bereits kannte und der von Wagner vernommen wurde. Belledin grüßte Wagner mit einem Nicken und verschwand im Gebäude. Er erinnerte sich an den Weg zu Petkovics Büro und ging direkt darauf zu. Beamte und Spurensicherer standen sich im Weg. Hier hatten sie zu tun. Es wimmelte von DNA. Er betrat den Tatort. Petkovic lag vor seinem Schreibtisch. Nackt. Nur in Socken. Dr. Selinger kniete bei ihm und stand auf, als er Belledin sah. »Ich tippe wieder auf Makarov, 9 Millimeter. Vermutlich Schalldämpfer. Jedenfalls sehen die Einschüsse gleich wie bei Kerner aus.«

»Wusste nicht, dass es bei Kerner eine Makarov war.« Es ärgerte Belledin, dass er erst jetzt erfuhr, dass die Tatwaffe russischer Herkunft war.

»So? Ich dachte, ich hätte Ihnen das heute Morgen am Telefon gesagt?«

»Haben Sie nicht.«

»Aber das mit dem Sperma und dem blonden Haar habe ich gesagt?«

Belledin nickte.

»Oder können Sie sich daran nur leichter erinnern?«

Belledin sah ihn an, als wollte er ihn fressen.

»'tschuldigung. War blöd von mir. Jedenfalls sieht es nach demselben Täter aus. Und dass auch hier Sperma am Bauch klebt, dafür brauche ich nicht ins Labor.«

»Also hatten beide Opfer Sex, ehe sie hingerichtet wurden. Eine Frau, die erst vögelt und dann tötet?«

»Vielleicht sind es zwei Täter? Eine Frau, die vögelt, und ein Kerl, der dann schießt.«

»Oder zwei Frauen.«

Berger kam hinzu. Belledin entglitt ein Lächeln. Er sah sie gerne. »Gibt es wieder blonde Haare?«

»Leider nein.«

»Haben Sie die Gabel schon untersucht?«, fragte Belledin.

Berger sah ihn mit großen Augen an. »Wann sollte ich das getan haben?«

»Entschuldigung. Aber Frau Kerner kam mir in den Sinn. Sie ist blond und kannte vielleicht beide. Petkovic war ein Mandant ihres Mannes.«

»Kennt Ihre Frau alle Ihre Verdächtigen?«, fragte Berger.

Ehe Belledin etwas erwidern konnte, kam ihm Wagner dazwischen. »Ich glaube eher, wir müssen ein Auge auf Oxana Litschko werfen. Der Leibwächter von Petkovic sagte, dass sie letzte Woche hier war, um mit Petkovic über Geschäfte zu reden. Dabei wäre es sehr laut geworden.«

»Und du glaubst ihm?«

»Er sagte, es gebe Videoaufnahmen. Petkovic hat alle Besuche aufgezeichnet.

»Was?« Belledin war mit einem Schlag hellwach. »Das ist ja wunderbar. Dann brauchen wir uns ja nur die Aufzeichnungen der letzten zwei Stunden anzusehen, und wir haben den Mörder.«

»Es gab einen Stromausfall. Die Kameras haben seit heute Morgen nichts aufgenommen.«

Belledin mochte es nicht glauben. »Wo ist der Mann? Ich will selbst mit ihm reden.«

»Draußen. Soll ich ihn holen?«

»Nein. Ich gehe zu ihm. Hier stehen wir den Leuten nur im Weg rum.«

Er ging mit Wagner. »Wie heißt er?«, fragte Belledin.

Wagner zückte sein Handy und ließ ein Sprachmemo abspielen: »Stojan Vesic, achtundzwanzig Jahre, geboren in Wien, seit sechs Jahren im Dienst von Petkovic.« Es war Vesic selbst, der Wagner auf das Handy gesprochen hatte. »Wollen Sie den Rest auch hören?«, fragte Wagner.

»Nein. Das genügt. Ich will mir ein frisches Bild von ihm machen.«

Abseits, neben einem Glascontainer, stand Vesic. Er rauchte und warf die Kippe auf den Boden, als er Belledin und Wagner kommen sah.

»Guten Tag, Herr Vesic«, sagte Belledin und streckte die Hand aus. Vesic schlug ein. Diesmal drückte Belledin stärker. Vesic hielt locker dagegen. Der Kerl war nicht nur mit Eiweiß aufgepumpt, er hatte wirklich Kraft. »Wie geht es Ihnen?«, fragte Belledin.

Vesic zuckte mit seinen Schulterkugeln, mit denen man Bowling spielen konnte.

»Ist ja nicht alltäglich, dass einem der Boss weggeschossen wird.«

Vesic erwiderte nichts.

»Wo waren Sie eigentlich, als es passierte? Ich meine, gestern Nacht, als ich da war, sind Sie mir fast auf dem Schoß gesessen.«

»Der Boss hat mich weggeschickt.«

»Weswegen?«

»Ich sollte etwas holen.«

»Und das wäre?«

»Intimsphäre.«

Belledin hob die Augenbrauen und drehte sein rechtes Ohr zu Vesic. »Wiederholen Sie das bitte noch einmal.«

»Ich sagte: Intimsphäre.«

»Verstehe ich nicht. Ihre oder meine?«

»Petkovics. Das ist intim. Das geht keinen was an.«

»Guter Mann, ich weiß nicht, ob Sie es begriffen haben, aber Petkovic ist tot. Er hat kein Intimleben mehr. Vielleicht bald mit den Würmern oder mit den Höllenhunden. Aber hier interessiert das keinen mehr.«

»Mich schon. Er hat mich respektvoll behandelt. Er hat Respekt verdient.«

Belledin ging das Ehrengeblöke dieses Ghetto-Bosses auf den Senkel.

»Herr Vesic, ich glaube, Sie wissen nicht, in was für einer Lage Sie sich befinden? Sie sind Petkovics Leibwächter. Ihm also am nächsten. Es könnte deshalb durchaus sein, dass man Sie verdächtigt, Ihren Boss umgelegt zu haben.«

»Ich hatte keinen Grund.«

»Wer hatte denn Grund?«

»Keine Ahnung.«

»Wäre aber gut, wenn Ihnen jemand einfiele. Ansonsten müssen Sie das Intimgeheimnis lüften. Sie brauchen nämlich ein Alibi. Verstehen Sie das?« Belledin hatte bewusst langsam gesprochen. Wie man es gerne tat, um Leuten zu zeigen, dass man sie für geistig zurückgeblieben hielt.

Vesic packte sich mit seiner Pranke an die Stirn und massierte sie kräftig. Wäre sie eine Orange, er hätte bestimmt zwei Gläser Saft herausgepresst. Aber zu einer Entscheidung wollte es nicht reichen. Das Riesenbaby rang mit sich. Belledin gab Geburtshilfe.

»War Oxana Litschko hier?«, fragte er.

Vesic beendete die Stirnmassage abrupt und sah Belledin mit offenem Mund an. Es war, als hätte Vesic eben vernommen, dass es das Ungeheuer aus dem Wald, von dem man ihm als Kind erzählt hatte, tatsächlich gab.

»Sie kennen sie doch?«

»Ja. Natürlich kenne ich sie.«

»Und? War sie da?«

»Nein. Sie war nicht da.« Er sagte es, als wollte er einen bösen Geist vertreiben.

»Zu meinem Kollegen haben Sie vorhin gesagt, dass sie da war. Und sie hat Sie weggeschickt, um den Stromausfall zu fingieren. Hab ich recht?«

Vesic zog die Brauen tief und schüttelte verneinend den Kopf.

»Nein. Nein. Sie war nicht da. Vor zwei Wochen war sie da. Heute nicht. Und mit dem Stromausfall habe ich nichts zu tun.« Er war laut geworden, merkte es und nahm sich sofort wieder zurück. »Und meinen Boss habe ich nicht umgebracht. Ich habe ihn gefunden und die Polizei angerufen. Das würde ich nicht machen, wenn ich es getan hätte. Ich bin doch nicht blöd.«

»Das haben schon einige getan. Und glauben Sie mir: Die waren nicht dümmer als Sie.«

Vesic sah Belledin an, als würde er vor der Schultafel stehen und einen Dreisatz zu lösen haben. »Ich verstehe nicht. Glauben Sie mir jetzt oder nicht?«, fragte Vesic.

»Sie haben noch immer kein Alibi. Aber Sie könnten sich eins verschaffen. Intimsphäre. Erinnern Sie sich?«

Vesic begann wieder die Stirn zu kneten. Diesmal nahm er beide Hände. Der Kopf verschwand darunter. Belledin vermutete, dass Vesics Schädel bei jedem Denkgang kleiner geformt wurde, um irgendwann vollends zu verschwinden. Er wartete geduldig, bis Vesic sein Hirn ausgewrungen hatte, und sah ihn freundlich an.

»Viagra«, sagte Vesic, und er senkte seine Stimme dabei so sehr, als säße er im Beichtstuhl und gestand dem Pfarrer, dass er fünf Menschen auf dem Gewissen hatte.

»Viagra?« Belledin schrie es fast. Vesic zuckte zusammen. »Was soll das heißen: Viagra?«

Vesic trat einen Schritt näher an Belledin. »Petkovic hatte vorher schon zwei neue Stuten eingeritten. Und dann kam der Anruf von Lilith.«

»Lilith? Sie kennen Lilith?«

»Nein. Nicht wirklich. Von uns kennt sie keiner. Nur die obere Schicht bumst mit Lilith. Sie ist so etwas wie eine Hurengöttin.«

»Hurengöttin? So was in der Art habe ich schon mal gehört. In was für einem Film bin ich denn gelandet?« Belledin sah fassungslos zu Wagner, der mit seinem Handy die gesamte Vernehmung aufzeichnete.

»Und Petkovic hatte schon ganz lange angestanden. Er hatte viel von ihr gehört. Sie ist eine echte Legende. Die muss Sachen können, davon träumen andere.«

»Zum Beispiel?«

»Keine Ahnung. Sachen eben. Etwas, das richtig geil macht. Das ist wie essen. Wir Einfachen geben uns mit Burger zufrieden, die Oberen brauchen Kaviar und Hummer. Keine Ahnung. Jedenfalls wollte sich Petkovic Lilith nicht entgehen lassen, wenn sie sich schon mal zu ihm herabließ.«

»Wie geht das vor sich? Gibt es da eine Schlange, in der man anstehen muss? Oder wird Lilith von Oxana Litschko vermittelt?«

»Nein. Ich glaube, sie arbeitet auf eigene Rechnung. Und es gibt so etwas wie eine Liste. Man ruft sie an und überweist das Geld im Voraus. Ob und wann sie tatsächlich kommt, weiß keiner.«

»Man zahlt, ohne zu wissen, ob sie überhaupt jemals kommt?«

»Ja. Verrückt, nicht? Nur was für Leute, die Kohle übrig haben. Und die Überraschung ist dann der Kick. Petkovic war ganz aus dem Häuschen, als sie plötzlich anrief. Und damit er auch möglichst viel davon hatte, wollte er auf Nummer sicher gehen.«

»Mit Viagra.«

»Ja.«

»Und wo haben Sie das Zeug geholt? Ich dachte, in einem solchen Schuppen gehöre das zum Lagerbestand wie Cola.«

»Es war nichts da, und es musste schnell gehen. Es ist so. Glauben Sie mir. Sie können in der Apotheke fragen.«

»In der Apotheke«, wiederholte Belledin langsam. »Wo ist diese Apotheke?«

»Vorne auf der Zähringer Straße. Blasius heißt sie. Das fand ich ganz passend.« Er grinste doof.

»Wie lange waren Sie unterwegs?«, fragte Belledin.

»Halbe Stunde.«

»Und als Sie zurückkamen, lag Petkovic tot in seinem Büro?«

»Ja.«

»Und Sie haben uns sofort angerufen?«

»Ja.« Es kam verzögert. Er log.

»Und wen haben Sie vor uns angerufen?«

»Niemand.«

»Oxana Litschko vielleicht?«

»Wieso sollte ich die anrufen?«

»Sie ist immerhin die Exfrau von Petkovic. Ihrem Exboss. Vielleicht dachten Sie ganz schnell, dass Sie einen neuen Job brauchen. Jeder ist sich selbst der Nächste.«

»Nein. Doch.« Er druckste. »Erst habe ich daran gedacht. Ich habe sie dann aber doch nicht angerufen.«

»Warum nicht?«

»Weil ich mich damals für Petkovic und gegen sie entschieden habe. Ich habe auf den Verlierer gesetzt. Wenn ich mich jetzt bei Oxana andiene, fange ich wieder ganz unten an.«

»Verstehe. Und was ist mit Kerner? Kannten Sie den auch schon aus Wien?«

»Kennen ist übertrieben. Solche Leute kennt man nicht. Man weiß, dass es sie gibt.«

»Und Kerners Frau?«

»Darf einer wie ich nicht kennen. Da schaut man durch. Egal wie schön sie ist.«

»Aber Dunja dürfen Sie kennen?«

Vesic grinste breit.

»Wo ist sie?«

»Keine Ahnung. Sie wird schlafen. Hatte gestern viel zu tun.«

»Wo wohnt sie?«

»Nebenan. Wir haben dort kleine Appartements.«

Belledin sah zu Wagner und deutete ihm mit dem Finger an, die Aufnahme zu stoppen. Wagner gehorchte. Belledin drehte sich zu Vesic. »Wo ist das Viagra?«

Vesic kramte in seiner Lederjacke und zeigte Belledin die Packung. Belledin nahm sie ihm ab und sagte zu Wagner: »Du überprüfst die Apotheke.«

»Und Sie?«

»Ich wecke Dunja und hoffe, dass sie Lilith ist und die beiden Morde gesteht.«

»Und wenn nicht?«

»Frage ich Oxana Litschko, warum sie sich vor zwei Wochen mit ihrem Ex gestritten hat.«

»Vergessen Sie Dunja. Sie ist heiß. Aber sie kann unmöglich Lilith sein. Jedenfalls macht sie Sachen, die ich schon kenne.«

»Vielleicht verstellt sie sich? Und passt sich dem Niveau des Mannes an?« Belledin ließ Vesic mit der Frage allein. Sollte er sich wieder die Rübe kneten.

***

Der Algerier hatte Baden-Baden links liegen gelassen und lenkte den Wagen ostwärts. Sie fuhren über die Rotenbachtalstraße in Richtung Ebersteinburg, ins Villenviertel, auf die berühmte Sonnenterrasse. Ob die Propaganda des Touristenverbandes stimmte, konnte Killian nicht überprüfen. Es hatte wieder zu schneien begonnen. Sie erreichten eine Tempo-Dreißig-Straße, die mit herrschaftlichen Villen im Bauhausstil gespickt war. Den Schlusspunkt der Straße setzte ein Anwesen, das mit einem großzügigen Park in den Wald mündete. Hier bremste der Algerier und wählte mit seinem Handy eine Nummer. »Wir sind da«, sagte er und wartete, bis sich das große Gitterstabtor elektronisch öffnete. Der Jaguar rollte über den verschneiten Kies. Zwei Männer in Wintermänteln und russischen Fellmützen befahlen dem Algerier zu bremsen. Killian kam sich vor wie in Moskau vor dem Mauerfall. Wenn die Kerle jetzt noch nach dem Visum fragten, war er tatsächlich durch ein Zeitloch gefallen. Sie fragten aber nicht, drückten nur ihre Gesichter an die getönten Scheiben, um zu sehen, wer sich im Wagen befand. Der höhergestellte Scherge klopfte gegen die Scheibe des Algeriers. Er fuhr sie runter. »Kofferraum«, sagte der Russe knapp und mit deutlichem Akzent. Der Algerier drückte einen Knopf. Der andere Russe öffnete das Heck. Sie tauschten Blicke und ließen den Wagen passieren.

»Als ob ich jemanden im Kofferraum reinschmuggeln würde. Manchmal übertreiben sie es wirklich. Aber wenn sie nichts täten, kämen sie sich nutzlos vor. So sind sie wichtig.« Er parkte den Wagen vor einer ausladenden Granittreppe und sah zu Killian. »On y va.« Sie stiegen aus dem Wagen und gingen die Treppe hoch. Killian zählte vierzehn breite Stufen. Die Doppeltür wurde von einem Lakai geöffnet, der Frack trug. Killian hätte es nicht gewundert, wenn gleich Dostojewski aus einem der angrenzenden

Gemächer gestolpert käme, um an den Baden-Badener Roulettetisch zu hetzen. Aber die seitlichen Flügeltüren des langen Flures blieben verschlossen. Erst am Ende des roten Teppichs öffnete der Lakai eine Flügeltür. Ein Saal, in dem man Fußball spielen konnte, breitete sich aus. Nach Osten öffnete sich ein Wintergarten. Der Duft von Orchideen zog bis in den Saal. Am Eingang des Wintergartens stand eine Fee. Killian schätzte sie auf eins achtzig. Schlank, blond nachgefärbt, ein schulterfreies, langes blaues Kleid. Die Füße in Fellpantoffeln. In der Hand hielt sie eine rote Orchidee.

»Kommen Sie«, sagte sie. Und ihre Stimme klimperte wie aus einer Operette. Der Algerier und Killian gehorchten. Mit der Orchidee in der Hand gab sie dem Lakaien ein Zeichen. Er zog sich zurück und verschloss die Türen.

Der Algerier trat an sie heran und wartete, bis sie ihm die Hand zum Kuss bot. Er nahm sie mit unmerklicher Berührung und deutete den Kuss an. »Sie sehen bezaubernd aus, Madame«, sagte er.

»Spassiba sa komplimjent«, säuselte sie und wendete sich zu Killian. »Gawarisch parusski?«, fragte sie ihn.

»Da. Nemnogo gawarjiu.«

»Charascho.« Sie neigte ihr Köpfchen, als würde sie abwägen, ob sie ihn kaufen wollte, und wo er wohl hinpasste. »Dann haben Sie gute Aufstiegschancen bei mir.« Sie roch kokett an der Orchidee und überfiel Killian mit einem professionellen Augenaufschlag, der einigen Männern wohl schon den Knock-out verpasst hatte. Das operierte Gesicht hinter der Blume zu verbergen, war clever. Das leblose Botox entstellte ihre ursprüngliche Schönheit. »Wie alt schätzen Sie mich?«, fragte sie.

»Mitte dreißig«, log Killian.

Sie lachte. »Sie sind unverschämt. Sie gefallen mir. Kommen Sie mit.« Sie drückte dem Algerier die Orchidee in die Hand. »Stellen Sie die Blume ins Wasser und warten Sie im Gewächshaus.«

»Muss es im Gewächshaus sein? Mir wird schlecht von den Düften.«

»Sie können auch barfuß in den Schnee gehen, wenn Sie das bevorzugen.« Ihre Stimme durchschnitt die Luft. Der Algerier lächelte gezwungen und zog sich mit der Orchidee ins Gewächshaus zurück. Sie drehte sich zu Killian und setzte wieder die Charmemaske auf. »Kommen Sie. Mögen Sie Tee?«

»Heißes Wasser genügt.«

»Ah. Davon habe ich gehört. Es soll gut sein für die Haut. Aber meine ist ruiniert. Und ich brauche immer Geschmack. Wie bei den Blumen. – Eine Blume, die nicht duftet, ist keine Blume. Ein Champagner ohne Prickeln ist sterbenslangweilig, und eine Frau ohne die Kunst der Libido bleibt die Sklavin des Mannes.« Sie hakte Killian unter und nahm ihn mit sich fort zum anderen Ende des Saals. Dort stand ein großer Schreibtisch, auf dem ordentlich Papiere gestapelt lagen. Gleich drei Handys drückten sich nebeneinander auf der Schreibunterlage. Eine Jugendstillampe setzte sie ins rechte Licht. Auf einem Beistelltisch mit geschwungenen Beinen, an dessen Enden geschnitzte Löwenkrallen fußten, köchelte ein Samowar. Sie ließ Killian los und machte sich daran, zwei Tassen mit heißem Wasser aus dem Samowar zu füllen. Sie reichte Killian eine Tasse und nahm sich selbst einen Teebeutel, den sie in ihre Tasse tunkte. »Nehmen Sie Zucker?« Sie ließ eine kurze Pause und lachte. »Entschuldigen Sie, manchmal bin ich albern. Aber ohne Humor macht das Leben keinen Spaß. Egal in welchem Genre man arbeitet. Nichts kann so ernst sein, dass nicht ein Lachen Platz hätte. Finden Sie nicht?«

Killian nickte und trank einen Schluck.

»Sehen Sie sich mein Gesicht an. Wie aus der ›Muppet Show‹. Und dabei habe ich mich unters Messer gelegt, um schön zu bleiben.« Sie lachte.

Killian blieb ernst.

»Mein Gott, ich habe mich noch nicht einmal vorgestellt. Entschuldigung. Das liegt daran, dass ich so gut wie alles über Sie weiß. Sie sind mir dadurch so vertraut, dass ich denke, wir kennen uns schon ewig. Oxana Litschko.« Sie streckte ihm die Hand entgegen. Nicht zum Handkuss wie zuvor beim Algerier, sondern zum Einschlagen. Killian zögerte, überwand seine Bockigkeit, weil er ahnte, dass er hier damit überhaupt nicht vorankommen würde, und drückte ihre Hand. Eine zarte, aber zupackende Hand. Eine Hand, deren Haut nicht gestrafft war, sondern zu ihrem Alter und ihrer Erfahrung stand.

»Setzen wir uns.« Sie zeigte auf zwei Fauteuils, die abseits des Schreibtischs standen und den Blick auf eine Terrasse gewährten. Killian gehorchte. Sie setzte sich ihm gegenüber und überschlug die langen Beine. Ein gerades Schienbein warb um Blick. Sie wusste, dass er hinsah. Es war ein Reflex, den sie kalkuliert hatte. Sie lächelte, wie es ihr Gesicht zuließ, und wartete. Langsam nahm sie den Beutel aus dem Tee und legte ihn auf einen silbernen Teller. »Ich nehme auch keinen Zucker. Wegen der Polster.« Sie kokettierte mit ihren Rundungen und war es gewohnt, für ihre Figur Komplimente zu empfangen. Der Algerier hätte diesen Part erfüllt. Killian hatte keine Lust auf Spielchen. Er wollte zur Sache kommen.

»Was wollen Sie von mir?«

»Diskretion.«

»Können Sie haben. Kann ich jetzt wieder gehen?«

Sie lächelte wieder. Es wirkte komisch mit ihren gespritzten Lippen. »Spielen Sie nicht den Affen. Lassen Sie mich in Ruhe erklären, worum es geht, und Ihrer Tochter wird nichts passieren. Ansonsten könnte es gut sein, dass Sie Swintha aus einem Bordell in Casablanca oder Wolgograd entführen müssen. Ist nämlich ein süßes Täubchen. Und temperamentvoll.«

Killian biss sich auf die Lippen. Oxana verstand ihr Geschäft. »Was muss ich tun?«

»Nicht viel. Nur die Klappe halten.«

»Worüber? Worüber soll ich schweigen? Ich wüsste nicht, was ich zu erzählen hätte.«

»Sie vielleicht nicht, aber die Fotos, die Sie in Paris geschossen haben, können sehr viel erzählen.«

»Die Fotos sind bereits bei meinem Auftraggeber.«

»Alle?«

»Alle, die für die Aktion von Bedeutung waren.«

»Aber Sie haben noch andere gemacht.«

»Ja. Touristische. Eiffelturm, Arc de Triomphe, was man eben so fotografiert, wenn man in Paris ist.«

»Sie waren auch in der Rue de Turenne im Marais, nicht wahr? Bei Avi Finkelstein.« Sie sah ihn scharf an. Natürlich war er auch im jüdischen Viertel gewesen. Immerhin arbeitete er für Moshe. Und in der Patisserie von Avi hatte er den Chip mit den Fotos in ein Croissant gedrückt. »Habe ich recht?«, fragte sie.

Er nickte.

»Und Sie haben bei Finkelstein Fotos geschossen. In seinem Laden und davor. Erinnern Sie sich?«

»Kann schon sein.«

»Es war bestimmt so. Einer meiner Leute hat dort nämlich auch Aufnahmen gemacht, als ich mich dort mit jemandem traf. Ich lasse meine öffentlichen Treffen immer dokumentieren, damit ich hinterher kontrollieren kann, ob auch alles koscher ist.« Sie stand auf, ging an ihren Schreibtisch und nahm einen Briefumschlag, den sie Killian in die Hand drückte. »Schauen Sie rein.«

Killian öffnete den Umschlag und entnahm ihm fünf Fotos. Darauf war Oxana mit zwei Männern zu sehen. Sie trug einen Pelz, die Männer hatten sich Decken über die Knie gelegt. So saßen sie Kaffee trinkend vor einem Bistro. Einer der beiden Männer war Seif. Killian erinnerte sich. Er hatte im jüdischen Viertel einige Fotos geschossen. Er wollte Moshe eine persönliche Reihe jüdischen Lebens in Europa nach Tel Aviv schicken. Zum Geburtstag. Moshe litt darunter, dass er nie aus Israel herauskam. Er hätte gerne die Orte seiner europäischen Wurzeln aufgesucht. Aber er hetzte von einer Operation zur nächsten und koordinierte mindestens drei Einsätze parallel. Da blieb keine Zeit für Reisen. Und den wenigen Urlaub, den er hatte, genoss er in Tel Aviv am Meer. Zudem war es riskant, mit der Familie nach Europa zu reisen. Zu viele Feinde hatte sich Moshe über die letzten Jahre gemacht. Paris wäre Selbstmord gewesen. Und nun hatte sich Killian mit den Fotos für seinen Freund eine unabsichtliche Falle gestellt. Er erinnerte sich, dass Seif mit ihm ins jüdische Viertel gegangen war. Killian hatte ihm gesagt, dass er die Rue de Turenne abklären wollte, wo und wie man dort am besten eine Bombe platzierte, die möglichst viele mit sich in den Tod riss. Seif hatte das als gute Idee bezeichnet und hatte ihn begleitet. Und während Killian den Vorwand nutzte, um Avi den Chip mit den Treffen der Dschihadisten und europäischen Waffenhändlern zu geben, hatte Seif wohl ebenfalls einen anderen Deal laufen. Und zwar mit Oxana Litschko.

Killian steckte die Fotos in den Umschlag zurück. »Arbeiten Sie mit den Islamisten zusammen? Waffen? Ich dachte, Ihr Geschäft ist Menschenhandel?«, sagte er.

Sie zog ihre rechte, fein gemalte Braue nach oben. »Mein Freund, ich handle mit Wertpapieren und Immobilien. Völlig legal.«

»Natürlich. Und Ihre immer bleibende Jugend verdanken Sie kalt gepresstem Olivenöl.«

Das saß. Sie blitzte ihn an, und alle Plänkelei war verflogen. Killian ahnte, warum es diese Frau an die Spitze einer kriminellen Organisation geschafft hatte.

»Ich brauche den Chip mit den Fotos noch heute. Falls Seif ihn sich noch nicht geholt hat. Und falls dem so sein sollte, können Sie jetzt schon für Ihre Tochter beten. Ob in der Synagoge oder in der Moschee, das ist mir völlig egal.«

Killian verstand nicht. »Moment. Wenn Seif die Fotos hat, dann ist doch alles gut. Sie arbeiten doch zusammen. Oder nicht?«

Sie lächelte anerkennend. »Das war gut. Egal wie ich reagiere, Sie haben Ihre Antwort.« Sie nahm den Umschlag mit den Fotos an sich. »Wenn diese Angelegenheit zufriedenstellend geklärt ist, könnte ich mir vorstellen, dass wir beide wirklich ins Geschäft kommen.« Sie ging an den Schreibtisch, nahm eines ihrer Handys und wählte. »Sie können ihn abholen.« Sie legte das Handy zurück zu den anderen.

Killian sah den Algerier, der am anderen Ende des Saals aus dem Wintergarten auftauchte.

»Wie gesagt. Heute Abend will ich den Chip noch haben.«

»Und wenn ihn Seif hat?«

»Hätte er mich längst angerufen. Er hat keine Zeit, lange zu fackeln. So einen Trumpf würde er schnell ausspielen.«

Das mittlere ihrer Handys klingelte mit der Melodie von Schostakowitschs »Jazz-Suite No. 2«. Killian hätte fast laut gelacht. Es war zu absurd.

»Sie entschuldigen mich«, sagte Oxana und ging ans Telefon.
Der Algerier führte Killian nach draußen.

***

Belledin läutete Sturm. Es rumpelte hinter der Tür. Es klang nach leeren Flaschen. Dann wurde die Tür geöffnet, und eine verschlafene Blondine, die vergessen hatte, sich abzuschminken, öffnete missmutig die Tür. Sie fluchte etwas auf Ukrainisch und sah Belledin durch ihre verquollenen Lider fragend an.

»Dunja?«

»Da.«

»Sprechen Sie Deutsch?«

»Njet.«

»Dann sind Sie verhaftet. Wegen doppelten Mordes. Kommen Sie bitte mit.«

»Sie spinnen wohl. Ich habe niemand getötet.«

»Klingt doch ganz gut. Wenn das kein Deutsch ist. Kaum Akzent. Ich sollte eine Sprachschule aufmachen. Kann ich reinkommen?« Er zeigte ihr seinen Dienstausweis. Dunja trat einen Schritt zurück und ließ Belledin an sich vorbei.

»War die Putzfrau noch nicht da? Sieht ja aus wie nach einem Bombenanschlag.« Er stieß mit dem Fuß gegen ein paar leere Wodkaflaschen.

»Wir haben gefeiert.«

»Nach Dienstschluss haben Sie noch die Kraft zu feiern? Oder arbeiten Sie auch auf eigene Rechnung?«

Dunja trottete zu einem roten Sofa, schob Klamotten und leere Gläser zur Seite und ließ sich darauf fallen. Sie nahm einen Tabakbeutel und ein Blättchen und fing an, sich einen Joint zu drehen.

»Ich brauche auch Privatleben«, sagte sie.

»Sind noch Gäste hier?«

Sie schüttelte den Kopf.

»Petkovic ist tot.«

Sie gab sich Mühe, dem Joint eine perfekte Form zu geben.

»Haben Sie verstanden, was ich gesagt habe?«

Sie streckte den Joint vor sich in die Höhe und begutachtete ihn.

Belledin riss ihr die Tüte aus der Hand und warf sie in eine Ecke, wo sich bereits anderer Müll stapelte. Sie sah ihn verwundert an.

»Erschossen. In Hoden und Herz.«

»Lilith?«

»Vermutlich. Sie kennen Lilith?«

Dunja stand auf und ging in die Ecke, in die Belledin den Joint gefeuert hatte. Sie sank auf die Knie und wühlte in dem Berg von leeren Kippenschachteln, Kondomen, Netzstrümpfen und Plüschtieren. Endlich fand sie den Joint. Er war abgeknickt, längst nicht mehr so schön wie zuvor. Sie sah Belledin vorwurfsvoll an. »Haben Sie Feuer?«

»Kennen Sie Lilith?«

»Feuer?«

Belledin warf ihr sein Einwegfeuerzeug hin. Sie fing es nicht. Es landete am Boden. Sie bückte sich und grapschte danach. Ehe sie es greifen konnte, begann ihr Körper zu beben. Sie würgte, raffte sich auf und eilte aus dem Zimmer ins angrenzende Bad. Belledin hörte, wie sie sich erbrach, dann die Spülung und das Waschbecken. Einen Moment später kam Dunja zurück. Belledin hatte inzwischen das Feuerzeug aufgehoben und streckte es ihr hin. Sie nahm es und zündete den Joint an.

»Sind Sie Lilith?«

Sie inhalierte und grinste entspannt. »Ich? Das wäre toll. Aber schauen Sie mich an. Wer bin ich? Ich bin noch nicht einmal mehr Dunja.« Sie ließ sich wieder aufs Sofa fallen.

»Wie kamen Sie hierher? Und warum sprechen Sie so gut Deutsch?«

»In Lemberg sprechen viele Deutsch, alte Habsburger Stadt. Und meine Vorfahren waren Österreicher. Ich habe zwei Semester Deutsch studiert und war eine sehr gute Studentin. Aber für gute Noten wollten die Professoren, dass man ihnen einen bläst. Und das wollte ich nicht. Ich habe demonstriert. Mit nackten Brüsten vor der Uni. Daraufhin bin ich von der Uni geflogen, meine Eltern haben mich nicht mehr angeschaut, und ich hatte nichts mehr in Lemberg zu verlieren. Also bin ich nach Wien.

Ohne Visum. Und ein ukrainischer Freund hat mich zu Petkovic gebracht. Und so bin ich hier gelandet. Ging ganz schnell. Und jetzt blase ich den Professoren hier einen. Absurd, nicht? Hätte ich in Lemberg geblasen, wäre ich bestimmt schon Akademikerin. Jetzt bin ich Dunja, die Attraktion des Monats Dezember. Ab Januar bin ich nur noch eine von vielen Nutten, die sich um die Freier prügeln muss.«

»War Kerner einer Ihrer Freier?«

»Einer der ersten. Er hatte Vorgriffsrecht bei Petkovic. Eine Drecksau. Geschieht ihm recht, dass er tot ist. Petkovic auch. Aber es ist egal. Nach Kerner und Petkovic kommen andere Dreckschweine. Eine Lilith reicht da nicht, um sie auszulöschen. Es bräuchte ein ganzes Heer Liliths.« Sie nahm wieder einen kräftigen Zug und sah zu Belledin. »Wollen Sie auch? Sie sehen mir aus, als könnten Sie etwas Entspannung gebrauchen.«

»Wer ist Lilith? Und wo ist sie?«

»Keine Ahnung. Und wenn ich es wüsste, glauben Sie etwa, ich würde es Ihnen sagen? Auch wenn sie eine einsame Rächerin ist, sie ist unsere einzige Hoffnung.«

»Ihnen ist klar, dass ich Sie mitnehmen muss.«

»Glauben Sie tatsächlich, dass ich Lilith bin?«

»Solange Sie mir nicht sagen, wer Lilith ist, muss ich das annehmen. Außerdem sind Sie blond. Und bei Kerner wurde blondes Haar gefunden. Wenn Ihre DNA damit übereinstimmt, sieht es schlecht für Sie aus.«

Sie nickte stoisch. »Penthesilea.«

»Was?«

»Ich würde mich nie Lilith nennen, sondern Penthesilea.«

»Duschen Sie und ziehen Sie sich etwas an. Meine Kollegen werden Sie gleich abholen.«

Sie rauchte. Belledin ging.

***

Der Jaguar wartete vor dem verschlossenen Gittertor. Die beiden Russen beobachteten das Geschehen.

Der Algerier drückte den Zigarettenanzünder und wartete, bis er glühte und heraussprang. Er steckte sich eine Gauloise an und öffnete das Fenster einen Spalt. »Und? Wie finden Sie meinen Boss?«

»Sie haben keinen Boss. Sie arbeiten für den, der gerade besser zahlt. Liege ich richtig?«

Der Algerier lachte leise.

»Fremdenlegion?«

»Oui. Oui. Mon général.«

»Und Seif?«

»Zahlt auch gut.«

»Oxana weiß bestimmt, dass Sie auf beiden Gehaltslisten stehen.«

»Bestimmt.«

»Haben Sie keine Angst, dass sie Sie von beiden Listen streichen möchte?«

»Berufsrisiko. Noch brauchen mich beide. Und wenn sich der Wind dreht, bin ich weg. So sind die Regeln.«

»Und wem geben Sie die Fotos, falls ich sie Ihnen gebe?«

»Berufsgeheimnis.«

»Wer mehr Geld bietet? Oder wer bessere Perspektiven offenhält?«

Der Algerier aschte ab und zuckte mit den Schultern.

»Es würde mich interessieren, ob Sie kurzfristig oder langfristig denken. Wie groß ist Ihre Willenskraft?«

Der Algerier sah zu Killian herüber. »Mindestens so groß wie Ihre.«

Das Gittertor öffnete sich.

***

Belledin war schnell gefahren. Mit Blaulicht auf dem Dach. Jetzt tuckerte er mit Tempo dreißig durch Ebersteinburg und hatte das Blaulicht eingezogen. Idyllisch. Hier konnte man alt werden. Er dachte an Merdingen. Ob er Merdingen verlassen und hierherziehen sollte? Er parkte vor dem letzten Anwesen der Straße und stieg aus, um zu klingeln. Das Eisentor fuhr elektronisch auf, und ein dunkelblauer Jaguar mit Pariser Kennzeichen schlich heraus. Durch die getönten Scheiben konnte Belledin nicht viel von den Insassen sehen. Er trat einen Schritt zur Seite und ließ den Jaguar vorbei. Es gab keinen Grund, ihn aufzuhalten.

Das Tor schob sich zusammen. Belledin schlüpfte hindurch und stapfte durch den Schnee auf die Front der Villa zu. Er erwartete knurrende Dobermänner und entsicherte seine Walther. Stattdessen erschienen zwei Gestalten, die an KGB-Filme aus dem Kalten Krieg erinnerten, und bauten sich vor ihm auf.

»Was wollen Sie hier?« Es war doch ein Dobermann. Jedenfalls knurrte er wie einer.

»Ich verkaufe Staubsauger und sah zufällig diese Villa. Und da dachte ich mir, da gibt es viel Staub zu saugen, wenn man ihn aufwirbelt.«

Die Dobermänner sahen sich an. Sie verstanden wohl seine Metapher nicht. Er fand sie großartig. Wie aus dem Drehbuch eines coolen Agententhrillers. Aber die Jungs entsprachen nicht dem Niveau, als dass sie sich selbst eine knackige Replik schreiben konnten.

»Machen Sie, dass Sie von hier verschwinden«, sagte der Wortführer und baute sich dicht vor Belledin auf.

Belledin zog rasch seine Walther und drückte sie dem Schergen gegen den Bauch. »Du führst mich jetzt schön zu deinem Boss. Ich brauche den Mikrofilm«, sagte er und genoss die aufgerissenen grauen Augen unter der Russenmütze. Er lachte, sicherte und steckte die Walther wieder ein. »Entschuldigung, es ist mit mir durchgegangen.« Er zeigte dem Überrumpelten seinen Dienstausweis. »Kommissar Belledin. Kripo Freiburg. Ich möchte gerne mit Frau Litschko sprechen.«

Der Russe nahm zwei Schritte Abstand und griff in die Innentasche seines Armeemantels. Belledin steckte gleichzeitig seinen Ausweis zurück, jederzeit bereit, die Walther zu zücken.

Der Russe zog aber keine Makarov, sondern ein Smartphone, auf dem er seine Chefin anrief. Er sprach etwas auf Russisch, das Belledin nicht verstand. Es klang bissig. Der Russe steckte sein Phone ein. Belledin verfolgte jede Aktion mit Argusaugen. Er wollte nicht übertölpelt werden. Das Anwesen hier roch nach faulem Geld und dunklen Geschäften. Und die beiden Gestalten gehorchten jedem Klischee.

»Kommen Sie mit«, sagte der Russe.

Belledin folgte ihm, während der andere auf dem Weg zurückblieb, um das Anwesen vor weiteren ungebetenen Gästen zu sichern.

Belledin war gespannt auf das Innenleben dieser Villa. Wie man darin wohnen konnte, ohne sich zu verlaufen?

»Sie wollen zu mir?« Eine Frauenstimme erklang hinter Belledin. Er drehte sich zu ihr um. Der Agententhriller lief weiter. Was für eine Frau. Belledin tippte auf Nerz. Ein langer Mantel und eine weiße Fellmütze. Und schwarze Stiefel. Dazu blondes Haar und blaue Augen. Und einen Mund wie die Jolie. Ansonsten hatte das Gesicht tatsächlich durch die Operationen gelitten, aber lange nicht so schlimm wie auf dem Foto, das ihm Wagner gezeigt hatte. Das Gesamtbild stimmte. Belledin war mittendrin. In »Gorki-Park« und in »Smileys Leute«.

»Oxana Litschko?«, fragte er.

»Ja.« Sie zog ihren Fellhandschuh aus und streckte ihm die Hand entgegen. Feingliedrig. Er nahm sie und gab auf sie acht. Sie drückte stärker als er. Das kam selten vor. Vielleicht war das ganz gut? Sie fühlte sich ihm überlegen und sagte Dinge, die sie eigentlich nicht sagen wollte?

Vergiss es. Diese Frau ist Kalkül von Anfang bis Ende. Ein Hoch auf die innere Stimme.

»Ivo Petkovic ist tot. Er wurde erschossen.«

»Oh«, sagte sie und hielt die rot lackierten Fingernägel gegen ihre gespritzten Lippen. »Das tut mir aber leid.« Sie hob kurz die gemalten Brauen. Der Zynismus war unüberhörbar.

»Wollen wir drinnen reden?«, fragte Belledin, wie ein neugieriges Kind, das sehen wollte, wie die reichen Nachbarn lebten.

»Ich mache gerade meinen täglichen Spaziergang. Begleiten Sie mich doch ein Stück. Im Gehen lässt es sich besser Geschäfte machen. Das habe ich von meinem Großvater gelernt. Ein kluger Mann.«

»Was war er von Beruf?«

»Er war beim KGB.« Sie lachte. »Tatsächlich. Mein Großvater war Offizier beim KGB. Deswegen sehen meine Leute manchmal etwas aus wie in alten Filmen. Ich liebe Retro. Es gibt mir das Gefühl, nicht zu altern. Außerdem galten dort noch feste Werte.« Sie war bereits losgelaufen.

Belledin stapfte mit durch den Schnee, der hier höher lag als in Freiburg. Er merkte, dass er die falschen Schuhe trug. Seine Budapester würden dem Schnee nicht lange trotzen.

»Die Wende war der Zusammenbruch der alten Welt. Eine Schande«, sagte sie und seufzte wehmütig.

»Aber Leute wie Sie haben doch davon profitiert?«

»Das sagen Sie, weil Sie nichts wissen. Sie plappern doch nur nach, was Sie in den westlichen Medien hören und lesen. Wie es für uns Familien war, die den Staat gefestigt und gesichert haben, davon wissen Sie nichts.«

Belledin hatte keine Lust, geschulmeistert zu werden. Er war hier, um die Puffmutter, die den russischen Hochadel mimen wollte, in die Mangel zu nehmen. »Wo waren Sie die letzten beiden Tage?«, fragte er, wohl wissend, dass er damit nicht weit kommen würde.

»Gestern noch in Paris. Heute den ganzen Tag hier. Meine Zeugen kennen Sie ja schon.«

»Wir haben aber einen Zeugen, der Sie gestern Abend bei Petkovic gesehen hat.«

»Dann steht Aussage gegen Aussage. Das ist dünn.«

Da war nichts zu holen. »Wie war Ihr Verhältnis zu Petkovic?«

»Er war mein Ehemann«, sagte sie. »Deswegen sind Sie doch hier?«

»Haben Sie ihn gehasst?«

»Nein. Er war zu unbedeutend, um ihn zu hassen. Ich sagte Ihnen ja bereits, dass ich meinen Maßstab bei Männern von anderem Kaliber anlege.«

»Ihrem Großvater.«

»Richtig. Petkovic war süß und ehrgeizig. Aber ein bisschen dumm. Er war gut für überschaubare Angelegenheiten. Aber es war ihm nicht möglich, komplexere Systeme zu überschauen. Es fehlte ihm schlicht die Begabung.«

»Für Wien und den Mädchenhandel war er aber gut genug?«

»Mädchenhandel? Davon weiß ich nichts.« Sie zeigte auf einen Hochstand am Waldrand. »Kommen Sie, wir gehen dort hinauf.«

Ihre Stiefel gruben sich fest in den Schnee. Belledin rutschte mit seinen Ledersohlen immer wieder weg. Die Socken waren längst durchnässt.

»Wir sind sozusagen im Guten auseinandergegangen«, sagte sie. »Ich bin nicht nachtragend. Er hat mir geholfen, ich habe ihm genutzt. Alles in allem hatten wir eine gute Zeit.«

»Ich glaube Ihnen kein Wort. Der Autounfall damals. Das sah wie ein Attentat aus. Das haben Sie sicher nicht vergessen.«

»Es war ein Unfall. Petkovic hatte damit nichts zu tun.«

»Hatte er wohl. Und das wissen Sie auch. Und eine Frau wie Sie vergisst das sicher nicht. Ihr Großvater hätte sich das bestimmt nicht bieten lassen.«

»Sie stochern albern im Dunkeln. Und aus der Reserve locken Sie mich mit so billigen Tricks erst recht nicht.«

»Sie haben durch Petkovic einen großen Marktanteil verloren.«

»Es gibt andere Märkte. Die sind lukrativer und benötigen weniger Logistik.«

»Zum Beispiel?«

»Immobilien und Aktien. Alles virtuell. Im Erotikgewerbe brauchen Sie noch immer Human Ressources. Fleisch, das von A nach B gebracht werden muss. Es ist mit viel Aufwand verbunden. Damit hält man sich vielleicht mal kurz auf, wenn man sichere Einnahmen braucht, aber wenn man größer hinauswill, darf man dort nicht hängen bleiben. Und Petkovic war einer, der hängen blieb, weil er immer einen stehen hatte.« Sie lachte. Derb und dreckig. Belledin hatte es gesehen. Sie hatte ihr wahres Gesicht gezeigt. Für einen Moment war es hinter der Botoxmaske erschienen. Er ahnte, wie es gewesen sein musste, wenn ihr Großvater einen Verdächtigen verhörte.

Sie waren an dem Hochstand angekommen. Oxana Litschko kletterte nach oben; trotz ihrer fünfzig Jahre sehr flink und geschmeidig. Belledin war vorsichtiger. Er nahm konzentriert Sprosse um Sprosse und achtete darauf, dass er mit seinen Schuhen nicht abglitt. Er krallte die Zehen, die bereits zu frieren begannen.

»Ist das nicht eine wunderbare Aussicht?«, sagte sie, als Belledin neben ihr zum Stehen kam.

Er atmete durch. Es ärgerte ihn, dass er für diesen kleinen Anstieg und die kurze Kletterpartie so außer Atem kam.

»Die Aussicht ist wichtig. Nur wenn Sie immer wieder Ihre Perspektiven überprüfen, bleiben Sie oben.«

»Auch eine Lehre Ihres Großvaters?«

»Nein. Mein Großvater redete nicht viel. Er lehrte durch Schweigen.«

Belledin sah über das weiße Feld.

»An klaren Tagen kann man die Vogesen sehen«, sagte sie. »Ich schaue gerne über Grenzen hinweg. Vielleicht eine Kompensation des Eisernen Vorhangs. Das war der große Unterschied zwischen Petkovic und mir. Das trennte uns. Nicht die jungen Flittchen. Petkovic sah nicht über den Tellerrand. Ich habe es immer gemusst. Von Anfang an. Weil ich eingesperrt aufgewachsen war. Das geschlossene System schult die Freiheit, wenn Sie die richtigen Lehrer haben.«

Belledin hatte genug von dem Unterricht. Sie lullte ihn ein, und er kam nicht voran. »Wer könnte Interesse haben, Petkovic zu töten?«

»Ich nicht.« Sie drehte sich zu ihm. »Aber sonst so ziemlich jeder. Vor allem seine Huren. Er hat sie nie gut behandelt. Weil er selbst Angst hatte, diktierte er Angst. Wie Stalin. Aber Petkovic hatte nicht Stalins Disziplin. Deswegen war es nur eine Frage der Zeit, bis ihn jemand kaltmacht.«

»Er wurde in Hoden und Herz geschossen.«

»Autsch.«

»Ebenso Kerner. Gestern Nacht.«

»Kerner? Der Anwalt? Auf dieselbe Weise?« Ihre Hellhörigkeit schien Belledin nicht gespielt. Aber sicher war er sich nicht.

»Ja. Sieht wie ein Ritual aus.«

»Hinrichtung. Eindeutig. Ein Rachefeldzug.«

»Sie hätten Motive dafür.«

»Weil Kerner für Petkovic ein paar Tausender mehr rausgeboxt hat? Ich bitte Sie. Wir reden jetzt schon eine geschlagene halbe Stunde miteinander. Da müssten Sie begriffen haben, dass ich andere Mittel hätte, um die beiden krepieren zu lassen. Ich würde sie langsam ausbluten lassen, damit ich auch was von ihrem Niedergang habe. Am Ende wären sie so verzweifelt, dass sie sich selbst umbrächten. Dass ihnen jemand die Eier weggepustet hat, kommt doch einem Gnadenakt gleich. So etwas geht doch viel zu schnell. Da leidet keiner. Und die beiden hätten es verdient zu leiden.« Sie stieg die Leiter hinunter.

Belledin kraxelte hinterher.

»Also haben Sie doch eine Rechnung offen mit Petkovic. Und mit Kerner.«

»Natürlich hat es mich gekränkt, dass sie mich melken wollten, nach allem, was ich für sie getan habe. Aber wegen einer Kränkung mache ich keine Fehler. Das ist das Einmaleins der Strategie. Kontrolliere deine Emotionen.« Sie blieb stehen, damit Belledin nachkam. Er hatte bereits drei Meter an Boden verloren. »Glauben Sie mir. Wer immer das getan hat, er verdient meinen Respekt.«

Ein gelber Schneeschlitten kam herangefahren und bremste. Auf dem Bock saß der Dobermann. »Und jetzt entschuldigen Sie mich. Ich habe zu tun.«

Sie stieg auf den Schlitten und fuhr davon. Belledin sah ihr nach. Wütend über die Schulmeisterei und die kalten Füße.

FÜNF

Der Algerier hatte Killian am Schwabentor abgesetzt und war weitergefahren. Killian ging die Schwarzwaldstraße entlang und suchte seinen Defender. Die Nikon hatte er dort in einer Militärkiste verstaut. In ihr war der Chip mit den Pariser Fotos, die Oxana erbat. Der Defender stand nicht mehr dort, wo er ihn abgestellt hatte. Hatte Seif jetzt auch den Wagen gestohlen, nachdem er im Sprinter nichts gefunden hatte? Ohne die Fotos brauchte er nicht zu Oxana zurückzukehren. Sie würde ihre Drohung wahr machen und Swintha verschleppen lassen. Nur mit Drohungen allein wäre sie nicht dort, wo sie jetzt war. Wenn Killian recht verstanden hatte, wollte Oxana die Fotos, bevor Seif sie hatte. Warum? Sie selbst hatte ja ohnehin Fotos von dem Treffen. Wieso wollte sie auch Killians? Damit Seif nicht dokumentieren konnte, dass sie sich mit ihm getroffen hatte? Weswegen hatten sie sich getroffen? Das Einzige, worauf Seif scharf war, waren Waffen. Handelte Oxana damit? Wollte Seif mit den Fotos einen besseren Preis herausschlagen? Moshe wusste vielleicht Antworten. Killian rief ihn an. Moshe ging nicht dran. Auch kein Tonband. Nach fünfmal Klingeln brach die Verbindung ab. Killian versuchte es erneut. Wieder fünfmal Klingen. Wieder Abbruch. Moshe würde sich zurückmelden. Er brauchte Killian noch. Und wenn nicht? Konnte sich Killian so sicher sein, dass er noch gebraucht wurde? Er war aufgeflogen. Sein Foto würde auf der Gegenseite die Runde machen. Und er war nicht mehr der Jüngste. Mental hinkte er schon lange hintendrein. Allein seine Todessehnsucht ließ ihn manchmal Tollkühnheiten begehen, die andere nicht wagten. Aber er war mit den Gedanken nicht mehr bei der Sache. Mit Rohinas Tod hatte es angefangen. Und mit dem Wissen, dass er in Swintha eine Tochter hatte, die ihn noch brauchen würde, war er doch vorsichtiger geworden. Vielleicht hatte Moshe längst beschlossen, ihn auszusortieren. In Swintha hatte er ja jetzt eine abenteuerlustige Novizin. Aber

Swintha war noch zu grün. Moshe würde sie nicht gleich an die vorderste Front jagen. Dazu brauchte es erfahrenere Irre. Zudem hatte Moshe ihm versprochen, es langsam mit ihr anlaufen zu lassen. Aber Seif war schon an ihr dran. Und Oxana auch. Wieder drängte es ihn, nach Paris zu fahren. Bei Swintha zu sein. Er wusste, dass es Blödsinn war. Er musste Oxana die Fotos bringen, dann wäre die Sache vorerst aus der Welt.

Ein Hupen schreckte ihn hoch. Er kannte das Geräusch. Es war die Hupe seines Defenders. Er drehte sich um. Bärbel saß hinterm Steuer und winkte ihm einzusteigen. Er gehorchte. Bärbel fuhr los.

»Ich war einkaufen. Der Wagen ist praktisch.« Sie zeigte mit dem Daumen nach hinten auf die Kartons, die sie geladen hatte. »Ikea. Der Einkauf stand schon länger mal an. Regale und Kommoden für unsere Frauen. Ich kann den Sperrmüll, den wir von der Caritas haben, nicht mehr sehen.«

»Aber Ikea kannst du noch sehen?«

»Seit wann bist du Einrichtungsästhet? Außer deinem Barocksofa und dem Jugendstiltisch brauchst du doch nichts. Hast du deine Sachen denn in der Zwischenzeit eingelagert? Ich wollte dir eigentlich helfen, aber du warst plötzlich fort.«

»Ich war bummeln.«

Bärbel fuhr den Wagen direkt vor die »Freija«. »Den ganzen Tag? So schön möchte ich's auch haben. Dann hast du bestimmt genug Kraft getankt, um unseren Ladys die Sachen aufzubauen.« Sie stiegen aus dem Wagen. »Ich habe versucht, Swintha anzurufen«, sagte Bärbel. »Aber sie geht mal wieder nicht dran. Sie könnte dokumentieren, dass wir neue Schränke haben. Außerdem fände ich es schön, wenn wir mal einen Abend zu dritt hätten. Ich lasse Pizza kommen, und wir feiern ein wenig. Gute Idee?«

Sie ging zum Hauseingang, öffnete die Tür und hielt sie mit einem Holzkeil offen.

Wagner kam ihr aus dem Haus entgegen. »Wagner? Was machen Sie denn hier? Arbeiten Sie jetzt etwa bei Kanzinger? Na ja. Schlimmer als mit Belledin kann's kaum sein. Sagen Sie bloß nicht, Kanzinger hat Sie geschickt, um hier aufzupassen.«

»Belledin hat mich gschickt. Es ware noch zwei Fraue zu vernehme. Wege dä beide Tote.«

»Was? Zwei Tote? Ich weiß nur von Kerner.«

»Petkovic«, sagte Wagner, und er zerlegte den Namen des Opfers in drei lang gezogene Silben.

»Der Zuhälter vom FSK-Palast?«

»Der Betreiber des Erotik-Centers. Immer sachlich bleibe.«

»Wenn einer seinen Puff FSK nennt, kann ich nicht mehr sachlich bleiben.«

»Wieso? Ich find's witzig. Freiwillige Selbstkontrolle. Des hat doch was.«

»Das ist Zynismus. Und ich habe kein Mitleid mit so einem Schwein.« Bärbel mochte wegen Petkovic kein Beileid heucheln.

»Warum? Hatte Sie persönlich etwas gegen ihn?« Wagner streckte seinen Hals. »Liege da etwa Motive vor?«

»Motive genug. Aber ich habe ein Alibi für den ganzen Tag. Kameras von Ikea. Aufgehängt zu meiner eigenen Sicherheit.«

Während sich Bärbel mit Wagner maß, schleppte Killian einen Pressspankarton nach dem anderen an den Eingang. Erst jetzt schien ihn Wagner zu erkennen. »Guck emol do na. Dä Starfotograf als Möbelpacker. So kann's komme. Oder eher kleiner Ausgleich?«

Killian setzte den Karton ab und sah Wagner scharf an. Sie mochten sich nicht. Waren zu verschieden. Oder zu ähnlich? Killian wusste, dass Wagner soff, weil er dem badischen Blues nicht entkam. Vielleicht war Wagners traurige Seite zu nah an Killian, und er konnte ihn deswegen nicht ausstehen. »Schrauben drehen. Das müssten Sie doch kennen. Gehört im Entzug doch zum Rehaprogramm.«

Wagner nahm die Spitze gelassen. Er drehte sich zu Bärbel. »Ich hab mit Nadja Ostrova gesproche. Aber mir fehlt noch die Thailänderin.«

»Jana Chuan«, sagte Bärbel.

»Richtig. Könne Sie mir sage, wo sie sich gerade aufhält oder wann sie wieder hier isch?«

»Das ist hier kein Gefängnis mit Ausgang. Die Frauen können

kommen und gehen wann sie wollen. Und sie müssen sich bei mir auch nicht an- und abmelden.«

»Hätt ja sein könne. Hat sie ein Telefon?«

»Wer?«

»Die Thailänderin.«

»Jana Chuan.«

»Richtig.«

»Haben Sie das Nadja nicht gefragt?«

»Doch. Aber sie hat mir gsagt, sie hätte ihre Nummer nicht.«

»Wessen?« Bärbel wollte es wissen.

Wagner biss sich auf die Oberlippe. Er haderte jetzt wohl mit sich, ob er den Namen nennen oder bockig bleiben sollte. Er entschied sich für den Trotz. »Von der Thailänderin.«

»Habe ich auch nicht. Können Sie einen Schritt zur Seite gehen? Wir müssen die Bretter nach oben tragen.«

Wagner atmete hoch in den Brustkorb und plusterte die Lippen. »Des isch Behinderung von Ermittlungsarbeit, des kann Folge habe.«

»Sie behindern den Durchgang.« Bärbel wollte ihn zur Seite schieben. Wagner ließ sich das nicht bieten und stieß sie zurück. Sie fiel in Killians Arme, der gerade ein weiteres Paket abgestellt hatte.

»Fasse Sie mich nit an.« Wagner fauchte wie ein alter Kater, dem man nicht mehr zutraute, dass er noch Mäuse jagen konnte. »Ich warn Sie im Gute.« Er schwang seine Faust durch die Luft. »Soll sie doch in Thailand bleibe. Was interessiere mich die thailändischen Hure? Überhaupt interessiere mich die Weiber einen Scheißdreck. Für mich interessiert sich ja au niemand.« Schnaubend lief er davon. Neben dem Defender drehte er sich noch mal zu Bärbel und Killian um. »Ihr Sozialarbeiter werdet schon noch sehe, wohin das alles führt. Sodom. Sodom und Gomorrha.« Er ging endgültig.

»Der hat sie nicht mehr alle«, sagte Bärbel.

»Kannst ihn ja auch zu Frau Kerner schicken.«

»Du warst bei ihr?« Sie schien überrascht. »Das finde ich toll. Und? Wie war's?«

Killian schürzte die Lippen und nickte. Das sagte alles und nichts.

»Schon gut. Ich hoffe, du warst bei ihr etwas kommunikativer. Wie viel ist noch im Wagen?«

»Noch ein Regal.« Er ging und zog es aus dem Defender. Jetzt war endlich Platz, und er konnte an die Militärkiste, in der er die Nikon gebunkert hatte. Die Kiste stand aber nicht dort, wo er sie eingeklemmt hatte. Er sprang aus dem Wagen und eilte zu Bärbel. »Wo ist die Militärkiste?«

Bärbel schien nicht zu wissen, wovon er sprach. »Eine Blechkiste. Etwa so groß. Grün.« Er beschrieb sie mit den Händen.

»Ach du meine Güte«, sagte Bärbel und schlug sich die Hand vor den Mund. Die steht noch auf dem Parkplatz vor Ikea. Ich hab die Kiste rausgetan, damit ich alle Regale hinten einladen konnte. Ich wollte die Kiste auf den Beifahrersitz stellen und habe sie vergessen. Ist sie sehr wertvoll?«

»Meine Nikon ist drin.«

»Mist. Das tut mir leid.«

Killian hörte sie nicht mehr. Er rannte zum Wagen, klemmte sich hinters Steuer und startete den Motor. Vielleicht hatte er Glück.

***

Belledin nieste wie sieben Posaunen ohne Ansatz. Er verfluchte Oxana Litschko und wischte mit einem Papiertaschentuch die Windschutzscheibe ab. Barfuß trat er aufs Gas. Die Budapester und die Socken hatte er ausgezogen und an die Fußheizung vor den Beifahrersitz gedrückt. Er schwor, dass er sie kriegen würde. Irgendwo würde er sie packen können, und dann würde er sie einbuchten. So eine siegessichere Kuh hatte er noch nie erlebt. Was die sich einbildete. Nein, nach Baden-Baden würde er nicht ziehen. Wenn es noch mehr von dieser Sorte dort gab, konnte er auf die Sonnenterrasse verzichten. Am Tuniberg schien auch die Sonne. Trotzdem würde er jetzt nicht nach Merdingen fahren. Was sollte er dort. Es wurde bereits dunkel. Selbst wenn die Sonne geschienen hätte, seit gestern war sie für ihn dort untergegangen.

Biggi hatte sie mitgenommen. In die Südsee. Oder wohin sie mit dem Apotheker durchgebrannt war. Ausgerechnet der Apotheker. Kein richtiger Mann, sondern so ein Weißkittel, der Pillen gegen Blähungen auf Lateinisch verkaufte. Er nieste wieder. Er müsste auch in eine Apotheke. Irgendetwas gegen den Schnupfen kaufen. Und präventiv etwas gegen eine Lungenentzündung. Die würde ihm jetzt gerade noch fehlen. Er rief Wagner an und war überrascht, dass der sofort abnahm. »Wagner, warst du schon in der Apotheke in der Zähringer Straße? … Hab's mir gedacht … Die Frauen waren wichtiger … und? Was rausgekommen? … Ostrova hat ein Alibi. Gut … und die Thailänderin? … Was? Jana Chuan? Ja, ist ja gut, Wagner. Plustere dich nicht so auf … ich kann mir nicht gleich alle Namen merken … und in dem Fall wimmelt es davon … erzähl ich dir morgen … was ist mit Dunja? Hast du sie noch mal in die Mangel genommen? … Ja, schon gut. Dann lassen wir sie schmoren, und ich nehme sie mir morgen noch mal vor. Dann wissen wir auch mehr über die blonden Haare. Ich fahre jetzt in die Apotheke und klopfe danach noch mal bei der Thailänderin an.«

Er legte auf und nieste.

***

Killian erreichte Ikea. Erst jetzt fiel ihm ein, dass er Bärbel vergessen hatte zu fragen, wo sie geparkt hatte. Er stellte sich auf den nächstbesten Parkplatz, der frei war, und wählte Bärbel an. Besetzt. Er stieg aus dem Wagen und beschloss den Parkplatz systematisch Reihe für Reihe abzugehen. Dabei wiederholte er immer wieder den Anrufversuch bei Bärbel. Was hatte sie jetzt zu plappern? Wenn die Kiste weg war, war auch Swintha weg. Killians Herz raste. Er wollte rennen, zwang sich aber, nur zügig zu gehen, damit er die Kiste vor lauter Eile nicht übersah.

Ein Mann fuhr ihn mit seinem Einkaufswagen an. Killian jaulte.

»Hän Sie keine Auge im Kopf?«, meckerte der Mann und drückte sein Gefährt über den Parkplatz.

Killian rieb sich die Wade. Sein Handy klingelte. Bärbel? Nein. Moshe. Er nahm den Anruf entgegen. »Schalom Moshe … ja, ich hatte dich angerufen. Ich muss was über Oxana Litschko wissen … du kennst sie? Persönlich? … Arbeitet sie etwa für dich? … Was heißt das? … Herrgott, Moshe, es geht um Swintha … ich habe zufällig Fotos von Litschko und Seif gemacht … ja, die beiden haben irgendwas am Laufen, und Litschko will nicht, dass jemand davon erfährt … weißt du, ob sie im Waffenhandel tätig ist? … nein? … aber was hat sie dann mit Seif zu schaffen? … Moshe, was verschweigst du mir? … Ich warne dich. Es geht um meine Tochter … nein, ich habe die Fotos nicht. Sie ist in meiner Nikon, und die ist in einer Kiste, die irgendwo auf dem Parkplatz von Ikea steht. Oder auch nicht mehr. Ich bin gerade hier und suche sie. Und wenn ich sie gefunden habe, bist du der Letzte, der diese Fotos sehen wird … nein. Erst will ich wissen, wer Oxana Litschko ist.« Killian sah den Mann, der ihn angefahren hatte, an seinem Wagen stehen und die gekaufte Ware einräumen. Zuletzt hob er eine Kiste vom Boden auf, die er ebenfalls in den Kofferraum seines Autos packte. Killian erkannte die Kiste. Es war seine. »Ich muss Schluss machen.« Er drückte Moshe weg, steckte das Handy in die Jacke und rannte über den Parkplatz. Er schrie und winkte, aber der Mann sah und hörte nichts. Er startete den weißen Kangoo und fuhr davon. Killian merkte sich das Nummernschild und rannte zurück zum Defender. Das Handy klingelte. Killian kümmerte es nicht. Er musste den Kangoo erwischen, ehe der im Dunkel der Stadt verschwand. Er sprang hinter das Steuer und startete den Wagen. Hinter ihm packte ein Pärchen seinen Einkauf ins Auto und versperrte Killian den Weg. Er hupte. Die beiden scherte es nicht, dass er es eilig hatte. Geduldig luden sie weiter ihre Regale vom Einkaufswagen in den Kofferraum. Killian sah im Außenspiegel, dass die beiden einen Karton ins Auto schoben. Nur der Einkaufswagen stand noch im Weg. Killian gab Gas und rammte das Gefährt. Ein Karton platzte auf, Bretter krachten auf den Asphalt, der Einkaufswagen schlidderte gegen einen roten Toyota und kratzte Lack vom Kotflügel. Killian legte den

Vorwärtsgang ein und ließ die Reifen quietschen. Er musste den Kangoo erwischen.

Killian musste bremsen, weil ein Kind ihm vors Auto lief. Die Mutter zog ihren Jungen zurück, schimpfte mit ihm und ballte die Faust gegen Killian. Er reckte den Hals und sah den Kangoo an der Ausfahrt warten, bis der Verkehr es zuließ, sich einzuordnen. Vielleicht hatte er Glück, und er kam an den Kangoo heran, ehe der auf die Straße bog. Zwei Autos schoben sich vor Killian. Der Kangoo durfte noch immer nicht in den Strom der Straße. Erst die nächste Ampelphase würde ihm Gelegenheit bieten. Killian sprang aus dem Defender, rannte an den beiden Autos vorbei und wollte die Fahrertür des Kangoos aufreißen, da packte ihn eine Hand von hinten an der Schulter. Killian drehte sich um, erkannte das Gesicht für einen Moment und sah dann nichts mehr. Er fühlte nur einen feuchten Lappen auf seinem Gesicht und roch den süßen Duft von Chloroform.

***

»Oder Sie schneiden Zwiebeln klein, kochen Sie in Wasser auf und inhalieren den Dampf.« Das war jetzt Hausmittel Nummer dreizehn, das ihm die brünette Apothekerin innerhalb von zwei Minuten heruntergebetet hatte. Hätte sie nicht einen so schönen Kussmund gehabt, der sich bei jedem O und U nach vorne stülpte, als wollte sie ihn an sich saugen, Belledin hätte längst Einhalt geboten. So starrte er gebannt auf die vollen roten Lippen und wartete auf Hausmittel Nummer vierzehn. Aber es kam nichts. Die Lippen legten sich sanft aufeinander und schwiegen. Dafür sahen ihn zwei große braune Augen fragend an.

»Meine Frau hat immer so Tropfen. Homöopathisches Zeug. Hilft ganz gut, wenn man dran glaubt.«

»Homöopathisch. Moment.«

Gott, wie viele Os in dem Wort Homöopathie steckten. Belledin wurde heiß. Er wusste nicht, ob es an der Apothekerin lag oder ob er bereits erste Fieberschübe bekam. Socken und Schuhe waren noch immer klamm.

»Wie wäre es mit Meditonsin?«

»Klingt gesund.«

»Hat einen natürlichen Tri-Komplex. Oder wollen Sie Ihre Frau noch mal anrufen, um sicher zu sein?«

»Meine Frau ist nicht zu Hause. Sie ist mit dem Apotheker durchgebrannt.«

Sie sah ihn verblüfft an und musste dann lachen.

»Sie glauben mir nicht, was? Wollte es erst selbst nicht glauben. Aber mit Ihnen könnte ich auch durchbrennen.« Er erschrak selbst über sich. Er hatte es tatsächlich gesagt. Er hatte die Apothekerin angebaggert. Nur wegen ihrer Os. Oder wollte er Gleiches mit Gleichem heilen. Beziehungs-Homöopathie betreiben? Es war alles zu viel für ihn. Biggi weg, zwei prominente Tote binnen vierundzwanzig Stunden im Kühlfach und nur den Zipfel Hoffnung, dass er mit Dunja die mordende Lilith erwischt hatte. Dazu die verrückte Welt der Oxana Litschko und diese verdammte Erkältung, die ihm den Kopf verstopfte.

»Entschuldigung. Das ist mir rausgerutscht«, sagte er.

»Schade. Ich würde mich nämlich gerne mal entführen lassen«, sagte sie und setzte einen Augenaufschlag hinterher, dass Belledins Ohren glühten. »Also?«

»Was? Also?«

»Meditonsin?«

»Ja. Meditonsin.«

Sie drehte sich um und ging zu einem Regal mit Schubladen. Sie fand sofort die richtige und kam mit dem Präparat zurück.

»Und Viagra.«

Sie sah ihn verwundert an. Belledin hatte sich völlig verfahren.

»Nein. Nicht für mich. Ich möchte es nicht kaufen. Aber deswegen bin ich hier.«

»Was nun? Wollen Sie Viagra oder nicht? Ich warne davor. So ein Dauerständer kann sehr schmerzvoll sein. Und Sie sehen mir wie einer aus, der ohnehin schon genügend Testosteron mit sich herumträgt. Allein Ihr Bartwuchs spricht Bände.«

Was redete diese Frau. Er fuhr sich mit der Hand über seine Wangen. Tatsächlich. Die Stoppeln sprossen wie Kresse. Zum

Glück war er der einzige Kunde, sonst wäre ihm vor Scham der Kopf geplatzt. Er war doch sonst nicht so prüde.

»Aber das müssen Sie selbst wissen. Brauchen Sie auch Kondome?«

»Was? Kondome?«

»Ich weiß. Ihre Generation hält nichts davon. Wenn Ihre Frau jetzt aber weg ist und Sie sich gesund stoßen wollen, rate ich zu Kondomen. Sonst brauchen Sie bald ganz andere Medikamente.«

Eine ältere Frau kam herein. Belledin hoffte, dass die Apothekerin jetzt das Thema wechselte. Sie dachte gar nicht daran.

»Sex ohne Kondome ist unverantwortlich. Es sei denn, beide haben sich beim Arzt ordentlich durchchecken lassen. Und es ist noch immer das gesündeste Mittel der Verhütung. Oder wollen Sie, dass Ihnen irgendein One-Night-Stand ein Kind anhängt?«

Belledin holte Luft, um dazwischenzukommen, aber die Apothekerin war in Fahrt. »Aber Männer wie Sie denken noch, Verhütung sei allein Aufgabe der Frau. Soll sie mal die Pille nehmen oder sich was anderes ausdenken. Das können Sie heute vergessen. Die moderne Frau will Spaß am Sex. Und die Pille ist eine Hormonbombe. Ein Lusthemmer.«

»Des isch richtig«, sagte die ältere Frau, die sich schwer damit tat, nach oben zu gucken, weil ein Buckel sie nach unten drückte. »Ich hab dreißig Jahr die Pille gnomme. Richtig Luscht hab ich erscht nach dä Wechseljahr kriegt. Obwohl des hormonell ja au noch mal ä ganz eigene Gschicht isch.«

»'n Abend, Frau Welte. Vitamin D?«

»Richtig. Kann sich nit jeder Mallorca im Winter leischte. Und am Wocheend will ich im Schwarzwald wandern gehe.«

»Bei dem Schnee?«

»Die meischte Rundwege sind ja geglättet von dä Langläufer. Des geht scho.«

Die Apothekerin schob Frau Welte eine Packung Vitamin D über die Theke. »Alles?«

»Ja. Aber ich kann warte. Der Herr war vor mir.«

»Kein Problem«, sagte Belledin, der froh war, dass Frau Welte gleich wieder draußen war. Sie zahlte und nahm ihre Tabletten.

»Frohes Wandern«, sagte die Apothekerin.

»Luschtvoller Sex.« Frau Welte lachte und ging.

Belledin riss sich zusammen. Er zog das Viagra-Päckchen, das er Vesic abgenommen hatte, und klopfte es auf den Tresen. Die Apothekerin sah ihn fragend an. Er zog seinen Dienstausweis und zeigte ihn ihr. »Wurde das bei Ihnen gekauft?«

Sie sah auf das Päckchen. »Kann gut sein.«

»Ich habe es von einem Angestellten des FSK-Palastes. Er sagte, er habe das Zeug heute Morgen hier gekauft.«

»Ah, ja. Richtig. Stojan war heute Morgen da.«

»Sie kennen ihn?«

»Beste Kundschaft. Was glauben Sie, wie der Laden hier brummt, seit der FSK-Palast aufgemacht hat. Inklusive Pille danach.«

»Kennen Sie auch den Chef des Ladens?«

»Petkovic? Natürlich. Witziger Vogel.«

»Er ist tot.«

»Was?«

»Erschossen. Mit zwei Kugeln. Eine in die Hoden und eine ins Herz.«

Belledin genoss es, die Brutalität im Detail zu servieren. Das war die Retourkutsche für die Verwirrung, der er zuvor ausgesetzt war. Er merkte auch, wie seine Erkältung allein durch das Oberwasser, das ihm sein Dienstausweis brachte, zurückwich. Status als Medizin. Gesünderes gab es nicht. Solange der Selbstwert stimmte, hatten keine Bakterie und kein Virus eine Chance. Meditonsin und Kondome waren etwas für Zweifler. Belledin konnte auf beides verzichten. Und auf Viagra ebenso. Aber nicht auf seinen Dienstausweis. Er steckte ihn ein wie ein Zauberer die signierte Karte, die gleich wieder an anderer Stelle erscheinen sollte.

»Aber wieso?«

»Das wüsste ich auch gerne.« Belledin sah erst jetzt auf das Namensschild auf ihrem Kittel. Er las und sprach es aus. »Frau

Weiß, Petkovic ist nicht der Einzige, der auf diese Art umkam. Gestern Nacht starb auch Wolfgang Kerner mit zwei Schüssen.«

Frau Weiß sah ihn entsetzt an, kam hinter der Theke hervor und schloss die Ladentür ab. »Ich mache zu. Ich will nicht, dass jetzt jemand reinkommt.« Sie verlor das Gleichgewicht und stützte sich an der Theke ab. Belledin reagierte, fasste sie am Arm und setzte sie auf einen der beiden Stühle, die in der Ladenecke standen, um Kunden das Warten angenehmer zu gestalten.

»Alles in Ordnung?«, fragte Belledin.

»Ja. Geht schon wieder. Nur plötzliches Kopfweh. Dort hinten rechts in einer Schachtel gibt es Aspirin. Wenn Sie durch den Gang gehen, links ist ein Waschbecken. Dort stehen auch Gläser. Könnten Sie mir ein Glas Wasser bringen?«

Belledin gehorchte und brachte ein Glas Wasser nebst Aspirin. Frau Weiß nahm ihm die Tabletten aus der Hand und warf eine davon ins Glas.

»Kannten Sie Kerner näher?«, fragte Belledin in das Sprudelgeräusch der sich auflösenden Tablette.

»Ja.« Sie starrte auf das blubbernde Glas und rührte das Gemisch mit dem Zeigefinger um.

»Woher? Hat er Sie rechtlich vertreten?«

»Nein. Gevögelt.« Sie trank.

»Kerner und Sie hatten ein Verhältnis?«

»Quatsch. Alles ohne Liebe. Swingerparty. Ich steh dadrauf. Macht mir Spaß mit Pärchen.«

Belledin hätte sich jetzt gerne auch einen Schluck genehmigt. Aber kein Aspirin, sondern einen Mirabell von Wagner.

»Was heißt Pärchen? Sie mit Petkovic und Kerner? Oder war Kerners Frau mit dabei?«

»Seine Frau. Marta. Aber ihr schien es nicht so großen Spaß zu machen. Sie machte halt mit, weil er es wollte.«

»Und wie oft lief das so?«

»Verschieden. Manchmal war vier Wochen nichts, dann konnte es aber auch sein, dass es gleich zweimal die Woche stieg.«

»Und Sie waren immer auf Abruf? Oder wie stelle ich mir das vor?«

»Ich wohne ja direkt ums Eck. Und mir macht es Spaß. Außerdem war Kerner großzügig.«

»Er hat bezahlt?«

»Nicht direkt. Ich bin keine Nutte. Ich mache das freiwillig. Aber es gab immer Schampus vom Feinsten, ich durfte auch mal Ferien in seiner Finca auf Mallorca machen.«

»War es nur ein Dreier, oder mischten auch andere mit?«

»Manchmal kam Petkovic noch dazu. Aber erst, wenn die Kerners schon fertig waren. Ich kann ziemlich lange und oft. Das ist meine Natur.«

Belledin schluckte. Wie kam er sich mit seinem Mittwoch-Ritual spießig und albern vor. Gleichzeitig erschrak er darüber, dass er noch gar nicht wusste, was nächsten Mittwoch sein würde.

»Andere Frauen waren also nicht mit von der Partie?«

»Nein. Nicht, wenn ich dabei war. Ich glaube, Kerner genügte es, sich auf zwei Frauen zu konzentrieren. Aber ich kann mir gut vorstellen, dass sie es noch mit anderen machten.«

»Vielleicht mit einer Lilith?«

»Lilith? Kennen Sie Lilith?«

»Nein. Das heißt, vielleicht. Kennen Sie Dunja? Ich glaube, dass sie Lilith ist.«

»Dunja? Blödsinn. Da kann ich ja mehr. Nein, die ist nie und nimmer Lilith. Sie ist viel zu jung. Sie kann das Basisprogramm und scheint mir gar keine Lust zu haben, weiter zu lernen. Sie war letzte Woche mit dabei, bei einem kleinen Rudelbums. Schüchterne Hausmannskost.«

»Sie könnte sich verstellt haben.«

»Nein. Glaube ich nicht. Außerdem säuft und kifft sie zu viel. Die ist schneller wieder weg, als sie zählen kann. Man sieht ihr an, dass sie es unter Zwang macht. Deswegen dröhnt sie sich zu. Lilith muss ein ganz anderes Kaliber sein.«

»Was für ein Kaliber? Klingt so, als würden Sie sie doch kennen?«

»Nein. Habe aber schon viel von ihr gehört. Ist eine Art Phantom. Im Palast erzählt man sich von ihr.«

»Was erzählt man?«

»Phantasien. Lilith ist eine für die besonderen Sachen.«

»Sado-Maso? Peitschen, Fesseln und so Kram?«

»Warum werten Sie das so ab? Könnte mir bei Ihnen vorstellen, dass es Ihnen Spaß macht, wenn man Sie mal etwas härter rannehmen würde.«

War das ein Angebot? Belledin zwang sich, nicht auf ihren Mund zu sehen. »Ist Lilith eine Domina?«

»Lilith ist Lilith.«

»Verstehe ich nicht.«

»Man sagt, sie findet den Schlüssel für jeden. Und das innerhalb von wenigen Sekunden. Sie weiß, worauf ihr Gegenüber abfährt, und reizt es bis zum Äußersten. Der eine will reden, die andere mag es gerne anal, und manche Pärchen brauchen Schmerzen.«

»Aber Sie kennen sie nicht, haben sie nie gesehen?«

»Habe ich doch schon gesagt. Ich würde sie gerne kennenlernen.«

»Aber Kerner kannte Lilith.«

»Ich weiß.«

»Hat er Ihnen von ihr erzählt?«

»Ja.«

»Im Beisein von Frau Kerner?«

»Ja.«

»Und was sagte sie zu Lilith?«

»Nichts. Ich glaube, sie mochte die Geschichten von Lilith nicht. So, wie sie auch den Dreier nicht so sehr genoss wie er und ich.«

Endlich hatte Belledin wieder etwas zum Festbeißen. Marta Kerner hatte ihm gesagt, sie würde keine Lilith kennen. Ein guter Grund, auf dem Weg nach Todtnauberg noch einmal bei ihr anzuläuten.

»Was glauben Sie, macht der FSK-Palast jetzt zu?« Sie sah ihn mit den bangen Augen eines Kindes an, das fürchtete, es würde nie mehr Weihnachten geben.

»Die nächsten Tage schon. Wir müssen einige Spuren sichern. Die Indizien sprechen dafür, dass wir den Mörder von Kerner und Petkovic in dem Umkreis finden. Wenn es Dunja nicht ist, dann ist es eine andere aus dem Pool. Und wie die Erbfolge geregelt ist, da habe ich keine Ahnung.«

Ihre Hand suchte Belledins behaarte Finger und streichelte sie. Die Rehaugen bettelten, und der Kussmund öffnete sich leicht, sodass Belledin in ein schwarzes Geheimnis sehen konnte. Er schluckte.

»Ich wohne direkt über dem Laden.«

Belledin durfte es nicht tun. Sie war in den Fall verwickelt. Aber sie hatte ihn verbal so aufgeladen, und er befand sich in der Apotheke. Er konnte sich rächen. Er zog sie an sich und sah nur noch den Mund, der ihn gleich verschlingen würde.

***

Killian schlug die Augen auf und sah nichts. Er lag auf blechernem Boden und roch Vertrautes. Er begriff, dass er in Hilperts Sprinter gefangen war. Der Wagen stand. Killian tastete und fand das aufgerissene Polster des Sofas. Er machte es sich darauf bequem und wartete. Irgendwann würde Seif schon kommen und ihn ausquetschen. Er untersuchte die Taschen seiner Jacke. Ausgeräumt. Das Handy sowieso. Aber auch der Einkaufszettel fehlte, auf den er das Kennzeichen des Kangoo notiert hatte. Selbst Feuerzeug, Tabak und Blättchen hatte man ihm abgenommen. Nur ein Centstück war übrig. Er spuckte darauf. Es würde Glück bringen. Er stand vom Sofa auf und tastete sich durch den Bestand seines Haushalts. Er erinnerte sich, wo er die Küchenmesser verstaut hatte. Wenn er dorthin käme, würde er sich besser fühlen. Aber er hatte gut gepackt. Da war kaum Luft, um durchzudringen. Allein die Fläche des Sofas stand als Umladeplatz zur Verfügung. Killian bückte sich und fühlte einen Kartonstapel mit Platten. Er hievte einen nach dem anderen auf das Sofa und trat an die frei gewordene Stelle. Wenn er sich so Stück für Stück vorarbeitete, würde er an die Messer gelangen. Er durfte keinen Lärm machen und musste trotzdem schnell sein. Jederzeit konnte sich die Hecktür öffnen und sein Gegner auftauchen. Killian fand das Holztischchen und räumte es ab. Es war Wäsche. Die würde keinen Lärm machen. Er warf sie hinter sich und hob den Tisch über den Kopf. Er drehte sich damit. Es schepperte. Er hatte mit einem Tischbein zwei Weinflaschen erwischt. Sie polterten gegen das Blech des Wagens und fielen zu Boden. Killian lauschte. Draußen rührte sich nichts. Vielleicht war Seif nicht im Wagen? Killian setzte den Tisch hinter sich ab und war nur noch anderthalb Meter von dem ersehnten Karton mit den Messern entfernt. Er zwängte sich an anderen Kartons vorbei, weil ihm das Umräumen zu langsam ging, und streckte seine Arme nach dem Messerkarton aus. Mit den Fingerspitzen riss er an einer Klappnaht ein kleines Loch. Er steckte die Finger tiefer in das Loch und weitete es, bis die ganze Hand hineinpasste. Ein stechender Schmerz durchfuhr den Zeigefinger. Er hatte in ein Messer gegriffen. Er verdrängte den Ritzer und versuchte, die Klinge seitlich an der Fläche zu greifen. Es gelang. Vorsichtig zog er das Messer heraus. Es verhakte sich. Eine Gabel stellte sich quer. Killian musste mit der Schneide wieder zurück und sie loslassen. Er schob die Gabel zur Seite und fasste die Klinge erneut. Jetzt konnte er sie durch das Loch ziehen. Es war sein Lieblingsmesser zum Gemüseschneiden. Klein und scharf.

Die Ladetür wurde aufgerissen. Killian schrak herum und schob sich das Messer zwischen Socken und Schuh. Er erkannte nur die Silhouette eines Mannes. Sein Gesicht lag im Schatten. Der Mann zielte mit einer Taschenlampe auf Killian.

»Erev tov, chaver sheli. Manischma?«

Killian brauchte kein Gesicht mehr zu der Gestalt. Er kannte die Stimme. Seif. Es war das erste Mal, dass er ihn auf Hebräisch ansprach. Im Camp und in Paris hatten sie französisch gesprochen. »Was machst du dort hinten? Ist das nicht unbequem? Oder gräbst du einen Tunnel?« Seif liebte Sprüche. Das gehörte zu seinem Lifestyle. Bombenlegen und Sprücheklopfen. Killian glaubte nicht, dass Seif ein extremer Islamist war. Er würde sich niemals mit einem Sprengstoff-Rucksack in die Luft jagen, nur weil man ihm im Jenseits ein Dutzend Jungfrauen versprach. Seif hatte seine Frauen bereits im jetzigen Leben. Hätte sich ihm eine andere Chance geboten, seine Lebensgier und Triebhaftigkeit auszutoben, er hätte auch dort angeheuert. Aber der Islam lag nun einmal vor Seifs Haustür. Den ließ er sich nicht entgehen.

»Komm raus. Ich hab mit dir zu reden«, sagte er.

Killian gehorchte und ging dem Strahl der Taschenlampe mit gesenktem Blick entgegen. Kurz dachte er daran, ob er von der Lade auf Seif springen und ihn überwältigen sollte. Aber Seif war bestimmt nicht allein hier. Solange Killian die Lage nicht einschätzen konnte, wollte er nichts unnötig riskieren. Er stieg vorsichtig aus dem Sprinter und wurde sofort von hinten gepackt und gegen die Seitenwand des Sprinters geschleudert. Zwei Hände tasteten ihn ab.

»Mach schnell. Ich will nicht, dass uns jemand hier draußen sieht«, sagte Seif. Glück für Killian. Die tastenden Hände stellten ihre Arbeit kurz über den Knöcheln ein.

»Rein mit ihm.« Seif ging vor. Die tastenden Hände verdrehten Killian den Arm und zwangen ihn mit Druck in den Nacken, während des Gehens auf den Boden zu schauen. Killian war es nicht möglich zu ahnen, wo er sich befand. Seif öffnete eine Stahltür und ging voran. Killian wurde hineingestoßen. Es war dunkel und klamm. Der Boden roch nach frischem Zement. Eine Baustelle. Keine neue Wohnsiedlung. Vielleicht Gewerbegebiet. Sie gingen einen schmalen Gang entlang, der wieder vor einer Stahltür endete. Seif stieß sie auf. Es waren noch keine Schlösser montiert. Dafür gab es in dem Raum Licht. Eine Glühbirne, gespeist von einer Autobatterie, baumelte von der Decke. Ansonsten war der Raum leer. Nicht einmal ein Stuhl, an den man Killian hätte fesseln können. Er wurde in den Raum gestoßen und landete auf dem groben Zement. Seif blendete ihn ein letztes Mal mit der Taschenlampe und knipste sie dann aus. Das funzelige Licht der Sparbirne musste genügen.

»Alors, mon ami. Du weißt, was jetzt kommt.«

Killian ahnte es. Seif durfte seinen Sadismus befriedigen.

»Ich würde dich gerne sehr langsam zum Sprechen bringen, aber ich stehe unter Zeitdruck. Dringende Geschäfte gebieten Eile.«

Killian hörte Seif nur halb zu, weil er jetzt erkannte, wer der

Kerl war, der ihn abgetastet und hier hereinbugsiert hatte. Der Algerier. Ein korrupter Söldner, der auf beiden Seiten die Hand aufhielt. »Überrascht dich das? Nicht wirklich, oder? Warst du noch nie Diener zweier Herren?«, sagte er und schlug Killian die Rückhand seiner Rechten ins Gesicht. Killian spürte sofort, wie die Lippe platzte und Blut in seinen Mund drang. Der Algerier sagte nichts, lehnte sich nur aus Mangel an Sitzplätzen gegen die Tür und verschränkte die Arme.

»Zur Sache«, sagte Seif. »Ich will den Chip, den du Oxana geben sollst.«

»Ich habe ihn nicht mehr.«

Seif spielte den Gelangweilten. »Ich habe wirklich nicht viel Zeit. Es brennt in Paris und am Gazastreifen sowieso. Du würdest mir einen großen Gefallen erweisen, wenn du das Ritual etwas abkürzen würdest. Wo ist der Chip?«

Killian wusste, dass Seif den Chip nicht bekommen durfte, weil er ihn Oxana bringen musste, wenn er Swintha schützen wollte. Er musste auf Zeit spielen, egal wie viele Schmerzen er dafür kassieren würde. Gleichzeitig konnte er die Wahrheit sagen, das wäre nicht so anstrengend, und Seif würde es vielleicht als glaubwürdig taxieren.

»Er wurde mir gestohlen.«

»Was? Von wem?«

»Zufall.«

»Was heißt das? Wer ist noch hinter den Fotos her?«

»Er weiß gar nicht, dass er sie hat.«

Seif verpasste Killian wieder eine. »Verarsch mich nicht. Du kennst mich doch. Ich habe letzte Woche mein hundertstes Verhör gefeiert. Erfolgreich. Du weißt, was das heißt. Operation gelungen, Patient tot.« Er grinste. Schöne weiße Zähne hatte er. Gleich würde er sein Besteck auspacken und mit dem Spiel beginnen.

»Meine Fotoapparate sind in einer Militärkiste.«

»Und wo ist die Kiste?«

»Sie war in meinem Wagen.«

»Dort haben wir nichts gefunden. Oder?« Seif drehte sich kurz zum Algerier. Der schüttelte verneinend den Kopf.

»Es hört sich blöd an, aber es ist die Wahrheit.« Killian versuchte so sachlich wie möglich zu bleiben. Den Dampf rauszunehmen. »Jemand hat mit meinem Wagen Regale bei Ikea gekauft, dabei die Kiste auf den Parkplatz gestellt und vergessen, sie wieder einzuladen.«

»Das ist ein Scherz.«

»Ich wünschte, es wäre einer. Ich wollte nach der Kiste sehen, da hat sie ein Kerl mit in seinen Wagen geladen. Und als ich ihm hinterherwollte, habt ihr mich geschnappt.«

Seif zog seine schwarzen Brauen zusammen und musterte Killian eingehend. Er trat einen Schritt auf ihn zu, als würde er riechen wollen, ob Killian die Wahrheit sagte, und schlug ihn erneut. Diesmal so stark, dass Killian nach hinten taumelte und gegen die Wand prallte.

»Du ungläubiges Schwein. Sag, dass du mich verarscht. Sag, dass das nicht wahr ist.«

Killian, dem der Mund schmerzte, sagte nichts. Er nickte nur.

»Wie sah der Kerl aus? Was für einen Wagen fährt er? Hast du dir sein Kennzeichen gemerkt?«

Killian lächelte leicht. Jetzt hatte er einen Trumpf. Er hatte bemerkt, wie nervös Seif war, wie sehr er unter Zeitdruck stand. Seif konnte sich auf keine längere Folter einlassen. Am Morgen wären hier wieder die Bauarbeiter. Killian würde mindestens so lange durchhalten. Das wusste Seif. Er musste also mit Killian kooperieren.

»Was willst du dafür?«, fragte Seif.

»Schutz für meine Tochter vor Oxanas Leuten.«

»Wie soll ich dir das garantieren?«

»Entführ sie und bring sie in Sicherheit.«

»Du willst wirklich, dass meine Leute deine Tochter kidnappen? Weißt du, was das für sie heißt?«

»Wenn ihr dabei nur ein Haar gekrümmt wird, suche ich deine Familie auf.«

»Du gehst nirgendwohin, wenn ich es nicht will.« Seif war ganz nah an Killian gerückt. Er roch streng nach Schweiß. Killian ertrug es. »Du bist nämlich gerade mein Gefangener. Ich habe die Macht. Also wage es nicht, mir zu drohen.« Er drehte sich von Killian weg und ging durch den Raum. Er sah dabei auf den Boden, als würde er dort die Lösung seines Dilemmas finden. »Ich kann höchstens einen abstellen, der sie observiert. Und falls Oxana zugreift, lass ich es dich rechtzeitig wissen. Dann kannst du deine israelischen Freunde bitten, dir zu helfen.«

Das war gar nichts. Oxana hatte Swintha längst. Killian wusste, dass er nicht mehr rausholen konnte. Er wollte nur Zeit schinden und hier lebendig rauskommen. Wenn, konnte nur Moshe Swintha helfen. »Einverstanden«, sagte er.

»Kennzeichen.«

»Auf einem Einkaufszettel, den ihr mir aus meiner Jacke genommen habt. Ich habe die Zahl hintendrauf notiert.«

Seif sah zum Algerier. Der wurde nervös. »Wo sind die Sachen?«, fragte Seif.

»Ich habe sie nicht hier. Sie sind oben. In einer Tüte. Im Wagen.«

»Hol sie.«

Der Algerier gehorchte und verschwand.

»Warum arbeitet er mit dir zusammen? Verdient er bei Oxana nicht gut genug?«

»Er ist gläubig. Oxana ist orthodox und Frau. Und sie glaubt nur an Geld und Macht.«

»Du nicht?«

»Ich glaube an Allah. Das müsstest du doch wissen.«

»Und an die hundert Jungfrauen im Jenseits.«

Seif lachte. »An die Märchen glauben wir doch beide nicht. Aber die Jungen, die noch nie an einer sauberen Frau dran waren, die glauben an alles, wenn man es ihnen richtig ins Hirn träufelt.«

»Und woran glaubst du?«

»An den Heiligen Krieg. Jemand muss ihn führen. Sind es nicht wir, ist es die nächste Generation. Je früher man ihn beginnt, umso schneller ist die Welt vom Elend befreit.«

»Würdest du dich auch mit einer Bombe um den Hals dafür in die Luft sprengen?«

Seif sah Killian scharf an. »Ja.« Er hob entschuldigend die

Hände. »Dass ich es noch nicht getan habe, liegt allein daran, dass unsere Zelle dann einen wichtigen Multiplikator verloren hätte. Solange ich lebe, kann ich Dutzende Bomben ausbilden. Wenn ich explodiere, war es nur eine Bombe. Einfache Rechnung.«

»Die nicht aufgehen wird.«

»So? Und warum nicht?«

»Weil sie euch kriegen werden.«

»Dann kommen andere. Der Heilige Krieg wird geführt, bis er gewonnen ist.« Er ballte die Faust. Ein bekanntes Ritual, um die eigene Stärke zu beschwören. »Und wir gewinnen in jedem Fall. Entweder hier oder im Jenseits.«

Von draußen war ein Schuss zu hören. Dann Stimmen. Noch ein Schuss. Das Starten eines Motors. Ein Wagen, der davonfuhr.

Seif sah nervös zur Stahltür, dann zu Killian. »Leute von dir?«

»Ich habe keine Leute.«

»Oxana? Ist sie dir gefolgt?«

»Keine Ahnung. Frag den Algerier, vielleicht ist er doch auf ihrer Seite?«

Wieder Stimmen von draußen. Sie kamen näher. Jetzt waren sie zu verstehen. »Ich guck ä mol do unte. Geh du rüber. Mir treffe uns dann wieder vorne. Vielliecht isch do ä ganzes Nescht. Un wenn einer nit glei d'Händ über de Kopf hebt. Nit lang fackle. Schieß ihm ins Knie.«

»Solle mir nit Polizei rufe?«

»Bis die do sind, isch dä Markt verloffe.«

Killian ahnte, was kam. Der Mann vom Sicherheitsdienst war bereits tot. Es sei denn, Killian gelang es, Seif zu überrumpeln. Seif schlich zur Tür und wartete, bis sie sich öffnete. Er lauschte. Die Schritte des Nachtwächters kamen näher. Die Klinke wurde nach unten gedrückt, die Tür öffnete sich. Seif schnitt mit einem Messer ins Handgelenk des Wachmanns. Der schrie, vergaß, dass er eine Waffe in der anderen Hand hielt, und ließ sie fallen. Killian würde zu spät kommen. Trotzdem setzte er zum Sprung an. Er hechtete auf Seif, der dem Wachmann das Messer ins Herz rammte. Alle drei stürzten zu Boden. Killian kam über Seif zu liegen und drückte ihm die Hand, die das Messer hielt, zur Seite. Seif hielt dagegen und brachte die Klingenspitze vor Killians Brust. Gleichzeitig tastete er mit der anderen Hand nach der Waffe des Wachmanns. Er bekam sie zu fassen und zielte auf Killian. Killian ließ die Messerhand los und drückte sich von Seif ab. Er taumelte nach hinten und ließ die Hände fallen. So wie er saß, kamen sie am Stiefelschacht zu liegen. Er tastete nach dem versteckten Messer und fasste es am Griff. Er tat so, als wäre er erschöpft, und stützte sich auf alle viere. So kam er mit der Messerhand direkt neben Seifs rechten Fuß. Seif stand auf und genoss den Triumph. »Ungläubiger Verräter. Ich könnte dich erledigen wie diesen Fettsack hier. Aber ich brauche dich leider noch.«

Killian schüttelte den Kopf, als würde er seine Niederlage eingestehen, und schnitt im nächsten Moment Seifs Achillessehne durch. Seif schrie und knickte zu Boden. Noch ehe Seif agieren konnte, war Killian über ihn gesprungen und in den langen Gang gerannt. Er sah sich nicht um, wollte nicht wissen, ob Seif auf ihn zielte. Er rannte, so schnell er konnte. Ein Schuss krachte und verfehlte ihn. Killian rannte weiter. Eine Stahltreppe führte nach oben. Er nahm drei Stufen auf einmal. Oben angekommen, warf er sich gegen die Tür und stolperte ins Freie. Das war dumm. Er hätte wissen müssen, dass der andere Wachmann durch die Schüsse aufmerksam geworden war und hier lauerte. Ein junger Mann stand vor ihm. Breitbeinig, die Walther im Anschlag. Beide Hände klammerten sich um den Griff der Pistole, wie es sonst die Betschwestern in Verzweiflung mit dem Holzkreuz taten.

»Keine Bewegung. Werfen Sie das Messer weg und drehen Sie sich mit dem Gesicht zur Wand. Hände über den Kopf.«

Killian gehorchte, behielt das Messer aber in der Hand. »Sie sollten die Polizei rufen. Dort unten liegen Ihr Kollege und ein Terrorist.« Killian hatte seine Stimme verstellt und sprach mit französischem Akzent. Er hoffte, dem Grünschnabel zu entwischen. Bei der Dunkelheit und der Nervosität würde er nur eine durchschnittliche Beschreibung von Killian abgeben können. Ein französischer Akzent würde auf eine falsche Spur locken und Killian Zeit schenken.

»Messer fallen lassen, habe ich gesagt. Die Polizei wird gleich hier sein. Keine Sorge.« Er mühte sich, strenges Hochdeutsch zu sprechen, das ihm Autorität verleihen sollte. Killian bemerkte in der Mauer, vor der er stand, einige lockere Steine. Er drückte beide Handflächen gegen die Wand und stand dadurch scheinbar ungefährlich. Er ließ das Messer fallen. Das würde den Wachmann in Sicherheit wiegen. Tatsächlich krallte er sich mit der Rechten einen Stein in der Größe eines Tennisballs. Er hörte die Polizeisirene. Das war der Moment. Der Wachmann würde kurz erleichtert entspannen, die Aufmerksamkeit einen Augenblick vernachlässigen. Killian drehte sich um und schleuderte den Stein. Er traf den Wachmann am Kopf. Ein Schuss krachte, der Killian wohl getroffen hätte, hätte er sich nicht gleich zur Seite geworfen. Killian sah bereits die Scheinwerfer und das Blaulicht der Polizeiautos. Er nahm den Weg über die Baustelle und hetzte davon.

***

Das war Belledin noch nie passiert. Verlegen sah er zu Boden. Frau Weiß packte ihre Brüste in die Körbchen und knöpfte sich die Bluse zu.

»Kommt immer wieder vor«, sagte sie.

Das wollte er überhaupt nicht hören. Nur keine Statistik. Dabei war er so heiß gewesen. Es lag am Ort. Die Apotheke war schuld. Ganz bestimmt. Ausgerechnet in einer Apotheke. Und dabei küsste Frau Weiß ganz anders als Biggi. Ja, nicht nur anders, sondern besser. Wie zarte Saugnäpfe. Und trotzdem, plötzlich hatte er nur noch Biggi vor sich gesehen. Und er selbst war der Apotheker.

Aus Geilheit war Wut geworden, und dann war die Erektion zusammengebrochen. Selbst Frau Weiß' Saugnäpfe konnten da nicht weiterhelfen. Er sah auf ihre pralle Bluse. Da musste doch etwas gehen. Sie wollte an ihm vorbei. Er hielt sie fest und drückte sie gegen ein Regal. Er wollte es erzwingen. Sie ließ sich darauf ein, begann ihn wieder zu küssen. Aber unter Zwang ging erst recht nichts. Sie stieß sich sanft von ihm ab und küsste ihn auf seine Nase.

»Warte«, sagte sie und ging an den Schrank mit den tausend Schubladen. Sie öffnete eine davon, kramte darin herum und kam mit einer Filmtablette zurück, die sie Belledin auf ihrem Handteller präsentierte. »Willst du Wasser dazu? Du kannst sie aber auch so schlucken.«

Belledin sah skeptisch drauf. »Viagra?«, fragte er. Und das Wort zertrümmerte seinen Mannesstolz.

»Es hilft«, sagte sie und biss sich mit den Zähnen auf die Oberlippe. Sie war heiß. Belledins Chance für einsame Stunden. Eine, die in den Swingerclub ging, weil sie es brauchte. Eine, die Belledin nur aus Geschichten und seinen Phantasien kannte. Eine, die man nur anzurufen brauchte, wenn man in der Gegend war. Er konnte sie haben. Er sprang über seinen Schatten und nahm die Tablette. Sie lag trocken auf seiner Zunge. Er bekam sie nicht runter. Frau Weiß bemerkte es und verschwand im Hinterzimmer. Zeit für Belledin, es sich doch noch mal anders zu überlegen. Noch war er ein Mann. Noch brauchte er keine Potenzhilfen. Er konnte die Tablette ausspucken und gehen. Es musste ja nicht zum Dauerzustand werden, dass er nicht konnte. Es hatte bestimmt nur an der Apotheke gelegen. Und wenn er nun jedes Mal an die Apotheke denken musste? Immer in der Angst, keinen mehr hochzukriegen? Dann war der Teufelskreis perfekt.

Frau Weiß kam mit einem Glas Wasser zurück. Er nahm einen kräftigen Schluck und spülte die Tablette damit runter. Sollte kommen, was kommen mochte. Er wartete auf die Wirkung. Es geschah nichts. Er dachte an Goofy, der durch den Verzehr einer Erdnuss zu Supergoofy wurde. Oder an Popeye, dem Spinat umgehend Muskeln wachsen ließen. Aber bei ihm tat sich gar nichts. War es etwa schon so weit, dass sogar Viagra bei ihm nicht einmal mehr half?

»Fünfundzwanzig Minuten, dann wirkt es.« Eine Expertin.

Er nickte. Tatsächlich, dachte er, so lange? Was mache ich solange mit ihr? Vorspiel? Er kam sich so blöde vor. So hilflos. Das Handy brummte. Rettung. Wagner. Er ging dran. »Ja? … Was? … Ja, ich komme.« Er steckte das Handy weg und sah Frau Weiß an wie ein kleiner Junge, der seinen Kumpels sagte, dass sie ohne ihn kicken sollten, weil er Schularbeiten machen musste. »Die Arbeit ruft.« Gott. Klang das blöd.

Sie lächelte verständnisvoll. Er sah wieder nur ihre Lippen. Sie ging an ihm vorbei und schloss die Ladentür auf. Belledin sah in den Nachthimmel, öffnete den Mund und hoffte, dass eine fette Schneeflocke ihm hineinfiel. Er ging zu seinem Wagen und fuhr ins Gewerbegebiet Haid. Opfinger Straße, hatte Wagner gesagt.

***

Killian duckte sich hinter einer frisch geschalten Mauer und versuchte, sich zu orientieren. Er glaubte, den Mooswald zu erkennen. Also war er im Westen der Stadt. Er fragte sich, ob die Polizei Seif geschnappt hatte. Mit der gekappten Achillessehne wäre es schwierig für ihn zu fliehen. Aber Seif war zäh. Er hatte den Tod schon öfters gesehen als die Polizisten, die ihn jagten. Sie mussten dreimal rufen, ehe sie das Feuer auf ihn eröffneten. Seif tat es, ohne zu fragen.

Bestimmt hatte Bärbel schon versucht, ihn zu erreichen. Aber das Handy hatte der Algerier. Auch den Einkaufszettel mit dem Kennzeichen des Kangoo. Killian musste sich an den Algerier halten, wollte er vorwärtskommen. Wie sollte er ihn finden? Wenn er den Chip hatte, würde er damit losziehen und ihn versilbern. Entweder bei Oxana oder bei Seifs Hintermännern.

Killian hörte das Gebell von Schäferhunden. Sie rückten an. Er musste von hier verschwinden. Er streckte seinen Kopf hinter der Mauer vor und sah sich um. Neben einem Bagger stand ein alter Fiat Panda mit Vierradantrieb. Das beste Fahrzeug, um durch den Schnee abzuhauen. Killian huschte geduckt zu dem Wagen und versuchte, die Fahrertür zu öffnen. Abgeschlossen. Er nahm ein kurzes Eisenrohr, das unter einem Vordach an der Wand lehnte, und schlug die Scheibe ein. Er griff durch die Glassplitter und öffnete die Tür. Das Hundegebell näherte sich. Killian riss die Kabel aus der Zündung und schloss sie kurz. Der Motor sprang an. Killian fuhr davon.

***

Belledin bretterte auf die mit Strahlern erleuchtete Baustelle. Er erkannte Wagner, der groß gestikulierend mit Steffi Berger diskutierte. Was nahm er sich so wichtig? Merkte er etwa auch schon, dass Belledin nicht mehr das Alphatier war? Den würde er erst einmal in die Schranken weisen. So einfach ging das nicht. Baute der Kerl sich vor Frau Berger auf. Das war immer noch Belledins Revier. Er bremste scharf und schlitterte trotz Winterreifen ein gutes Stück weiter gegen eine Gruppe Ytongsteine. Der Rums drang bis zu Wagner und Berger. Sie sahen zu Belledin. Nicht einmal mehr Auto fahren konnte er. Zerfiel denn alles?

Er stieg aus dem Wagen und knallte wütend die Tür zu. Die Hände in den Taschen des Mantels vergraben, den Kragen aufgestellt und den Hut tief im Gesicht, steuerte er auf die Kollegen zu. Wagner kam ihm noch nicht einmal entgegen. Sonst tat er das immer.

»Wie ist die Lage?«, fragte Belledin.

»Ein toter Wachmann und einer mit einer Gehirnerschütterung. Hat einen Stein an den Kopf gekriegt«, sagte Wagner.

»Ist er vernehmungsfähig?«

»Bisher nicht. Steht unter Schock. Blutjung. Erst einundzwanzig. Philosophiestudent, der das hier nur als Studentenjob macht.«

»Ist Selinger bei ihm?«

»Nein. Der ist unten bei der Leiche.«

»Haben wir eine Spur von dem Täter? Oder können wir schon sagen, ob es mehrere waren?« Er drehte sich zu Steffi Berger.

»Den Täter haben wir leider nicht. Aber es gibt eine Blutspur, die vom Tatort bis zu einem Lüftungsschacht führt«, sagte sie. »Und wir haben ein Messer gefunden, an dem Blut klebt.«

»War schon jemand in dem Schacht?«

»Wir haben einen Hund reingeschickt.« Wagner mischte sich ein.

»Und?«

»Nichts.«

»Führt die Spur oben weiter?«

»Wir hatten noch keine Zeit, es zu überprüfen«, sagte Berger.

»Dann machen wir das jetzt. Wo ist der Ausgang des Schachts?«

»Kommen Sie mit.« Berger ging voran. Sie kletterten an einer Stahlleiter die unverputzte Mauer empor. Belledin trug keine Handschuhe. Er litt noch unter den klammen Füßen. Jetzt kamen auch noch die Hände hinzu. Er sah auf Bergers wohlgeformten Hintern und spürte, wie es sich in seiner Hose regte. Nein. Nicht jetzt. Das konnte er überhaupt nicht gebrauchen. Doch es war zu spät. Das Viagra begann zu wirken.

Sie erreichten das Dach und gingen zum anderen Ende. Berger leuchtete mit einer Taschenlampe den Weg. An der Öffnung des Schachts war der Schnee zertreten. Eine Schleifspur zog sich quer durch den Schnee und endete an der Dachkante.

»Scheint am Bein verletzt zu sein«, sagte Berger und leuchtete nach unten. Zwei Meter tiefer lag ein Plateau. »Er hat sich hier runtergelassen. Wollen wir hinterher?«

»Aber sicher.« Belledin kämpfte mit dem Schmerz seiner Erregung. Es war absurd. Er hätte schreien und lachen können. Gleichzeitig. Er riss sich zusammen und tat es Berger nach, die sich langsam über den Bauch nach unten gleiten ließ. Sie rutschte, als wäre sie ein gewachster Ski. Belledin bremste erst sein praller Schwanz, dann die Wampe. Endlich schaffte er es und glitt über die Kante. Er hatte zu viel Schwung genommen. Die Hände konnten sein Gewicht nicht halten. Er plumpste in den Schnee und stöhnte.

»Alles in Ordnung?«, fragte Berger und beugte sich zu ihm hinunter. Ihr Gesicht kam nah über Belledins zu stehen. Sie wollte wohl nachsehen, ob er noch bei Bewusstsein war. Sie konnte nicht ahnen, wie sehr er es war.

Er blinzelte in das Licht der Taschenlampe. »Alles in Ordnung.

Ich lande ja weich.« Ein kleiner Scherz auf die eigenen Kosten entspannte die Lage. Wenigstens hoffte Belledin darauf. In seiner Hose blieb es knüppelhart.

Sie reichte ihm die Hand und half ihm auf. Eine zarte Hand, die doch kräftig zupacken konnte. »Oh Gott!«, schrie er. Belledin brauchte dieses Ventil. Berger sah ihn verdutzt an. »Alles gut. Ich bin okay.«

»Sicher?«

»Ja, ja. Wo müssen wir entlang?«

»Ich bin kein Stadtführer.«

»'tschuldigung.« Er kniff die Augen zusammen und biss sich auf die Lippen. So ein Teufelszeug.

»Ist wirklich alles in Ordnung?«, fragte sie und legte ihm ihre Hand auf die Stirn. Belledin zündete die Berührung direkt zwischen die Beine. Er stöhnte auf. Sie zog die Hand umgehend zurück.

»Kalt. Sie haben eine sehr kalte Hand. Das verträgt mein heißer Kopf nicht«, sagte Belledin. »Los. Gehen wir. Leuchten Sie einfach irgendwohin. Wir werden schon was finden.«

Berger suchte das Plateau mit dem Strahl der Taschenlampe ab. Die Schleifspur im Schnee war leicht zu erkennen. Sie endete wieder am Rande des Plateaus. Diesmal war die Höhe bis zur nächsten Fläche größer. »Etwa drei Meter«, sagte Berger. »Schaffen Sie das auch?«

»Kein Problem.« Sie wiederholten die Prozedur. Diesmal ging Belledin es vorsichtiger an, und er landete unfallfrei auf der Erde. Von hier aus konnte man in alle Richtungen über das Baustellengelände abhauen. Berger leuchtete wieder auf ihn. Er drückte ihr den Arm auf den Boden.

»Wäre besser, wenn Sie mich jetzt nicht als Zielscheibe präsentierten.«

»Entschuldigung. Wollte nur wissen, wie es Ihnen geht.«

»Ich sagte doch, alles klar. Haben Sie die Spur entdeckt?«

Sie leuchtete den Platz ab und fand sie. »Hier entlang. Wollen wir Verstärkung holen? Ich hätte eigentlich anderes zu tun. Meine Kollegen brauchen mich bestimmt am Tatort.«

»Natürlich. Gehen Sie ruhig zurück.«

»Soll ich Ihnen Wagner oder einen anderen Kollegen schicken?«

»Ja. Schicken Sie jemanden. Lassen Sie die Kollegen mit Hunden anrücken. Und geben Sie mir die Taschenlampe.«

Sie gab ihm die Taschenlampe und ging. Er war froh, einen Moment allein zu sein. Er fasste in den Schnee und nahm eine Handvoll, die er sich vorne in die Hose packte. Er biss die Backenzähne zusammen und stöhnte leise. Er hörte ein Geräusch. Wie wenn ein Brett gegen Wellblech gefallen war. Sofort schoss er das Licht der Taschenlampe in die Richtung. Ja. Dort war Wellblech an eine Wand gelehnt. Belledin löschte die Lampe und schlich geduckt in die Richtung des Wellblechs. Er hielt inne und lauschte. Wieder ein Geräusch. Ein Stöhnen. Jemand musste starke Schmerzen haben. Belledin zögerte. Sollte er warten, bis Verstärkung angerückt kam, oder sollte er es allein in Angriff nehmen? Wieder ein Wimmern. Vielleicht starb der Kerl gleich? Dann konnte Belledin ihn nicht mehr vernehmen. Je schneller er ihn erwischte, umso mehr würde er ihm erzählen können. Belledin wollte es nicht riskieren, dass ihm ein wichtiger Zeuge unter der Nase starb. Er schlich sich näher an das Wimmern und sah im Halbdunkel einen bärtigen Mann auf dem Boden kauernd gegen eine Wand gelehnt. Belledin knipste die Lampe an, entsicherte die Walther und atmete tief durch. Mit einem Satz sprang er aus der Deckung, richtete Lampe und Pistole auf den Mann und rief: »Polizei! Keine Bewegung.«

Der Bärtige blinzelte ins Licht. Ein Obdachloser, der sich mit den Scherben einer Weinflasche die Pulsadern aufgeschnitten hatte.

Belledin zögerte nicht. Er rief Wagner an und orderte die Rettung.

SECHS

Killian hatte den Panda auf dem Ikea-Parkplatz gegen den Defender eingetauscht und stellte ihn vor der »Freija« ab. Er sah sich um, ob ihn jemand beobachtete. Der Algerier wusste bestimmt, dass er hier zu finden war. Killian hoffte darauf. So musste er nicht dem Algerier nachrennen. Der würde sich aber erst wieder zeigen, wenn er den Chip nicht gefunden hätte. Vielleicht aber hatte Seif noch andere Leute im Schlepptau? Oder Oxana würde ihn beschatten lassen?

Killian überquerte die Straße und läutete an. Den Schlüssel hatten sie ihm auch abgenommen.

Bärbel öffnete die Tür. »Wo warst du so lange? Und warum nimmst du nicht ab? Ich habe dich mindestens zehnmal angerufen? Und wie siehst du aus?«

»Kleines Abenteuer«, sagte Killian. »Darf ich reinkommen?«

»Mein Gott, da hat dich jemand übel zugerichtet. Dusch dich erst einmal. Und frische Sachen wären auch nicht schlecht. Ich schaue mal bei den Frauen nach. Vielleicht finde ich da was für dich.« Bärbel stieg die Treppe hoch auf die Etage, auf der die Frauen wohnten.

Killian ging ins Büro und fiel in einen Sessel. Es gelang ihm nicht, gegen die Erschöpfung anzukämpfen. Er sackte weg.

Er wusste nicht, wie lange er geschlafen hatte. Er sah Bärbel hinter dem Schreibtisch in Ordnern und Akten blättern.

»Wie spät ist es?«, fragte er.

»Ein Uhr nachts.«

»Mist. Hattest du mich nicht angeheuert, dass ich hier Wache schiebe? Und jetzt übernimmst du den Posten?«

»So, wie du aussiehst, bist du sowieso keine Hilfe. Was ist passiert?«

»Kleine Unstimmigkeit wegen eines Parkplatzes«, sagte Killian und streckte seine Glieder, so gut es die Schmerzen zuließen.

»Ist es wegen der Kiste? Was ist dadrin?«
»Der Schatz der Nibelungen.«
»Kann man mit dir normal reden?«
»Nein.« Er stand auf.
»Wohin willst du?«, fragte Bärbel.
»Duschen.«
»Weißt du denn, wo hier die Duschen sind?«
»Wer sagt, dass ich hier duschen will?«
»Wo willst du dann duschen?«
»In deiner Wohnung. Gibst du mir den Schlüssel?«
»Was? Ich dachte, du bleibst hier und hältst Wache?«
»Du hast doch selbst gesagt, so wie ich aussehe, werde ich mit keinem fertig.«
»Erzähl mir erst, was wirklich los war.«
»Dann ist die Nacht rum. Ich erzähl es dir morgen.« Er streckte die Hand nach dem Schlüssel aus.
»Versprochen?«
»Großes Killian-Ehrenwort.«
»Das ist nichts wert.«
»Stimmt.«
»Schwör bei deiner Tochter.«
»Findest du das nicht affig?«
»Schwör bei Swintha.« Bärbel war aufgestanden und stützte sich auf den Schreibtisch.
»Gut. Ich schwöre bei Swintha.«
»Auf dem Speicher in der Kirschkommode liegen ein paar frische Männerklamotten. Sie sind von einem, der in etwa deine Größe hatte. Vielleicht nicht dein Stil, aber fürs Erste besser als gar nichts.«
»Verflossene Liebe?«
Bärbel warf ihm den Schlüsselbund zu. Killian fing ihn.

***

»Dort vorne können Sie mich rauslassen«, sagte Steffi Berger.
Belledin schaltete runter. »Wiehre ist mein Lieblingsviertel.

Wenn ich in Freiburg wohnen würde, dann in der Wiehre.« Er fuhr rechts ran.

»Warum wohnen Sie nicht in Freiburg? Wäre das nicht günstiger?«

»Bin tief im Vulkangestein verwurzelt. Ein alter Weinstock. Kein Flachwurzler, den man mal eben vom Südhang verpflanzt.«

»Schade. Wäre schön, Sie ums Eck zu wissen.«

»Mal sehen, vielleicht miete ich mir eine Stadtwohnung als Dependance. Bei dem Gehalt ein Kinderspiel.«

Sie lachte über seinen gestemmten Scherz. Mehr Witz wollte bei ihm heute nicht mehr sprühen. Es war schon nach eins, er hatte drei Leichen, bis auf Dunja keinen brauchbaren Verdächtigen und einen künstlichen Ständer, den er nirgendwo entladen konnte. Und Steffi Berger war die Letzte, mit der er etwas anfangen wollte. Nein. Um Gottes willen. Kein Techtelmechtel mit der Spurensicherung. So attraktiv sie auch war. Das ging nicht. Oder doch?

»Bis wann kriege ich die Ergebnisse?«, fragte er, um die Sache wieder ins richtige Fahrwasser zu bringen. »Vor allem die DNA von Dunja interessiert mich.«

»Morgen Nachmittag. Wir haben einige Spuren am Tatort gefunden. Viel Blut. Was zu wem und welcher DNA gehört, weiß ich bis dahin auch.«

»Dann eine gute Nacht.«

»Gute Nacht.« Sie stieg aus dem Wagen. Belledin fuhr davon und sah in den Rückspiegel. Er glaubte, dass sie ihm länger nachsah, als sie eigentlich müsste. Vielleicht bildete er es sich aber auch nur ein. Ein wenig Ahnung von Psychologie hatte er auch. Er wusste, dass sein Selbstwertgefühl angeknackst war und er sehr empfänglich auf die kleinsten Komplimente reagierte, die ihm von Frauenseite geschenkt wurden. Vieles war bestimmt nur Projektion. Vermutlich hatte Berger nur in die Nacht geschaut, den Tag reflektierend – keinen Gedanken an Belledin verschwendend.

Er überlegte, ob er noch bei Frau Weiß anläuten sollte. Vielleicht hatte sie Nachtdienst und wusste ein Gegenmittel für den

Viagraschaden, den sie angerichtet hatte? Er zwang sich zur Vernunft. Nach Todtnauberg. Heidegger. Er erinnerte sich an einen Spruch, der unter dem Bild im Hotel Engel angebracht war. »Das Denken lernen wir, indem wird auf das achten, was es zu bedenken gibt.« Belledin ließ es wirken. »Recht hat er.« Belledin fuhr an der Villa Kerner vorbei. Er sah, dass Licht brannte. Sollte er Frau Kerner einen Besuch abstatten? Um ein Uhr morgens? Warum nicht? Wo er schon hier war? Wenn es ihr zu spät war, bräuchte sie ja nicht zu öffnen. Er war gespannt, wie sie auf den Tod von Petkovic reagierte.

Er parkte den Wagen, stieg aus und läutete an. Niemand öffnete. Es war ihr zu spät. Irgendetwas ritt ihn. Er wiederholte das Läuten und wurde dreister. Er wollte nerven. Aber sie schien sich nicht aus der Ruhe bringen zu lassen. Oder hörte sie die Klingel nicht? War ihr vielleicht etwas zugestoßen? Belledin wurde kalt und heiß zugleich. Hitzewallung. Als wäre er ein Weib in den Wechseljahren. Noch eine Leiche würde der Fall nicht verkraften. Vor allem, da seine Hauptverdächtige gerade in Untersuchungshaft saß. Dann müsste er irgendjemand verhaften, nur um der Öffentlichkeit einen Hauptverdächtigen zu präsentieren. Belledin dachte an den Obdachlosen, den sie auf der Baustelle mit aufgeschnittenen Pulsadern gefunden hatten. Ein optimaler Sündenbock. Er war bestimmt ein Ehemann, den Kerner geschieden hatte und der dann zu saufen begonnen hatte, weil er mit den Zahlungen an seine Frau nicht zurande kam. Irgendwann gor dann im Säuferhirn der Plan zur Rache. Irgendwie musste Petkovic noch eingeflochten werden. Der Wachmann wäre wieder einfach zu begründen. Panik, dass man ihm auf der Spur war. Alles Unsinn. Nein, so einfach war das nicht. Das würde vielleicht etwas Luft verschaffen, aber Belledin würde sich die These selbst nicht glauben. Hatte der tote Wachmann überhaupt etwas mit Kerner und Petkovic zu tun? Belledin glaubte nicht daran. Das war eine ganz andere Kiste. Ein Penner drehte durch, weil er im Winter in die Kälte gejagt wurde. Immerhin. Einen Mord hätte man schnell geklärt. Aber der Obdachlose war vernehmungsunfähig. Er lag auf der Intensivstation. Wenn

Belledin Pech hatte, würde der Kerl sein Geständnis mit ins Grab nehmen. Dann könnte er sich nur über Fakten und Spuren etwas zusammenreimen. Und es gab noch den jungen Wachmann. Philosophiestudent. Aber der hatte auch noch nichts Brauchbares von sich gelassen.

Belledin läutete noch mal. Wieder regte sich nichts. Er würde es sich nicht verzeihen, wenn er jetzt wegfahren würde und Marta Kerner läge am Morgen tot in ihrer Wohnung. Über das Tor konnte er nicht klettern. Sollte er alle Schlösser aufschießen? Unmöglich. Er war nicht in Chicago. Er wählte einen alten Bekannten an, den er für solche Dienste schon öfters geordert hatte.

»Hier Belledin. Ich brauch dich … Günterstalstraße 143 … so schnell wie möglich.« Er steckte das Handy ein und stieg in seinen Wagen. Pfister würde in zehn Minuten hier sein.

***

Killian schloss Bärbels Wohnung auf und knipste das Licht an. Er hätte es sich denken können. Hier hatte jemand gewühlt. Ob Seif und der Algerier oder Oxanas Leute. Jedenfalls waren sie hinter dem Chip her und hatten ihn nicht gefunden. Er würde alles aufräumen müssen. Immerhin hatten sie die Türschlösser nicht aufgebrochen, sondern professionell geöffnet. Bärbel durfte nichts davon mitkriegen. Er hob die ersten Gegenstände vom Boden auf und merkte beim Aufrichten, dass ihm die Knie weich wurden. Vielleicht sollte er erst ein Bad nehmen. Er ging ins Badezimmer, ließ Wasser in die Wanne laufen und suchte sich in Bärbels Sortiment das passende Kräuterbad aus. Zitronenmelisse sollte entspannen. Vielleicht hielt es, was es versprach. Er goss die orangerote Flüssigkeit in die Wanne und riss seinen Blick von dem Bild, das sich ihm in der Wanne malte. Eine Blutlache, Rohina lag darin. Sie sah durch ihn hindurch. Egal wie laut er schrie. Sie hörte ihn nicht mehr. Und dabei war es ihm so wichtig, dass sie wusste, wie sehr er sie liebte. Vielleicht wäre es einfacher gewesen, wenn sie am Abend vor dem Einsatz nicht so gestritten hätten. Wegen gar nichts. Einfach so. Weil sie beide hitzige Temperamente waren, die nach Liebe schrien. Er hatte ein gutes Wort über eine andere Frau verloren, sie war sofort eifersüchtig gewesen. Und ihn hatte es genervt, dass er sie wieder umgarnen sollte. So hatte ein Wort das andere gegeben, und er hatte die Tür hinter sich zugeschlagen und war in eine Bar gegangen, deren Namen er schon beim Betreten vergessen hatte. Nur zwei Whiskeys hatte er getrunken. Er trank sonst nie vor einem Einsatz. Als er wieder zu Hause war, um sich bei Rohina zu entschuldigen, war sie nicht da. Sie hatte es vorgezogen, in einem Hotel zu übernachten. Erst zum Startschuss ihres gemeinsamen Einsatzes hatten sie sich wieder gesehen. Keine Gelegenheit, um sich zu entschuldigen. Zu viele Leute, die es nichts anging. Selbst Moshe war da gewesen. Er hatte gerochen, dass es zwischen Rohina und Killian gekracht hatte. Deswegen hatte er sie auch in verschiedene Gruppen beordert. Moshe war schlau. Wäre er dümmer gewesen, wäre Rohina vielleicht noch am Leben, Killian an ihrer Seite gewesen. Oder statt ihrer gestorben. Das wäre ihm lieber, als ständig mit Schuldgefühlen durch die Welt zu taumeln.

Er drehte den Hahn zu, zog sich aus und glitt in das rote Bild. Er verbiss sich die Schmerzen, die das Wasser seinen Schürfungen zumutete, und atmete leise aus. Er inhalierte den Melissenduft. Der Gedanke an Seif vertrieb mögliche Entspannung. Ob die Polizei ihn geschnappt hatte?

***

»Bello, du weisch, des isch gegen mein Berufsethos«, sagte Pfister, der mindestens zehn Kilo abgenommen hatte, seit sie sich das letzte Mal gesehen hatten.

»Wieso bist du so dünn? Bist du krank?«

»Mei Frau sagt: Midlife-Crisis.«

»Und? Ist was dran?«

»Was weiß ich? Ich fühl mich besser, seit ich mich anderschd ernähr. Sie findet's halt blöd, weil ich nimmer alles iss, was sie mir ä Lebe lang hingschtellt hat. Und jetzt glaubt sie, ich hätt ä anderi.«

»Und?«

»Was und?«

»Hat sie recht?«

»Ich hab doch kei Zeit. Bin doch auf Abruf für so Quälgeischter wie dich.« Pfister hatte sich das Schloss gar nicht lange angesehen, da sprang es wie von selbst auf. Sie gingen gemeinsam über den verschneiten Fußweg zur Haustür. »Warum klingelsch nit? Do isch doch Licht«, sagte Pfister.

»Je weniger du weißt, umso besser.«

Pfister fächerte seine Schließwerkzeuge auf, entschied sich für den richtigen Bart und hebelte das Schloss auf. »Voilà.«

»Merci.« Belledin kramte einen Hunderter aus dem Portemonnaie und streckte ihn Pfister entgegen.

Pfister hob abwehrend die Hände. »Ich nehm nix. Ich war nie hier.« Er schloss die Augen. Belledin steckte ihm den Hunderter in die Brusttasche des Overalls. Pfister öffnete die Augen und grinste. »Und das negschte Mal, wenn mir uns wiedersehe, häsch du kei Ranze mehr, versproche?«

»Witzbold.«

»Geht einfach. Mehrere kleine Mahlzeite am Tag, vorwiegend Eiweiß und viermal die Woch dreißig Minute intensives Workout. Zwei Stunde in de Woch. Des isch doch nix. Des kann jeder. Also. Es gilt.« Er klopfte Belledin auf die Schulter und verschwand durch den Schnee.

Belledin wartete, bis Pfister das Eisentor hinter sich zugezogen hatte, und betrat dann die Villa. Überall brannte Licht. »Frau Kerner?« Belledin erwartete keine Antwort. Aber es war ihm unangenehm, hier eingebrochen zu sein. Wenn Frau Kerner doch da war und sie ihm nicht hold war, konnte sie ihm einen Strick daraus drehen. Aber seine Sorge, dass ihr etwas zugestoßen war, war größer als die Angst vor einem Disziplinarverfahren. Er entdeckte eine Hakenreihe, an der Schlüssel baumelten. Er nahm zwei, die er für passend hielt, und probierte sie an der Haustür aus. Schon der erste passte. Er steckte ihn ein, damit er später von außen abschließen konnte. Er ging in die Küche. Auch hier brannte Licht. Der Teller, von dem er am Morgen gegessen hatte, stand noch auf dem Tisch. Hier war sie nicht. Er verließ die Küche und ging die anderen Räume im Parterre ab. Drei große Zimmer. Eins davon war die Bibliothek, in einem anderen stand ein großer schwarzer Flügel, das dritte, in dem ein offener Kamin Reste von Birkenholz verbrannte, führte zu einer Terrasse mit Blick auf den verschneiten Obstgarten. Die Terrassentür stand leicht offen. Hätte er das gewusst, er hätte sich den Hunderter sparen können. Hier stand auch das Sofa, auf dem Marta Kerner gelegen hatte, als Belledin sie über den Tod ihres Mannes informiert hatte. Und hier hing auch das Bild von Todtnauberg.

Belledin überfiel plötzliche Müdigkeit. Er war heute schon lange auf den Beinen und hatte viel erlebt. Das Knistern im Kamin, die gemütlichen Sessel und der idyllische Blick auf das Ölgemälde lullten ihn ein. Manchmal passierte ihm das beim Autofahren, wenn er zu lange Dienst geschoben und die Sitzheizung für den maroden Rücken angestellt hatte. Er wollte dann nur noch schlafen. Wenn es ganz arg war, fuhr er sogar rechts ran und hielt ein Nickerchen. Selbst wenn es nur noch zehn Minuten bis nach Hause waren. Er konnte dann einfach nicht mehr. Von wegen zwei Stunden Work-out in der Woche. Zwanzig Stunden mehr Schlaf, dann wäre er auch nicht so fett. Wenn er schlief, aß er nicht. Der Gedanke daran ließ ihn hungrig werden. Fünf kleine Mahlzeiten? Warum nicht große? Er schüttelte ordentlich seinen Kopf. Müdigkeit und Hunger. Beides wollte er damit vertreiben.

»Frau Kerner?«, rief er wieder. Auch das sollte helfen, ihn wach zu halten. Er hatte hier etwas zu tun, was von großer Bedeutung war. Da durfte er nicht einschlafen. Er riss die Terrassentür ganz auf und inhalierte Kälte. Es war das Kaminfeuer, das die Luft in dem Raum miefig gemacht hatte. Er schwang seine Arme in die Höhe und atmete dabei tief ein. Dann ließ er die Arme fallen und atmete aus. Das wiederholte er fünfmal und fand, dass er jetzt wieder fit genug war. Trotzdem ließ er die Tür noch offen, damit das Zimmer durchlüftete. Er ging an dem Sofa vorbei in den Flur, von wo aus eine gediegene Holztreppe in den nächsten Stock führte. Er nahm die knarzenden Stufen und zählte elf davon, bis er oben war. Auch hier: Schlossbeleuchtung.

Er stand vor einer angelehnten Tür und klopfte an. »Frau Kerner?« Keine Reaktion. Er öffnete die Tür und sah sie dort liegen. Neben dem Bett. Spärlich in einen hellblauen Bademantel gekleidet. Ihr blondes Haar zerrupft wie ein verlassenes Vogelnest. Und Blut auf dem weißen Teppich. Jetzt war er hellwach. Er ging zu ihr, beugte sich über sie und legte ihr Zeige- und Mittelfinger an die Aorta. Sie schlug. Zur Sicherheit drückte er sein Ohr gegen ihre Brust. Auch hier pochte es. Das Blut auf dem Teppich rührte von einer Platzwunde am Kopf. Nicht groß. Aber der Hieb hatte genügt, um sie bewusstlos zu hämmern.

Er richtete sie auf und lehnte sie gegen das Bett. Mit leichten Schlägen ins Gesicht und direkter Ansprache versuchte er sie zu wecken. »Frau Kerner. Wachen Sie auf. Ich bin's. Belledin. Frau Kerner!« Es zeigte Wirkung. Sie begann zu murmeln und zu stöhnen. Belledin setzte seine Therapie fort. Endlich riss sie die Augen auf. Mein Gott, was für ein Blau.

»Was ist? Wo bin ich?«

Klassische Phrasen. Belledin hasste die Filme, in denen Bewusstlose so aufwachten. Aber es schien aus dem Leben gegriffen. »Ich bin's. Kommissar Belledin. Was ist passiert?«

Sie richtete sich langsam auf, hielt sich den Kopf an der Stelle, aus der es blutete, und warf sich an Belledin wie ein kleines Kind, das schlecht geträumt hatte. Belledin kitzelten ihre blonden Haare in der Nase. Gleichzeitig genoss er die feste Umarmung und den Geruch dieser jungen Frau. Erst jetzt sah er, dass sie ein abstehendes Ohr hatte.

Dieser Makel machte sie für ihn noch schöner. Warum den Augenblick nicht festhalten? Die Götter sollten ein Foto knipsen und es auf alle Zeiten archivieren. Doch schon löste sie sich und drückte sich von ihm ab. Vorwurfsvoll, als ob die Aktion von ihm ausgegangen wäre, sah sie ihn an. »Was machen Sie hier? Was ist passiert?«, fragte sie.

»Ich bin hier der Polizist. Schon vergessen? Also ist das meine

Frage.« Er half ihr vom Boden auf und setzte sie auf das Bett. Sie starrte auf das hellblaue Laken. Sie schien die Farbe zu lieben. Vermutlich wegen ihrer Augen.

»Der Zuhälter von Seline war hier«, sagte sie. »Er wollte nur reden, hatte er gesagt. Und bevor ich die Tür schließen konnte, war er schon drin.«

»Was wollte er reden?«

»Er wollte Geld für Seline oder sie mitnehmen. Sie würde ihm gehören. Man könne sie ihm nicht einfach stehlen. Er habe investiert. Zuhältergeschwätz eben.«

»Und warum kommt er da zu Ihnen? Müsste er da nicht mit Frau Engler verhandeln?«

»Riecht die nach Geld? Da ist doch nichts zu holen. Vor der haben die Jungs Manschetten. Der trauen sie zu, dass sie ihnen die Augen auskratzt. Aber schauen Sie sich hier doch mal um. Das sieht ein Blinder, dass hier was zu holen ist.«

»Aber Sie wollten ihm nichts geben?«

»Wo denken Sie hin? Wenn man bei denen auch nur die kleinste Schwäche zeigt, melken sie dich, bis du vertrocknet bist. Nein. Von mir kriegt der Drecksack nichts. Allenfalls ein paar Freunde auf den Hals.«

»Was für Freunde? Doch nicht etwa die Schläger von Petkovic?«

»Nein. Anwälte. Die besten Argumente sind noch immer Gesetze. Das müssten Sie doch wissen.«

»Es scheint Ihnen schon wieder ganz gut zu gehen. Wenn Sie mich bereits so ärgern können.«

»Ich will Sie nicht ärgern. Ich meine das ernst. Gewalt sät Gewalt. Es macht keinen Sinn, den Typen die Knochen zu brechen. Man muss die Frauen stärken, damit sie gar nicht in die Not kommen, an solche Typen zu geraten. Wollen wir nach unten gehen? Ich möchte mir gerne etwas Eis auf meine Beule legen.« Sie bemerkte, dass ihr Morgenmantel verrutscht war und ihre Brüste blitzten. Belledin hatte es längst gesehen. Und auch er hatte gegen eine Packung Eis nichts einzuwenden. Er spürte nämlich, dass das Viagra wieder Oberhand gewinnen wollte.

Sie gingen langsam die Treppe hinunter. Belledin einen Schritt hintendran. Ob er wollte oder nicht, er musste das Thema jetzt anpacken. »Sie hatten mir nicht erzählt, dass Sie hin und wieder im FSK-Palast der Lust frönen«, sagte er, so geschwollen wir möglich, um die Schwellung in der Hose zu vermeiden. Marta blieb stehen und drehte sich zu ihm um. Er stand eine Stufe höher. Sie ging ihm bis zur Brust. Diese Augen. Verdammt. Und jetzt auch noch unschuldig von unten nach oben aufgeschlagen. Diese Frau verstand was von ihrer Wirkung.

»Wie meinen Sie das?«, fragte sie.

»Na ja.« Er zwängte sich an ihr vorbei und ging die restlichen Stufen nach unten. Er brauchte Abstand, wenn er hier einen Punkt setzen wollte. »Mir wurde erzählt, dass Sie mit Ihrem Mann hin und wieder eine kleine Swingerparty gehalten haben. Mit anderen Frauen. Vielleicht auch mit Petkovic? Standen Sie sich am Ende doch näher, als Sie mir weismachen wollen?«

Sie hielt sich Stirn und Hinterkopf. Spielte sie, oder war ihr wieder schwindlig? Verdammt. Belledin kam nicht an sie ran. Sie setzte sich auf die Stufen und sah auf Belledin hinab. »Ja, wir waren häufiger dort. Mein Mann wollte es. Er liebte Sex im Rudel. Ich hatte darauf keine große Lust.«

»Und warum haben Sie mitgemacht?«

»Weil er mich darum gebeten hat. Er fand, dann hätte er nicht das Gefühl, dass er mich betrügen würde.« Sie streifte sich die blonden Strähnen aus dem Gesicht. »Haben Sie eine Zigarette?«

»Nein. Habe es mir abgewöhnt.«

»Sie sollten wieder anfangen. Ich glaube, es steht Ihnen. Sie haben volle Lippen. Eine Kippe dazwischen stelle ich mir sexy vor.« Sie lächelte. Belledin fuhr sich mit Mittel- und Zeigefinger zwischen Hemdkragen und Hals. Er war zu warm angezogen. »Außerdem«, sagte sie, »bekam er keinen hoch, wenn ich nicht dabei war.«

»Es gibt doch Mittel.«

»Die helfen nichts, wenn es im Kopf nicht stimmt. Da können Sie sich noch so viel reinwerfen.«

Belledin starb fast. Er brauchte einen Interruptus. »Wo ist das

Eis? Im Gefrierfach in der Küche?«, fragte er und marschierte los.

»Ja. Im oberen Fach müssten Eiswürfel sein.«

Er hatte nicht auf Antwort gewartet, stand bereits vor dem Kühlschrank und suchte nach dem Eis. »Hier ist nichts«, sagte er und schloss den Kühlschrank. Er ging von der Küche in den Salon und von dort auf die Terrasse. Er formte einen großen Schneeball. Die Kälte an den Händen half und kühlte die untere Region ab. Zur Sicherheit wusch er sich mit dem Schnee das Gesicht und schaufelte eine zweite Ladung, die er Marta bringen wollte. Aber sie stand schon neben ihm. Barfuß im Schnee. Diese Frau war irre. Sie grub selbst nach Schnee, formte ihn zu einem Ball und warf ihn Belledin ins Gesicht. Sie lachte und formte einen zweiten. Noch ehe Belledin reagieren konnte, hatte er ihn schon an der Backe. Das durfte er sich nicht gefallen lassen. Er griff sich eine ordentliche Ladung, presste ihn in seinen Pranken hart und schleuderte ihn in Richtung Marta. Sie duckte sich. Der Schneeball krachte gegen die Mauer. Belledin presste den nächsten und zielte besser. Er traf Marta mit voller Wucht ins Gesicht. Sie schrie auf, ließ sich in den Schnee fallen und wimmerte. Belledin fühlte sich furchtbar. Er ging zu Marta und erinnerte sich an unzählige Momente, in denen er zu grob gewesen war. Nicht aus Absicht, sondern weil er einfach zu viel Kraft gehabt hatte. Schon als Kind war es am Ende immer so gewesen, dass die anderen heulten und er sich entschuldigen musste.

»Kommen Sie. Stehen Sie auf. Sie holen sich hier den Tod.«

Sie blieb im Schnee und schüttelte ihn ab. »Fassen Sie mich nicht an. Sie Grobian!«

Belledin packte sie wie ein Bündel und trug sie ins Haus. Sie strampelte und kreischte. Er warf sie auf das Sofa. Sie krümmte sich wie ein Embryo und schlotterte. Er schloss die Terrassentür. »Sie müssen sich was Trockenes anziehen«, sagte er.

Sie blieb abgewendet, streckte aber den Arm nach ihm aus und winkte ihn zu sich. Er trat an sie heran. »Tragen Sie mich ins Bad«, sagte sie. Diese Frau musste in Behandlung. Aber ihr Spiel war reizvoll. Jedenfalls sprang Belledin darauf an. Solche

Zickereien kannte er von Biggi nicht. Die hätte er ihr schnell ausgetrieben. Aber bei Marta hatte es nicht nur Charme, sondern Faszination. Wie Hypnose. Es zog ihn hinein. Er nahm sie vom Sofa und drückte sie gegen seine Brust. Sie sah ihn noch immer nicht an, blieb eingerollt wie eine Schlange. »Oben, neben dem Schlafzimmer ist das Bad. Schaffen Sie das? Bin ich nicht zu schwer?«

Belledin sagte nichts. Er trug sie die Stufen hoch, während sie gegen seine Brust plapperte. »Es tut mir leid. Bitte verzeihen Sie mir. Ich benehme mich wie ein kleines Kind. Aber es ist alles so viel. Mein Mann ist tot. Petkovic ist tot. Ich werde überfallen. Das ist doch nicht so einfach zu verdauen? Und Sie sind so stark. Sie beschützen mich, habe ich recht? Sie sind noch ein Mann. Ein Bär.«

Sie waren im Badezimmer angelangt. Sie glitt an ihm hinab und kam auf ihren Füßen zu stehen. Den Kopf zu Boden gesenkt, sich nicht trauend, Belledin anzusehen. »Würden Sie mich jetzt bitte für einen Moment allein lassen?« Keusch und beschämt wie ein zwölfjähriges Mädchen.

»Ja. Natürlich. Ich warte unten«, sagte Belledin.

»Nein. Nicht unten. Nicht so weit weg. Vor der Tür. Nur bis ich im Schaum versteckt bin. Dann können Sie mich weiter befragen. In Ordnung?« Da waren sie wieder. Diese blauen Murmeln, die alles erbitten konnten.

»Ja. Ich warte vor der Tür«, sagte Belledin, ging aus dem Bad und zog die Tür hinter sich zu.

Belledin wusste nicht wohin mit sich. Er gähnte, bis ihm die Augen tränten, und setzte sich auf einen Stuhl. Ein Blick aufs Handy verriet ihm, dass es bereits nach zwei Uhr morgens war. Bliebe er sitzen, er würde einschlafen. Er stand auf und ging hin und her. Sah aus dem Fenster, das auf die Straße zeigte. Es schneite noch immer. Ob die Straßen nach Todtnauberg geräumt waren? Sollte er besser nach Merdingen fahren? Ihm graute bei dem Gedanken.

»Sie können kommen.« Martas Stimme sang wie eine Sirene durch die verschlossene Tür. Belledin ging ins Badezimmer.

Marta saß bis zum Hals in Badeschaum. »Sie können meine Kleider ruhig vom Hocker werfen, wenn Sie sich setzen wollen.«

Belledin tat es und gähnte erneut.

»Sie Armer. Sie sind hundemüde. Sie sollten auch ein Bad nehmen und sich dann ordentlich ausschlafen. Ich nehme jeden Tag ein Bad. Ich weiß, das ist Wasserverschwendung. Aber wer ist schon frei von Lastern?« Sie tauchte ab und blieb zehn Sekunden unter Wasser. Belledin machte sich schon Sorgen und wollte nachsehen, da tauchte sie auf und spritzte ihn mit Wasser aus dem Mund nass. Sie traf ihn am Hemd. Er brummte verärgert. Sie kicherte. Er sah sie an, und es fiel ihm schwer, ihr böse zu sein. Irgendwie gefiel es ihm auch, dass sie so kindisch war. Er hatte viel zu wenig Spaß im Leben. Alles war so ernst und wichtig geworden. Diese verrückte Schönheit machte sich einen Jux, sobald sie Gelegenheit hatte.

»Kommen Sie. Kitzeln Sie mich durch. Ich will lachen«, sagte sie und streckte ihre Hand nach ihm aus. Auf ihrem Arm perlte Badeschaum. Die rot lackierten Nägel lockten wie Hagebutten im Schnee.

»Es gibt nichts zu lachen«, sagte er, und er war froh, dass er stark blieb. »Innerhalb von vierundzwanzig Stunden sind drei Menschen ermordet worden. Und einer liegt schwer verletzt im Krankenhaus.«

»Drei? Wer denn noch?« Sie richtete sich auf, sodass noch zwei andere Hagebutten blitzten.

Belledin zwang sich, den Blick davon zu nehmen und Marta ins Gesicht zu sehen. »Ein Wachmann im Gewerbegebiet«, sagte er.

»Aha.«

»Ich glaube nicht, dass es etwas mit den Morden an Ihrem Mann und Petkovic zu tun hat. Aber es ist ein ungeklärter Toter mehr. Und das macht mir keine Laune, Sie zum Lachen zu bringen.«

»Natürlich. War blöd von mir. Verzeihen Sie, ich bin ein verdrehtes Ding.«

»Muss man wohl sein, wenn man Psychotherapeutin ist.« Er verzog seinen Mund zu einem spöttischen Lächeln. Er hatte noch nie was von Seelenklempnern gehalten. Jedenfalls würde ihm keiner helfen können. Hätte er Probleme, er würde allein damit fertigwerden.

»Die eine oder andere Sitzung täte Ihnen aber auch gut mit Ihrer unausgelebten Libido.«

Er glaubte, sich verhört zu haben.

»Sie haben schon verstanden. Glauben Sie etwa, ich hätte Ihre Erektion nicht gespürt, als Sie mich hochgetragen haben?«

Er schluckte trocken.

»Mein Hintern hat an Ihrem harten Schwanz gerieben.« Sie kicherte. »Und wissen Sie was?« Sie lehnte sich aus der Badewanne. Belledin hatte keine Chance wegzusehen. Ihre Schaumbrüste waren göttlich. Griechische Skulpturen. Nicht einmal halb so groß wie Biggis Melonen. »Es fühlte sich gut an.« Sie zwinkerte ihm zu. »Was ist, kommen Sie rein zu mir? Hier ist Platz genug. Und falls es eng wird, setze ich mich so, dass es uns beiden bequem ist.«

Belledin schloss die Augen und versuchte zu kapieren, was da jetzt alles gerade mit ihm geschah. Seine Phantasie und die Viagradosis jagten wieder Blut in seinen Schwanz. Im Ohr klang der Lockruf der Sirene. Aber er war hier, um drei Morde aufzuklären. Und Marta Kerner schien sehr darin verwickelt. Warum waren keine Freunde da, die ihn an einen Schiffsmast banden? Warum musste er jetzt diese einsame Entscheidung fällen? Es war ein Fehler, und er wusste, wie dumm er war. Aber er war ein Mann. Und Biggi hatte ihn verlassen. Hätte er sich vorgestern bei ihr entladen können, es wäre nie so weit gekommen. Er sah sich selbst dabei zu, wie er sich auszog, seine Kleider auf die hellblauen Kacheln fielen und er Schritt für Schritt der Wassernixe in die Tiefen des Eros folgte. Als er ihr gegenüber in der Wanne saß, sah er nur noch Schaum und ihre blauen Augen. Den Rest glaubte er zu träumen.

***

Killian hatte sich in einen Bademantel geworfen und alles aufgeräumt, was die Einbrecher verunstaltet hatten. Bärbel würde nichts merken. Jetzt erst fand er Zeit, Moshe anzurufen. Da Seif ihm das Handy abgenommen hatte, hoffte er, dass Bärbel noch ein Haustelefon besaß. Beim Aufräumen hatte er aber keins gesehen. Er ging die einzelnen Zimmer durch, versuchte sich zu erinnern, wo früher der Telefonanschluss gewesen war. Er fand ihn. Kein Telefon. Dafür ein Modem für WLAN. Er hielt Ausschau nach einem Computer. Über eine Netzleitung könnte er Moshe auch erreichen. Er ging in die Küche und sah auf die Wanduhr. Schon nach zwei. In Tel Aviv eine Stunde später. Moshe würde den Anruf trotzdem entgegennehmen. Ginge es nur um Swintha, er würde weiterschlafen. Aber es ging um Seif, den Nahen Osten und eine merkwürdige Verbindung zu Oxana Litschko, die dort unten wohl ins Geschäft kommen wollte oder bereits mittendrin war.

Killian setzte sich heißes Wasser auf und erinnerte sich, dass er auf dem Speicher einen verstaubten Laptop gesehen hatte. Außerdem sollte es auf dem Speicher auch passende Kleidung für ihn geben. Er ging die Wohnung entlang, bis er die Speichertür erreichte, und hielt inne. Auf dem Türabsatz war ein Fleck. Killian kniete sich hin und fuhr mit dem Mittelfinger darüber. Der Fleck war feucht und rötlich. Frisches Blut. Er rannte leise in die Küche zurück, nahm ein mittelgroßes Messer aus der Schublade und schlich wieder zur Speichertür. Vorsichtig drückte er die Klinke und öffnete die Tür. Er schob sich in den dunklen Raum und schloss die Tür sofort wieder hinter sich, damit kein Licht hereinfallen konnte. Er legte sich auf den Boden und wartete, bis seine Augen sich an die Dunkelheit gewöhnt hatten. Zwischen den alten Möbeln, Koffern und Kartons entdeckte er einen Körper, der nach Mensch aussah. Er kauerte im hinteren Eck und lehnte mit dem Rücken an der Wand. Killian robbte langsam in dessen Richtung, immer um Deckung bemüht. Er war bereits auf fünf Schritte herangekommen und erkannte ihn. Seif. Er musste ohnmächtig sein, sonst hätte er Killian längst wahrgenommen. An Seif kam man sonst nicht heran, ohne dass er es bemerkte. Sollte Killian noch mehr wagen? Zwei Schritte und ein Sprung, dann hätte er ihn überwältigt. Killian musste es tun. Er setzte an, da leuchtete ihm grell eine Taschenlampe ins Gesicht.

»Ich würde es nicht tun«, sagte Seif. Er klang schwach. »Wo ist der Chip?«

»Ich habe doch gesagt, in der Kiste.«

»Das war kein Bluff?«

»Nein. Ich bluffe nicht, wenn es um meine Tochter geht.«

Seif lachte dreckig. »Ihr Christen seid Idioten. Bei einem Sohn würde ich es verstehen. Aber sie ist eine Frau. Ist sie überhaupt noch Jungfrau?« Er lachte wieder und leuchtete sich mit der Taschenlampe von unten ins Gesicht. Er wollte diabolisch wirken. Killian fand es lächerlich. »Ich bin fertig«, sagte Seif. »Das weißt du. Und du weißt auch, wer Schuld daran hat. Dafür wirst du bezahlen.« Er leuchtete mit der Lampe auf seinen Bauch. Killian sah, dass er eine Sprengstoffweste trug. Vor dem Solarplexus baumelte ein einfacher Zünder, den Seif per Knopfdruck auslösen konnte. Killian blieb keine Wahl. Er setzte zum Sprung an und warf sich auf Seif. Sie rangen, Seif stieß ihn von sich und schrie: »Allah akbar!« Er griff den Zünder. Killian schleuderte das Messer. Es traf Seif im Hals. Er röchelte. Seine Finger krampften. Die Taschenlampe fiel zu Boden. Killian schloss die Augen und hoffte. Er hörte wieder die Explosion, die Rohina zerriss, und es war ihm alles egal. Wenn Seif noch den Zünder drücken konnte, ehe er starb, wäre es auch gut. Dann wäre alles vorbei. Killian wartete auf den Knall. Er kam nicht. Nur ein letztes Röcheln.

Stille.

Killian nahm die Taschenlampe und suchte damit den Lichtschalter. Er fand ihn, knipste das Licht an, setzte sich auf einen alten Stuhl und sah den Toten an. Sein Blick fiel auf das Trapez, das vom First baumelte. Hier hatte er mit Bärbel zu Schulzeiten Zirkus gespielt und als sie älter waren, in der Ecke, in der Seif lag, auf einer ausrangierten Matratze geknutscht und gemeinsam spekuliert, was ihnen das Leben wohl bringen sollte. Sie hatten sich vieles ausgemalt. Verrückte Dinge. Dinge, die die Welt verbessern sollten. Aber niemals hatten sie auch nur im Traum daran gedacht, dass hier einmal ein islamistischer Fanatiker mit einer umgeschnallten Bombe verenden würde. Der Globus war so klein geworden. Als würden alle schlimmen Nachrichten aus den Fernsehgeräten springen. 3-D ohne Brille. Trotzdem brauchte niemand zu wissen, wie nah der Irrsinn um die Ecke tobte. Seif musste verschwinden, als hätte es ihn nie gegeben. Killian kannte nur einen, den er anfunken konnte. Er ging zu Seif, überprüfte, ob er auch wirklich tot war, und entschärfte die Bombe. Er untersuchte Seif und fand sein Handy. Killian schaltete es ein, tippte den Code und wählte die Nummer des Experten.

»Killian«, sagte er. »Ich brauche jemand, der im Breisacher Bahnhof sauber macht. Klingeln Sie bitte bei Engler.« Er legte auf und wartete auf Antwort.

Kurze Zeit später erhielt er eine SMS: »Bin in zwanzig Minuten da.«

Killian sah auf die Uhr am Display. Kurz nach drei. Er raffte sich auf, ging zur Kirschkommode und öffnete die Schubladen. Bärbel hatte recht. Die Klamotten, die ihm zur Auswahl standen, waren nicht sein Stil. Weit entfernt.

SIEBEN

Belledin lag neben Marta im Bett und starrte an die Decke. Was hatte er getan? Wie konnte er das rückgängig machen? Gar nicht. Vergossenes Wasser konnte man nicht einsammeln. Und es war schön gewesen. Anders. Wenn er ehrlich war, sogar ein richtiger Kracher, diese Marta. Er war Biggi gewohnt. Immer dasselbe Ritual. Aber die Sachen, die bei Biggi zogen, zeigten bei Marta gar keine Wirkung. Dafür ging sie ab wie eine Rakete, wenn Belledin sie nur an der unteren Rippe berührte oder ihr die Augen zuhielt. Und was sie mit ihm angestellt hatte, bekam er gar nicht mehr alles zusammen. Wäre er ihr Ehemann gewesen, er hätte nicht in einen Swingerclub gemusst, um Abwechslung zu erfahren. Das Repertoire von Marta hätte ihm für zwei Leben gereicht.

Er stützte sich auf seinen Ellbogen und sah sie an. Ihr blondes Haar, das sie sonst hochgesteckt trug, lag wie ein Heiligenschein auf dem Laken. Sie atmete unruhig. Sehr hoch in die Brust. Und viel zu schnell. So, als würde sie etwas Arges träumen. Beschützerinstinkte erwachten in Belledin. Er legte seine Hand auf ihre Wange und streichelte sie. Gegen ihr Puppengesicht wirkten seine Hände wie Baggerschaufeln. Sie schreckte auf, saß aufrecht im Bett, sah ihn mit aufgerissenen Augen an und flehte in einer Sprache, die er nicht verstand. Russisch? Ukrainisch? Er war sich nicht sicher. »Njet«, verstand er. Immer wieder »njet«. Er wusste nicht, wie er sie beruhigen sollte. Es lag an der Ansprache. Sollte er sie siezen, oder durfte er sie duzen? Verdammt, er hatte gerade mit ihr geschlafen. Da duzte man sich.

»Beruhigen Sie sich«, sagte er. Er hatte Angst vor dem Du. In ihrer Verrücktheit war sie so unendlich weit fort, dass sie ihm unheimlich wurde.

Wieder ein langer Satz, an dem ein »Njet« am Ende schrie. Sie hatte ihn bei den Schultern gepackt und rüttelte ihn. Dann trommelte sie mit den Fäusten auf ihn ein, krallte sich in sein schwarz-graues Brusthaar und riss daran. Belledin jaulte und packte sie bei den Handgelenken. Er hatte Angst, die zarten Glieder zu brechen, aber der Schmerz, den sie ihm zufügte, war unerträglich. Es ziepte und zog. Schlimmer war nur der Bohrer vom Zahnarzt. Sie ließ nicht los, spuckte ihm dafür ins Gesicht und schrie wieder diesen einen Satz, der mit »Njet« endete. Belledin gab ihr eine saftige Ohrfeige. Er glaubte, das schallende Echo im Zimmer zu hören. Sie ließ seinen Pelz los und starrte auf die Beute zwischen ihren Fingern. Zwei ordentliche Büschel hatte sie ihm ausgerissen. Sie begann zu schluchzen. Belledin wusste nicht, ob sie jetzt wach war oder noch immer in ihrem Alptraum gefangen. Er drückte sie sanft an sich. Sie ließ es geschehen, wimmerte und schlief ein.

Belledin blieb an die Wand gelehnt sitzen und streichelte Martas Haar. Er wusste nicht, ob er sich ärgern sollte, dass er nicht nach Todtnauberg gefahren war. In zwei Stunden war die Nacht um. Und der Tag würde einen hellwachen Belledin brauchen.

Marta stöhnte. Sie murmelte. Begann es von vorne? Nein. Sie drückte sich nur näher an seinen Bauch, umarmte ihn und seufzte. Belledin traute sich nicht, die Position zu ändern. Er blieb sitzen, schloss die Augen und versuchte zu schlafen.

***

Jochen Jenne, der sich selbst »Tschej-Tschej« nannte, war ein Profi, dem man es nicht ansah. Für alle anderen war er Vertreter für Landmaschinen. Ein stiller Verkäufer, der den Landwirten der Region vom Warmluftofen bis zum Traktor alles lieferte, was der Katalog bot. Nur wenige wussten, dass Tschej-Tschej hauptamtlich für den BND arbeitete und die besondere Begabung besaß, Spuren zu verwischen.

Als er Seif am Boden liegen sah, pfiff Tschej-Tschej bewundernd durch die Zähne. So, wie er das Sortiment seiner Landmaschinen kannte, wusste er auch sofort, was für ein Kaliber er da vor sich liegen hatte. Er schoss drei Fotos von der Leiche und sah sich auf dem Speicher um. Er zeigte mit seiner Hand in die andere Ecke des Speichers. Dort stand ein brüchiger Wäschekorb aus Weide. Tschej-Tschej trug schwarze Lederhandschuhe. Cool. Auch die Art, wie er sich bewegte und redete. Alles bedacht. Keine Bewegung zu viel, geschweige denn ein Wort. Seine dunklen Augen strahlten unbeirrbare Ruhe aus. In Tschej-Tschejs Nähe begann sich Zeit zu dehnen. Irgendwann würde er es schaffen, dass sie stehen blieb. Dann wollte Killian mit dabei sein.

Er folgte Tschej-Tschej und öffnete den Weidenkorb. Fastnachts-Fundus: Perücken von Winnetou und Pippi Langstrumpf, Cowboyhüte und eine Prinzessinnenkrone. Dazu die passenden Kostüme. Tschej-Tschej räumte alles aus. Bei einer Kinderpistole mit Zündplättchen hielt er inne. »Käpsele-Pischtol«, sagte er und drückte dreimal ab. Nur beim letzten Versuch knallte es. Tschej-Tschej roch an dem explodierten Zündplättchen und hielt es Killian unter die Nase. »Verlorene Kindheit. Der Geruch kommt nie wieder. Alles digitale Scheiße. Geruchlos.« Er sah auf die Pistole. Dann wieder zu Killian. »Meinsch, ich kann die mitnehme?«

Killian nickte. Tschej-Tschej steckte sie in die Tasche seines Mantels und räumte weiter aus. Erst bei einem Päckchen Stinkbomben hielt er wieder inne. Killian ahnte, was jetzt kommen würde, und packte Tschej-Tschej am Handgelenk. »Das muss nicht sein. Ich schenke sie dir.«

»Hasch recht. Des wär jetzt doch unangenehm. Danke.« Er steckte auch das Päckchen mit den Stinkbomben ein. Der Weidenkorb war leer. Sie trugen ihn zu Seif, stellten ihn ab, packten den Toten an Schultern und Füßen und zwängten ihn in den Korb. Tschej-Tschej warf die Kostüme über die Leiche und zögerte bei den Perücken. Er sah zu Killian: »Winnetou oder Pippi?«, fragte er. Killian sah ihn ernst an. »'tschuldigung, war blöd«, sagte Tschej-Tschej, warf beide Perücken auf Seifs Gesicht und schloss den Deckel des Weidenkorbs. »Es kann losgehen«, sagte er und fasste den einen Griff des Korbs. Killian packte auf der anderen Seite an. Gemeinsam trugen sie den Korb durch die Wohnung. Er knackte verdächtig.

»Meinst du, der hält?«, fragte Killian.

Tschej-Tschej nickte zuversichtlich. Vor der Wohnungstür setzten sie den Korb ab, um die Tür zu öffnen. »Häsch du Kaffee da? Ich merk grad, dass mir Koffein fehlt. Normalerweis hab ich immer Guarana-Tablette im Auto. Die spül ich dann mit Red Bull runter, dann bin ich wach. Aber ich hab vergesse nachzulade.«

»Kenn mich hier nicht aus«, sagte Killian.

»Kei Problem. Schnüffeln isch meine Leidenschaft«, sagte er, streckte seine Nase in die Luft und steuerte auf die Küchenschränke zu.

Killian wollte die Sache so rasch wie möglich hinter sich bringen. Je früher Seif aus der Wohnung war, umso besser. Es war zwar erst halb fünf, aber er fürchtete, dass Bärbel irgendwann in der Wohnung stand.

Tschej-Tschej hatte aber sein eigenes Tempo. Es war unmöglich, ihn zu hetzen. Je mehr man drängte, umso langsamer wurde er. Killian musste es aushalten.

Tschej-Tschej hatte alles gefunden, was er brauchte: Kaffee, Zucker und einen italienischen Espressokocher. Er machte sich in aller Ruhe daran, sich das Gebräu zu mixen. »Cadaveri eccellenti«, sagte er. »Kennsch den Film? Auf Deutsch: ›Die Macht und ihr Preis‹. Völlig falsch übersetzt. Francesco Rosi, 1976. Super Film. Musch aber Zeit mitbringe. Lange Einstellunge. Tolle Bilder.« Er drückte das Kaffeepulver in den Metallfilter des Kochers und roch am Kaffee. »In einer Einstellung, eigentlich wo es am spannendschte isch, kocht sich Lino Ventura Kaffee. Wahnsinn.« Er schraubte den Kocher zusammen und setzte ihn auf die Gasflamme. »Weisch, heut, bei ›Mission: Impossible‹, wär ä riesige Äction. Aber Lino Ventura kocht einfach Kaffee, und du kausch dir die Fingernägel ab. Des isch Thrill. Großes Missverständnis. Geschwindigkeit und Druck macht kei Angscht. In der Ruhe liegt die Kraft. Verschtehsch?«

Killian verstand. Es brannte ihm unter den Nägeln.

»Der Film isch eine lange Reise zu dä Monschter der Macht. Ä visuelle Erinnerung an alle Verirrunge, an alle Verkommenheit der Macht, dene ich in meinem Lebe begegnet bin.«

»Du solltest Filmkritiken schreiben.«

»Was meinsch, wie meine Berichte klinge? Die sind so scharf, dass ich vom eigene Lade überwacht werd.« Er lachte. Der Kaffee blubberte. »Du übrigens au.« Er nahm den Kaffee vom Gas, goss ihn in eine Tasse, rührte Zucker dazu und schlürfte. Er setzte ab, sah Killian an. »Aber wer nit?« Er kippte den Rest, klopfte die Tasse auf die Arbeitsplatte und sagte: »Auf geht's. Aber mach dir dein feine Zwirn nit schmutzig.«

»Einen Moment«, sagte Killian. »Hast du vielleicht ein Handy übrig, das du nicht mehr brauchst? Meins wurde mir gestohlen«, log er.

»Autsch. Wertvolle Nummern drauf?«

»Die meisten habe ich im Kopf.«

»Lino Ventura hat noch mit 'nem Münzsprecher telefoniert. Wahnsinnig spannend. Denksch die ganze Zeit, er wird glei abgeknallt.«

»Und? Hast du eins?«

»Augeblick. Muss gucke, ob ich was dabeihab.« Tschej-Tschej kramte in seiner Schultertasche und wurde fündig. »Hier. Ä Nokia hätt ich noch. Baujahr 1998. Oder Samsung von 2003. Was willsch?«

»Den Klassiker.«

»Unkaputtbar.« Er reichte Killian das Nokia. »Musch halt erscht auflade. Chip isch drin. Nummer steht hinte drauf.«

»Hast du ein Aufladekabel?«

»Klaro.« Er öffnete den Reißverschluss der Seitentasche und zog drei verschiedene Kabel heraus. Er fand das richtige und streckte es Killian hin. »Kannsch bei mir im Auto auflade.«

***

Belledin wurde durch das Klingeln seines Handys aus dem Schlaf gerissen. Ehe er den Anruf entgegennehmen konnte, war die Mailbox angesprungen. Die Uhr auf dem Display zeigte Viertel nach elf. Er konnte sich nicht daran erinnern, wann er das letzte Mal so lange im Bett gelegen hatte. Selbst an Sonntagen stand er um sechs Uhr in der Früh auf. Nichts ging ihm über einen strukturierten Alltag. Nur in der Struktur lag die Freiheit. Davon war er überzeugt. Und jetzt bröckelten die Pfeiler seiner Struktur. Biggi war die Grundstütze gewesen, um die er alle anderen Balken gesetzt hatte. Und sie hatte sich einfach aus dem Gebilde gerissen, ohne zu ahnen, was das für Folgen haben konnte. Nicht nur für Belledin. Sondern für alle, die an Belledin mit dranhingen. Denn Belledin sah sich als Grundpfeiler der Sicherheit Südbadens. Und wenn er seine Struktur verlor, würde auch die Sicherheit straucheln. Dem würde er entgegenhalten. Aber wie? Er sah neben sich. Wo Marta gelegen hatte, fand er nur noch vereinzelte blonde Haare auf dem zerknautschten Laken. Er dachte an Dunja. Er hatte vergessen, Marta nach Dunja zu fragen. Wo war Marta? Vielleicht machte sie Kaffee für ihn und brachte ihm gleich Croissants ans Bett? Bitte nicht. Das wäre Belledins Ende. Dann gäbe es keine Hoffnung mehr für seine alte Struktur. Er wäre verloren, könnte direkt nach Brasilien auswandern und Maulaffen feilbieten.

Er stieg aus dem Bett, sammelte seine Kleidungsstücke ein und tapste ins Bad. Die Wanne war leer. Restschaum klebte noch am Rand. Er spülte die Reste weg, setzte sich hinein und brauste sich kalt ab. Er schnaufte schnell, stöhnte und stellte das Wasser ab. Das Handtuch, das er gestern benutzt hatte, lag auf den Kacheln. Er trocknete sich damit und sah sich im Spiegel an. Tränensäcke, schwer und düster wie Gewitterwolken. Und Falten. Längs und quer, wie ein Kreuzworträtsel. Die dunklen Augenringe machten ihm Sorgen. Sie verrieten seinen Energiezustand. Burn-out wollte er es nicht nennen. Das war jetzt in Mode. Erschöpfung. Damit konnte er leben. Ein Mann durfte mal erschöpft sein. Aber Burn-out und Depression war was für Schwächlinge. Er drückte sich Zahnpasta auf den Zeigefinger und putzte sich damit die Zähne. Er befühlte seinen wachsenden Bart und ging aus dem Bad.

Angezogen stieg er die Treppe hinunter und suchte die einzelnen Räume nach Marta ab. Auch in der Küche war sie nicht. Vielleicht einkaufen? Oder beim Arzt? Immerhin hatte sie gestern einen Schlag auf den Kopf bekommen. Aber von dem Schlag her rührte es nicht nur, dass sie so verdreht war. Da war schon vorher was nicht in Ordnung. War sie etwa bei der Arbeit? Die Frau arbeitete. Belledin hatte es vergessen. Ausgerechnet Psychotherapie. Diese Verrückte. Denn das war sie. Ja. Verrückt.

Er würde sich hier keinen Kaffee kochen. Er wollte so rasch wie möglich verschwinden. Und eine Fahndung nach dem rumänischen Zuhälter musste er rausgeben. Und Dunja noch einmal in die Mangel nehmen. Belledin glaubte immer mehr an eine Abrechnung im Milieu. Er warf sich Mantel und Hut über, schlüpfte in seine Budapester, die mittlerweile getrocknet waren, und verließ das Haus. Auf dem Weg zu seinem Wagen hörte er die Mailbox ab. Niemand hatte draufgesprochen. Aber es war Wagner, der Belledin angerufen hatte. Belledin wählte ihn an.

»Hier Belledin. Was gibt's?«, fragte er, während er sich hinter das Steuer klemmte, sich anschnallte und das Handy in die Gegensprechanlage einklinkte. »Viel Material, ich weiß … der Staatsanwalt soll uns halt ein paar Leute mehr geben, dann sind wir schneller … Nein, ich fahr sowieso daran vorbei … Wir treffen uns im Präsidium um drei. Dann müssten Berger und Selinger auch ein paar Fakten mehr für uns haben … und gib eine Fahndung nach Cosmin Mican raus … das ist der Zuhälter der entführten Rumänin … nein, Kanzinger ist draußen. Cosmin hat Frau Kerner eine verpasst und ihr gedroht, sie solle die Finger von Seline lassen, sonst ginge es ihr wie ihrem Mann und Petkovic … weiß nicht, was an der Sache dran ist. Vielleicht hat er nur geblufft, damit er sich Seline krallen kann … ach, und sims mir noch die Adresse von dem jungen Wachmann, der den Stein an den Kopf gekriegt hat … zur Witwe des anderen kannst du. Ich kann nicht alles machen. Bis später.« Er legte auf und fuhr auf die Schwarzwaldstraße. Vor der »Freija« parkte er und stieg aus.

Im Eingang kam ihm Ilona entgegen. »Hallo, Süßer«, sagte sie. »Wieder Zeit auf ein Bier?«

»Tut mir leid. Heute bevorzuge ich thailändisch.« Er fand den Witz gut.

Sie knurrte und ging weiter.

Belledin betrat das Haus und stieg die Treppe in den ersten Stock. Bärbel kniete am Boden und haderte mit Gebrauchsanleitung und Akkuschrauber. Nadja und Seline standen daneben und hielten Ikea-Bretter in den Händen.

»Ich dachte, du hättest für solche Dinge einen Hausmeister?« Belledin grinste dreckig. »Oder ist der Abenteurer schon wieder im Gazastreifen?«

Bärbel sah genervt auf und drückte Belledin den Akkuschrauber in die Hand. »Du siehst eher aus wie ein Hausmeister. Mit der Kugel. Ich muss mal mit Biggi reden, dass sie dich auf Diät setzt.«

Mit dem Bauch konnte sie ihn nicht ärgern, mit dem Gedanken an Biggi schon. Er hatte es schon auf den Lippen, aber was ging es die Engler an, dass Biggi ihn verlassen hatte. Sie würde nur ihren blöden Kommentar abgeben und Biggi zu ihrem Schritt gratulieren. Nur weil Bärbel selbst niemand hatte. Bis auf Killian, den sie wohl gerne wiederhätte, der aber zu ihr nur notgedrungen Kontakt hielt, weil sie eine gemeinsame Tochter hatten. Mit so einem Reibeisen konnte es keiner aushalten.

»Ich koche dir einen Kaffee, wenn du mir eins von den Dingern zusammenbaust«, sagte sie. Sie konnte auch nett sein – wenn sie was dafür bekam.

»Bei zwei so reizenden Assistentinnen baut es sich von selbst.« Er schmierte Extraschleim, weil er wusste, dass Bärbel das auf die Palme brachte. Die Mädchen kicherten professionell. Schlüpfrige Witze von Altherren mit kindlichem Gekicher zu goutieren, gehörte zum Geschäft.

»Hört auf damit«, sagte Bärbel. »Verfallt nicht gleich wieder in das Rollenklischee. So entkommt ihr nie der Ausbeutung. Ihr seid starke, eigenständige Frauen und braucht keine Männer, die euch Komplimente machen.«

»Aber Schränke müssen sie aufbauen? Wie passt das zusammen?«, sagte Belledin und drückte Bärbel den Schrauber wieder in die Hand.

»Dann koch dir deinen Kaffee selbst. Aber nicht hier.« Sie

kniete sich auf den Boden und sortierte die einzelnen Schrauben nach Bauanleitung.

»Wo ist Jana Chuan? Ich möchte gerne mit ihr sprechen.«

»Keine Ahnung.« Bärbel sah nicht auf. Sie war stinkig. »Das habe ich deinem Hilfssheriff schon gesagt. Hier sind alle frei. Das ist ja das Motto unseres Ladens. Die Frau zu befreien.« Sie schraubte die ersten Bretter zusammen.

»Verstehe ich trotzdem nicht ganz. Erst machst du einen Terz, weil …«, er zog seinen Notizblock aus der Tasche, klappte ihn auf und warf einen Blick darauf, »… weil Smaranda Radu von ihrem Zuhälter Cosmin Mican entführt worden sein soll, und jetzt kümmert es dich nicht, dass schon seit gestern Abend von Jana Chuan keine Spur mehr ist.«

»Wer hat gesagt, dass sie spurlos verschwunden ist? Sie ist gestern Abend hier gewesen. Aber nachdem Wagner hier war. Und heute Morgen ist sie früh raus, weil sie Arbeit sucht. Aber wo sie jetzt genau ist, das weiß ich nicht.« Sie rutschte mit dem Schrauber ab und kratzte eine Schramme ins Holz. »Verdammt.«

Belledin drehte sich zu Seline, die sich noch immer an einem Brett festhielt. »Darf ich noch mal kurz mit Ihnen sprechen?«

»Wenn's sein muss.«

»Es muss.«

Sie gab Nadja das Brett und ging vor in ihr Zimmer. Belledin folgte und schloss die Tür hinter sich.

»Wie geht's den Vögeln?«, fragte er.

Seline sah zur Fensterbank. »Ich füttere sie nicht mehr.«

»Warum?«

»Weil es keinen Sinn macht, gefüttert zu werden. Sie kommen auch so zurecht. Sie sind stark und klug.«

»Gestern haben Sie noch etwas anderes gesagt.«

»Gestern habe ich auch noch darauf gehofft, dass mich Cosmin hier auch rausholt. Aber er liebt nur Smaranda. Sie hat es immer besser verstanden, sich einzuschleimen. Hing immer gleich an seinem Schwanz, egal wann er es wollte. Ich nicht. Ich habe auch mal Nein gesagt. Das habe ich jetzt davon.«

»Frau Engler sagte, Sie arbeiten in einem Nachtclub.«

»Im Rififi, ja. Kennen Sie das?«

»Nur vom Namen. War noch nie dort drin. Als was arbeiten Sie dort?«

»Oben ohne. Aber mehr nicht. Bringt natürlich nicht so viel Geld.«

»Wer ist dort der Boss? Petkovic?«

»Petkovic ist tot.«

»Ach, das wissen Sie schon?«

»Ich lese Zeitung und höre Radio. Und die Leute reden.«

»Gehörte der Laden Petkovic?«

»Nein. Wenn er Petkovic gehört hätte, hätte ich mehr Geld verdient. Bei dem ging nicht nur oben ohne. Der kaufte nur das Gesamtpaket. Der Boss dort ist eine Frau. Habe sie aber nur einmal gesehen. Sie lässt alles über Marcel laufen.«

»Oxana Litschko?«

»Den Namen kenne ich nicht. Sie ist Russin und blond. Sieht ein bisschen aus wie Marta. Nur älter.«

Richtig. Jetzt wusste Belledin, an wen ihn Oxana Litschko erinnert hatte. An Marta Kerner. Beide hatten diese unendliche Weite in ihren großen blauen Augen. Und eine Art, wie sich Belledin den alten russischen Adel vorstellte. Obwohl sie aus der Ukraine waren. Aber wer differenzierte schon, wenn es um Rassen ging. Ein Schwarzer war ein Schwarzer, ein Türke ein Türke und ein Bötzinger ein Bötzinger.

Belledin trat näher an Seline ran und sah ihr streng in die Augen. »Hat Cosmin Mican mit Ihnen Kontakt aufgenommen?«

Sie wich seinem Blick aus, sah auf die Fensterbank, wohl hoffend, dass doch ein paar Spatzen geflogen kamen, und schüttelte verneinend den Kopf.

»Er war gestern Abend bei Frau Kerner und hat sie niedergeschlagen.«

Seline sah erschrocken zu ihm. Spielte sie?

»Er sagte, sie solle die Finger von Ihnen lassen. Ihr Einfluss sei schuld, dass Sie sich von ihm befreien.«

»Ich verstehe nichts.« Sie setzte sich auf ihr Bett. »Cosmin will mich haben? Aber warum holt er mich dann nicht einfach?«

»Vielleicht weil er was Schlimmes angestellt hat und weiß, dass die Polizei hier gerade ein und aus geht.«

»Was soll er angestellt haben?«

»Abgesehen davon, dass Zuhälterei bei uns strafbar ist, steht er unter Verdacht, Kerner und Petkovic getötet zu haben.«

»Cosmin? Aber warum?«

»Sagen Sie es mir. Gab es Ärger mit Petkovic? Revierstreitigkeiten?«

»Nicht wirklich.«

»Was heißt das?«

»Sie haben sich einmal geprügelt.«

»Petkovic und Cosmin?«

»Nein. Mit Petkovic hätte sich Cosmin nie angelegt. Er weiß, wer stärker ist. Das lernst du bei uns schnell. Mit Kerner hat er sich geprügelt.«

»Warum?«

»Wegen Smaranda. A fost blestemata.«

»Was?«

»Sie steht unter einem Fluch.«

»Was für ein Fluch?«

»Sie bringt Unglück. Bevor sie da war, gab es nur Cosmin und mich. Aber sie brachte alles durcheinander, verdrehte allen den Kopf. Kerner wollte sie exklusiv für sich. Cosmin war eifersüchtig. Wäre er Geschäftsmann, er hätte sie teuer verkaufen können. Ein Idiot.« Sie sah zu Belledin hoch. »Aber ich liebe ihn.« Sie stand auf. »Und er war wirklich bei Marta, um für mich zu kämpfen?« Sie nahm Belledins Hand und küsste sie. »Danke. Sie bringen gute Nachrichten. Sie sind ein Engel.«

Was war das nun? Klaute sie ihm gleich die Brieftasche? Nein. Sie schleuderte seine Hand weg, fluchte wieder etwas auf Rumänisch und blitzte ihn an. »Nein. Ich glaube Ihnen kein Wort. Wenn Cosmin mich haben will, dann kommt er hierher und holt mich raus. So wie er Smaranda geholt hat. Er ist keiner, der über Dritte geht. Ich kenne ihn. Sie lügen. Sie wollen, dass ich Ihnen etwas verrate. Aber ich verrate nichts, weil es nichts zu verraten gibt. Cosmin hat Kerner und Petkovic nicht getötet.

Dafür ist er viel zu feige. Kerner vielleicht. Aus verletztem Stolz. Aber Petkovic niemals. Und jetzt lassen Sie mich in Ruhe.« Sie war sehr laut geworden. So laut, dass Bärbel ins Zimmer kam.

»Ist alles in Ordnung, Seline? Ich kann auch die Anwältin rufen. Du hast ein Recht darauf.«

»Alles gut. Der Kommissar war sehr freundlich.«

Sie streckte ihm die Hand entgegen. Belledin ließ sie in der Luft hängen. »Wenn Cosmin Dreck an den Hacken hat, kriege ich ihn, ob Sie mir dabei helfen oder nicht.« Er ging aus dem Zimmer und rannte gegen ein Regal, das mitten im Weg stand. Er versetzte dem Regal einen Stoß, dass es umfiel, und verließ schnaubend das Gebäude. Vor der Tür traf er auf Killian, der sich eine selbst gedrehte Zigarette zwischen die Lippen schob. Killian nickte Belledin zu und zündete sich die Zigarette mit einem Zippo an.

»Wie siehst du denn aus? Bist du unter die Vertreter gegangen?« Belledin musterte Killian, der in einem blauen Anzug und einem dunkelblauen Wollmantel vor ihm stand. »Steht dir. Nur die Schuhe passen nicht dazu. Hast du noch eine?«, fragte Belledin.

»Wenn du es nicht eilig hast, dreh ich dir eine.«

»Die Zeit habe ich. Die muss ich haben. Wenn ich mich hetzen lasse, weiß ich gar nicht mehr, wo vorne und hinten ist.«

»Hoppla. Was sind denn das für neue Töne? Bröckelt da eine Legende?«

»Leck mich.«

»Das Filterpapier ist mir lieber.« Killian fuhr mit der Zunge über die gedrehte Kippe und vollendete sie. Er reichte sie Belledin und gab ihm Feuer. Belledin nahm einen tiefen Zug und blies den Rauch durch die Nase. Killian tat es ebenso. So standen sie schweigend beieinander. Zwei angeschlagene Helden, die einander nicht helfen konnten. Jeder gefangen im eigenen Labyrinth. Immer wieder waren sie sich begegnet. Immer wieder hatte der eine dem anderen ein Bein gestellt oder ihm geholfen. Und dennoch waren sie sich fremd. Oder doch so nah? Belledin hatte immer gewusst, was Gut und Böse war. Das hatte Killian nie gereicht. Er wollte der Supergute sein. Er wollte mit der

Kamera die bösen Weltverschwörungen aufdecken, die hinter dem Schein des Guten lauerten, und war dabei in blutige Kämpfe gezogen worden, von denen er sich nicht mehr reinwaschen konnte. Killian sprach nie darüber, aber man sah es ihm an, dass er von Dämonen beherrscht wurde, die fern von der heilen Welt eines Einfamilienhauses in Merdingen lagen. Und diese Welt lag nun in Trümmern. Es war ein kleiner Schmerz im Verhältnis zu Killians Weltschmerz. Und dennoch war er groß genug, um Belledin mit Killian eine Zigarette rauchen zu lassen. Vielleicht sogar mehr?

»Hast du Lust auf ein Bier?«, fragte Belledin.

Killian sah ihn verwundert an, zögerte und nickte. Sie rauchten zu Ende, warfen die Kippen in den Schnee und gingen.

»He. Wo wollt ihr hin?« Bärbel stand am Fenster im ersten Stock und rief herunter. »Ich dachte, du baust die Regale auf?«

Belledin und Killian sahen sich an. Killian präsentierte sein neues Gewand. »Sieht so einer aus, der Schrauben dreht?«

»Scheiß Machos. Leckt mich am Arsch!« Bärbel schlug das Fenster zu. Belledin und Killian gingen nebeneinanderher.

»Wer hat dich so zugerichtet?«, fragte Belledin.

»Im Schnee ausgerutscht.«

»Nach einem Schanzensprung?«

Killian antwortete nicht.

»Ist mir auch egal. Dein Leben. Solange du mir damit nicht in die Quere kommst.«

»Wollte ich mit dir ein Bier trinken?«

»Seit wann bist du so empfindlich? Ich dachte, beim Mossad hätten sie stärkere Nerven.«

»Ich bin nicht beim Mossad.«

»Ich weiß. Nur freier Mitarbeiter einer Fotoagentur, die am Sabbat nicht arbeitet. Hier ist es. Lord Byron.« Belledin hielt Killian die Tür auf. Sie betraten die Kneipe.

»Heute ohne Ilona?«, fragte der Wirt, der Belledin erkannte. »Das wird sie ärgern, dass Sie fremdgehen.« Er lachte schäbig. »Wie immer?«

Belledin fand es dreist, dass er schon beim zweiten Mal als Stammkunde behandelt wurde, aber er nickte zustimmend. Der Wirt machte sich an den Zapfhahn. Und als wäre es jahrelange Gewohnheit, führte Belledin Killian an den Tisch, an dem er gestern mit Ilona gesessen hatte. Sie setzten sich. »Ich nehme noch ein Jägerschnitzel mit Salat«, rief Belledin durchs Lokal. »Willst du auch etwas essen? Ich lad dich ein.«

»Danke. Kein Appetit. Ich trink auch kein Bier.«

»Was dann? Achtel Rot?«

»Heißes Wasser.«

Belledin drehte sich zum Tresen. »Für den Herrn kein Bier. Dafür ein Achtel Rot.«

»Affentaler?«

»Merdinger Bühl.« Wieder zu Killian. »So weit kommt's noch, dass ich hier Offenburger Wein bestelle.«

»Was willst du von mir?«

»Dass du die Augen für mich aufhältst. Wäre ja nicht das erste Mal. Lief doch immer ganz gut, unsere Zusammenarbeit, hm?«

Der Wirt brachte das Bier und das Achtele Rot. Belledin nahm das Glas und hielt es Killian zum Anstoßen hin. Killian drehte sich zum Wirt. »Ein Glas heißes Wasser, bitte.«

Der Wirt sah ihn mit großen Augen an. »Nur Wasser? Oder mit 'nem Teebeutel drin? Ich hätt Pfefferminz oder Kamille.«

»Nur heißes Wasser.«

Der Wirt sah zu Belledin. »Für den Darm«, sagte er.

»Aha. Des hab ich jetzt au noch nie ghört. Aber der Kunde isch König.« Er ging kopfschüttelnd davon.

Belledin beugte sich über den Tisch. »Also? Bist du dabei?«

»Was soll ich tun?«

»Im Grunde dasselbe, was Bärbel von dir will: aufpassen. Ich habe zu wenig Material, um Leute abzustellen. Personal ist knapp. Aber ich wittere etwas. Ich glaube, dass dieser rumänische Zuhälter was mit den Morden an Kerner und Petkovic zu tun hat.«

»Und weshalb sollte mich das interessieren?«

»Wegen der guten Sache. Wenn ich mich recht erinnere, warst du doch immer der große Moralist, der die Welt verbessern wollte. Oder schießt du deine preisgekrönten Fotos etwa nicht mehr für die Menschenrechte und den Weltfrieden?«

»Hier. Einmal heißes Wasser. Wohl bekomm's.« Der Wirt ging, wie er kam.

»Belledin, schau mich an. Was siehst du hier? Ein Wrack im falschen Anzug. Ich bin am Arsch. Ich brauche eine Pause. Aber richtig Pause, verstehst du?«

»Danach kannst du Pause machen. Ich rechne damit, dass Cosmin innerhalb der nächsten zwei Tage hier wieder auftauchen wird, um sich Seline zu schnappen. Und dann ist die Sache erledigt.«

Killian pustete über das heiße Wasser und nippte vorsichtig.

»Du brauchst nur in deinem Kabuff zu sitzen und mich anzurufen, wenn etwas Verdächtiges vorfällt. Schon bin ich da, erledige alles, und du darfst in Kur.«

Killian nahm einen größeren Schluck.

»Verbrennst du dir dabei nicht das Maul?«, fragte Belledin.

»Bin ich gewohnt.« Er stellte das Glas ab und nahm den Roten.

Belledin griff sofort nach dem Bierglas und stieß an. »Also, es gilt.« Er trank einen kräftigen Schluck.

Der Wirt brachte den Teller mit Schnitzel und Salat. »Gute Appetit.« Und verschwand.

Belledin begann zu essen und lauerte auf Killians Reaktion. Noch hatte er nicht vom Roten getrunken, noch war der Handel nicht besiegelt. »Was ist? Worauf wartest du? Glaubst du, der Wein ist vergiftet? Das ist ein Merdinger Bühl. Dagegen ist heißes Wasser kalter Kaffee.« Er lachte über sein Wortspiel und schob sich eine Gabel Paniertes in den Mund.

»Ich brauche ein neues Atelier«, sagte Killian.

Belledin kaute, schluckte und spülte mit Bier nach. »Was?«

»Ich bin rausgeflogen und weiß nicht, wohin ich meine Sachen stellen soll. Deswegen bin ich den Deal mit Bärbel eingegangen.«

»Verstehe. Du wohnst im Breisacher Bahnhof? Mit Bärbel zusammen? Ach, du meine Güte. Seit wann? Kein Wunder, dass du so fertig aussiehst.« Er grunzte.

»Seit zwei Tagen. Aber eigentlich war ich noch gar nicht richtig dort. Ich merke auch, dass das keinen Sinn macht.«

»Warum nicht? Alte Liebe rostet nicht. Außerdem habt ihr eine gemeinsame Tochter. Mal auf Familie machen wäre doch vielleicht gar nicht so schlecht für dich? Tät Bärbel bestimmt auch mal gut, wenn die einen Mann im Haus hätte.« Er aß, wie er plapperte. So wie es herausfiel, stopfte er es hinein.

»Weißt du nichts? Du kennst doch viele Leute. Habt ihr nicht noch eine alte Scheune in Bötzingen?«

»Die kannst du vergessen. Die wird im Frühjahr abgerissen, und dann baut meine Tochter irgendwann darauf.«

»Annette.«

»Du weißt noch ihren Namen? Ich nicht mal mehr, wie sie aussieht.« Er wischte sich mit einer Papierserviette Schnäuzer und Mundwinkel sauber und sah Killian an. Er überlegte, aber Fleischreste im Backenzahn nervten. Er versuchte sie mit der Zunge zu lösen, spülte noch mal mit Bier und gab dann auf. »Zahnstocher, bitte«, rief er durchs Lokal.

»Auf der Fensterbank«, tönte es zurück.

Belledin suchte, fand und siegte. Der Zahn war befreit, der Gedanke konnte gefasst werden. »Bei mir ist Platz. In Merdingen.«

»Bei dir? Im Haus? Und Biggi?«

»Biggi hat nichts dagegen. Biggi ist nicht da.«

»Ich brauche nichts für ein paar Tage, sondern für länger. Als richtigen Wohnsitz.«

»Das ginge für länger. Du kannst die Etage unterm Dach haben. Da ist viel Licht. Separater Eingang. Wir dachten mal daran, Biggis Mutter dort unterzubringen, wenn sie mal ins Alter kommt.«

»Ist sie etwa gestorben?«

»Nein. Aber Biggi ist gestorben.«

»Was?« Killian sah ihn bestürzt an.

»Jedenfalls für mich.« Er nahm einen Schluck, der das Glas leerte, und befreite sich mit einem kleinen Rülpser von der Kohlensäure. »Sie ist durchgebrannt. Mit dem Apotheker.«

Killian lachte laut. »Entschuldige. Bitte, das ist nicht so gemeint. Aber es klingt wie ein Sketch mit Harald Juhnke.«

»Ist auch fast genauso witzig.« Belledin blieb bierernst. »Was ist? Nimmst du das Angebot an?«

»Ich überleg's mir.«

»Aber du hilfst mir?«

Killian schlug mit dem Roten gegen Belledins geleertes Bier und trank.

»Zahlen, bitte«, sagte Belledin. Er schob sich die letzte Gabel in den Mund und kaute.

Killians Handy spielte die Nokia-Melodie. Es konnte nur Moshe sein. Er war der Einizge, dem er die neue Nummer gegeben hatte. »Entschuldige mich. Danke für die Einladung«, sagte er und stand auf.

»Ich rechne mit dir«, rief er Killian hinterher. Der war schon draußen. Belledin zahlte.

ACHT

»Seif ist tot … du weißt es schon? … Tschej-Tschej, ich verstehe … natürlich ist es blöd. Ich hatte keine andere Wahl … Moshe, verdammt. Es ist mir klar, dass dir dadurch eine wichtige Informationsquelle versiegt, aber ich lebe auch gerne …« Er sah sich um, fürchtete, dass er zu laut sprach. »Jetzt brauche ich Informationen über Oxana Litschko und einen Algerier, der auf französischen Adel mimt.« Zwei Passanten kamen ihm entgegen. Er wich ihnen aus, drehte sich nach ihnen um und wartete, was sie taten. Er traute Tschej-Tschej und den Jungs vom BND nicht. Konnte gut sein, dass sie jemanden an ihn gehängt hatten. »Ich musste Tschej-Tschej bemühen. Sonst hätte ich Seif nie sauber weggekriegt. Und jetzt brauche ich den Besitzer eines weißen Kangoo. Er hat nämlich meine Nikon, in der ein Chip ist, auf den Litschko scharf ist. Die Fotos zeigen ein Treffen in Paris. Litschko will sie haben, sonst ist Swintha dran. Ich habe also Druck und brauche Hilfe. Am besten, du ziehst Swintha aus der Schusslinie … Was? Warum sagst du das nicht gleich! … Nein …« Killian legte auf und setzte sich auf eine verschneite Parkbank. Er merkte nicht, wie ihm der Schnee die Hose nässte. Sie hatten Swintha entführt. Moshe wusste noch nicht einmal, wer es getan hatte. Sie war mit Ramelow im jüdischen Viertel gewesen. Eigentlich ein sicherer Platz, der bestückt war mit Leuten von Moshe. Und plötzlich war sie weg. Seit heute Morgen. Hatte Seif die Aktion angeordnet, um Killian unter Druck zu setzen? Oder hatte Oxana bereits zugeschlagen? Er musste den Kangoo finden. Oder den Algerier. Der hatte das Kennzeichen. Der einzige Knotenpunkt, den er hatte, war Oxana. Also nach Baden-Baden. Mit Oxana verhandeln. Aber wie kam er an sie heran? Sie war schwer bewacht. Egal. Was hatte er zu verlieren? Er stand auf und rannte zu seinem Defender. Die Kälte sprengte ihm fast die Lunge. Er hustete, spuckte Schleim und hämmerte vor Wut mit den Fäusten gegen das Blech seines Wagens.

»Auch eine Lösung.«

Killian drehte sich nach der Frauenstimme um. Es war Marta Kerner. Sie trug eine Fellmütze und eine blaue Daunenjacke. »Aber reden wäre besser.«

»Was machen Sie denn hier?«, fragte er und wischte sich mit den Fingern den Mund trocken.

»Ich hatte einen Termin mit Jana Chuan. Sie macht durch die Therapie große Fortschritte. Ich hatte ihr geraten, die deutsche Sprache besser zu lernen. Und sie beherzigt es. Seitdem ist ihr Selbstvertrauen gewachsen. Manchmal können es so kleine Dinge sein, die etwas zum Guten wenden.«

»Ich kann Deutsch.«

»Auch Russisch, ich weiß. Und Englisch und Französisch. Und Spanisch sowieso. Aber auch Türkisch und Hebräisch.«

»Sie haben die schwierigste Sprache vergessen.«

»Die Sprache mit sich selbst?«

»Alemannisch.« Er öffnete den Wagen und wollte einsteigen.

»Wundert es Sie nicht, dass ich so viel über Sie weiß?«

»Sie werden recherchiert haben. Ein paar Klicks bei Google, und schon weiß man Bescheid. Oder haben Sie noch bessere Kontakte?«

»Meine Mutter weiß sehr viel über solche Dinge. Sie ist passionierte Schnüfflerin. Statt abends vor dem Kamin zu sitzen und den Enkeln Socken zu stricken, sammelt sie alle Arten von Informationen über Menschen, die sie interessieren. So war sie schon immer.«

»Klingt interessant. Sie sollten Sie mir beizeiten mal vorstellen.« Er wollte einsteigen, sie hielt ihn sanft am Arm zurück.

»Ich glaube, Sie sind gerade auf dem Weg zu ihr.«

Er sah ihr in die blauen Augen und verstand. Wie konnte er so blind sein? Die Ähnlichkeit war verblüffend. Wenn man nur die blauen Augen sah, konnte er sogar auf die eine und dieselbe Person wetten.

»Sagen Sie jetzt bitte nicht: Kleine Welt.« Sie neigte ihren Kopf. So hatte es auch Oxana getan, als sie ihn gemustert hatte. »Nehmen Sie mich mit? Ich habe meine Mutter schon eine ganze Weile nicht mehr gesehen. Nur über Skype. Möchte gerne wissen, wie ihre Schönheitsoperationen aus der Nähe aussehen.«

Killian sah sie an und dachte scharf nach.

»Vergessen Sie es. Es gibt keinen logischen Zusammenhang. Es ist Zufall, dass wir beide zusammengetroffen sind und Oxana an Ihnen interessiert ist.« Sie ließ seinen Arm los und stieg auf den Beifahrersitz. Killian schwang sich hinters Steuer und fuhr los.

***

»Wo ist Killian?«, fragte Belledin.

Bärbel wischte sich mit dem Ärmel den Schweiß von der Stirn und besah sich das letzte Regal, das sie zusammengeschraubt hatte. »Das würde ich auch gerne wissen. Meinetwegen soll er bleiben, wo der Pfeffer wächst. Eine richtige Hilfe ist er sowieso nicht. Er braucht vielmehr selbst Hilfe.«

»Psychiater?«, fragte Belledin.

»Wäre nicht schlecht. Für das, was er erlebt hat. Er ist gespickt mit Traumen. Kann mir keiner erzählen, dass der Anblick von so vielen Toten, die er bisher gesehen hat, die Seele verschont.«

»Kann schon sein.«

»Was rede ich darüber eigentlich mit dir. Du hättest auch mal ein paar Sitzungen nötig. Dein Männerbild ist so verkrustet und altbacken, da täten ein paar Gespräche sicherlich gut.«

»Wie meinst du das?«

»Du weißt ganz gut, wie ich das meine. Pack mal mit an. Die Regale müssen in die Zimmer. Jede kriegt eins.«

Belledin gehorchte und half Bärbel, die Regale in die Zimmer zu tragen.

»Wo sind die Täubchen?«, fragte er.

»Meinst du die Frauen? Ilona ist auf Jobsuche, Seline putzt im Rififi, Nadja kauft ein. Nur Jana ist da.«

»Das passt hervorragend. Mit ihr wollte ich nämlich noch reden.«

»Wird nicht leicht. Sie spricht wenig Deutsch. Dank Marta aber schon um einiges besser. Zu ihr solltest du vielleicht mal gehen, wenn du dein Herz erleichtern willst. Die findet für jeden den richtigen Knopf.«

Belledin hätte fast geschrien. So absurd klang die von Marta überzeugte Bärbel. Ausgerechnet dieser Verrückten sollte er sich anvertrauen.

»Sie ist eine Mental-Souffleuse.«

»Was?«

Sie stellten das Regal in Ilonas Zimmer ab.

»Mental-Souffleuse. Sie souffliert deinem Unterbewusstsein den richtigen Text. Daraufhin kannst du dich verändern. Das ist das Entscheidende. Nicht das, was du dir bewusst vornimmst, trifft ein, sondern das, was das Unterbewusste zulässt.«

Sie packten das nächste Regal. »Du kannst lange vor dem Spiegel stehen und sagen: ›Ich bin ein Sieger‹, wenn dir die Eltern fest eingebrannt haben, dass du auf ewig ein Verlierer bist. Verstehst du?«

»Ich stehe nie vor dem Spiegel und sage: ›Ich bin ein Sieger.‹ Ich denke höchstens: ›Mann, iss weniger, du wirst immer fetter.‹ Und dann frage ich mich, wofür Tränensäcke gut sein sollen.«

Das zweite Regal stellten sie in Nadjas Zimmer.

»Da hast du es. Nur negative Gedankenmuster. Wenn du sagst, du wirst immer fetter, dann wirst du es auch. Das ist eine selbsterfüllende Prophezeiung.« Sie nahmen das dritte Regal.

»Und was sagst du dir, wenn du vor dem Spiegel stehst? Lügst du dich an? Ich kann doch nicht sagen, was ich nicht sehe? Sagst du etwa: ›Ich bin jung, schön und sexy‹?«

Bärbel ließ das Regal los. Belledin rutschte es aus den Händen und glitt ihm übers Schienbein. Er stöhnte, unterdrückte den Schmerz und hopste auf einem Bein.

»Da haben wir's. Das Einzige, was dir einfällt, wenn eine Frau sich vor dem Spiegel anschaut, ist, ob sie jung, schön und sexy ist. Das meinte ich mit deinem verkrusteten Männerbild. Dein Blick ist so äußerlich, dass es wehtut.«

»Es tut mir weh«, sagte Belledin, der das rechte Hosenbein

hochgezogen hatte und den blutigen Ritzer auf seinem Schienbein besah.

»Brauchst du ein Pflaster?«

»Nein. Geht schon.«

Bärbel lachte.

»Was lachst du so blöd?«

»Schon wieder. Und du merkst es gar nicht. Blut zeigen und Verband ablehnen. Pflaster brauchen nur Weiber, stimmt's?«

»Stimmt.«

»Idiot. Pack an.«

Belledin sah, dass Jana Chuan von dem Lärm aus ihrem Zimmer herausgekommen war, und nutzte die Gelegenheit. »Das eine noch. Das stellen wir bei Frau Chuan ins Zimmer. Dann mache ich eine kleine Pause und gehe meiner eigentlichen Tätigkeit nach, wenn's genehm ist.« Sie trugen das Regal in Janas Zimmer. Jana trippelte hinterher.

»Wohin magst du es haben?«, fragte Bärbel. Sie sprach sehr deutlich. Jana nickte. »Danke schön.« Ein Lächeln wie bei einer Teezeremonie, die Belledin aus japanischen Filmen kannte. Obwohl er natürlich wusste, dass Thailand nicht Japan war.

»Dorthin? Neben das Fenster?«, fragte Bärbel, als wenn sie eine CD für Deutschlerner aufnehmen würde.

Jana nickte und lächelte wieder. »Danke schön.«

Sie setzten das Regal neben dem Fenster ab. Bärbel sah Belledin an und imitierte Janas Freundlichkeit, indem sie ebenso nickte und lächelte. »Danke schön.« Dann ließ sie Belledin mit Jana allein.

»Wie alt sind Sie?«, fragte Belledin.

»Achtzehn.«

»Und seit wann sind Sie hier?«

»Zwei Jahre.«

»Wie sind Sie hierhergekommen?«

»Hubert.«

»Hubert? Wie heißt er noch?«

»Schwieriger Name.«

»Hat er Sie auf den Strich geschickt?«
»Nein. Bruder.«
»Huberts Bruder?«
»Mein Bruder. In Thailand. Hubert hat mich im Puff von Akuma kennengelernt. Jai hat mich an Akuma verkauft.«
»Jai ist Ihr Bruder?«
»Ja.«
»Und Akuma Zuhälter?«
»Geschäftsmann.« Sie lächelte.
»Verstehe. In Bangkok?«
»Pattaya.«
Belledin nickte, hatte aber keinen Schimmer, wo Pattaya lag.
»Und Hubert war Kunde?«
»Auch Geschäftsmann.« Wieder dieses trainierte Lächeln. »Hubert und Akuma machen verschiedene Geschäfte. Nicht nur Frauen.«
Wie nüchtern Deutsch sein konnte, wenn man nur auf den Kern kam. Belledin war geschockt von der Sachlichkeit, mit der Jana vom Frauenhandel sprach.
»Und wo ist Hubert jetzt?«, fragte er.
»In Pattaya.«
»Für Geschäfte.«
»Ja. Aber er kommt nicht zurück.«
»Wieso?«
»Kanzler will ihn ins Gefängnis bringen.« Wieder ein Lächeln.
»Kanzler?«
»Mann von Sitte.«
»Kanzinger? Meinen Sie Kanzinger?«
Sie nickte und wiederholte: »Kanzinger. Ja. Deswegen bin ich hier. Kein Hubert, keine Arbeit. Allein Geschäfte zu machen ist schwierig. Viele Rumänen.«
Belledin hatte Mühe, ihr zu folgen. Sah Jana ihre Prostitution tatsächlich als ganz normales Geschäft, wie den Verkauf von Mungobohnen?
»Was haben Sie vorgestern Abend draußen gemacht?«
»Tai-Chi.«

»Im Schnee?«

»Wetter ist egal. Tai-Chi ist immer gut.«

»Und warum so spät? Ich dachte, Gymnastik macht man am Morgen?«

»Ich bin es so gewohnt.«

»Und wo machen Sie Tai-Chi?«

»Im Park. Unter der Laterne. Ich bin Laterne auch gewohnt.« Sie lachte. »›Lili Marleen‹«, sagte sie und begann die Melodie zu trällern.

»Woher kennen Sie ›Lili Marleen‹?«

»Von Siegfried.«

»Wer ist Siegfried?«

»Erste Mann, der mich bei Akuma gekauft hat. Er wollte immer, dass das Lied spielt, wenn ich mit ihm Sex hatte.«

Hier entblätterte sich langsam der Horror. Und warum weinte sie nicht? Warum lächelte sie so stoisch? Gesichtsmuskel-Tai-Chi?

»War Siegfried auch Geschäftsmann?«

»Nein. Soldat. Alter Soldat. Es ging nur mit Viagra, Kokain und Musik.«

»Was macht Siegfried jetzt? Lebt er auch in Freiburg?«

»Siegfried ist tot. Starb bei letzter Strophe. Schwaches Herz.«

Sie summte wieder die Melodie. Er wusste nicht warum, aber er sagte es. Wohl, um sich aus der Klammer des Horrors zu befreien. »Kennen Sie den Film? Von Fassbinder?«

»Welchen Film?«

»›Lili Marleen‹.«

»Es gibt einen Film?«

»Ja.«

»Ist er lustig?«

»Nein.«

»Dann will ich ihn nicht sehen. Ich will nur noch lustige Dinge sehen. Ich lache gerne.« Sie setzte wieder die Maske des Lächelns auf.

»Haben Sie vorgestern Abend vielleicht auch etwas gesehen? Etwas, das nicht so lustig war?«

»Was meinen Sie?«

»Vielleicht einen Mann oder eine Frau, die Wolfgang Kerner erschossen hat?«

»Nein. Aber ich habe Schüsse gehört. Zwei Stück.«

»Was? Warum sagen Sie das erst jetzt?«

»Schüsse sind nie gut. Über Schüsse spricht man nicht. Man läuft davon.«

»Und Sie sind davongelaufen? Oder sind Sie hingelaufen, weil Sie neugierig waren?«

»Ich bin nicht neugierig. Eine Schwester und ein Bruder von mir waren neugierig. Sie sind beide tot. Ich laufe lieber weg und lebe und lache.«

Eine harte Nuss. Alles Theater; damit sie nicht auseinanderbrach wie eine Keramikpuppe unterm Dampfhammer. Er selbst bekam schon einen Krampf in den Wangen. So sehr übertrug sich die Anstrengung ihres Dauerlächelns.

»Wohin sind Sie gelaufen, nachdem Sie die Schüsse gehört hatten?«

»Hierher.«

»Und Sie haben niemand gesehen?«

Sie schüttelte den Kopf.

»Aber vielleicht hat Sie jemand gesehen? Vielleicht sind Sie in großer Gefahr? Wenn Sie sich vielleicht erinnern, kann ich Ihnen helfen. Dann bin ich schneller als der Mörder. Verstehen Sie?«

Die Angstmache perlte an ihr ab wie der Monsun am Palmenblatt.

»Ich habe keine Angst. Ich habe schon viel überlebt.«

Jetzt lächelte sie nicht mehr. Für einen Moment fiel ihre Maske, und die achtzehnjährige Jana alterte um vierzig Jahre. Ihre Wangen hingen aufgedunsen, ihr Blick flehte nach Wärme, ihre Lippen bebten vor Anstrengung. Belledins Chance.

»Kennen Sie eine Lilith?«

Verzögert landete der Schall von Belledins Worten, verzögert verarbeitete sie die Frage, und verzögert reagierte sie. »Lilith?« Sie kramte in ihrer Erinnerung, dann sah sie Belledin an. Das Gesicht erhielt die gewohnte Straffheit, das Lächeln betonierte sich ein.

»Lilith? Wie Lilli? Lilith. Lili. Lilith Marleen.« Sie summte wieder den Gassenhauer des Zweiten Weltkriegs. Belledin ließ sie damit allein.

***

»Sie gefallen meiner Mutter«, sagte Marta und nahm eine Zigarette aus dem silbernen Etui. »Ich darf doch rauchen?«

»Wenn Sie mir auch eine geben, ja«, sagte Killian.

Sie hielt ihm das Etui hin, er nahm eine Zigarette raus, schob sie sich in den Mund und aktivierte den Zigarettenanzünder. Marta hielt ihm aber schon ein goldenes Feuerzeug vors Gesicht und knipste es an.

»Ich hoffe, Ihre Mutter hat es nicht so eilig«, sagte er und zeigte auf den Stau, in den sie gerade fuhren.

»Sie hat es immer eilig. Dafür genieße ich es, mit Ihnen etwas länger allein zu sein. Wir haben nämlich denselben Männergeschmack. Der Anzug steht Ihnen übrigens gut.« Sie zündete sich ebenfalls eine an. »Außerdem können wir hier in Ruhe unsere zweite Sitzung absolvieren. Oder machen Sie einen Rückzieher?«

»Was wissen Sie von der Geschichte?«

»Stellen Sie jetzt wieder die Fragen? Warum? Weil Sie Angst haben, ich könnte Ihnen die richtige stellen?«

»Ein Geschäft. Sie machen mich klüger, und ich lasse Sie in meine schwarze Seele schauen.«

Sie lachte. »Bilden Sie sich nichts ein. Schwarze Seele. Was glauben Sie, was ich schon alles gesehen habe. Sie vergessen, woher ich komme.«

»Und wer Ihre Mutter ist.«

»Und schon sind wir wieder bei Ihrem Thema. Also. Ich weiß gar nichts. Es ist reiner Zufall, dass wir beide uns begegnet sind. Oxana hat mich heute Morgen angerufen und mir ihr Leid geklagt. Dabei hat sie von einem attraktiven Spion gesprochen, der ihr Sorgen macht. Sie hat mir gleich ein Foto von Ihnen geschickt. Und da staunte ich und sagte: ›Den kenne ich.‹ Und sie sagte: ›Bring ihn zu mir, ich muss dringend mit ihm reden.‹«

»Und warum hat sie nicht den Algerier geschickt?«

»Algerier?«

»Kennen Sie natürlich nicht. Habe ich vergessen.«

»Ich weiß wirklich nichts von den Geschäften meiner Mutter. Ich weiß nur, dass es mir ab dem zehnten Lebensjahr sehr gut ging, das Leben sich plötzlich gedreht hatte. Von der armen Kirchenmaus, die kein Geld für Schulbücher hatte, zur Schweizer Internatsschülerin. Und dafür bin ich meiner Mutter sehr dankbar.«

»Hat sie etwas mit dem Tod an Ihrem Mann zu tun?«

»Wieso sollte sie?«

»Weil sie Leute kennt, die so etwas können.«

»Ist so etwas schwierig? Sie haben doch auch schon getötet, nicht? War das schwierig? Ich meine, wenn man eine Pistole hat, drückt man einfach ab.«

Killian hing zwischen zwei Lkws. Die rechte Spur stand. Auf der linken ging es schleichend vorwärts. Er setzte den Blinker und versuchte die Fahrbahn zu wechseln. Keiner wollte ihn reinlassen.

»Sie müssen einfach fahren, dann bremst schon einer«, sagte sie. »Sie sind zu rücksichtsvoll. Das wird nie gedankt. Steigen Sie aufs Gas, so kommen Sie voran. Das Leben geht weiter, die gefressenen Kilometer zählen nicht. Nur mit Fokus auf das Ziel, auf die Zukunft verspricht Erfolg.« Sie öffnete das Fenster einen Spalt und aschte ab. »Na, wie bin ich? Was halten Sie von meinen magischen Sätzen? Bringen die nicht gleich Luft unter die Flügel?«

Killian hatte es geschafft. Er hatte den Defender auf die linke Fahrbahn gedrückt. »Und schon haben Sie Erfolg.« Sie lachte wieder. Ein kindliches Lachen.

»Ihr Lachen klingt wie das einer Zehnjährigen. Haben Sie es seit dem Wechsel in den Luxus nicht weiterentwickeln können?«

»Warum so böse? Ich habe Ihnen doch nichts getan. Stört Sie mein Lachen? Mein Mann hat es geliebt. Meinen Körper und mein Lachen. Und natürlich auch das Geld, das ich mit in die Ehe gebracht habe. Aber das Lachen ganz besonders. Jedenfalls hat er das gesagt.«

»Aber Sie haben ihm das nicht geglaubt. Sie wussten, dass er lügt.«

Sie warf die Zigarette aus dem Fenster. »Wie meinen Sie das?«

»Es ist das Lachen aus der Zeit Ihrer Unterdrückung und Armut. Keiner kann es mögen, sonst würde er ja nicht auf Ihren Schein reinfallen, sondern das tatsächliche Mädchen in Ihnen lieben.«

Sie sah ihn prüfend an. »Meinen Sie wirklich, Herr Kollege?« Sie lachte und scherte sich nicht, dass es wieder nach einer Zehnjährigen klang. »Ich glaube, Sie mögen es tatsächlich. Und deswegen mag ich auch Sie.« Sie legte ihre Hand auf sein Knie. Er ließ sie gewähren.

»Bleiben wir bei Ihrem Mann.«

Sie zog die Hand zurück.

»Ihre Trauer gestern war also nur gespielt?«

»Da kannte ich Sie ja noch nicht.«

»Und jetzt kennen Sie mich?«

»Wir haben schon die zweite Sitzung. Noch eine dritte und wir denken, wir sind gemeinsam aufgewachsen.« Sie musterte ihn, wollte wohl eine Reaktion. Er drückte die Zigarette im Aschenbecher aus.

»Nein, das ist Blödsinn«, sagte sie. »Ich fühle mich sicher, weil ich Oxana im Rücken habe. Wenn sie mit Ihnen Geschäfte macht, werden Sie mich ganz sicher nicht an Belledin verpfeifen.«

»Wieso verpfeifen? Was gibt es denn zu verpfeifen?«

»Na, dass ich nicht die trauernde Witwe bin, die ich dem Tollpatsch vorspiele.«

»Unterschätzen Sie ihn nicht. Das wäre der größte Fehler, wenn Sie Ihren Mann ermordet hätten. Er ist kein großer Analytiker, aber er ist ein Tier. Er wittert, wenn was faul ist. Und dann kann er sehr schnell sein. Wie die Bären Russlands.«

»Keine Sorge, ich habe nichts zu verbergen, außer, dass ich meinen Mann nicht geliebt habe und es mir egal ist, nein, dass es mir sogar recht ist, dass er tot ist. Dadurch bin ich frei.«

»Und warum haben Sie ihn geheiratet? Geld hatten Sie doch genug.«

»Oxana. Ein Geschäft. Ich war es ihr schuldig.«

»Sie hat sie gezwungen?«

»Nein. Sie würde mich niemals zwingen. Sie hat mich darum gebeten. Und wenn meine Mutter mich bittet, ist es gemachte Sache.«

»Zürnten Sie nicht?«

»Nie. Ich sagte doch, ich bin meiner Mutter dankbar für das alles, was ich habe. Und sie sagte auch immer, es sei nicht für ewig. Nichts sei für ewig. Weder die Armut noch der Reichtum. Also solle man immer dankbar sein, für das, was man im Moment hat. Denn wenn man dankbar sein könnte, wüsste man, dass man noch lebt.« Sie lachte. »Ist das nicht schön? Oxana hätte auch als Coach Karriere gemacht. Aber warum andere coachen, wenn man sein Wissen selbst gewinnbringender anwenden kann, hab ich recht?«

»Hat sie jemand beauftragt, der Ihren Mann getötet hat? Damit Sie wieder frei sind?«

»So etwas würde sie nie tun. Sie ist Geschäftsfrau, keine Mörderin.«

»Und wenn Mord zum Portfolio gehört?«

»Sie sind makaber. Das liegt an Ihren eigenen Geschichten. Sie schließen von sich auf andere.«

»Sie scheinen viel über mich zu wissen. Ihre Mutter hat Sie gut informiert.«

»Ich würde aber gerne noch tiefere Erfahrungen aus erster Hand bekommen«, sagte sie und legte ihre Hand wieder auf Killians rechtes Knie.

Killian schaltete hoch. Der Stau löste sich auf.

***

Belledin fuhr auf den Parkplatz des Polizeipräsidiums. Es war halb drei. Er hatte noch eine halbe Stunde, bis er sich mit Berger und Wagner traf. Er stieg aus dem Wagen und ging ins Präsidium. Aschenbrenner kam ihm mit einigen Kladden unterm Arm entgegen. »Oh, Herr Belledin. Des isch ja mal eine Überraschung. Sie hier?« Spitz konnte sie sein. Belledin ersehnte den Tag, an dem sie endlich in Pension ging.

»Hat Wagner verraten, dass ich komme, oder warum sind Sie so geschäftig?«

»Ich tu immer meine Arbeit. Und das zur Zufriedenheit aller. Schon seit –«

»… fascht vierzig Jahr.« Belledin äffte sie nach, bevor sie es aussprechen konnte.

»Sie sind heut aber gar nit nett. Begrüßt man so jemand, den man schon seit Jahren nimmer gsehen hat?« Sie spielte die Schnippische.

»Mittwoch.«

»Und heut isch Freitag. Fascht Wochenend.«

»Und was machen Sie dann noch hier? Bei Ihnen fängt es doch immer schon am Freitagmorgen an.«

»Ach wisse Sie was, Herr Kommissar, wenn Sie so weitermache, isch es besser, Sie gehe glei wieder.«

»Da könnten Sie recht haben.«

Er ging an ihr vorbei. Sie sah ihm entrüstet nach. »He, so ebbis. Der wird immer schlimmer.«

Belledin ging in sein Büro. Der Weihnachtskaktus auf der Fensterbank zeigte zwei Blüten. Die waren am Mittwoch noch nicht da gewesen. Ob sie aufblühten, weil er nicht da war? Blühte Biggi auch auf, weil sie weg war? Und Aschenbrenner? Ging es ihr auch besser, wenn sie nicht ihren mürrischen Chef auf der Etage wusste? Er trat an die Fensterbank, zupfte die Blüten vom Kaktus und warf sie in den Papierkorb, der neben dem Schreibtisch stand. Er sah auf die Magnettafel, die noch beschrieben war von seinem letzten Fall. Eine einfache Geschichte: Ein Winzer aus Ihringen hatte den Geschäftsführer der Winzergenossenschaft erstochen, weil er sich ungerecht behandelt gefühlt hatte. Er hatte sich noch nicht einmal die Mühe gemacht, die Spuren zu verwischen. Dafür wischte Belledin jetzt mit dem Schwamm über die Geschichte, bis die Tafel schneeweiß war. Er nahm einen schwarzen Stift und begann den jetzigen Fall als Mindmap zu skizzieren. In die Mitte der Tafel schrieb er »Biggi«, von der er Pfeile von links nach rechts zog. Am Ende des rechten schrieb er »Apotheker«, am Ende des linken ein großes »B«. Er trat einen Schritt zurück, atmete tief durch und sah sich die nackte Tatsache an. Jetzt könnte er noch die Tochter Annette dazuschreiben, aber was noch? Biggis Hausfrauenbund? Belledins Verbrecherjagd? Grillabende im Sommer? Irgendwelche gemeinsamen Ziele? Das Haus etwa? Das war dank des Erbes längst abbezahlt. Reisen vielleicht? Wenn er in Pension war. Aber bis dahin würde Biggi mit dem Apotheker bereits die halbe Welt bereist haben. Er schrieb Annette und musste einen Moment überlegen, ob man ihren Namen mit einem oder mit zwei »n« schrieb. Auch bei ihrem Geburtstag vertat er sich immer um einen Tag. Dabei hatte er nur eine Tochter. Er zog einen Pfeil von ihrem Namen und schrieb »Enkel«. Er trat zurück und sah es sich an. Ja. Das könnte ein gemeinsames Ziel sein. Das könnte wieder alle verbinden und dem Apotheker den Arschtritt verpassen. Annette müsste ein Kind zur Welt bringen. Dann wäre für Belledin klar, dass er in der nächsten Phase seines Lebens angelangt war, und Biggi würde wieder nach Hause kommen, weil Annette ihr Kind während des Studiums nicht allein versorgen könnte. Auch finanziell. Belledin überwies noch immer tausend Euro im Monat. Es machte ihm nichts aus, aber es war ein Indiz, dass Annette ihn noch brauchte. Und mit einem Enkelkind noch mehr. Es sei denn, der Vater des Kindes wäre gestopft. »Vater«, sagte er und schrieb es. Gab es überhaupt einen Freund? Belledin hatte keine Ahnung. Oder war Annette am Ende etwa lesbisch? Sie hatte immer nur Freundinnen mit nach Hause gebracht. Bis auf einmal. Patty. Einen Kiffer, den Belledin im hohen Bogen rausgeworfen hatte, weil der sich nicht zu benehmen wusste. Danach war erst einmal Funkstille gewesen. Und dann nur wieder Freundinnen.

»Mahlzeit, Chef.« Es war Wagner. Berger war auch dabei.

Belledin wischte die Tafel sauber. Schweißperlen schossen auf seine Stirn. »Was ist mit Ihnen, geht es Ihnen nicht gut?«, fragte Berger, die es bemerkte.

»Überheizt. Die Räume sind einfach überheizt. Kaum bin ich zwei Tage nicht hier, dreht die Aschenbrenner bis zum Anschlag auf.« Er ging ans Fenster und kippte es.

»He, was isch denn mit dä Blüte vom Kaktus passiert? Ich könnt schwöre, dass da zwei Blüte dran ware.«

»Solange du nicht weiße Mäuse siehst.« Belledin blitzte ihn an. Angriff war die beste Verteidigung. »Wollen wir arbeiten oder erst den Rausch ausschlafen?«

Wagner zog den Nacken ein und legte seinen Ordner auf den Schreibtisch. Berger sah Belledin rügend an.

»Ja, ich weiß. Es ist nicht die feine pädagogische Art. Aber was da gerade draußen passiert, lässt mir keine Wahl. Da interessieren mich zwei beschissene Kaktusblüten nicht. Ich habe zwei ermordete Männer, die auf dieselbe Art getötet wurden und sich kannten. Also bitte ich um Verständnis.«

»Schon gut. Ich habe volles Verständnis«, sagte Berger. »Zumal wir nicht zwei Morde haben, sondern drei.«

»Was?«

»Der Wachmann gestern Nacht. Haben Sie den vergessen?«

»Zugegeben. Ich habe ihn verdrängt. Es ist ein anderer Fall. Aber Sie haben recht, um den müssen wir uns auch kümmern.«

»Ich weiß nicht, ob es ein anderer Fall ist«, sagte sie.

»Wieso?«

»Weil ich DNA habe, die sowohl im ersten als auch im dritten Fall auftaucht.«

»Was?«

»Die Gabel, die Sie mir von Frau Kerner gebracht haben, erinnern Sie sich?«

»Ja. Natürlich erinnere ich mich. Ich habe kein Alzheimer.« Er wurde wieder hitzig. »Höchstens Bluthochdruck.«

Sie blieb ruhig. »Die DNA, die ich auf der Gabel gefunden habe, stimmt mit Blut überein, das wir auf der Baustelle sicherstellten.«

»Frau Kerner war auf der Baustelle? Was hatte sie dort zu tun?« Belledin reichte das gekippte Fenster nicht mehr. Er riss es ganz auf, übersah den Blumentopf mit dem Weihnachtskaktus auf der Fensterbank und fegte ihn weg. Der Ton platzte in Scherben, die Erde sprenkelte den Boden. Wagner wollte sich sofort darum kümmern. »Liegen lassen«, sagte Belledin. »Rühr nichts an, oder ich lass dich standrechtlich erschießen.« Belledin dampfte.

Wagner wagte es nicht, sich zu rühren. »Bring mir lieber einen Mirabell.« Wagner gehorchte und kramte aus der Schublade seines

Schreibtisches eine Schnapsflasche hervor. »Frau Berger? Auch einen?«

Sie wehrte mit der Hand ab. Wagner füllte zwei Gläser. »Wer hat gesagt, dass du trinken darfst? Es gibt hier nichts zu feiern.« Wagner stellte sein Glas ab und reichte Belledin das andere. Belledin kippte den Mirabell und sah auf die leere Magnettafel. »Dann wollen wir mal.« Er trat mit dem schwarzen Stift an die Tafel und begann zu schreiben. »Kerner und Petkovic. Das sind die zentralen Morde. Beide auf dieselbe Weise getötet.« Er hatte die beiden Namen dicht nebeneinandergesetzt und jeden umkreist. Etwas versetzt schrieb er weiter. »Wachmann. Hat er einen Namen?«

»Escher.«

»Merdinger Name«, sagte Belledin. »Kam er aus Merdingen?«

»Wasenweiler.«

»Einer, der ausgewandert ist. Ein Abenteurer. Das hat er davon.« Belledin schrieb den Namen und umkreiste ihn. »Was haben die miteinander zu tun? Marta. Die DNA von Marta war sowohl bei Kerner als auch bei Escher zu finden. Bei Petkovic nicht, oder? Was ist mit Dunjas DNA? Sie ist auch blond. Passt da nichts?« Er drehte sich zu Berger.

»Nein. Aber –«

»Gut. Habe sowieso nicht wirklich daran geglaubt, dass sie Lilith ist. Wette, ihr habt sie schon laufen lassen, ohne es mir zu sagen.«

»Wir haben kein Recht, sie festzuhalten«, sagte Berger.

Belledin wollte jetzt in seinem Gedankenfaden nicht unterbrochen werden. »Wagner. Hast du die Videoaufzeichnungen im FSK-Palast gesichtet?«

»Ja. Bis auf die Stunde des Stromausfalls.«

»War darauf vielleicht Marta Kerner zu sehen?«

»Ja.«

»Bingo.«

»Allerdings kam sie und ging wieder. Und Petkovic lebte noch. Erst danach kam der Stromausfall.«

»Egal. Sie hat jedenfalls damit zu tun. Wir schnappen sie uns.« Er schäumte und schämte sich zugleich, dass er sich von ihr hatte so billig verführen lassen. Er schnappte sich Hut und Mantel und wollte los. Berger und Wagner sprangen nicht auf seinen Aktionismus an.

»Was ist, Wagner? Pennst du? Dann trink halt den Schnaps, damit du in Fahrt kommst.«

»Frau Berger, sagen Sie es ihm.« Wagner nahm das Glas und trank es leer.

»Es ist nicht die DNA von Frau Kerner.«

»Witzig. Und mit wem habe ich gestern Rührei gegessen?«

»Es ist eine männliche DNA.«

»Was?« Belledin nahm den Hut vom Kopf.

»Sie muss Ihnen eine Gabel mitgegeben haben von jemandem, der vor Ihnen mit ihr Rührei gegessen hatte.«

Belledin ließ sich auf einen Stuhl fallen. »Oh mein Gott. Was bin ich für ein Idiot. Diese Frau hält mich nur zum Narren.« Er knetete die Krempe seines Stetsons. »Aber sie muss was damit zu tun haben. Wir schnappen sie uns und nehmen sie in die Mangel.«

»Kann auch sein, dass sie gar nichts damit zu tun hat.«

»Was soll das heißen?«

»Wir kennen den Besitzer der männlichen DNA. Er stand mal unter Mordverdacht. Erinnerst du dich an den Fall Bernd Ambs?«

Belledin fiel die Lade runter. »Der Tod in der Rheinaue?«

Wagner nickte.

»Killian.« Belledin rieb sich mit Daumen und Zeigefinger die Augen, sackte in sich zusammen und explodierte dann. Er sprang auf und gab dem Stuhl einen Tritt, dass der durch die Luft wirbelte und knapp neben Berger landete. Sie war einen Schritt zur Seite gesprungen und starrte Belledin entsetzt an. Er plusterte die Wangen und pumpte wie ein Tubabläser. Langsam fuhr er seine Hitze runter. Er zog den Mantel aus, hob den Stuhl auf und legte den Mantel darauf. Er ging zum Schrank, nahm eine Kehrschaufel und einen Handfeger heraus und machte sich daran, Scherben und Blumenerde zusammenzufegen. Den Weihnachtskaktus wickelte er in die erste Seite der aktuellen Badischen Zeitung und reichte sie Wagner. »Hier. Du kannst damit bestimmt mehr anfangen.«

Wagner nahm das ungewollte Geschenk verstört entgegen.

Belledin ging an das geöffnete Fenster und sah hinaus. Nach ein paar Atemzügen hatte er sich wieder im Griff. Er schloss das Fenster und sah auf die Magnettafel. Wagner goss zwei Schnäpse ein.

»Killian. Was hat er damit zu tun? Mir hat er gesagt, dass Bärbel ihn als Wachhund angeheuert hat, damit Cosmin keine Mädchen mehr klaut.« Er ging zur Tafel und schrieb »Cosmin« hin. »Marta hat behauptet, Cosmin hätte sie bedroht und niedergeschlagen, weil sie Seline psychologisch zur Selbstständigkeit verhalf.« Er schrieb »Seline« und verband die Cluster von »Cosmin« und »Marta« mit ihrem. »Was hat Killian aber bei Marta zu suchen? Ich bin ihm tatsächlich vor ihrem Haus begegnet. Mir hat er gesagt, er wolle eine Therapie angehen. Hat er mich verarscht? Und was war auf der Baustelle los?« Er sah zu Berger. »Gibt es noch andere Spuren?«

Berger druckste.

»Was ist? Es muss doch noch andere Spuren geben. Der Obdachlose. Hat er geredet? Wagner? Warst du in der Klinik?«

»Ja.«

»Und?«

»Fehlanzeige. Er hat nichts damit zu tun. Er wollte einfach nur sterben.«

»Und die Blutspur, die wir verfolgten? War die von ihm?« Er sah Berger scharf an.

»Nein.«

»Von Killian?«

»Auch nicht.«

»Von wem dann?«

Sie zuckte mit den Schultern.

Belledin trat einen Schritt auf sie zu. »Sie verheimlichen mir etwas. Haben Sie die DNA durch den Rechner gejagt?«

»Ja.«

»Und es ist nichts? Wirklich nichts? Kein einschlägiger Zuhälter, den wir schon mal bei uns hatten? Niemand aus der Russen-Mafia?«

Er drehte sich wieder zur Tafel. »Oxana Litschko. Die steckt garantiert damit irgendwie drin. Einer ihrer Jungs könnte damit etwas zu tun haben. Rache an Petkovic und Kerner. Das traue ich ihr zu. Sie hat freilich ein Alibi. Aber sie kann Killer anheuern. Nur was hat sie mit dem Wachmann zu tun? Und mit Killian?« Er ging auf und ab. Im Vorbeigehen kippte er eines der Schnapsgläser. Er hielt inne, setzte das Glas ab und stierte auf die Tafel. »Ein Baustein fehlt. Das passt nicht zusammen. Killian schießt keinem in die Eier und ins Herz. Wozu? Der Kerl ist Profi. Wenn er einen umlegen will, macht er das heimlich und löst ihn in Säure auf. Berger, schicken Sie die DNA der Blutspur nach Wiesbaden an Frau Spitznagel. Vielleicht weiß die mehr.«

»Hab ich bereits getan.«

»Und?«

»Topsecret. Fällt nicht mehr in unseren Kompetenzbereich.«

»Ich hab's gewusst.« Er knallte das Schnapsglas auf den Schreibtisch und nahm das zweite. »Wenn Killian in der Nähe ist, riecht es nach Höherem. Und ich Idiot bitte ihn, dass er die Augen für mich bei der ›FreiJa‹ offen hält. Dabei kocht er schon wieder sein eigenes Süppchen. Leckt mich doch alle am Arsch.« Er goss sich den Schnaps in die Kehle. Keiner wagte etwas zu sagen.

Endlich fasste Berger Mut. »Eine Spur haben wir vielleicht noch.«

Belledin sah müde zu ihr auf.

»Wir haben Blut von dem Unbekannten, Blut von Killian und Fußspuren von einer dritten Person.«

»Der Obdachlose sagte, dass er einen weißen Sprinter gesehen hat, der auf die Baustelle fuhr.«

»Hat er sich auch das Kennzeichen gemerkt?«, fragte Belledin spöttisch.

»Ja. Er ist Programmierer und macht immer Zahlenspiele, wenn er irgendwo eine Zahlenreihe sieht. Entweder er multipliziert sie und dividiert sie dann durch die Anzahl der Faktoren, oder er addiert sie und kürzt sie auf die niedrigste Quersumme.«

»Ganz toll. Und was habe ich davon? Kriegt er so die Lottozahlen für die nächste Ziehung raus?«

»Nein. Er bastelt sich daraus sein tägliches Orakel. Eine Art I-Ging. Jede Zahl hat für ihn eine Bedeutung.«

»Wagner. Es mag für Sinnsuchende spannend sein, mich langweilen Zahlenspiele. Was hat er gesehen? Weiß er nur die Quersumme des Kennzeichens? Oder alles?«

»Alles. Es war sein Geburtsdatum. Mit dem Anfangsbuchstaben seines Vornamens. Ein Zeichen dafür, dass er sich umbringen sollte.«

»Ist das alles krank. Hast du das Kennzeichen überprüft?«

»Es gehört Hans Hilpert.«

»Hilpert? Der Mechaniker aus Bötzingen? Was hat der damit zu tun?«

»Wir könnten ihn fragen.«

»Das mache ich allein. Du bleibst an Cosmin dran. Und Sie, Frau Berger, spielen Sie mit Ihrem Charme. Ich will wissen, was so topsecret sein soll, dass wir es wieder nicht wissen dürfen. Spätestens heute Abend will ich wissen, zu wem die Blutspur gehört. Wir lassen uns nicht verarschen.« Er schnappte sich Hut und Mantel und wollte aus dem Büro.

»Chef?«

Belledin drehte sich zu Wagner um.

»Habe Sie meine SMS bekomme?«

Belledin griff in den Mantel und zog sein Handy vor. »Ja.«

»Übernehme Sie des au? Ich mein, es liegt ja aufm Weg.«

»Wer sonst?« Er verließ das Büro.

***

Killian stand zwischen den beiden russischen Gorillas, die er schon von seinem ersten Besuch her kannte, und wartete darauf, dass Oxana ihn zu sich bat. Noch war sie tief im Gespräch mit Marta. Auf die Entfernung sahen sie aus wie Zwillinge. Dieselbe Art zu stehen, sich zu bewegen, zu gestikulieren. Ob Swintha ihm auch ähnelte? Oder kam sie mehr nach Bärbel? Er wusste es nicht zu sagen.

Einer der Gorillas stieß ihn an und zeigte zu Oxana. Sie winkte ihn herbei. Killian ging langsam zu ihr, die Gorillas blieben an der Tür stehen.

Oxana streckte ihm die Hand hin. Marta hatte sich in einen Sessel drapiert, die Beine elegant übergeschlagen.

Killian übersah die Hand. Er hatte keine Lust auf Kaffeekranz. Er wollte wissen, was los war. Oxana überspielte die Unhöflichkeit mit einem Lächeln, das sie nichts kostete, und wies Killian den Platz auf einem Sessel, der im rechten Winkel zu Martas stand. Er nahm Platz. Oxana verschanzte sich hinter ihrem Schreibtisch. »Ich habe gehört, Sie gehen bei Marta in Therapie?«

»Sollte ich deswegen kommen?«

»Vielleicht. Alles hängt mit allem zusammen.« Sie nahm einen goldenen Füller in die Hand und drehte ihn zwischen den Fingern, wie es Schlagzeuger gerne mit ihren Stöcken tun. »Können Sie mit Ihren Taten nicht leben, oder sind es die Ereignisse, bei denen Sie sich als Opfer fühlen, die Sie nicht ertragen?«

»Übernehmen Sie jetzt die Therapie? Supervision? Ist Marta deswegen mit dabei?« Killian zog das Kissen hervor, das ihn im Rücken drückte, und legte es neben den Sessel auf den Boden.

»Ich übernehme immer, wenn die Sache größere Dimensionen annimmt. Marta ist sozusagen noch in der Ausbildung. Aber irgendwann wird ihr das hier und einiges andere alles gehören. Und wie Sie wissen, ist sie Witwe. Attraktiv dazu. Oder wollen Sie das leugnen?«

»Mama. Hör auf«, sagte Marta. Sie schämte sich wohl dafür, dass ihre Mutter die Freunde abklopfte, die Marta nach Hause brachte.

»Ich meine, dass Marta früher oder später einen richtigen Mann braucht. Einer, der Eier hat und sich nicht nur von jeder dahergelaufenen Hure kraulen lässt.«

»Bitte. Mama.«

»Es ist doch wahr. Dieser Schwanzlutscher von einem Mann, der dich in den Swingerclub gezwungen hat, war eine Niete. Sogar als Anwalt. Hätte ich ihn nicht protegiert, er wäre ein Nichts geblieben. Ich dachte, die Heirat wäre ein gutes Geschäft gewesen. Ein Irrtum. Und dann will dieser Idiot mich bei meiner Scheidung übers Ohr hauen. Er und Petkovic.« Sie lachte schrill. »Marta. Ist das nicht saukomisch? Diese beiden willensschwachen

Affen wollten es mit mir aufnehmen.« Sie schraubte den Deckel des Füllers auf und kritzelte etwas auf einen Block.

Niemand sagte etwas. Nur das Kratzen der Feder rebellierte gegen die Stille. Oxana erwartete wohl, dass Killian sie etwas fragte. Er schwieg. Er hatte keine Lust, ihre Selbstinszenierung zu unterstützen.

»Wieso fragen Sie mich nicht, ob ich die beiden getötet habe?«

»Weil es mich nicht interessiert. Sie können töten, wen Sie wollen, solange Sie meine Tochter in Ruhe lassen.«

»Ah, Ihre Tochter. Sehen Sie, wir sind uns sehr ähnlich. Ohne Skrupel, wenn uns jemand das Liebste beschädigen will.« Sie hörte auf zu kritzeln. »Warum, glauben Sie, wollen Kinder in die Fußstapfen ihrer Eltern steigen?«

»Keine Ahnung. Und ich wollte, es wäre anders.«

»Ich glaube, dass ein Kind dadurch die Nähe zu dem Elternteil sucht, das weniger Zeit mit ihm verbracht hat. Ich musste Marta auf ein Internat schicken, weil es in meiner Nähe zu gefährlich war. Und wie ich gehört habe, haben Sie erst nach zwanzig Jahren erfahren, dass Sie überhaupt eine Tochter haben. Das muss ein starkes Gefühl sein. Wie lange kennen Sie sich nun schon? Drei Jahre? Vier? Da gibt es viel nachzuholen. Und plötzlich kommt da jemand und will Ihnen das alles wieder wegnehmen. Ist das nicht furchtbar? Ich würde das nicht ertragen.«

»Sollte es jemand tatsächlich wagen, dann habe ich nichts mehr zu verlieren«, sagte Killian.

»Sie gefallen mir. Pathetisch wie wir Ukrainer.« Sie legte den Füller auf den Block und kam hinter dem Tisch hervor. »Wir sollten zusammenarbeiten. Marta hat gesagt, Sie gefallen ihr. Vielleicht wird mehr daraus? Und für Ihre Tochter wäre auch irgendwo ein Platz in meinem Unternehmen.«

»Zukunftsperspektive: Puffmutter?«

Oxana verzog das Gesicht. »Das war schlecht. Ich arbeite schon lange nicht mehr in dem Gewerbe. Ich bin Unternehmerin. Immobilien, Kapitalanlagen, Import, Export. Zwar halte ich noch Kontakt zum Milieu, weil das ein guter Absatzmarkt für manche Waren ist, aber mit dem Erotik-Geschäft habe ich abgeschlossen.

Irgendwann muss man aus dem Schmuddel raus. Das verdirbt sonst die Lust an der eigenen Libido.« Sie setzte sich auf den Schreibtisch und ließ die Beine baumeln. »Also? Steigen Sie bei mir ein?«

»Was soll ich tun?«

»Was Sie schon längst hätten tun sollen. Mir den Chip mit den Fotos bringen.«

»Ich habe den Chip nicht. Er wurde mir gestohlen.«

»Von einem weißen Kangoo auf dem Ikea-Parkplatz. Was kauften Sie dort? Ja, die Geschichte kenne ich bereits.«

»Der Algerier?«

»Hatte einen Autounfall. Er hatte wohl vergessen, auf welcher Fahrbahn er sicherer fährt.«

Sie genoss Killians Irritation. Wer hätte ihr sonst noch von dem Kangoo erzählen können? Etwa Seif? Verfolgten Seif und Oxana gar keine unterschiedlichen Interessen? Gehörten sie zu ein und derselben Gruppe?

»Nein. Von Seif weiß ich es nicht«, sagte sie, als hätte sie seine Gedanken gelesen. »Dass Seif jetzt tot ist, ist ein Problem. Ein großes Problem. Er war meine Kontaktperson für die großen Geschäfte, die wir mit den Karadschas planten.«

Jetzt fiel bei Killian der Groschen. »Drogenhandel. Kokain aus Südamerika nach Israel?«

»Und Marihuana und Heroin über die Grenzen von Jordanien und Ägypten.«

»Und in Paris haben Sie sich deswegen mit Seif getroffen.«

»Sehr gut. Verstehen Sie jetzt, warum mir diese Fotos unangenehm sind? Und verstehen Sie auch, dass ich unglaublich wütend darüber bin, dass Sie Seif eliminiert haben?« Sie war ungewöhnlich laut geworden. »Wissen Sie, was mich allein die Anbahnung dieses Geschäfts gekostet hat? Da brauche ich mindestens zwei Jahre sauber laufende Geschäfte in Israel, um das wieder reinzuholen. Und Sie putzen mir den Knotenpunkt weg.« Sie war ins Gehen gekommen und gebärdete sich wie ein Staatsanwalt bei seinem großen Schlussplädoyer. »Ist es so schwer zu verstehen, dass ich das nicht auf mir sitzen lassen kann?

Verwundert es, dass ich wütend bin? Ist es nicht verständlich, dass ich Wiedergutmachung fordere?« Sie sah ihn mit großen Augen an. Eiskaltes Blau. »Der Chip mit den Fotos ist mir jetzt egal. Seif ist tot. Die Geschäfte, die ich mit ihm machen wollte, sind es ebenfalls. Ich brauche einen gleichwertigen Ersatz. Einer, der sich dort unten auskennt und die Sprachen spricht. Einer, der nichts zu verlieren hat. Einer, der sich längst umgebracht hätte, hätte ihm das Schicksal nicht plötzlich eine Tochter geschenkt, die ihn noch braucht.« Sie setzte eine gezielte Pause, damit das, was sie gesagt hatte, auch richtig wirken konnte.

»Was soll ich tun?«, fragte Killian.

»Nach Haifa fahren und den Kontakt zu dem Hariri-Clan herstellen.«

»Wie soll ich das schaffen? So schnell?«

»Lassen Sie sich etwas einfallen. Wäre ich ein Mann, ich würde es selbst tun. Aber diese Machos spucken auf Blondinen.«

»Was für Geschäfte wollen Sie mit ihnen machen? Auch Drogen?«

»Erst mal nur der Kontakt. Ich brauche ein Treffen mit einem Verantwortlichen des Clans.«

»Sie werden wissen wollen, ob es sich lohnt. Ansonsten werden sie sich nicht fortbewegen.«

»Sagen Sie, dass ihnen jemand helfen will, die Karadschas vom Markt zu fegen. Das wird sie interessieren.«

»Also Waffen?«

»Sind Sie dabei?«

»Habe ich eine Wahl?«

»Njet.«

***

Durch Gottenheim war Belledin lange nicht mehr gefahren. Seit es die Umgehungsstraße gab. Früher war es ein Nadelöhr gewesen. Aber lange nicht so schlimm wie Umkirch. Er kontrollierte noch mal die SMS von Wagner: »Timo Waldmann, Riedmatten 2.« Unweit vom Mühlbach. Ein Wohnhaus mit vier

Parteien. Jemand schippte Schnee von den Stufen. Belledin parkte den Wagen und stieg aus. Die Schneeschaufel hielt inne, eine Frau um die siebzig musterte Belledin, eingemummelt in einen alten Wintermantel, der Flicken aufwies. Unter einer bunten Wollmütze mit Bommel lugten Strähnen hervor. So weiß wie der Schnee.

»Tag«, sagte Bellledin. »Timo Waldmann. Wohnt der hier?«

»Wer will des wisse?« Sie krächzte, hustete und spie gelben Schleim in den Schnee. »Schlimmer Winter. Mich hätts voll verwitscht. Eimol nit ufpasst, und scho häsch dä Verrecker am Hals.« Sie stützte sich auf der Schippe auf, hustete noch mal kräftig zur Bestätigung und sah zu Belledin auf. »Zum Timo also? Sind Sie von dä Polizei? Hejo. Ich kenn Sie. Belledin, stimmt's? Vu Bötzinge? Kennsch mich nimmi? Ich bin mit dä Tante Erna in d' Schul. Mir ware zsämme in dä Handelsschul in Friburg. Un am Geburtstag war ich immer uf Bötzinge. Isch scho lang her. Warsch noch klei. Aber ich lies au die Badisch. Und do steht immer emol ebis vu dir drin. Hiet au. Aber wenig Gutes. Häsch Ärger, gell?«

Belledin erinnerte sich nur vage an die Alte, ihr Name fiel ihm nicht mehr ein. »Kann man wohl sagen.« Das sollte genügen.

Sie fuhr sich mit dem Wollhandschuh übers Gesicht und wischte sich Schweiß von der Stirn. »Zum Timo willsch? Warum? Hätt er was usgfresse? Tät mich nit wundere. Was der für Idee hät. Revolution. Wenn ich so ebbis scho hör. Soll was schaffe. Wer schwitzt, denkt kein Ferz. Aber vu Philosophie wird keinem warm.« Sie wischte mit dem anderen Handschuh nach.

Belledin ging an ihr vorbei. Sie sah ihm nach. »Der liegt bestimmt im Nescht mit seinem Computer. Und ich hol mir hier ä Lungeentzündung. Aber wenn der glaubt, dass er vu mir ebbis erbt, hät er sich gschnitte.« Sie schippte weiter.

Belledin klingelte bei Waldmann.

»Mindeschtens dreimol musch do klingle, sonscht hört der nix«, sagte sie, ohne mit dem Schippen aufzuhören.

Belledin klingelte dreimal. Der Summer öffnete die Haustür.

»Ganz obe unterm Dach.«

Belledin stieg die Treppen nach oben.

Ein junger Mann mit einem dicken Verband um den Kopf stand im Türrahmen. Er trug einen karierten Pyjama, den er wohl mit zwölf Jahren bekommen hatte. Die Füße steckten in selbst geflochtenen Strohschuhen mit roten Bommeln auf der Spitze.

»Herr Waldmann?«

»Ja.«

»Belledin. Kripo Freiburg. Ich habe ein paar Fragen. Darf ich reinkommen?«

Waldmann trat einen Schritt zurück und ließ Belledin in die Wohnung. So lebten also Studenten. Aufgeräumt sah anders aus. Aber Belledin mochte die Unordnung, die hier herrschte. Sie harmonierte mit seinem inneren Zustand.

»Kann man sich irgendwo setzen?«, fragte er.

»Gehen wir in die Küche.«

Waldmann ging vor, Belledin folgte. Vielleicht acht Quadratmeter. Mehr nicht. Eine kleine Zeile mit Herd, Spüle und Spülmaschine, zwei Wandschränke und ein Kühlschrank aus den Sechzigern. Belledin erkannte das Modell. Seine Eltern hatten lange so ein Teil. »Frisst der nicht wahnsinnig viel Strom?«

»Nehm ich in Kauf. Das Design ist eine Wucht. Da steckt Philosophie drin.«

»Was zu essen wäre passender.«

»Der Mensch lebt nicht vom Brot allein.«

Belledin setzte sich mit einem Stöhnen auf einen knarzenden Holzstuhl an den Küchentisch. »Wenn das jetzt so weitergeht, kann ich wohl morgen zur Bachelor-Prüfung.«

»Wollen Sie ein Bier?«

»Nein. Ich bin mit dem Auto unterwegs.«

Waldmann nahm sich ein Bier aus dem Kühlschrank. Der Kasten begann sofort zu brummen.

»Inklusive Radio.« Belledin fand es lustig.

Waldmann reagierte nicht, öffnete dafür das Tannenzäpfle und nahm einen kräftigen Schluck.

»Sie wissen, wieso ich hier bin.«

»Nehme an, wegen gestern Nacht.« Waldmann nahm einen weiteren Schluck.

»Haben Sie jemand erkannt?«

»Nein. Es ging alles verdammt schnell. Und ich bin kein Profi. Mach den Mist nur, damit ich ein paar Kröten verdiene.«

»Verstehe. Sie sollten der alten Dame unten beim Schneeschippen helfen, dann springt vielleicht was dabei raus.«

»Bei Gertrud? Vergessen Sie es. Erstens macht man es ihr nie recht, zweitens frisst sie aus Geiz ihre eigenen Fingernägel.«

»Tja. So sind wir erzogen worden. Badische Disziplin. Hat heute Seltenheitswert. Aber eine Tugend, die es zu überdenken gilt.«

»Blut und Boden?«

»Willensstärke.«

»Denk ich an Deutschland in der Nacht.«

»Hat nichts damit zu tun. Beschreiben Sie mir den Kerl, der den Stein auf Sie geworfen hat.«

»Etwa eins achtzig, durchtrainiert. Französischer Akzent. Hatte so eine Soldatenweste an. Und Boots. Hätte auch aus dem Krieg kommen können. Ich tippe auf Fremdenlegion.«

»Drunter machen Sie es nicht?«

»Ist mir auch egal. Ich bin froh, dass ich noch am Leben bin.«

»Können Sie auch. Ihr Partner hat es da schlechter.«

Waldmann trank die Flasche aus und verhob sich einen Rülpser.

»Wie geht es Ihnen damit? Ich meine, Ihr Partner ist erschossen worden. Da geht doch was in einem vor.«

»Er war nicht mein Partner. Ich kannte ihn nicht. Mit so einem will ich gar nichts zu tun haben.«

»Wieso? Was hat er Ihnen getan?«

»Er war ein Nazi. Nur rechte Sprüche. Kaum zum Aushalten. Und ein Wichtigtuer.«

»Scheint so, als wären Sie froh, dass er tot ist.«

»Es ist mir egal, ob er lebt oder tot ist, für mich ändert sich dadurch nichts.«

»Ziemlich rau. Es ist ein Menschenleben.«

»Dem der Mensch egal war. Glauben Sie mir, ich kenne solche Typen. Was glauben Sie, wie der gegen Intellektuelle gehetzt hat.«

»Sie werden ihm Grund gegeben haben.« Belledin stand auf.

»Wie meinen Sie das?«

»Gertrud mag Sie auch nicht. Und ich übrigens auch nicht. Ich weiß nicht wieso. Aber Sie haben etwas, das man nicht mag. Ein Wunder, dass man Ihnen erst gestern einen Stein gegen den Kopf geworfen hat. Aber vielleicht hilft's?« Er stand auf und ging aus der Küche. »Falls Ihnen noch etwas zu dem Fremdenlegionär einfallen sollte, rufen Sie mich an.« Er ging durch den kleinen Flur zur Haustür.

»Ihre Tochter hat recht. Sie sind ein borniertes Arschloch.«

Belledin drehte sich um. »Meine Tochter? Sie kennen Annette?«

»Ich studiere mit ihr.«

»Ah. Danke. Sie haben mir sehr geholfen. Philosophie studiert sie jetzt. Warum nicht?«

Er öffnete die Tür und ging.

Acht Minuten. Mehr brauchte Belledin nicht, um von Gottenheim nach Bötzingen zu kommen. Hilpert putzte sich mit einem Lappen die öligen Hände sauber und druckste. Belledin wartete auf Antwort.

»Ja. Des isch mei Sprinter«, sagte Hilpert endlich. »Die Drecksäck hän mir den Karre direkt vum Parkplatz klaut. Hänn ihr ihn gfunde?«

»Noch nicht. Warum hast du es nicht angezeigt?«

»Killian hätt's nit welle.«

»Warum nicht?«

»Kei Ahnung. Kennsch ihn doch.«

»Da bin ich mir nicht so sicher. Du kennst ihn bestimmt besser.«

»Ich? He nei.«

»Ihr habt doch zusammen im Musikverein gespielt.«

»Früher e mol. Aber des isch scho lang her. Du häsch jo au kickt mit ihm.«

Belledin erinnerte sich an den kleinen, hundsbegabten und ehrgeizigen Killian. Aus ihm hätte was werden können. Aber Killian hatte zu viele andere Talente.

»Was war in dem Sprinter drin?«, fragte Belledin.

»Ä paar Möbel. Nix Wertvolles. Also, soweit ich weiß.«

»Aber irgendetwas muss jemand bewogen haben, den Sprinter zu klauen.«

»Des isch klar. S' Atelier hänn sie ihm jo au usänandergnomme.«

»Was?«

»Hejo. Des hätt usgseh wie nach einem Granateeinschlag.«

Belledin ging durch Hilperts Werkstatt und landete vor einer dunkelgrauen Déesse. Er fuhr mit der Hand über den Kotflügel. »Wem gehört die?«, fragte er.

»Im Zahnarzt. Der sammelt Oldtimer.«

»Waren das noch Zeiten, als das keine Oldtimer waren. Da wusste man, dass die Ganoven in solchen Kisten saßen.« Er zeigte auf die Lampen. »Gelb?«

»Original. Kriegsch heut kaum noch. Killian hätt sie mir mitbrocht. Aus Paris.«

»Paris?«

»Ja, er war drei Monate dort.«

»Was hat er dort gemacht?«

»Kei Ahnung. Fotos, nimm ich an.«

»Für wen?«

»Bin ich sei Agentur?«

Belledin trommelte mit den Fingern auf das Dach des Citroën. Er kam nicht weiter. Vielleicht sollte er noch in Killians Atelier fahren, aber Hilpert hatte gesagt, dass dort bereits Baustelle war. Was sollte er dort noch finden? Er musste den Sprinter kriegen. So schwer durfte das doch nicht sein. Die Fahndung war draußen. Was hatte Killian, was andere wollten? Er war aus Paris gekommen. Waren ihm Leute von dort gefolgt? Das BKA war bockig gewesen, hatte Berger Informationen verweigert, die DNA der Blutspur als topsecret eingestuft. Also musste es von internationaler Bedeutung sein. Eine Angelegenheit zwischen den Deutschen und den französischen Nachbarn?

Belledin drehte sich zu Hilpert und legte ihm die Hand auf die Schulter. »Hast du mir alles gesagt?«

Hilpert verzerrte das Gesicht und zog die Schulter weg.

»Was ist mit der Schulter?«, fragte Belledin.

Hilpert trat Schweiß auf die Stirn. Er wollte etwas sagen, schluckte es aber runter. Dann brach es aus ihm heraus. »Ich hab's nit sage welle, aber dort obe im Atelier war die Hölle los. Ä Maskierte hätt rumgeballert und mir d'Schulter uskugelt. Dä Killian hätt ihn mit Schallplatte vertriebe.« Er keuchte und war sichtlich erleichtert, dass es draußen war. »Ich hab kei Ahnung, in was dä Killian verwickelt isch, aber ich hab nix damit zu schaffe.«

»Wäre gut gewesen, du wärst von allein damit zu mir gekommen.«

»Ich steh unter Schock. Sonscht wär ich bestimmt scho gekomme.«

Belledin drehte sich zu der Déesse. »Kann ich mir den mal ausleihen?«

»Klar. So lang du willsch.« Hilpert lächelte servil und wischte sich mit dem Ärmel den Schweiß von der Stirn.

»Winterreifen?«

»Sin druff.«

Belledins Handy brummte. Wagner. Er ging dran. »Ja? Sehr gut. Glück muss man haben. Alles Gute kommt von oben.« Er legte auf und sah Hilpert an. »Der Sprinter liegt im Graben. Hatte wohl nicht die richtigen Reifen drauf.«

»Schissdreck.«

»Willst du mit?«

»Des bringt mir nix. Ich loss ihn abschleppe. Die Schulter tut weh. Und ich hab gnug Abenteuer ghätt.«

»Steckt der Schlüssel?«

Hilpert nickte.

»Ich lass dir meinen Wagen da. Der braucht eine kleine Inspektion.« Belledin stieg in die Déesse und fuhr davon.

***

Sie hatten ihn allein gelassen, wie er es gewünscht hatte. Jetzt saß er vor Oxanas Laptop und sah Swintha über die Webcam. Die Augen vom Heulen gerötet, die Haare zerzaust, das Gesicht fahl vor Angst. Aber sie riss sich zusammen. Sie wollte eine tapfere Tochter sein. »Tut mir leid, Papa«, sagte sie und schnäuzte sich mit einem Papiertaschentuch die Nase. Papa. Sie hatte ihn noch nie Papa genannt. Immer nur Killian. Jetzt war er plötzlich Papa. Das machte ihm seine Verantwortung für sie noch bewusster. »Ich wollte nur helfen, so wie du. Und jetzt mache ich dir Ärger.«

»Nein, ist alles gut. Du machst mir keinen Ärger. Das kriegen wir hin. Behandeln sie dich gut?«

»Ja. Aber ich hatte große Angst, als sie mich in den Wagen zogen und mir einen Sack über den Kopf gestülpt haben. Plötzlich war es dunkel, als läge man lebendig begraben in einem Sarg. Es war wie ein Traum, den ich schon hundertmal geträumt habe. Kennst du so etwas?«

»Ja. Ich kenne so was.«

»Was wollen sie von dir?«

»Ein Geschäft. Nichts Großes. Ich war unvorsichtig. Es war meine Schuld, und es tut mir leid, dass du das jetzt erleben musst.«

»Nein. Dir muss gar nichts leidtun. Was denke ich mir überhaupt? Dass man einfach Spionin wird, ohne Risiko?«

»Hat dir Moshe das Kleingedruckte nicht zu lesen gegeben?«

»Moshe?«

»Hat dich nicht Moshe rekrutiert?«

»Nein. Ich kenne keinen Moshe. Nur Ramelow.«

»Verstehe.«

»Wer ist Moshe?«

»Ein Freund. Bis du allein im Raum?«

»Nein. Ich glaube, es ist ein Russe, der an der Tür sitzt.«

»Hab keine Angst. Alles wird gut.«

»Ich habe aber Angst.«

»Ich weiß.«

»Sagst du es Mama?«

»Nein.«

»Aber sie wird wissen wollen, wo ich bin.«

»Hattest du ihr keine Nachricht hinterlassen, bevor du nach Paris gingst?«

»Nein.«

»Warum nicht?«

»Ich wusste nicht, was ich hätte sagen sollen. Ich wollte sie auch nicht anlügen.«

»Wenn du diesen Job machen willst, gehören Lügen zur Basisausrüstung. Jeder belügt jeden.«

»Aber du belügst mich nicht, oder?«

»Nein, ich belüge dich nicht.«

Swintha kämpfte mit den Tränen. »Holst du mich hier raus?«

»Ja.«

Oxana schaltete sich in das Gespräch ein, ein Foto von ihr erschien in der linken oberen Ecke des Bildschirms. »Dann sind wir uns ja alle einig«, sagte sie. »Ich würde auch alles für meine Tochter tun.« Swinthas Gesicht verschwand vom Bildschirm, und Oxana trat ins Zimmer. Sie steckte das Handy weg, mit dem sie sich in die Konferenz gewählt hatte, und ging zu Killian an den Schreibtisch. »Morgen früh um neun Uhr zwanzig sitzen Sie im Flieger nach Tel Aviv«, sagte sie.

»Warum nicht Paris?«

»Weil die Hariris in Tel Aviv operieren.«

Killian stierte auf den schwarzen Bildschirm, wo zuvor noch Swintha zu sehen gewesen war. Jetzt sah er ein Totentuch über ihrem Gesicht. Ihm wurde übel. Sein Magen krampfte sich zusammen, und er würgte.

»Die Toilette?«, fragte er und fürchtete, Oxana gleich auf den Perser zu kotzen.

»Den Flur entlang, zweite Tür rechts.« Sie öffnete ihm die Tür. Killian rannte über den Flur, erreichte das Klo und entleerte sich.

***

»Und vom Fahrer keine Spur?«, fragte Belledin, der neben dem Sprinter auf dem Acker stand und sich selbst am liebsten geohrfeigt hätte, weil er noch immer in seinen Budapestern durch den

Schnee lief, als würde er um eine Lungenentzündung betteln. »Vielleicht Fußstapfen, die über den Acker in den Wald führen?«

»Schleifspuren«, sagte der Uniformierte, der den Unfall aufgenommen hatte. »Scheint so, dass der Fahrer nicht mehr gehen konnte und geborgen wurde.«

»Aber von wem? Hat sich niemand gemeldet? Vielleicht ein Krankenhaus? Haben Sie das überprüft?«

»Habe es weitergegeben, aber noch nichts gehört.«

Belledin nickte dem Beamten zu und kletterte in den Graben, in den der Sprinter gekippt war. Er versuchte das Heck zu öffnen. Die Tür klemmte. »Kann das jemand öffnen?«, rief er genervt.

Der Beamte, mit dem er eben gesprochen hatte, kam mit einem Stemmeisen und hebelte die Tür auf.

Belledin stieg in den Laderaum. Hier war alles durcheinandergewürfelt. »Wer klaut so eine Klapperkiste und ist scharf auf diesen Müllhaufen?«

»Keine Ahnung«, sagte der Beamte.

Belledin sah ihn mit großen Augen an. »Ich hatte keine Antwort erwartet. Trotzdem. Danke, dass Sie mitdenken.«

Der Beamte verstand Belledins Hohn nicht und trottete davon. Belledin sprang aus dem Wagen und wählte Berger an. Dreimal klingeln, und sie ging dran. »Hier Belledin. Ich brauche Sie vor Ort. Kurz vor Nimburg, vor der Autobahnauffahrt Teningen. Da liegt der Sprinter im Graben, und es gibt Blut … Nein, ich will nicht warten, bis der Wagen zu Ihnen gebracht wird. Mir rennt die Zeit davon. Ich will wissen, ob wir den Fahrer des Sprinters in unserer Datei haben … Haben Sie was rausgekriegt wegen topsecret? … Was? … Bleibt mir denn gar nichts erspart? Das glaubt mir kein Mensch … geben Sie eine Fahndung nach Killian raus … Wagner soll das machen. Und kommen Sie so schnell wie möglich hierher.« Er steckte das Handy ein und versperrte dem Abschleppwagen, der den Sprinter aus dem Graben ziehen wollte, den Weg.

Der Fahrer kurbelte das Fenster runter und streckte den Kopf raus. »Was isch los?«, fragte er.

»Wir warten noch eine Viertelstunde. Ich brauche eine Expertin hier.«

»Alles klar.« Der Kopf verschwand, die Scheibe fuhr nach oben. Belledin spürte, wie ihm wieder die Kälte durch die Sohlen kroch. Er begann zu hüpfen, um sich die Zehen zu wärmen, und grollte, dass er so schnell außer Atem geriet. Er hatte überhaupt nichts mehr drauf. Ein eingerostetes Wrack, das war er. Weit weg vom einstigen Zehnkämpfer, den sogar der VFB Stuttgart hatte abwerben wollen. Wie er sich wohl in so einem Trainingslager der Islamisten schlagen würde? Der Gedanke war absurd. Aber war es die Welt nicht auch? Die gesamte Situation, in der er sich befand, war von oben betrachtet genauso undurchsichtig und zusammengewürfelt wie die Fracht des umgekippten Sprinters. Wenn man Zeit und Lust hatte, konnte man alles ordnen, zusammensetzen, flicken und sich einen Sinn basteln. Alles hing mit allem zusammen. Den sprichwörtlichen Sack Reis, der in China umfiel – man konnte nicht mehr so ohne Weiteres behaupten, dass einem das am Arsch vorbeiging. Es ging einen etwas an. Plötzlich waren Dschihadisten auch am Kaiserstuhl. Unvorstellbar. Fehlte nur noch, dass sie in den Rheinauen ihre Camps aufzogen. Warum auch nicht? Es gab genug Muslime in der Gegend. Bundesweit knapp fünf Prozent. Wieso sollten die sich nicht den wärmsten Ort Deutschlands suchen, um sich für den Heiligen Krieg zu rüsten? Weil Belledin darauf keinen Bock hatte. Weil der Heilige Krieg dort bleiben sollte, wo er hingehörte. Weit weg. In den Nahen Osten. Die Nachricht, die ihm Berger eben gesteckt hatte, schockte ihn mindestens so sehr, wie der 11. September den Amis in die Knochen gefahren war. Plötzlich war der Feind da. Direkt aus dem Fernseher gesprungen. Was waren vier Morde im Verhältnis zu lebenden Bomben? Belledin wollte sich gar nicht ausmalen, was passieren konnte, wenn die Fanatiker mit ihren Rucksäcken durch Freiburg spazierten und sich überall, wo es ihnen passte, ins Himmelreich zu kommen, in die Luft sprengten. Und Killian wusste davon. Steckte mittendrin. Hatte einen von ihnen in Breisach kaltgemacht. Auf dem Speicher des Breisacher Bahnhofs. In der Wohnung von Bärbel Engler. Das musste er sich auf der Zunge zergehen lassen: Libanon in einem Sackgassenbahnhof. Belledins Handy piepste. Berger hatte ihm die Datei geschickt: Rafik Seif. Er öffnete die Datei und las die beachtliche Vita des toten Helden. So gerne Belledin Seif ein paar Fragen gestellt hätte, so empfand er doch Erleichterung, dass der Extremist in Belledins Revier nichts mehr anstellen konnte. Was wollte er in Breisach? Was hatte er mit Killian zu schaffen? Was hatte der Informant, den Berger angezapft hatte, noch alles gesagt? Warum hatte Berger überhaupt so einen Kontakt? Auch sie wurde ihm unheimlich. Hatten alle Kontakte zu den Geheimdiensten der Welt – nur er nicht? Am Ende war sogar Wagner ein Spitzel der NSA, und seine Trunksucht war nur Teil einer perfiden Rolle? Und Biggi? Arbeitete die auch seit Jahren undercover, um Belledin bei wöchentlichen Schäferstündchen Geheimnisse zu entlocken, die sie dann an den KGB verschacherte? Belledin grunzte. Das fand er schon wieder lustig. Biggi als Bond-Girl. Liebesgrüße aus Moskau. Früher hatte man ihn durchaus mit Sean Connery verglichen. Vor allem wegen seines Brusthaars. Jetzt kam er sich vor wie Inspektor Clouseau. Tollpatschig von einem Fettnäpfchen ins andere tapsend.

Berger kam angefahren. Sie stieg aus dem Wagen und kam direkt auf Belledin zu. »Wo sind die Blutspuren?«, fragte sie.

»An der Scheibe der Fahrertür.« Belledin ging vor. Er rutschte mit den Budapestern im Schnee weg und fiel hin. Berger wollte ihm aufhelfen. Er schlug mit den Armen um sich. »Geht schon. Lassen Sie mich. Ich kann allein aufstehen.« Er tat es. »Ich stehe immer wieder auf, verstehen Sie? Egal wie oft ich strauchle. Ich stehe immer wieder auf. Ohne Hilfe. Ganz allein.« Er war laut geworden und bohrte Berger den Zeigefinger fast ins Auge. Dann sah er die Situation von oben und schämte sich. Er nahm den Arm runter. »Entschuldigung. War nicht so gemeint.« Er klopfte sich den Schnee von der Hose und ließ Berger an sich vorbei. Sie stieg in den Sprinter und sicherte die Spuren.

NEUN

Killian schlug die Augen auf. Er lag in einem Doppelbett, über das ein hellblauer Himmel gespannt war. Aus Boxen erklang leise Brahms' »Ungarischer Tanz Nr. 5« in g-Moll. Es erinnerte ihn an eine Klassenfahrt in der Oberstufe. Sie waren damals mit dem Kunstlehrer Krückmann nach Prag gefahren. 1987, zwei Jahre vor der Wende. In dem Hotel, in dem sie untergekommen waren, hatte man auch nur Klassik zu hören bekommen. Ständig hatte es gedudelt, vor allem Tschaikowsky und Schostakowitsch. Auch Brahms lief immer wieder. Killian hatte es gemocht, das Abenteuer, hinter dem Eisernen Vorhang zu sein. Schwarzgeld zu tauschen, billig gutes Bier zu saufen und Theaterbücher aus der DDR zu erstehen. Lehrer Krückmann war großzügig gewesen. Ein paar Pflichttermine wie Altstädter Ring, Karlsbrücke, die astronomische Uhr, den jüdischen Friedhof und Pulverturm mussten sie gemeinsam ansehen, danach hatten sie frei und durften tun und lassen, was sie wollten. Hatten sich die anderen in kleinen Gruppen zusammengetan, war Killian allein durch die Gassen der Stadt gewandert, um Prag abseits des Tourismus zu entdecken. Er hatte fünf Schwarz-Weiß-Filme unter dem Motto »Kafka« verschossen. Er erinnerte sich nicht mehr an die einzelnen Bilder. Aber der Eindruck, der geblieben war, zeigte Baugerüste. Nur Baugerüste. Die gesamte Stadt – ein einziges Baugerüst. Irgendwann war er auf eines der Gerüste geklettert und hatte probiert, ob er über die Bretterwege ins Hotel zurückkommen konnte. Und er hätte es geschafft, hätte ihn nicht ein großer schwarzer Mann aufgehalten. Umar, ein fünfzigjähriger Schriftsteller aus dem Sudan, hatte ihm den Weg versperrt. Er war aus dem Nichts aufgetaucht. Ein schwarzer Dichter, auf einem Baugerüst hinter dem Eisernen Vorhang. Mehr Kafka ging nicht. Umar wollte nicht, dass Killian ihn fotografierte. Dafür zog er ihn in seine Wohnung, kochte Tee und begann in gebrochenem Englisch eine Konversation. Umar wollte wissen, wie Killian zum Kommunismus stand. Und

Killian, verliebt in Prag und Lenin, schwärmte, wie man es nur konnte, wenn man gerade neunzehn geworden war und das erste Mal aus einem südbadischen, kapitalistischen Dorf der goldenen Achtziger in ein Phantasieland reiste, wo sich noch mehr erfüllte, als man sich erträumt hatte. Killian bebte vor Glückshormonen und Tatendrang. Hätte Uman ihn rekrutiert, Killian wäre ein leninistischer-marxistischer Dschihadist geworden. Wohin auch mit all dem rebellischen Wollen, das in ihm steckte? Killian hatte Glück gehabt. Uman war kein Extremist, sondern ein besonnener und kritischer Geist, der nur Fragen stellte, aber Killian zu nichts drängte. Erst viel später hatte sich Killian gefragt, was für eine Aufgabe Uman wohl damals gehabt hatte. Hatte er tatsächlich nur Gedichte fernab der Heimat geschrieben? Oder hatte er auf sozialistische Unterstützung für seine gespaltene Heimat gehofft? Was wäre aus Killian geworden, wenn Uman ihn gebeten hätte, mit ihm in den Sudan zu kommen? Er wäre mitgegangen. So viel war sicher. So wie er überall mitgegangen war. Aus Neugierde. Aus purer Abenteuerlust. Und deswegen lag er jetzt auch hier. In einem Prinzessinnenbett. Als Sklave einer Oligarchin, die die Zeit hinter dem Eisernen Vorhang weniger romantisch als Killian in Erinnerung haben dürfte.

Tschaikowsky sprudelte aus den Boxen. Irgendein Ballett. Passend dazu öffnete sich die Tür, und Marta tänzelte herein. Mit einem silbernen Tablett in der Hand, auf dem sich Kamillentee und Zwieback befanden. Sie stellte das Tablett auf einem kleinen Holztisch ab, den sie zu Killian ans Bett rückte, setzte sich auf die Bettkante und sah ihn milde an. »Sie sind ohnmächtig geworden«, sagte sie.

»Tatsächlich? Ich erinnere mich nur, dass ich wie ein Reiher gekotzt habe.«

»Haben Sie Appetit?«

Killian nahm einen Zwieback und knabberte daran. Beim Aufrichten stach es ihm in den Kopf. Er stöhnte und fasste sich an die Schläfe.

»Sie sind mit dem Kopf auf die Kacheln gefallen. Ist Ihnen das schon öfters passiert?«

Killian legte den Zwieback auf den Teller zurück und trank von dem Kamillentee. »Nein. Noch nie.«

»Sie liegen ziemlich blank. Und das schon eine ganze Weile. Habe ich recht?«

Killian trank noch einen Schluck. Das war Antwort genug.

»Das hält kein Mensch auf Dauer durch. Sie sollten wirklich ernsthaft eine Therapie andenken.«

»Aber nicht ernsthaft bei Ihnen, oder?«

»Wieso nicht?«

»Sind Sie nicht befangen?«

Sie lachte. »Weil ich Ihnen die Hand aufs Knie gelegt habe?« Sie nahm sich einen Zwieback und biss laut davon ab. »Ich kann das trennen. Wie eine Hure. Ich habe das gelernt. Von klein auf. Vergessen Sie das nicht. Ich weiß, was Prostitution heißt. Ich bin damit groß geworden.«

»Im Internat?«

»Die Prägung findet früher statt.«

»Und wann hat meine Prägung stattgefunden? Und wie schätzen Sie die ein?«

»Sie pendeln zwischen psychopathisch und schizoid. Klassisch. Nichts Außergewöhnliches. Ich bin mir nur noch nicht sicher, ob Sie ein manipulierender Psychopath sind. Das würde Sie nämlich für mich reizvoller machen.« Sie fuhr mit ihrer Hand unter die Bettdecke und fand, was sie suchte. Er wehrte sich nicht und ließ es zu, dass sie ihn massierte. Er schloss die Augen und lauschte Tschaikowsky.

***

»Fahren Sie mit mir noch nach Breisach?«, fragte Belledin.

Berger verstaute gerade die gesammelten Spuren in ihrem Wagen, sah auf den Citroën und überlegte. »Dann kriegen Sie aber die Auswertung erst viel später.«

»Ich weiß. Aber ich glaube, dass wir auf dem Speicher der Bahnhofswohnung noch ein paar Spuren finden könnten, die uns weiterhelfen.«

»Das glaube ich nicht.«

»Wieso?«

»Weil dort jemand unterwegs war, der als Tatortreiniger einen Ruf zu verlieren hat.«

»Ach so?« Belledin zupfte an seinem Schnäuzer. »Ihr Informant?«

»Richtig.«

»Wie heißt er? Wo kann ich ihn finden?«

Berger wand sich. »Wenn ich das sage, war das die letzte Info, die er mir gesteckt hat. Ich habe ihm versprochen, dass er für Sie im Dunkeln bleibt.«

»Und ich habe mir versprochen, dass ich diesen Fall klären will. Und dazu muss ich dem Tatortreiniger ein paar Fragen stellen.«

»Er weiß nicht mehr, als ich Ihnen gesagt habe.«

»Genau das will ich von ihm hören.«

Er sah sie eindringlich an. »Es geht hier um Mord.«

»Nicht mehr. Es geht um Politik. Tut mir leid.«

Berger verstaute ihre Beute im Kofferraum und schlug den Deckel zu. »Sie kriegen die Auswertung noch heute Abend«, sagte sie, stieg ein und fuhr davon.

Belledin konnte es nicht fassen. Sie hatte ihm tatsächlich die Information verweigert, und er konnte sie noch nicht einmal deswegen belangen. Wie er diese Verflechtungen und Rangspiele hasste. Dann würde er eben allein nach Breisach fahren. Er würde bestimmt etwas finden, was der Tatortreiniger übersehen hatte. Er stapfte zur Déesse, stieg ein und fuhr los. Die Fußheizung auf Hochtouren. Er wählte Wagner an. Sprachbox. »Gibt's was Neues über Cosmin oder Killian?« Er legte auf, suchte in der Kontaktliste die Nummer von Bärbel Engler und rief sie an. »Hallo Bärbel. Hier Belledin. Bist du vielleicht zufällig daheim? … Das trifft sich gut. Ich muss nämlich bei dir auf den Speicher … erklär ich dir dann.«

Mehr brauchte sie noch nicht zu wissen. Er schaltete hoch und fuhr schneller als erlaubt. Die Straße war frei und trocken. Schnee lag nur auf den Feldern. Der Horizont nahm das Weiß auf und färbte sich gen Himmel in helles Grau. Belledin fuhr über Eichstetten, Bötzingen, Wasenweiler und Ihringen nach Breisach. Er mochte es, wenn er direkt am Kaiserstuhl kurven konnte. Und in dem Schiff, in dem er jetzt saß, verdoppelte sich der Spaß. Es erinnerte ihn an die Wettrennen, die sie früher gefahren waren. Dabei wollte er gar nicht an früher denken. In letzter Zeit tat er das oft. Zu oft, wie er jetzt fand. Als wäre das Leben schon vorbei. Dabei stand er mit seinen fünfzig Jahren doch mittendrin, falls er hundert werden würde. Wollte er hundert werden? Die Guten starben früh. So wie einige der Freunde, die bei den Wettrennen um den Kaiserstuhl Pech gehabt hatten. Belledin ging vom Gas. Mit fünfzig wie ein Neunzehnjähriger zu sterben war Blödsinn. Wie wollte er sterben? Mit einer Kugel im Bauch? An einem Herzinfarkt? An Alzheimer? Starb man an Alzheimer? Er wusste es nicht. Er konnte nicht alles wissen. Über Medizin sowieso nicht. Er ging ja auch nicht zum Arzt. Wie sollte er sich da auskennen. Biggi kannte sich aus. Sie rannte ständig zum Arzt. Deswegen war sie auch so oft in der Apotheke. Kein Wunder, wenn sie häufiger den Apotheker sah als den Gatten, dass sie da dachte, sie wär mit dem verheiratet.

Er sah sich im Rückspiegel an. Sein Kopf glänzte hochrot. Da war Druck auf der Pumpe. Er gab wieder Gas, musste aber sofort in die Eisen steigen, weil ein Traktor auf die Landstraße bog. »So ein Volldubel!« Er hupte. »Bist du blind?«, schrie er und lief noch röter an. Der Bauer auf dem Traktor reagierte nicht. Er saß eingemummelt auf dem Bock und fuhr sein Holz nach Hause. Belledin setzte den Blinker, überholte und hupte dabei noch einmal. Er fuhr in Breisach ein und parkte hinter Bärbels gelbem Beetle.

Auf dem aus Ton selbst gebrannten Klingelschild standen die Namen Bärbel und Swintha Engler. Belledin klingelte und wartete, bis der Summer die Haustür öffnete. Er stieg die knarzende Holztreppe empor und nahm schon auf halbem Weg den Stetson vom Kopf. Bärbel stand oben in der Tür und sah auf ihn herab. »Hallo, Bärbel, so schnell sieht man sich wieder. Ich hoffe, du hast hier keine Regale zu schrauben?«

»Nein. Aber eine Kommode muss nach Freiburg. In meinen Beetle passt die nicht. Wenn man bei dir aber die Sitze hinten umklappt, müsste das gehen.«

Er nahm die letzten Stufen und brauchte drei Luftschnapper, ehe er antworten konnte. »Sehe ich aus wie eine Umzugsfirma? Außerdem bin ich nicht mit meinem Wagen da.«

»Es ist für einen guten Zweck. Ich schenke dir ja auch meine Zeit.«

»Du schenkst mir gar nichts. Es ist deine Pflicht, mir zu helfen. Bürgerpflicht. Und du bist doch eine gute Bürgerin. Jedenfalls behauptest du das immer in deinen kämpferischen Leserbriefen in der Badischen.«

»Sag bloß, du liest Leserbriefe.«

»Lieber als den Kulturteil.«

»Etwas Kultur würde dir aber auch nicht schaden.«

»Darf ich reinkommen?«

Bärbel trat zur Seite. Belledin ging an ihr vorbei in die Wohnung.

»Magst du einen Kaffee?«

»Gerne. Schwarz mit Zucker, bitte.«

Bärbel ging in die Küche und setzte den Kaffee auf.

»Wie ist das eigentlich zwischen dir und Killian? Ich meine, läuft da wieder was? Altes Feuer oder so?«

»Was interessiert dich das?«

»Private Neugierde.«

»Belledin privat? Gibt es das?«

Er setzte sich auf einen Küchenstuhl und sah Bärbel zu, wie sie zwei Tassen, Löffel, Zucker und Milch auf den Tisch stellte.

»Keine Ahnung. Ich glaubte jedenfalls, dass ich auch ein Privatleben hatte«, sagte er und sah aus dem Fenster auf die Gleise.

»Stimmt irgendetwas nicht?«, fragte Bärbel.

»Etwas? Gar nichts. Es stimmt gar nichts. Weder beruflich noch privat. Es ist alles eins. Eine große dampfende Scheiße.«

»Emanzipiert sich Biggi etwa?«

»Emanzipiert?«

»Könnte ja sein, dass sie plötzlich einen Job hat, der sie mehr interessiert, als dir das Essen zu kochen und die Hemden zu bügeln.«

»Sie fuhr immer ganz gut damit.«

»Und? Hat sie einen Job?«

»Einen Blowjob vermutlich.« Er grunzte in das verdutzte Gesicht Bärbels. »Sie ist mit dem Apotheker durchgebrannt.«

Bärbel lachte laut. »Entschuldige. Aber das ist lustig.«

»Was soll daran lustig sein?«

»Nein. Es ist natürlich nicht lustig.« Sie lachte wieder. »Es ist tragisch. Aber so tragisch, dass man darüber lachen muss. Kennst du das nicht?«

»Nein.«

Bärbel goss den Kaffee in die Tassen. Belledin nahm sich zwei Löffel Zucker und rührte ihn lange um, ehe er trank.

»Seit wann?«

»Mittwoch.«

»Oh. Also noch ziemlich frisch.«

Er fuhr sich mit der Unterlippe über den Schnäuzer und nickte.

»Aber deswegen bist du nicht zu mir gekommen, oder?«

»Nein. Deswegen nicht. Aber es tut gut, darüber zu reden.«

»Viel reden tust du nicht.«

Er trank Kaffee.

»Willst du mir sagen, wie es dir damit geht?«

Er sah sie mit großen Augen an. Was sollte das nun? Das ging zu weit. Mehr öffnen würde er sich noch nicht einmal seinem Tagebuch, wenn er denn eins schriebe. »Killian. Wir waren bei Killian stehen geblieben«, sagte er und rückte sich auf dem Stuhl zurecht. »Was weißt du über ihn? Ich meine: wirklich. Weißt du, was er tut? Worin er verwickelt ist? Was er treibt, wenn er nicht hier ist?«

»Ich will es nicht wissen.« Sie löffelte geschäumte Milch über den Kaffee und klopfte Schokopulver darüber. »Er ist der Vater meiner Tochter. Wenn ich wüsste, wo er drinsteckt, würde ich den Kontakt mit ihm sofort abbrechen. Aber ich kann es nicht. Wegen Swintha. Verstehst du das?«

»Was macht Swintha eigentlich? Ich habe ihren Namen auf dem Klingelschild gesehen. Wohnt sie noch hier?«

»In den Semesterferien. Sie studiert in Berlin. Fotografie.«

»Oh. Auf den Spuren ihres Vaters. Hoffentlich nur, was das Knipsen betrifft.«

Bärbel sah ihn misstrauisch an. An ihrer Oberlippe hing Milchschaum.

»Weißt du irgendwas? Bist du deswegen hier? Geht es um Swintha? Was ist mit ihr?« Mit jeder Frage war sie dringlicher geworden.

»Nichts. Nein. Was sollte mit ihr sein?«

»Nur so. Weil du komisch fragst.« Sie wischte sich den Schaum ab und rührte mit einem Löffel in dem selbst gebrauten Cappuccino.

»Irgendetwas ist doch. Sonst würdest du nicht so reagieren«, sagte Belledin.

»Sie ist weg.«

»In Berlin.«

»Nein. In Paris.«

»Paris? Wieso? Was macht sie dort? Ich dachte, sie studiert in Berlin.«

»Bis vorgestern war sie hier. Sie hat eine Projektarbeit über Frauenhandel fotografiert. Eigentlich wäre sie noch bis nach Silvester hiergeblieben. So war es jedenfalls abgemacht.«

»Und warum ist sie nach Paris?«

»Keine Ahnung. Sie hat mir nur auf die Mailbox gesprochen, dass sie nach Paris fährt und an Weihnachten wieder hier ist. Ich habe sie zurückgerufen, aber sie geht nicht dran.«

»Vielleicht ein Mann? Sie ist jung. Da kann das schon mal passieren. Und Paris. Na ja, die Stadt der Liebe.«

»Was faselst du? Swintha hat keinen Mann. Das hätte sie mir erzählt. Sie ist gerade single unterwegs. Der letzte Idiot hat ihr gereicht. Weißt du, wie oft der sie betrogen hat? Wenn ich das Würstchen vor die Flinte kriege, kann er was erleben. Nein. Swintha ist erst einmal geheilt.«

»Gerade wenn man sehr verletzt ist, ist man am anfälligsten.«

Bärbel sah Belledin verdutzt an. »Kann man dich auch anrufen? Das klingt ja wie der Ratgeber für alle Lebenslagen.«

Belledin lief rot an. »Entschuldige. Ich rede Blödsinn. Killian. Wegen ihm bin ich hier. Kam er nicht auch gerade aus Paris zurück? Vielleicht hängt Swinthas Reise damit zusammen?«

»Du glaubst doch nicht etwa …?«

»Warum nicht?«

»Ich bringe ihn um.« Bärbel klopfte mit der Faust auf den Tisch und stand auf.

»Ich glaube, das haben schon andere vor.« Belledin stand ebenfalls auf. »Zeigst du mir bitte mal den Speicher?«

»Warum?«

»Erzähle ich dir, wenn wir dort sind.«

Bärbel ging vor. Belledin folgte durch die Wohnung. Es gefiel ihm hier. Die hohen Decken, die vielen Bücher. Obwohl er kaum zum Lesen kam, mochte er es, wenn ihn Buchrücken anlachten. Jedes Buch ein Tor zu einer anderen Welt. Früher hatte er viel gelesen. Als er noch Germanistik studieren wollte. Oder Philosophie. Aber die Verlockung, bei der Polizei gleich im gehobenen Dienst einzusteigen, war doch stärker gewesen als die Leidenschaft zu einem brotlosen Studium, mit dem er dann später vielleicht Buchhändler oder Bibliothekar hätte werden können. Im besten Fall Leiter eines Literaturhauses, Lektor oder verkannter Schriftsteller. Das stand nun seiner Tochter Annette bevor. Auch sie war auf den Spuren ihres Vaters. Sie lebte das aus, was er nicht wagte. Und Swintha?

»Vorsicht«, sagte Bärbel, als sie die Tür zum Speicher öffnete. »Hier ist ein Brett.« Sie stieg darüber. Belledin tat es ihr nach.

»Ist es hier nicht zu kalt für die alten Möbel? Die verziehen sich doch«, sagte er und strich mit der Hand über die Kirschbaumkommode.

»Was soll ich machen? In der Wohnung haben die keinen Platz.«

»Die Wohnung ist doch riesig.«

»Ein großer Raum muss nicht immer vollgestellt sein. Das erschlägt ihn, nimmt ihm die Großzügigkeit. Ein Loft mit einem

Tisch und einem Stuhl. Ansonsten nur Licht, das durch eine Fensterfront fällt. Das ist Raumgenuss.«

Belledin reagierte nicht auf Bärbels Einrichtungsvisionen. Er ging durch den Speicher und schnüffelte wie ein Hund, in der Hoffnung, auf irgendetwas zu stoßen, das ihm weiterhelfen konnte. Wenn hier tatsächlich ein Islamist von Killian getötet worden war, hatte hier ein Vollprofi aufgeräumt. Biggi hätte es nicht besser gekonnt. Und sie war der größte Putzteufel, den Belledin kannte. Hätte er Spuren zu verwischen, er hätte Biggi gerufen.

Er bückte sich nach etwas, das er am Boden entdeckt hatte, hob es auf und sah es sich genauer an. Er drehte den rosaroten schmalen Papierstreifen zwischen den Fingern und roch daran. »Käpsele«, sagte er und inhalierte die verbrannten Schüsse. Am Ende des abgerissenen Streifens waren noch zwei volle Punkte. Er erinnerte sich, wie sie die Pulverpunkte als Kinder mit dem Daumennagel zündeten. Es hatte immer eine Stichflamme gegeben und den Daumennagel vergilbt. Belledin setzte seinen Daumen an und riss rasch über den Pulverpunkt. Es zündete und zischte. Die kurze Flamme katapultierte ihn in die Kindheit. Er riss auch über den letzten Punkt, aber der krepierte. »Hast du noch mehr davon?« Er zeigte Bärbel den Streifen.

»Ja, im Fastnachtskorb. Dort hinten.« Sie zeigte in eine Richtung. Aber dort stand nichts. »Seltsam. Vorgestern war er noch da.«

»Sicher?«

»Ja. Ich war mit Killian hier, um zu sehen, wie wir seine Sachen hier unterstellen können.«

Belledin sah auf den Käpselestreifen, zog sein Notizbuch und klemmte den Streifen zwischen zwei Seiten. Er steckte das Notizbuch wieder ein und zeigte auf die Trapezschaukel, die vom First baumelte. »Wolltest du früher nicht zum Zirkus? Oder zum Theater?«

»Jugendträume.«

»Was ist aus ihnen geworden? Warum haben wir sie nicht gelebt?«

»Du lebst deinen doch, oder?«

»Bin ich mir nicht mehr so sicher.«

***

»Ist es dir unangenehm?«, fragte Marta, die neben ihm im Bett lag und eine Zigarette rauchte.

»Die Zigarette danach?«, fragte er und nahm ihr die Kippe aus dem Mund, um selbst einen Zug zu nehmen.

»Nein, dass wir miteinander geschlafen haben.«

»Es passt zur Situation. Es ist absurd. Ich frage nicht mehr lange. Manche Dinge akzeptiere ich einfach.«

»Vor allem wenn sie so schön sind wie ich, stimmt's?« Marta lachte, küsste ihn und stibitzte ihm die Zigarette. »Ich glaube, Oxana mag dich«, sagte sie.

»So?«

»Ja. Wir haben bei Männern denselben Geschmack.« Sie nahm einen Zug und steckte ihm wieder die Zigarette zwischen die Lippen. »Das steht dir.« Sie seufzte. »Es gibt nicht mehr viele Männer, die richtig rauchen können. Alle verweichlicht. Du hast Stoppeln, kratzt, bist muskulös und gebrochen. Das sind noch Männer nach unserem Geschmack, verstehst du? Das ist das große Missverständnis der Emanzipation. Wir brauchen keine Softies, sondern Kerle, mit denen wir kämpfen können.« Sie fasste Killian ins Brusthaar und zog daran, als wollte sie ein Büschel ausreißen. Er schrie auf, dabei fiel ihm die Kippe aus dem Mund, direkt auf die Brust. Marta nahm sie und drückte die Glut neben Killians Brustwarze. Er jaulte, biss auf die Zähne und schnappte Martas Handgelenk. Er rollte sich über sie und blitzte sie an. Sie lachte. »Ja, so gefällst du mir. Nimm mich noch mal.« Killian biss ihr ins Kinn. Sie schrie. Er nahm ihr die Zigarette aus der Hand und drückte sie im Aschenbecher aus. Marta setzte sich ebenfalls hin und schmiegte sich von hinten gegen ihn. »Ich kann auch ein ganz artiges Mädchen sein«, sagte sie und verpasste ihm eine Serie Küsse auf seinen Rücken. Es hielt aber nicht lange an. Kaum war sie mit ihrem Mund in seinem Nacken, grub sie ihre Zähne ins Fleisch. Killian knurrte. Dieser Schmerz war angenehm.

»Weiß Oxana, was wir hier treiben?«, fragte Killian.

Marta stellte das Beißen ein und ließ sich auf den Rücken fallen. Killian drehte sich zu ihr um und wartete auf Antwort.

»Ich habe sie nicht um Erlaubnis gebeten.« Sie deckte ihre Brüste zu. »Mir ist kalt.« Es klang wie ein Vorwurf. Killian reagierte nicht. Er mochte sich nicht auf Rollenspiele einlassen. Es war ihm klar, dass sie von ihm gewärmt werden wollte.

»Wie stand Oxana zu deinem Mann?«, fragte er.

»Ob sie ihn auch sexy fand? Ich glaube nicht. Mir gefiel er ja auch nicht. Er war langweilig. Ein dummer Testosteronbulle. Einfach zu manipulieren. Aber dich könnte ich lieben.« Sie streichelte mit ihren Fingernägeln über seinen Handrücken.

»Ich glaube nicht, dass du weißt, was Liebe ist«, sagte er.

Sie zog ihre Hand zurück. »Du bist gemein. Wieso sollte ich das nicht wissen?«

»Weil du zu viele Rollen spielst. Und jede Rolle liebt etwas anderes. Du weißt nicht, wer du wirklich bist.«

Sie lachte. »Das ist gut. Das ist sehr gut. Analysierst du jetzt mich? Nur weiter, knack mich.« Sie schlug die Decke weg und streckte die Arme von sich. »Schlag mich ans Kreuz.«

Killian sah sie an. Schlank, die Haut so weiß wie frisch gefallener Schnee. Jeder Zentimeter perfekt. Eine Versuchung, die zugleich eine offensichtliche Falle barg. So offensichtlich, dass man sie schon wieder ungefährlich glaubte. Aber gerade darin lag die Gefahr. Ein Vexierbild. Alte Frau, junges Mädchen. Wo aber war Marta? Wo war sie zu greifen? Wie Quecksilber wechselte sie ihre Stimmung. Sprang von Aggression zu Verletzlichkeit, von bedingungslosem Öffnen zur Versteinerung. War er anders? Erkannte er nicht sich selbst in ihr? Oder spielte sie so gut den Spiegel, dass er sich in ihr sehen wollte? Er liebte diese Frau nicht. Aber sie zog ihn an. Und ihre Mutter nicht minder. Sie waren beide seine Gegner, und doch lag er mit ihnen im Bett. Killian wurde klar, dass er nicht mit Marta geschlafen hatte, sondern mit Oxana. Marta war die Stellvertreterin, der jüngere Prototyp, die

Marionette. Irgendwo zog Oxana an unsichtbaren Fäden und ließ Marta das tun und sagen, was Oxana von ihr erwartete. Die totale Übertragung. Er erschrak. Erging es ihm mit Swintha ebenso? Tat sie nur, was er wollte? Waren Töchter so unfrei? Mussten sie das zu Ende führen, was die Eltern begonnen hatten? Und wenn dem so war: Wo hatte alles begonnen? Bei Adam und Eva?

»Was ist?«, fragte sie. »Sind dir die Fragen ausgegangen? Dann küss mich. So mache ich es immer, wenn mir die Fragen ausgehen. Wenn ich den Richtigen küsse, bleibt die Zeit stehen, dann fühle ich mich frei. Fragen sind Fesseln, derer man sich nicht entledigen kann. Man kann sie nur zum Schweigen bringen. Ich tue das mit Küssen. Wer handelt, fragt nicht.« Sie wollte ihn zu sich ziehen, aber Killian leistete Widerstand. »Magst du mich nicht mehr? Findest du mich hässlich?«

»Warum machst du das? Weil Oxana es will? Was sollst du damit bezwecken?«

Die Tür ging auf, Oxana trat ein. »Zieh dir was an.«

Marta hüpfte sofort aus dem Bett und warf sich einen blauen seidenen Morgenmantel über. Killian warf sie einen verächtlichen Blick zu und zischte wie die Schlange Edens. »Marta. Lass das.« Marta zog eine Grimasse wie eine verzogene Göre und drehte sich schmollend zum Fenster. »Lass uns allein.« Marta reagierte nicht. »Marta. Ich wiederhole mich nicht gerne.« Marta stampfte aus dem Zimmer. Oxana schloss die Tür.

»Wie gefällt sie Ihnen?«, fragte sie und setzte sich in einen Sessel neben dem Fenster. Killian zog die Decke über seine Nacktheit. Sie lachte. »Sie sind süß. Meinen Sie etwa, ich hätte hier keine Kameras drin? Ich habe alles gesehen und muss zugeben, es gefällt mir.«

Killian sondierte die Decke nach Kameras. Sie lachte. »Das war ein Scherz. So paranoid wie Petkovic bin ich noch lange nicht. Wenn man erst einmal damit anfängt, verliert das Leben seinen Reiz. Dann müssen Sie wie Stalin alles um sich herum abrasieren. Das macht keinen Sinn.«

»Warum sollte Marta mit mir schlafen?«

»Weil sie es wollte. Sie musste nicht. Aber sie hat eben diese

Schwäche. Sie liebt es. Ein Trauma aus ihrer frühen Jugend. Sie versucht es eben so zu lösen.«

Killian schluckte. Er konnte sich denken, woher das Trauma stammte, wagte aber nicht, nachzufragen. Es war ihm ohnehin alles viel zu nah mit diesen beiden Frauen. Hätten sie nicht Swintha als Geisel, er hätte den offenen Kampf gewagt. So musste er mitspielen, taktieren, lauern und sich gedulden. Seine größte Schwäche. Geduld. Wie sagte Marta: »Wer handelt, fragt nicht.« Aber wer sich gedulden musste, den marterten die Fragen.

»Wo ist der Algerier?«, fragte Killian.

»Um den kümmert sich Dragan.« Sie lächelte, wohl wissend, dass Killian mit der Antwort nichts anfangen konnte, sondern diese nur neue Fragen gebar.

»Er hatte einen Unfall mit einem Sprinter, als er einen weißen Kangoo zum Halten zwingen wollte. Dabei hat er sich verletzt. Er konnte sich aus dem Wagen retten und sich in ein Dorf flüchten. Dort ist er vor einem Metzgerladen zusammengebrochen. Man hat den Notarzt gerufen, und nun liegt er in der Uni-Klinik. Und da ich nicht will, dass die Polizei ihm Fragen stellt, habe ich Dragan gebeten, dass er sich um die Sache kümmert. Sie kennen Dragan. Er bewacht das Anwesen.« Sie stand auf und ging auf ihn zu. Sie kam so nahe an ihn heran, dass er ihr Parfüm riechen konnte. Marta benutzte dasselbe. Oxana strich ihm durch das Haar und sah ihn fordernd an. »Auch ich habe ein Trauma. Dasselbe wie Marta. Wir Frauen haben alle dasselbe Trauma. Nur ich gehe anders damit um. Marta will ihren Schmerz mit Sex stillen. Ich tue es mit Macht. Beides hilft nur bedingt.« Sie rückte von ihm ab und sah aus dem Fenster. »Durch die Geschichte mit dem Algerier verlieren wir etwas Zeit. Eigentlich hätte Dragan Sie nach Frankfurt fahren sollen. Aber ich glaube, Sie werden auch ohne Kindermädchen den Flieger kriegen. Habe ich recht?« Sie drehte sich zu Killian und lächelte kalt. »Ich hoffe nur, Marta hat sich nicht ernsthaft in Sie verliebt.«

***

Wagner hatte angerufen. Er hatte die Krankenhäuser nach blutigen Notfällen abtelefoniert. In der Uni-Klinik war ihm ein Mann mit französischem Pass aufgefallen, den ein Jogger unweit des Unfalls im Schnee gefunden hatte. Belledin war sofort zur Uni-Klinik gefahren. Jetzt stand er im Fahrstuhl. Um ihn herum nur Weißkittel. Wohl war ihm nicht. Er hasste Krankenhäuser. Wie hier jemand arbeiten konnte, war ihm ein Rätsel. Aber die Pfleger und Ärzte hatten es lustig. Sie scherzten und verabredeten sich für den Abend. Sie lachten sogar noch, als sie im Stockwerk der Onkologie ausstiegen. »Lachen ist gesund«, murmelte er und fuhr zwei Stockwerke weiter nach oben. Als er ausstieg, kam ihm ein bulliger Pfleger entgegen. Das Gesicht kam ihm bekannt vor. Aber er wusste es nicht einzuordnen. Er sah sich nach dem Pfleger um. Der Fahrstuhl schloss sich hinter ihm und fuhr nach unten. Belledin ging über den Flur und hielt bei dem Zimmer, vor dem ein Beamter auf einem Stuhl saß und ein Sudoku löste. Belledin kannte Sudoku, weil Wagner es gerne spielte. Er selbst interessierte sich nicht für Rätselspiele. Das Leben gab ihm schon genügend auf.

Der Beamte sah auf und nickte. Man kannte sich. Warum der Kerl hier abkommandiert worden war, war Belledin schleierhaft. Sie waren unterbesetzt, es klemmte an allen Ecken und Enden, und hier saß ein Polizist und löste Sudoku. »Hat Wagner Sie hierherbeordert?«, fragte Belledin.

Der Beamte nickte und trug eine Zahl in ein Kästchen ein.

»Hatte der Verletzte Besuch?« Wenn er schon dahockte, konnte er vielleicht auch nützlich sein.

»Mischt«, sagte der Beamte und strich die eingetragene Zahl durch. »Des stimmt vorne und hinte nit. Aber es wär doch logisch. Warum passt die Fünf nit?«

»Bühler. Ich habe Sie was gefragt.«

Bühler sah auf. »Was? Ach so. Nei, nei. Der hätt kei Bsuch kriegt. Nur Personal war drin. Wenn Sie mit ihm schwätze wolle, des könne Sie vergesse. Vor morge wacht der nit auf. Hat die Ärztin gsagt.«

Belledin trat ohne anzuklopfen in das Zimmer. Der Patient

lag allein. Belledin sah auf seinen Notizblock. Amir Mandi. So hieß der bewusstlose Mann. Lebte in Paris und stammte aus einem Vorort Algiers. Kein Unbekannter bei Interpol. Immerhin spuckten die Rechner Daten über ihn aus. Kein Topsecret-Agent. Ein windiger Gauner, der mal hier und da in Drogengeschichten verwickelt war. Seit zwei Jahren war er wieder auf freiem Fuß. Was machte so einer zwischen Nimburg und Teningen in einem Sprinter von Hilpert, der mit dem Hausrat Killians beladen war? Belledin hätte gerne sofort eine Antwort darauf gehabt. Aber Bühler sagte, er müsse bis morgen warten. Belledin trat näher an das Bett. Mandi lag ruhig in den Laken. Zu ruhig. Belledin fasste ihm an die Halsschlagader. Es tat sich nichts. Mandi war tot. Belledin schlug Alarm. Zwei Schwestern und der Stationsarzt stürmten ins Zimmer. Sogar Bühler hatte sich von seinem Stuhl erhoben und lugte ums Eck.

»Ist er noch wiederzubeleben?«, fragte Belledin, auf ein Wunder der Medizin hoffend.

Der Arzt trat an den Toten heran, untersuchte ihn professioneller, als es Belledin getan hatte, und schüttelte den Kopf.

»Aber wieso ist er tot? Mir hatte man gesagt, er sei außer Lebensgefahr.« Belledin verstand nichts.

»Vielleicht eine innere Blutung. Das können wir nach einem Unfall nie ausschließen«, sagte der Arzt. Er drehte sich zu den beiden Schwestern. »Wer von Ihnen war zuletzt bei ihm?«

»Ich«, sagte eine füllige Rothaarige. »Aber da ging es ihm gut. Alles stabil.«

»Wann war das?«

»Vor etwa einer Stunde.«

»Wir hatten abgemacht, dass Sie im Halbstunden-Rhythmus nach ihm sehen.«

Die Rothaarige stieß einen Lacher aus, den Belledin zwischen Ohnmacht und Zynismus einordnete. »In der Zwischenzeit sind zwei weitere Notfälle reingekommen. Wir können uns nicht zerreißen.«

»Ist schon gut. Ich weiß. Trotzdem. Vielleicht wäre er noch am Leben, wenn Sie meine Anweisungen eingehalten hätten.«

»Dann wäre aber vielleicht der kleine Junge auf Station drei verblutet.«

Ein junger Pfleger stand plötzlich im Türrahmen und winkte hektisch. »Es gibt Komplikationen auf Station drei.«

»Sie kümmern sich um diese Angelegenheit.« Die Rothaarige atmete tief durch und nickte. Der Arzt eilte mit der anderen Schwester und dem jungen Pfleger auf Station drei.

»Ganz schön was los«, sagte Belledin.

»Ein Wahnsinn. Und die streichen immer mehr. Weiß nicht, wo das noch enden soll. Die Kassen sind leer. Die arbeiten nur noch auf Pump. Wenn Sie mich fragen, hängen sie am Staatstropf, weil sie alle Gelder verzockt haben. Die sind so was von bankrott.«

»Herr Kommissar.« Belledin drehte sich um. Es war Bühler. Er hatte das Sudokuheft auf den Stuhl gelegt und war ins Zimmer gekommen. »Ich wollt nur sage, dass sie«, er zeigte auf die Schwester, »nit die letschte war, wo sich um den Patiente gekümmert hat. Kurz bevor Sie gekomme sind, war ein Pfleger drin. Ziemlich bulliger Typ. Marke Klitschko.«

»Was?« Belledin spulte die letzten Erinnerungen ab. Mindestens dreimal in Folge sah er den bulligen Pfleger, wie er in den Fahrstuhl ging, als Belledin ausstieg. Und immer wieder versuchte er sich zu erinnern, wo er das Gesicht schon einmal gesehen hatte. »Hier gibt es doch Kameras, oder?«

»Nur auf den Gängen. Die Zimmer sind Intimsphäre«, sagte die Schwester.

»Wo sind die Monitore?«

»Im ersten Untergeschoss.«

Belledin verließ das Zimmer und ging auf den Fahrstuhl zu. Gleichzeitig telefonierte er mit Dr. Selinger. »Hier Belledin. Ich brauche Sie sofort in der Uni-Klinik. Ein Zeuge wurde vermutlich ermordet. Ich möchte, dass Sie das überprüfen … Sofort! Es ist dringend. Ich brauche Gewissheit.« Er stieg in den Aufzug, drückte den Knopf, um ins erste Untergeschoss zu fahren, und telefonierte weiter. Diesmal mit Berger. »Kommen Sie sofort in die Uni-Klinik. Ich brauche den Blutabgleich von der Windschutzscheibe des Sprinters mit einem toten Algerier. Ich will wissen, ob es sich um dieselbe Person handelt … Ja. Sofort. Ich habe Ihnen nämlich noch etwas anderes zu geben … Und bringen Sie auch Wagner mit.«

Der Fahrstuhl hatte sich auf dem Weg wieder mit Weißkitteln gefüllt und geleert. Belledin hatte gegen ihre gute Laune angeschrien. Jetzt steckte er sein Handy weg und fragte einen, der besonders in Partystimmung schien, wo es zu den Monitoren ging.

»Bin leider neu hier. Bin schon froh, wenn ich die Chirurgie finde und nicht in der Kantine lande.« Zwei Schwestern kicherten. Belledin verließ knurrend den Fahrstuhl.

Er tippte auf den verspiegelten Kasten und klopfte an die Tür. Niemand forderte zum Eintreten auf. Er drückte die Klinke, die Tür ließ sich öffnen. Hier war er richtig. Monitore flimmerten. Ein Mann, gegen den Belledin ein Hungerhaken war, klemmte in einem Bürosessel und schottete sich mit Kopfhörern ab. Er stierte auf einen der Monitore und drückte konzentriert auf die Knöpfe der Konsole. Auf dem Bildschirm explodierten Bomben und zerfetzten Menschen. Ein frohlockender Rülpser entwischte dem Spieler. Game over. Er riss die Arme in die Höhe und stieß einen Siegesschrei aus. »Ich mach euch alle fertig. Ihr Nigger! Big Tommy packt euch alle am Sack!« Er riss sich den Kopfhörer von den Ohren, kippte eine Tüte Kartoffelchips und streute sich die letzten Krümel in die Hand, die er dann gierig ableckte. Ächzend schwang er sich auf seinem Drehstuhl herum, griff eine angebrochene Anderthalb-Liter-Flasche Cola light und sah in Belledins Gesicht. Sein Durst schien größer als seine Neugierde. Er trank ohne zu schlucken einen halben Liter Limo, stellte die Flasche zurück und drehte sich von Belledin weg. »Moment noch«, sagte er, »muss erst noch das Ergebnis speichern. Neuer Rekord.« Er rülpste. Die Kohlensäure wollte raus. Belledin auch. Es roch nach abgestandenem Männerschweiß und Fast Food.

»Gibt es hier keine Lüftung?«, fragte er.

Der Videokiller drehte sich zu Belledin und sah ihn herausfordernd an. Vollgepumpt mit Siegerhormonen. »Hat Sie niemand hier hereingebeten.«

Belledin hielt ihm den Dienstausweis unter die Nase. Der Fettsack wollte seine Körperhaltung verändern, vielleicht so etwas wie strammstehen. Die Armlehnen ließen wenig Spielraum.

»Was verschafft mir die Ehre?«, fragte er und streckte seine schmierige Tatze zum Gruß aus. Belledin würde sie allenfalls mit Handschuhen anfassen.

Er las das Namensschild über der Brusttasche. »Herr Watzke, ich möchte gerne ein paar Aufzeichnungen der letzten Stunde anschauen. Und zwar interessiert mich die Etage der Notaufnahme.«

»Zeig ich Ihnen gerne.« Er rollte sich vom Videospiel weg zur Konsole, die die Monitore dirigierte, und tippte routiniert die richtigen Tasten.

»Voilà.« Er ließ auf dem größten Monitor die gewünschte Einstellung abspielen. »Leider kein 3-D und viel zu lange Einstellungen. Wie bei Pasolini.« Er lachte. »Kennen Sie Pasolini? Kennt heute keiner mehr. Alles Banausen.«

»Können Sie das schneller abspulen?«

»Doppelt? Vierfach? Zwanzigfach?«

»Vierfach reicht.«

Watzke tat es. »›Keystone Cops‹«, sagte er und lachte. »Die kennen Sie aber. Mit Fatty Arbuckle?« Er klopfte sich auf seinen Ranzen. »Mann, bin ich fett geworden. Das kommt vom ständigen Sitzen. Ohne Bewegung wirst du zur Flunder.« Er musterte Belledin. »Sie haben auch die Veranlagung. Wenn Sie meinen Job hätten, wären Sie genauso fett. Aber bei Ihnen ist was los. Sie sind im Freien, haben Bewegung, verbrennen Adrenalin.«

»Adrenalin? Seit wann verbrennt man Adrenalin?«

»Was weiß ich. Jedenfalls stimmt bei Ihnen der Stoffwechsel, weil Sie Ihrer Jägernatur nachkommen. Ich bin auch ein Jäger. Habe hier sogar einen neuen Rekord aufgestellt.« Er zeigte auf den Monitor, auf dem das Logo des Videospiels blinkte. »Aber ich kann es halt nur virtuell ausleben. Der Körper bleibt dabei auf der Strecke.«

»Stopp. Anhalten. Ich glaube, das war er. Noch mal zurück.«

Watzke gehorchte. Belledin sah den Pfleger aus dem Fahrstuhl über den Gang laufen und an dem Sudoku rätselnden Beamten vorbei im Zimmer des Algeriers verschwinden. Keine dreißig Sekunden später erschien er wieder und ging den Gang entlang zum Fahrstuhl. Er verschwand aus dem Bild, dafür erschien Belledin.

»He, das sind ja Sie. Ein echter Krimi. Mann, Sie haben es drauf. Kaum tauchen Sie auf dem Bildschirm auf, dann wird es spannend. Da braucht es keine Schnitte. Sie überzeugen in der Totalen. Kompliment.«

»Können Sie mir den Pfleger in einer Nahaufnahme geben?«

»Ist ja wie am Schneidetisch in den großen Studios.« Watzke tippte und scrollte. In wenigen Sekunden hatte er das Gesicht des Pflegers in Nahaufnahme. »›Der Spion, der aus der Kälte kam‹«, sagte Watzke.

»Was?«

»John Le Carré. Finden Sie nicht. Diese Fresse könnte doch glatt in einem KGB-Thriller mitspielen.«

»Natürlich. ›Gorki-Park‹.« Belledin ballte die Faust und gratulierte sich mit einem gepressten »Ja!«.

Watzke gefiel das, und er machte mit. »Ja!« Aber um einiges lauter. Dann bot er Belledin High Five an, und Belledin schlug drauf. Nur dass er anschließend auch hätte gegen die geballte Faust Watzkes schlagen müssen, das wusste er nicht. So blieb Watzkes Faust für ein paar Sekunden leer in der Luft. Dafür gab sich Belledin noch ein weiteres »Ja!«.

»Haben wir den Fall gelöst?«, fragte Watzke und drehte sich zu seiner Cola light.

»Noch weit entfernt. Aber das ist ein wichtiger Baustein.«

»›Gorki-Park‹?« Watzke zeigte mit der Plastikflasche auf das Standbild des Pflegers.

Belledin nickte. »Können Sie mir das Foto ausdrucken?«

»Nein. Die Patrone ist leer. Aber ich kann es Ihnen auf Ihr Handy schicken. Wie wäre das?«

»Das geht?«

»Willkommen im 21. Jahrhundert. Oder werfen Sie noch Münzen in den Schlitz, wenn Sie telefonieren wollen?«

Belledin gab Watzke sein iPhone. »Sie müssen es entsperren«, sagte Watzke. Belledin tat es. Vier Zahlen. »Ich wette, die ersten beiden Zahlen sind eins und neun«, sagte Watzke. Belledin sah ihn verblüfft an. »Macht fast jeder Dritte Ihrer Generation. Meistens das Geburtsjahr.«

Belledin hatte nicht sein Geburtsjahr, sondern das Jahr, in dem er Biggi geheiratet hatte. 1989. Im Sommer hatten sie Silberhochzeit gefeiert. Im ganz großen Rahmen. So wie es sich Biggi gewünscht hatte. Belledin war es zu pompös gewesen. Aber anscheinend hatte es Biggi so laut gewollt, damit sie ihre Zweifel an der Ehe nicht hören musste.

Belledin entsperrte das iPhone und gab es Watzke. Er schloss es über USB-Kabel an den Rechner, lud das Foto und gab das Phone Belledin zurück. »Schon fertig. Jetzt können Sie es in die ganze Welt schicken.« Watzke lehnte sich triumphierend zurück, kam dabei mit dem Ellbogen auf die Konsole und klickte dadurch ungewollt einige Tasten. Das Gesicht des Pflegers verschwand, dafür erschienen zwei halb nackte Menschen auf dem Bildschirm, die sich auf einer Patientenliege heiß küssten.

»Was ist das?«, fragte Belledin.

Watzke drehte sich um und erschrak. Blitzschnell änderte er das Programm.

»Das war kein Porno, oder? Das war echt.«

»Keine Ahnung.« Watzke geriet ins Schwitzen. Er griff nach der Cola-light-Flasche und würgte ihr die letzten Tropfen aus dem Hals.

»Sah aus wie aus einer Webcam.«

Watzke krempelte sich die Ärmel hoch, fuchtelte mit seinen speckigen Unterarmen in der Luft herum und fand keine Worte. Belledin sah ihn scharf an.

»Wo haben Sie eigentlich vorher gearbeitet? Bevor Sie hierhergekommen sind.«

»Mal hier, mal dort.«

»Seit wann sind Sie hier?«

»Seit Mai.«
»Und davor?«
Schweigen.
»Gorki-Park?«
»Kleinere Ausführung.«
»Wir sprechen uns noch.«
Belledin verließ das Kabuff.

ZEHN

»Willst du jetzt schon zum Flughafen?« Marta legte den Pinsel weg und ging auf Killian zu. Sie trug einen weißen Kittel, der mit Farbe bekleckst war. Die roten Kleckse überwogen. Oder Killian sah nur diese, weil er dafür besonders empfänglich war.

»Nein. Ich fahr noch mal nach Freiburg.«

»Was willst du dort?«

»Ein paar frische Sachen holen.«

»Ich dachte, sie haben deine Sachen geklaut?«

»Anscheinend sind sie wieder aufgetaucht.«

Sie sah ihn prüfend an. »Ich glaube dir nicht. Du hast etwas vor. Du lässt dich nicht so einfach erpressen, stimmt's?«

»Falsch. Ich bin käuflich. Schon lange. Sonst hätte ich niemals für den Mossad gearbeitet.«

»Für den Mossad arbeiten kostet doch nichts. Die sind doch die Guten.« Sie ging hinter ihre Staffelei und besah sich ihr Werk.

»Stimmt. Das hatte ich vergessen.«

»Nimmst du mich mit?«, fragte sie.

»Nach Freiburg?«

»Nach Paris.« Sie lachte und kratzte Farbe von der Palette. »Blau. Dunkles Blau über dem Eiffelturm.« Sie tupfte das Blau auf das Bild. »Wir könnten uns am Montmartre eine kleine Wohnung nehmen. Ich male das Quartier, wie ich es mir wünsche, und du fotografierst den wirklichen Alltag. Und dann vergleichen wir unsere Werke. Vielleicht sind sie sich am Ende ähnlicher, als wir denken.«

»Und wenn nicht?«

»Dann ist es genau der Unterschied, der uns so glücklich macht.« Sie lugte hinter der Staffelei vor wie ein Kind, das Verstecken spielte. Sie war verrückt. Genau das, was er brauchte.

»Ich nehme dich mit«, sagte er.

»Aber nicht Oxana verraten. Sie wird es nämlich nicht wollen. Sie ist sehr eifersüchtig. Sie will, was ich habe. Wenn sie sieht, was anderen gefällt, will sie es. Futterneid. Das kriegt man nicht mehr raus.« Sie verschwand hinter der Staffelei und versank ins Malen. Killian wollte gehen.

»Willst du denn nicht sehen, was ich male?«, fragte sie.

»Später.«

»Na gut. Aber später wird es vielleicht nicht mehr das sein, was es jetzt ist. Ich male ja weiter. Und je mehr ich daran male, das weiß ich, umso hässlicher wird es. Am schönsten ist es immer, wenn ich noch keinen Pinselstrich gemacht habe. Wenn es weiß ist. Wie ein Schneefeld ohne Spuren. Wenn noch alle Wege möglich sind.«

Er ging.

***

»Es ist das Blut aus dem Transporter«, sagte Berger.

»Hier ist ein Einstich.« Dr. Selinger zeigte Belledin den Unterarm des Toten. »Kleine Injektion. Ich tippe auf Atropin, Sarin oder Thallium. Etwas, womit man auch Ratten vergiftet. In manchen Kreisen nicht unüblich für Verräter.«

»Chef, irgendetwas stimmt mit Ihrem Handy nit. Ich krieg das Foto nicht auf meins«, sagte Wagner, der zwei Telefone in den Händen hielt.

»Es muss aber raus. Sonst ist der Kerl über alle Berge.« Belledin nahm Wagner das Handy weg und tippte selbst. Es hakte. Jetzt ging gar nichts mehr. Egal welchen Knopf er drückte, das iPhone tat keinen Mucks. Es zeigte nur noch das Foto des Russen. »Schick eine Mannschaft nach Baden-Baden. Die Kollegen vor Ort können auch helfen.«

»Baden-Baden?«

»Ja. Der Kerl, der sich hier als Pfleger verkleidet hat, gehört zu Oxana Litschko.«

»Schön, dass ma des jetzt au erfährt.«

»Wird's bald?«

»Und auf einmal isch es eilig. So isch's recht.« Wagner tippte eine Nummer und bestellte ein Aufgebot.

Belledin ging zu Berger. »Ich habe hier noch etwas für Sie.« Er reichte ihr den Käpselestreifen. »Bitte auf Fingerabdrücke prüfen und mir geben.«

»Wo kommen die denn her?«

»Hatte ich noch aus dem FSK-Palast. Gehörte wohl zu Petkovics Sex-Spielchen«, log er.

»Soll ich nicht auch überprüfen, ob wir sie in der Datei haben?«

»Nein. Sie haben genug zu tun. Das lass ich dann Wagner machen.« Er legte ihr die Hand auf die Schulter. »Sie machen sehr gute Arbeit. Entschuldigen Sie, dass ich manchmal ruppig bin. Aber ich brauche immer etwas Zeit, bis ich mich mit Neuem anfreunde. Danke.«

Sie lächelte irritiert über Belledins Lob und steckte den Käpselestreifen ein. »Wagner, ich fahr nach Baden-Baden. Du überprüfst die Fingerabdrücke von dem Käpselestreifen, falls welche drauf sind, und bleibst an Killian dran. Gibt's da was Neues?«

»Fehlanzeige. Dafür haben Kollegen in Lörrach Cosmin Mican geschnappt.«

»Mican?« Belledin wusste auf die Schnelle nicht, wer das war.

»Der rumänische Zuhälter, der Smaranda Radu entführt und Marta Kerner eins übergezogen hat.«

»Ach ja. Gut. Die Kollegen sollen ihn zu uns in U-Haft stecken. Ich kümmere mich heute Abend noch um ihn.«

»Chef. Es isch bereits Abend.« Er sah auf seine Armbanduhr. »Um genau zu sein: achtzehn Uhr vierunddreißig.«

»Dann eben heute Nacht.« Er tippte an die Krempe seines Stetsons und verließ die Runde.

»Auch vielen Dank und auf Wiedersehen«, rief ihm Selinger hinterher.

»Chef. Wie kann ma Sie erreiche?«

Belledin hörte nichts mehr. Er verspürte nur noch große Lust, das Luxusnetz der Mafia-Queen auszuräuchern. Ungeduldig stand er vor dem Aufzug und wartete, bis sich endlich die Türen öffneten. Es drängte ihn ein Notfallteam zur Seite. Auf der Bahre lag ein zerfetzter Leib. Ein Klumpen Fleisch, der Belledin an den Schlachthof erinnerte, wo er vor anderthalb Jahren ermittelt hatte.

War das ein Mensch, den man da eben an ihm vorbeigeschoben hatte?

Apathisch stieg er in den Fahrstuhl und fuhr damit nach unten.

***

Oxana stand mit zwei dunkelblauen Schalenkoffern an der Eingangstür und tippte eine SMS in ihr Handy.

»Reisen Sie auch ab?«, fragte Killian.

Sie schreckte herum, fing sich sofort und überspielte ihre Nervosität. »Ja. Ich bin ein unruhiger Geist. Wenn ich zu lange an einem Ort bin, glaube ich einzurosten.«

»Vorhin schienen Sie mir ganz zufrieden mit der Beschaulichkeit hier. Ist was passiert?«

»Es passiert immer etwas. Und kluge Menschen reagieren dann dementsprechend.«

»Ist Ihnen jemand auf den Fersen?«

»So kann man es ausdrücken. Gehört zum Spiel. An einem Tag jagen wir, am nächsten werden wir gejagt.«

»Und wer jagt Sie jetzt?«

Sie sah ihn an, überlegte, ob es ihn etwas anging, sah zur Auffahrt, aber dort war niemand. »Ein ehrgeiziger Polizist aus Freiburg.«

»Belledin.«

»Richtig. So heißt er. Sie kennen ihn?«

»Jeder kennt ihn. Er gehört zur Breisgau-Prominenz.«

Oxana dauerte es zu lang. Sie wählte eine Nummer, wartete und sprach dann mit ungewohnter Strenge: »Dragan. Kdje ti?« Sie legte auf und pfiff nervös eine improvisierte Melodie.

»Kommt Ihr Chauffeur nicht?«

»Irgendetwas stimmt nicht.«

»Vielleicht hat ihn Belledin schon geschnappt, und gleich ist er hier und legt auch Ihnen die Handschellen an.«

»Warum sollte er das tun? Dragan geht für mich in den Knast. Schließlich habe ich ihn dort rausgeholt. Er wird nichts verraten.«

»Was könnte er denn verraten? Den Mord an Kerner und Petkovic? Oder die Geschäfte mit den Arabern in Tel Aviv?«

»Hirngespinste. Phantasiegeschichten. Es gibt keine Beweise. Ich habe Alibis.«

»Aber keinen Chauffeur, der Sie jetzt wegbringt.«

»Er wird kommen. Dragan kommt immer. Auf ihn ist Verlass.«

»Klingt wie ein Mantra. Falls Sie aber eine Alternative suchen: Ich kann Sie mitnehmen.«

Sie sah ihn misstrauisch an. »Sie wollen mich doch nicht etwa linken?«

»Sie haben meine Tochter. Schon vergessen?«

Sie kniff die Augen zusammen. »Stimmt. Ich ahne, was Sie vorhaben.«

»Ja?«

Sie sah wieder zur Auffahrt. Kein Dragan. »Einverstanden. Sie bringen mich hier weg. Aber Juri kommt mit.«

»Und Marta?«

»Ist groß genug. Die kann auf sich selbst aufpassen.« Sie steckte zwei Finger in den Mund und pfiff. Juri, der am Tor stand, kam wie ein treuer Hund angerannt.

»Wir fahren mit ihm.«

Juri nahm die beiden blauen Koffer und trug sie zu Killians Defender. Oxana folgte Killian zum Wagen. Juri öffnete die Beifahrertür und ließ Oxana einsteigen. Er selbst kletterte auf die Rückbank. Killian setzte sich ans Steuer und fuhr rückwärts aus der Parknische. Er sah Marta, die im ersten Stock am Fenster stand und ihm zum Abschied winkte. Er wendete den Wagen und fuhr über den verschneiten Kiesweg auf das Eisentor zu. Polizeisirenen ertönten. Das Tor öffnete sich langsam. Die Sirenen kamen näher. Oxana rutschte unruhig auf ihrem Sitz. »Fahren Sie dann rechts. Wir nehmen den Weg durch den Wald.«

Das Tor stockte. Der Spalt war zu eng für den Defender. Juri sprang aus dem Wagen und riss an einem der beiden Torflügel. Es tat sich nichts. Die Sirenen wurden lauter. Killian sprang ebenfalls aus dem Auto und kämpfte mit dem anderen Torflügel. Juri und er einigten sich stumm auf einen Dreierrhythmus. Zweimal leicht und beim dritten Mal das ganze Gewicht einsetzen. Fünf Zentimeter. Fünfzehn. Dreißig. Das musste reichen. Sie rannten zum Defender und sprangen rein. Killian gab Gas. Der Motor würgte ab. Oxana biss im Halbsekundentakt auf ihre Zähne. Ihre schmalen Wangenknochen zuckten dabei. Killian drehte den Schlüssel. Der Wagen zündete. Die Reifen schleuderten Schnee und Kies. Der Defender fegte durch das Tor. Killian war nach links abgebogen. Von vorne kamen die Polizeiautos.

»Ich hatte doch gesagt nach rechts, durch den Wald.« Oxana starrte auf die anrückenden Polizeiautos.

Killian legte den Rückwärtsgang ein, zog die Handbremse und drehte den Defender um hundertachtzig Grad. Er jagte auf den Feldweg, der in den verschneiten Wald führte. Ein Blick in den Rückspiegel bestätigte, dass die Polizei ihnen nicht folgte.

***

Dragan hatte keine Chance. Sie hatten ihn eingekesselt. Er stand mitten auf einem Feldweg. Er hatte wohl gedacht, eine Abkürzung über die Äcker würde ihm helfen. Belledin parkte den Citroën direkt hinter der Sperre und stieg aus. Er ging auf den leitenden Beamten zu. Belledin hatte schon einige Straßenschlachten mit Winkler überstanden. Winkler war fünf Jahre jünger als Belledin, drahtig, in Form. Ein Vorzeigebulle. Er hatte sogar Manieren. Aber er musste auch nicht im Dreck wühlen, nicht in die dunklen Schatten kriechen, um sie zu überführen. Winkler durfte sich mit Action begnügen. Verfolgungsjagden, Hausbesetzungen und eskalierende Demos. Als Highlight eine Geiselbefreiung.

Sie schüttelten sich die Hände. Winkler war der Einzige, der Belledins Schraubstock etwas entgegenzusetzen hatte.

»Hast du ihm schon ein Angebot gemacht?«, fragte Belledin und zeigte auf das Megafon, das auf dem Autodach von Winklers Wagen lag.

»Ich dachte, den Spaß überlasse ich dir.«

Belledin nahm das Megafon und schaltete es ein. »Dragan

Ivanov, kommen Sie mit erhobenen Händen aus dem Fahrzeug und ergeben Sie sich. Sie sind umstellt. Sie haben keine Chance zu entkommen.« Er sah zu Winkler.

»Klingt gut. Ich würde darauf eingehen.«

Belledin sah auf den Wagen, der etwa dreißig Meter entfernt mit Aufblendlicht auf die Sperre zielte. Das Licht erlosch. Der Motor verstummte. Die Fahrertür öffnete sich.

»Nicht schlecht, Belledin. In deiner Stimme liegt Überzeugungskraft. Nur eine Ansage. Respekt.« Winkler sprach ins Funkgerät zu seinen Leuten: »Nehmt ihn ins Visier. Keiner schießt. Es sei denn, ich befehle es.«

Belledin wartete darauf, dass Dragan ausstieg. Es tat sich nichts.

»Ist er eingeschlafen?«

»Er hat irgendetwas vor«, sagte Winkler.

»Er spielt auf Zeit. Er glaubt, wenn er uns hier bindet, gewinnt seine Chefin einen Vorsprung.«

»Haben die Kollegen sie bereits?«

»Nein. Sie konnte abhauen. In einem blauen Defender.«

»Wird er verfolgt?«

»Nein. Sie haben ihn verloren. Haben erst das Anwesen gesichert und sind nachher drauf gekommen, dass Litschko im Defender vor ihrer Nase abgehauen ist. Aber wir haben ihre Tochter.«

»Marta? Sie ist bei ihrer Mutter?«

»Du kennst sie?«

»Ja. Sie spielt mit in meinem Fall. Ist die Witwe von Kerner. Was das aber nun wieder mit dem toten Algerier und dem Dschihad zu tun hat – keine Ahnung. Wer leitet dort das Kommando?«

»Ein Anfänger aus Baden-Baden.«

»Verstehe. Ist eine Fahndung draußen?«

»Ja.«

»Dann hänge ich mich gleich dran, wenn wir mit dem da fertig sind.«

»Gut.«

Winkler zeigte auf das Megafon. »Vielleicht brauchst du doch noch eine zweite Ansage? Wenn du mehr als drei brauchst, zahlst du.«

Belledin nahm das Megafon in die Hand, setzte zum Sprechen an, hielt aber inne, weil Dragan aus dem Wagen stieg. Er ging mit erhobenen Händen ein paar Schritte auf die vordere Sperre zu, drehte sich dann langsam um und ging in die entgegengesetzte Richtung. Mit jedem Schritt wurde er schleppender. Nach vier Schritten drehte er sich wieder um hundertachtzig Grad und schritt wieder auf Belledin zu. Dann kehrte er wieder um.

»Was soll das denn?«, fragte Winkler. »Will der uns verarschen? Zugriff?«

»Ja.« Belledin vermutete Arges. »Zugriff.«

Winkler sprach ins Funkgerät: »Zugriff. Falls er eine Waffe zieht, in die Beine schießen. Wir brauchen ihn lebend.« Seine Leute sprangen aus den Deckungen und stürmten auf Dragan zu. Dragan blieb stehen, sackte auf die Knie und fiel mit dem Gesicht in den Schnee.

»Tot«, krächzte es aus Winklers Funkgerät.

Belledin warf das Megafon in den Schnee. »Vergiftet. Jede Wette. Scheiß Russenkodex. Diese Typen sind konditioniert auf Kadavergehorsam. Die heißeste Spur – und ich lasse ihn seinen Heldentod zelebrieren. Schau ihm ruhig bei seinem Affentanz zu. Ich bin nicht mehr ich.«

»Was hättest du denn tun sollen?«

»Während der Fahrt rammen. Das wäre eine Möglichkeit gewesen. Umzingeln war die falsche Strategie.«

»Hinterher ist man immer schlauer.«

»Das macht aber den Unterschied aus. Wenn man hinterher schlauer ist, kann jeder diesen beschissenen Job machen. Uns hat man aber auf diese Position gesetzt, weil wir schon vorher schlauer sind als die Ganoven. Und ich bin gerade weit entfernt von aller Schläue. Ich stehe kurz vor dem GAU. Ich kann nicht mehr.«

Winkler sah Belledin in die müden Augen. Er wusste nichts zu erwidern. Er legte ihm die Hand auf die Schulter. Mehr Trost konnte Belledin nicht erwarten. Nicht von Winkler, dem nimmermüden Robocop.

»Widmen wir uns dem Defender?«, fragte er.

Belledin hob das Megafon auf und schrie in die Nacht: »Das

Leben ist ein Scheißhaufen! Ein riesengroßer Scheißhaufen. Ohne Sinn und ohne Ziel!«

Die Polizisten auf dem Feld sahen zu ihm herüber. Er drückte Winkler das Megafon in die Hand. »Ja. Jagen wir den Defender und schauen wir, welche Überraschungen uns da noch begegnen.«

***

Killian parkte den Defender neben einer Waldhütte.

»Was soll das?«, fragte Oxana. »Willst du hier übernachten?«

»Nein.« Er nahm sein Handy und warf einen Blick auf die Landkarte. »Wir gehen zu Fuß weiter. Sie werden uns verfolgen. Wenn sie den Wagen vor der Hütte sehen, glauben sie vielleicht, wir sind dadrin. So gewinnen wir ein paar Minuten.«

Oxana sah zu Juri. Er nickte. »Also gut. Gehen wir.« Sie stiegen aus dem Wagen. Juri holte die beiden Schalenkoffer aus dem Kofferraum.

»Wohin gehen wir?«, fragte sie.

»Zum nächsten Auto.«

»Und wo ist das?«

»Zurück.«

Juri schüttelte den Kopf.

»Juri hält das für keine gute Idee, und ich stimme ihm zu.«

»Und was schlagen Sie vor?«

»Baden-Baden.«

»Da sind wir bestimmt eine Stunde unterwegs.«

»Ist aber sicherer. Ich habe dort einen Freund.«

»Russe?«

»Ehemaliger Diplomat, der sich vor zwei Jahren zur Ruhe gesetzt hat. Er ist mir einen Gefallen schuldig.«

»Na dann.«

Killian ging voran. Oxana folgte ihm dicht. Juri stapfte mit den zwei Schalenkoffern hinterher.

***

Belledin wollte Oxanas Anwesen unter die Lupe nehmen. Vielleicht fand er hier etwas, was ihm Aufschluss über den verworrenen Fall geben konnte. Und er wollte Marta sprechen.

»Warum haben Sie ihn nicht verfolgt?«, fragte er den jungen Einsatzleiter aus Baden-Baden.

»Die Ansage war, das Anwesen zu sichern. Das haben wir getan.«

»Wir jagen keine Immobilien, sondern Verbrecher. Sollen wir die Villa einsperren?«

Der Beamte sah verlegen auf seine Stiefel.

»Wo ist Frau Kerner?«

»Aus ihr ist nichts rauszukriegen. Sie sitzt nur da und starrt auf ein Bild, das sie gemalt hat.«

»Wo ist sie?«

»Oben. Wenn Sie nach der Treppe geradeaus gehen, kommen Sie direkt auf das Zimmer.«

Belledin stieg die Stufen hinauf. Auf halber Treppe musste er eine Pause einlegen. Ihm wurde schummrig vor den Augen. Das hatte er schon eine Weile. Biggi hatte ihm geraten, er solle endlich damit zum Arzt gehen. Belledin tat es mit Übermüdung ab. Wenn er nur mal richtig ausschlafen könnte, dann wäre es wieder weg. Und er musste mehr Wasser trinken. So einfach war das. Jetzt war aber nichts einfach, sondern alles bleiern schwer. Er krampfte sich mit einer Hand am Holzgeländer fest, damit er nicht umkippte. Mit der anderen tastete er nach einer Stufe, auf die er sich setzen konnte. Alles geschah in Zeitlupe. Nur sein Herz raste im Raffer. Bilder tanzten vor seinen geschlossenen Augen. Wie im Kaleidoskop mischten sich Farben. Immer wieder Blau. Blaue Augen, blaue Kleider, blaues Wasser und blauer Himmel. Postkartenklischees mit sonnigem Werbungslicht. Die Scherben der blauen Vase, die er aus Wut über Biggis Verrat zertrümmert hatte. »Blau«, sagte er und begann leise zu summen, bis er zu singen begann. »›Blau, blau, blau blüht der Enzian / Wenn beim Alpenglühn wir uns wiedersehn …‹, werden wir uns wiedersehen? Biggi? Alle sehe ich immer wieder. Alle, die ich gar nicht wiedersehen will. Wagner, Aschenbrenner, Selinger, Berger …«

Er grinste. »Berger sehe ich ganz gerne wieder. Sie sieht gut aus. Aber sie ist falsch. Sie steht auf der falschen Seite. Wiesbaden. Will Karriere machen. Wie Spitznagel. Auch eine Verräterin. Ist auch einfach gegangen. BKA-Wichser. BND-Schnösel. Alle Verräter … Und Killian? Wo steht Killian? Wie oft habe ich ihm schon misstraut und ihn dann doch gebraucht? Was spielt er für eine Scheiße? Warum redet er nie mit mir? Er ist wie du, Biggi. Du redest auch nie mit mir. Oder besser gesagt, zu mir. Von dir zu mir. Hast du nie gemacht. Was? Ja, du wolltest. Das kann man im Nachhinein immer sagen. Ach so, es war keine Zeit, weil ich nie daheim war. Nein, nein, so einfach kannst du es dir nicht machen. Wir müssen reden. Und wir werden reden. ›Wenn beim Alpenglühn wir uns wiedersehn. / Mit ihren roten Lippen fing es an / die ich nie, nie, nie vergessen kann.‹ So ähnlich jedenfalls.«

Er öffnete langsam die Augen. Der Schleier war verschwunden. Er konnte wieder klar sehen. Und er sah blau. Die blauen Augen von Marta.

»Alles in Ordnung?«, fragte sie und legte ihm ihre Hand an die Wange.

Wie gerne hätte er gesagt: »Alles wunderbar. Komm, wir gehen ins Bett, drücken uns aneinander und schlafen miteinander ein. Einfach nur schlafen und gemeinsam träumen. Nichts sonst. Lange schlafen. Und lange träumen. Und irgendwann gemeinsam aufwachen.«

»Wenn die Zeit alle Unstimmigkeiten ausgeräumt hat, sehen wir uns an und entscheiden neu, was wir miteinander beginnen«, murmelte er.

»Alles in Ordnung?« Sie wiederholte die Frage so, als hätte sie sie niemals gestellt.

»Nein. Gar nichts ist in Ordnung.« Er stand auf. Viel zu schnell. Vor seinen Augen flirrte es. Nur kurz. Glück gehabt. »Wo ist Ihre Mutter?« Er siezte sie. Diesmal gelang es. Er brauchte Distanz. Ihr schien es egal zu sein.

»Keine Ahnung. Ich habe gemalt. Dann vergesse ich alles um mich herum.«

»Und Killian?«

»Killian?«

»Tun Sie nicht so, als würden Sie ihn nicht kennen. Ich habe gesehen, wie er aus Ihrem Haus kam.«

»Hier?«

»In Freiburg.«

»Ja. Stimmt. Er bat mich um Rat, wollte in Therapie kommen.«

»Er war auch hier. Warum?«

»Er war hier? Was wollte er hier? Hat er mich gesucht?«

Belledin fasste sie bei den Schultern und schüttelte sie. »Verarsch mich nicht! Dazu bin ich jetzt überhaupt nicht in Stimmung.« Das Siezen war ihm doch zu anstrengend.

»Aua. Sie tun mir weh.« Marta zog es durch.

»Deine Mutter ist mit Killian geflohen, nachdem sie Dragan Ivanov den Auftrag erteilt hatte, Amir Mandi zum Schweigen zu bringen.«

»Ich kenne weder einen Dragan noch einen Mandi. Was willst du von mir? Ich dachte, du magst mich?« Sie zog einen Schmollmund.

Belledin stand kurz davor, sie an den Haaren über die Treppe zu schleifen.

»Ich will einen Anwalt«, sagte sie plötzlich kalt. Aus dem schmollenden Kind war ein kaltes Eisen geworden. Eine Eisprinzessin. Wie ihre Mutter. Belledin glaubte, Oxana stünde vor ihm. »Ich weiß um meine Rechte.« Sie stieg die Treppe hoch und verschwand in dem Zimmer am Ende des Gangs.

Belledin dachte nicht daran, lockerzulassen, und folgte ihr.

Marta stand hinter der Staffelei und besah sich ihr Werk. »Zu wenig Sterne«, sagte sie. »Viel zu wenig Sterne. Ich glaube, ich stehe kurz vor einer Depression.« Sie nahm den Pinsel, kratzte damit Gelb von der Palette und setzte Tupfer aufs Bild. »Vor allem die kleinen Sterne fehlen. Ohne die kleinen gibt es keine Tiefe. Verstehen Sie? Der Kontrast zwischen klein und groß schafft Tiefe. Und wir müssen in die Tiefe. In den Ursprung. Dorthin, wo alles begann.«

»Zu Adam und Eva?«

»Nein. Nicht Eva. Lilith. Lilith war die erste Frau Adams. Nicht Eva. Die Eva, die Sie kennen, war erst Adams dritte Frau.« Sie malte weiter. »Wussten Sie das nicht?«

»Nein. Das wusste ich nicht. Ich habe nicht so aufgepasst, obwohl ich Ministrant war.« Er suchte einen Sessel, fand ihn und ließ sich hineinfallen. Er fasste sich an die Stirn. Fieber. Das musste ja irgendwann durchbrechen. In Budapestern durch den Schnee. Nicht einmal ein Eskimo würde da schadlos davonkommen. »Darf ich?«, fragte er und bediente sich mit Tee, ohne die Antwort abzuwarten. »Erzählen Sie weiter von Adams Frauen. Vor allem Lilith interessiert mich.«

»Lilith war die erste Frau. Sie war aus demselben Stoff wie Adam. Aber sie gefiel Adam nicht.«

»Warum nicht?«

»Sie sah keinen Sinn darin, warum sie unter Adam liegen sollte. Warum sie nicht auch mal auf ihm sitzen konnte.«

»Was? Steht das so in der Bibel?«

»Im Talmud. Nach dem Sohar, dem heiligen Buch der Kabbala, war Lilith sogar die weibliche Seite Gottes. Geheimnisvoll, verführerisch, doch auch unheildrohend. Intelligent, hochfliegend, tiefschürfend, zu groß für einen dumpfen Erdenkloß wie Adam.«

Belledin schlürfte Tee. Marta setzte Sterne und sah zu ihm herüber.

»Weiter.« Er verdrehte die Augäpfel. Sie schmerzten. Eindeutig Fieber.

»In Mesopotamien bedeutet *lil* Sturm oder Wind. Dem entspricht das babylonisch-assyrische Wort *lilitu*, was so viel bedeutet wie weiblicher Dämon oder Windgeist. Auch *laila*, das hebräische Wort für Nacht, hat mit Lilith zu tun. Deswegen male ich so gerne die Nacht. Aber Sterne muss sie haben. Sterne sind wichtig, sonst gibt es keine Anhaltspunkte. Man muss etwas gegen das Dunkel der Nacht setzen, sonst verschlingt es dich.«

»Was ist mit Lilith passiert?«

»Adam sagte: ›Ich will nicht unter dir liegen, sondern auf dir, weil du es verdienst, die Unterlegene zu sein und ich der

Überlegene.‹ Und sie erwiderte: ›Wir sind beide gleich, weil wir beide aus Erde gemacht sind.‹«

»Und dann?«

»Keiner wollte auf den anderen hören. Als Lilith das begriff, rief sie den Namen Gottes aus und erhob sich in die Lüfte der Welt. Adam, die Petze, rannte ebenfalls zu Gott und jammerte: ›Gott der Welt, die Frau, die du mir gabst, ist mir weggelaufen.‹ Daraufhin schickte Gott sofort drei Engel los, um Lilith zurückzuholen.« Marta legte den Pinsel weg, wischte sich mit einem Lappen gelbe Farbe vom Finger und trat auf Belledin zu. Er hockte und lauschte wie früher, als Tante Ernestine Geschichten aus dem Krieg erzählte.

»Und Gott sagte zu Adam: ›Wenn sie zurückkehren will, gut. Wenn nicht, muss sie es auf sich nehmen, dass täglich hundert ihrer Söhne sterben müssen.‹«

»Und?«

»Die Engel folgten ihr, holten sie mitten auf dem Grund des großen Wassers ein, wo die Ägypter eines Tages ertrinken sollten. Sie teilten ihr Gottes Worte mit. Und Lilith sagte: ›Nein.‹«

Vor Belledins Augen verwandelte sich Marta plötzlich in Lilith. Sein Mund pappte. Er griff nach der Teetasse und nahm einen Schluck. »Und dann?«

»Sie sprachen zu ihr: ›Wir werden dich im Meer ertränken.‹ Sie sprach zu ihnen: ›Lasst mich allein, denn ich bin für nichts geschaffen worden, außer Kinder zu schwächen; männliche Kinder von der Geburt bis zum achten Tag, weibliche von der Geburt bis zum zwanzigsten Tag.‹ Als die Engel dies hörten, wollten sie Lilith ergreifen. Aber sie sagte: ›Ich schwöre euch beim Namen Gottes, dass ich, wenn ich eure Namen oder Antlitze in der Wiege eines kranken Kindes erblicke, über das Kind nicht herrschen werde.‹ Und sie nahm es auf sich, dass täglich Hunderte ihrer Teufel sterben. Daher kommt der Brauch bei uns, dass wir die Namen der Engel in die Wiege von kleinen Kindern schreiben. Und wenn Lilith die Namen erblickt, erinnert sie sich ihres Versprechens, und das kranke Kind ist geheilt.« Marta schenkte sich auch eine Tasse Tee ein, gab etwas Zucker hinein und rührte um. »Adam fürchtet sich noch immer vor ihr, weil sie ihm ebenbürtig ist. Wie gesagt, sie ist aus demselben Material. Nur ist vielleicht statt reinem Lehm etwas mehr Schmutz und Sediment dabei. Gleichzeitig sehnt sich Adam aber nach diesem Schmutz. Er macht ihn geil. In seinen Träumen sehnt Adam sich nach Lilith. Aber er fürchtet sich, Aug in Aug mit ihr zu sein. Deswegen unterjocht er sie und zwingt sie in die Prostitution.« Die Märchenerzählerin war wieder zur Eiskönigin gefroren. Wie ein kalter Racheengel, der Michaels Schwert schwang, fuhr sie mit dem Pinsel durch die Luft und dirigierte ihre Gedanken. »Adam jammerte, er wollte eine neue Frau. Und Gott versuchte sich an der ersten Eva. Diesmal sollte sie aus anderem Material sein. Und Adam durfte dabei zusehen, wie Gott die erste Eva aus Knochen, Gewebe, Muskeln, Blut und Drüsenabsonderungen aufbaute. Dann überzog er das Ganze mit Haut und fügte an verschiedenen Stellen Haarbüschel hinzu. Adam sah sie an und ekelte sich vor ihr, so schön sie auch war. Er verspürte einen Widerwillen. Und Gott erkannte, dass er erneut versagt hatte.«

»Was geschah mit dieser Eva?«

»Das weiß keiner so genau. Vielleicht irrt sie herum und sucht vergeblich ihre Schwester Lilith?«

»Wenn sie Lilith gefunden hat, soll sie mich anrufen. Ich suche sie nämlich auch.«

Marta kicherte. »Lilith ist die Dämonin der Nacht mit langem Haar. Sie sieht aus wie ein Mensch, aber sie hat auch Flügel. Und der Rabbi Hanina sagte: ›Man darf nicht allein in einem Hause schlafen, denn wer immer es tut, wird von Lilith erfasst.‹«

»Wofür steht Lilith in der Psychologie?«

»Für die dunkle Seite der Libido. Und für Rache.« Sie lächelte und gab sich sehr viel Mühe dabei.

»Haben Sie Ihren Mann und Petkovic getötet? Aus Rache?«

»Ich? Niemals. Das hatten wir doch schon. Ich habe ein Alibi. Schon vergessen? Ich war es nicht. Aber ich glaube, dass es Lilith war. Und ich glaube, dass sie ein Recht hatte, es zu tun.«

»Warum?«

»Hiob 18,15.21: ›Jetzt lässt im Zelt sich Lilith nieder, und über seine Wohnstatt streut man Schwefel. Fürwahr, so geht's der Wohnung eines Frevlers, der Stätte dessen, der auf Gott nicht achtet.‹« Sie hatte es wie eine Liebeserklärung gesagt. Schwärmerisch. Sie hatte eindeutig nicht mehr alle Tassen im Schrank. »So steht es noch in der Jerusalemer Bibel. Aber nach der Reformation verschwindet Lilith aus der christlichen Bibel. Luther ersetzt das Wort ›Lilith‹ durch ›Kobold‹.« Sie sah Belledin empört an. »Kobold. Das ist Hohn. Dafür hätte man ihm in Wittenberg die Hoden neben seine fünfundneunzig Thesen an die Kirchentür nageln müssen.« Sie wartete auf Bestätigung.

Belledin schauderte nur. »Sie kennen Lilith und decken sie. Sie machen sich strafbar.«

»Ich habe als Therapeutin eine Schweigepflicht. Ich mache mich nicht strafbar. Vielleicht sind es auch nur Wunschträume, die mir Lilith erzählt.«

»Diese Wunschträume sind aber sehr real in Form von zwei Toten.«

»Gedanken können real werden. Es muss nicht heißen, dass der Täter auch der Vater des Gedankens war.«

Sie war nicht zu fassen. Wie ein Vexierbild sprang sie zwischen kindlicher Naivität und messerscharfer Intelligenz. Belledins Handy brummte. Winkler.

»Ja? Gut. Ich komme.« Er stand langsam auf, wollte den Kreislauf nicht unnötig provozieren. »Haben Sie Aspirin?«, fragte er.

»Diesmal kein Viagra?« Sie sah ihn verführerisch an. Was sollte das nun schon wieder? Er erinnerte sich an die Nacht mit ihr, und es war ihm mehr als unangenehm. Er spürte, wie sein Kopf noch heißer wurde.

»Heute reicht mir ein Aspirin.«

»Einen Moment. Leider kenne ich mich hier nicht so gut aus. Und meine Mutter hat wohl mit ihrem Personal einen kleinen Ausflug unternommen. Ich werde nachsehen.« Sie ging.

Belledin sah ihr nach und rief Wagner an. »Hier Belledin. Knöpf dir noch mal Seline Matei und Jana Chuan vor ... Ja, die Thailänderin. Ich glaube, die decken Marta Kerner ... Setz die beiden unter Druck.«

»Ich habe leider nichts gefunden«, sagte Marta aus dem Dunkel des Nebenzimmers.

Belledin erschrak. War sie gar nicht fort gewesen? Hatte sie sein Telefonat mit Wagner belauscht? »Macht nichts. Geht auch so.« Er setzte sich den Stetson auf und ging zu dem Bild, an dem Marta malte. »Paris bei Nacht?«, fragte er.

»Ein Bild der Sehnsucht«, sagte sie. »Für die Russen waren die Franzosen immer sehnsüchtiges Vorbild. Denk nur an den Zaren. Er importierte die französischen Sitten und die Sprache. So sehnsüchtig hatte ihn Paris gemacht.«

Belledin nickte. Er hatte genug von Martas Vorträgen. Er würde ihr auf den Fersen bleiben und Lilith kriegen. Erst aber wollte er Oxana und Killian.

***

»Dort vorne ist es«, sagte Oxana und zeigte auf eine frei stehende Villa am Ende der Straße. »Juri, du gehst vor und klärst die Angelegenheit. Nicht, dass wir unverhofft in einen Empfang platzen.«

Juri stellte die Koffer in den Schnee und zog los. Oxana und Killian blickten ihm nach, bis er auf dem Anwesen verschwand.

»Sarkov war fünf Jahre russischer Botschafter in Tel Aviv. Wir haben uns bei einem Empfang in Wien kennengelernt«, sagte Oxana.

»Empfang?«

»Orgie.« Sie lachte. »Ich war für das Personal zuständig. Das war meine Eintrittskarte in eine andere Liga. Ohne diplomatische Kontakte kann man das internationale Geschäft vergessen.«

»Was hat es Sie gekostet? Sie mussten sich doch bestimmt einkaufen.«

»Ein paar intime Videoaufnahmen, die der Diplomatie geschadet hätten. Recht günstig also.«

»Erpressung.«

»Aufklärung. So nennen Sie das doch in Ihrem Metier, oder?«

»Manchmal.«

»Erzählen Sie mir nichts. Wenn der Mossad Sie hinter die Linien schickt, sammeln Sie Material, um die Gegenseite damit unter Druck zu setzen. Im Interesse Ihres Auftraggebers. Der Unterschied zwischen Ihnen und mir besteht lediglich darin, dass ich mein eigener Auftraggeber bin. Also die alleinige Verantwortung trage, während Sie Ihren Verrat an die höhere Stelle abgeben können.«

»In was für eine höhere Liga brachte Sie Sarkov?«

»Waffen und Drogen. Das sind ganz andere Hebel. Noch besser wären Öl und Gas. Aber die Nischen sind bereits bis auf den letzten Platz besetzt.«

»Bei Waffen und Drogen etwa nicht?«

»Dort sterben die wichtigen Pächter schneller weg. Da werden dann immer wieder Claims frei.«

»Und wer starb in Tel Aviv?«

»Das wissen Sie.«

»Ja?«

»Sie waren in der Nähe.«

»So?«

»Haben vielleicht nicht nur mit der Kamera geschossen.«

»Kann ich mir nicht vorstellen.«

»Ich habe Zeugen.«

»Da bin ich aber gespannt.«

Juri winkte. Die Luft war rein.

»Sie werden ihn gleich kennenlernen«, sagte Oxana und ging los.

Killian sah ihr nach. Er konnte eine stille Bewunderung für Oxana nicht leugnen. Was Marta an kindlicher Verrücktheit besaß, hatte Oxana an Charisma. Beides zog ihn an. Was, wenn er in den Litschko-Clan eintrat? Die Offenheit, mit der Oxana über ihre Geschäfte sprach, waren die Vorboten eines Angebots. Oxana hatte begriffen, dass Killian für sie mehr sein konnte als ein einmaliger Dienst, zu dem sie ihn zwang. Sie wollte, dass er Familienmitglied wurde. Vielleicht sogar von Anfang an. Hatte sie Marta deswegen auf ihn angesetzt? Verkaufte sie ihre Tochter, um das zu bekommen, was sie wollte? Hatte sie das schon öfters getan? War Marta deswegen so, wie sie war?

Oxana hatte Juri bereits erreicht. Sie sahen zu Killian herauf. Oxana brauchte ihn nicht zu rufen. Er wusste, dass er zu ihr gehen musste.

***

»Wo ist Winkler?«, fragte Belledin den jungen Einsatzleiter, der sich wichtig vor ihm aufgebaut hatte.

»Wurde abgezogen.«

»Von wem?«

»Sondereinsatzplanung aus Wiesbaden.«

»Ach. So plötzlich?« Belledin kratzte sich an seinen Stoppeln, die allmählich einen schwarzgrauen Teppich flochten.

Der Einsatzleiter zuckte mit den Schultern. Was sollte er auch wissen. Belledin wusste ja schon nichts. Am liebsten hätte er sich in den Schnee gesetzt und wäre erfroren wie ein alter Eskimo. Er hatte einfach keinen Bock mehr. Er sah in die ehrgeizigen Augen des jungen Einsatzleiters und fragte kaum hörbar: »Und?«

»Sie sind zu Fuß weiter«, sagte der Einsatzleiter. »Wir sind schon mit Hunden unterwegs. Weit können sie nicht sein.«

Belledin öffnete den Kofferraum des Defenders. Er suchte nichts Bestimmtes. Er fand ein paar gefütterte Lederstiefel, die ihm vielleicht passen konnten. Er setzte sich auf die Rampe des Wagens, zog seine nassen Budapester aus und zwängte sich in die Stiefel. Vorne passten sie. Er stieß mit den Zehen nicht an. Aber er hatte einen breiten Fuß. An der linken Zehe drückte ein Hühnerauge. Er stapfte einige Schritte durch den Schnee und vertraute darauf, dass sich die Stiefel durchs Gehen weiten würden. »Gehen wir?«, fragte er den Einsatzleiter.

»Zu Fuß? Dann holen wir sie nicht ein. Ich habe zwei Motorräder angefordert, die müssten gleich hier sein.«

»Ich geh schon mal vor. Die Motorräder können mich ja dann aufgabeln.« Der Einsatzleiter sah ihn verdutzt an. Belledin nahm ihm die Taschenlampe weg und begann, seine neuen Stiefel einzulaufen.

Im Wald lag der Schnee nur knöcheltief, trotzdem strengte das

Marschieren an. Die Stiefel hatten kein Profil. Belledin rutschte immer wieder weg. Er kam ins Schwitzen, erinnerte sich daran, dass ihm bei Marta schwindlig geworden war, und strauchelte. Er glaubte, den Schnee zischen zu hören, als er sich mit den Händen abfing. Um sich zu kühlen, tauchte er seinen roten Kopf hinein. Und weil alle guten Dinge drei waren, krallte er sich eine Handvoll Schnee und stopfte sie sich hinten unter den Hemdkragen. Er schnaufte wie nach der Abkühlung eines Saunagangs und ging weiter. Sein Hühnerauge drückte. Es würde dauern, bis die Schuhe eingelaufen waren.

Hinter ihm knatterte ein Motorrad. Es holte ihn rasch ein. Der Einsatzleiter schob das Visier des Helms nach oben und gab sich zu erkennen. Am Arm baumelte ein zweiter Helm, den er Belledin entgegenstreckte. Belledin nahm den Stetson vom Kopf und drückte sich den Helm auf. Er setzte sich hinter den Einsatzleiter auf das Motorrad und stopfte sich den Stetson unter den Mantel.

»Halten Sie sich an mir fest«, sagte der Einsatzleiter. Belledin tat es. Das Motorrad fuhr los.

Belledin hielt die Augen geschlossen. Bilder stiegen in ihm auf. Er dachte an seine letzte Fahrt mit dem Motorrad. Sie war vor fünfzehn Jahren gewesen. Biggi und er hatten Zehnjähriges gefeiert. Mit der Yamaha waren sie an den Lago Maggiore gefahren. Auf dem Gotthardpass hatte es Bindfäden geregnet. Es hatte ihnen nichts ausgemacht. Nach Regen folgte Sonne. So war das Leben. Biggi hatte sich an ihn geklammert, wenn er die Maschine in den Serpentinen fast bis zum Asphalt neigte. Er hatte es geliebt, wenn sie ein wenig Angst hatte, umso mehr hatte sie sich an ihn gepresst. Jetzt saß er hinten. Dort, wo Biggi sonst immer saß. Auf Liliths Platz. Aber Lilith saß nicht vorne. Lilith war verschwunden. Lilith. Biggi. Biggi. Lilith. Von beiden keine Spur.

***

»Wenn euch die Polizei so dicht auf den Fersen ist, dann ist es töricht, hierzubleiben«, sagte der hochgeschossene Mann mit dem silbergrauen Haar, der sich Sarkov nannte. Killian kannte ihn unter anderem Namen. Aber das war jetzt egal.

»Ich schlage vor, ich fahre euch sofort nach Frankfurt. Ich habe keine Lust, dass die Polizei hier aufkreuzt. Ich habe gerade ein paar Geschäfte in Gang, die sehr sensibel abzuwickeln sind. Lärm verscheucht Kunden und Geld.«

Oxana musterte Sarkov misstrauisch. Hatte er etwa stärkere Freunde gefunden? Allianzen konnten in den Gefilden schnell und überraschend wechseln. Ein Vertrag galt nur auf derselben Spielebene. Wenn sich eine höhere Liga einmischte, konnten alle bisherigen Versprechen nichtig sein. Die Tiere orientieren sich am Stärkeren.

»Gut. Dann lass uns sofort aufbrechen«, sagte Oxana. »Für ein Glas Wasser ist aber noch Zeit?«

»Natürlich.« Sarkov lächelte ölig. »Wir können aber auch welches mitnehmen.«

»Nur keine Umstände. Ein Glas aus dem Hahn genügt völlig.«

»Übrigens, mein Beileid. Es tut mir leid, was mit Petkovic passiert ist.«

Oxana nahm das Glas Wasser in die Hand, das ihr Juri gebracht hatte, und trank es in einem Zug leer.

»Gehen wir.« Sie stellte das Glas auf eine Kommode und wartete, dass Sarkov die Initiative ergriff.

Leicht verzögert, als hinge er mit den Gedanken noch Petkovic nach, reagierte er. »Ja. Gehen wir. Hier entlang durch den Keller. Die Garage befindet sich unter dem Haus.« Er öffnete eine Tür, die in den Keller führte, und ließ Oxana, gefolgt von Juri, vorangehen. Als Killian an ihm vorbei wollte, raunte er ihm zu: »Grüße von Moshe. Swintha ist in Sicherheit.«

Sie gingen die Treppe hinunter in die Garage. Dort standen drei Autos. Ein gelber Mini, ein Jeep in Anthrazit und eine dunkelblaue S-Klasse. Sarkov steuerte auf die S-Klasse zu. Er zielte mit dem Schlüssel auf den Wagen. Die Lichter blinkten, die Türschlösser sprangen auf. Oxana stand an der Beifahrertür, Juri nahm den Sitz dahinter. Killian sollte sich neben Juri platzieren. Sarkov würde fahren. Oxanas Handy piepste. Eine SMS war eingegangen. Sie überprüfte sie und erstarrte für einen Moment. Sie rang um Fassung, wusste aber, dass Killian sie ertappt hatte, und sah ihn scharf an. »Sie wissen, was für Sie auf dem Spiel steht«, sagte sie und stieg ein. Warum drohte sie jetzt mit Swintha? Hatte sie etwa gerade erfahren, dass Swintha befreit worden war? Wenn sie darum wusste, musste sie Killian in Unwissenheit lassen. Aber wie sollte sie das? Irgendwann würden sich seine Freunde bei ihm melden.

Killian stieg in den Wagen.

»Juri. Nimm ihm das Handy ab. Wenn er es dir nicht geben will, erschieß ihn.« Ja, sie hatte es erfahren. Killian war sich sicher. Er griff langsam in die Innentasche seiner Jacke und nahm das Nokia-Handy heraus. Er legte es Juri in die geöffnete Hand. »Wirf es aus dem Wagen.« Juri öffnete die Tür und schleuderte das Handy weg. Es schlitterte über den Garagenboden. »Fahr los.«

Sarkov startete den Wagen und fuhr aus der Garage.

***

Der Einsatzleiter brachte das Motorrad zum Stehen. Belledin stieg ab und nahm den Helm vom Kopf.

»Hier enden die Fußspuren«, sagte sein Fahrer.

»Sie haben verdammt gute Augen. Wie heißen Sie?«

»Jäger.«

Belledin grunzte. Ein Name, der wenigstens das hielt, was er versprach. Killian trug auch das englische Verb von »töten« in sich. Aber Belledin? Was fing man mit Belledin an? Früher hatten sie ihn Bello genannt. Der Schöne. Aber das konnte es ja wohl nicht sein. Schön fand er sich schon lange nicht mehr. Vielleicht kam sein Name aus »Tausendundeiner Nacht«? Wie Saladin? Aber wo war die Wunderlampe? Einen Dschinn, den könnte er jetzt gut gebrauchen. Einen guten Flaschengeist. Wagner hätte bestimmt einen. Was würde sich Belledin von so einem Dschinn wünschen? Traditionell vergaben sie drei freie Wünsche. Erstens: Der Mörder von Kerner und Petkovic. Wer war Lilith? Zweitens: Was hat Killian mit alledem zu tun? Und drittens? Das war schwer. Der dritte Wunsch war plötzlich wie ein einziger. Damit musste er ganz sicher sein. Dieser Wunsch sollte fürs private Glück sein. Zwei Wünsche für den Job, einen fürs Private. Das ging in Ordnung. Aber was sollte er sich fürs Private wünschen? Dass Biggi wieder zurückkam? Und dann? Dann war sie da. War damit etwas gelöst? Konnte es dann einfach wieder so weiterlaufen wie bislang? Als wäre nichts gewesen? Der dritte Wunsch war schwer.

Jäger klingelte an der Villentür. Es öffnete niemand. Der Beamte lief den freigeschaufelten Gehweg ab bis zum Auffahrtstor und kniete sich hin. Er zog den Handschuh aus und tastete damit über den Boden. »Hier ist etwas Eis geschmolzen. Ich tippe auf frische Auspuffabgase. Sie sind in einem Wagen weiter.«

»Können Sie aus der Hufspur auch lesen, um wie viel PS es sich handelt?«

»Nein. Aber wir könnten mal nachfragen, was für ein Auto auf Dimitri Sarkov zugelassen ist. Er wohnt hier.«

»Sie kennen ihn?«

»Ich komme aus Baden-Baden. Da kennt man die Prominenz.«

»Aber sein Auto kennen Sie nicht?«

»Er hat mehrere und wechselt sie schnell. Ich tippe aber, dass er seinen Mercedes genommen hat. Für vier Leute am bequemsten.«

»Dann wissen wir ja schon alles.« Belledin ging der junge Klugscheißer auf die Nerven.

»Das Nummernschild habe ich nicht im Kopf«, sagte Jäger.

»Das müssten Sie aber. Wenn Sie ganz große Karriere machen wollen, ist das Pflicht. Und alle Fingerabdrücke der Prominenz, die müssen Sie auch im fotografischen Gedächtnis haben.«

Jäger sah ihn verstört an.

»Machen Sie schon. Kriegen Sie das Kennzeichen des Fluchtwagens raus.«

Jäger rief die Kollegen an.

Belledin fiel ein, dass er noch ein paar Fingerabdrücke angefordert hatte, und wählte Berger an. »Hier Belledin. Entschuldigung, ich weiß, wie spät es ist. Aber es ist wichtig … Was ist mit den Fingerabdrücken vom Käpselestreifen? … Nichts. Mist. Trotzdem danke.« Er steckte sein Handy ein und wandte sich zu Jäger, der sein Telefonat ebenfalls beendete. »Und?«, fragte Belledin und wippte dabei wichtig auf den Zehen. Er ließ es aber sofort wieder sein, weil ihn der fremde Stiefel ins Hühnerauge biss.

»Fahndung ist draußen. Um ganz sicher zu sein, könnten wir in die Garage hinuntergehen. Wenn der Mercedes fehlt, gibt es keinen Zweifel.«

»Und wie kommen wir da rein? Wir haben keinen Durchsuchungsbefehl.«

»Sie könnten ja mal kurz pinkeln gehen.«

Belledin schürzte die Lippen und kniff die Augen zusammen. »Soso. Kurz pinkeln gehen. Und Sie brechen in der Zwischenzeit hier ein?«

»Es besteht dringender Verdacht einer Fluchthilfe.«

Belledin ließ die Luft raus. Was sollte der Hahnenkampf. Er war der Ältere und Klügere. »Sie haben recht. Schauen wir nach, ob der Mercedes noch in der Garage steht.«

***

Killian wusste, dass Oxana ihn von Juri bei nächster Gelegenheit erledigen lassen würde. Ohne Swintha besaß sie kein Druckmittel mehr gegen ihn. Sie würde ihm nicht vertrauen können. Den Befehl, ihn zu töten, konnte sie jederzeit geben. Was würde Juri daran hindern, ihn im Wagen abzuknallen und in den Schnee zu werfen? Er musste handeln.

Sie fuhren durch Baden-Baden. Es war wenig los. Die Uhr des Mercedes zeigte zwei Uhr morgens. Kein Wunder. Baden-Baden war bei Tag schon verschlafen, wer wollte hier ein Nachtleben erwarten.

Wenn er hier flüchtete, würde Juri ihm nachjagen. Eine Verfolgungsjagd durch die Gassen der Altstadt. Das hätte Charme. Aber irgendjemand würde dabei aufwachen. Killian wollte keine Zeugen. Er wollte die Sache im Stillen bereinigen. So wie er es gelernt hatte.

»Juri«, sagte Oxana und winkte ihn zu sich. Juri beugte sich vor. Sie flüsterte ihm etwas ins Ohr.

»Na, na, Oxana. Seit wann haben Sie Geheimnisse?« Sarkov wollte wohl einen Witz machen.

»Das wollte ich gerade Sie fragen.«

»Mich? Sie scherzen. Sie wissen doch alle intimen Vorlieben von mir. Oder haben Sie die Aufnahmen etwa gelöscht?«

»Senil bin ich noch nicht. Was ich habe, habe ich. Aber trösten Sie sich, ich schaue es mir nicht täglich an.«

»Schade. Ich finde mich durchaus attraktiv auf den Filmchen.« Er fuhr aus der Stadt hinaus und bog auf den Autobahnzubringer. Hier forderte man ein Tempolimit von dreißig Stundenkilometern wegen einer Baustelle.

»Müssen wir das einhalten?«, fragte Oxana ungeduldig. »So holt uns der fette Kommissar sogar zu Fuß ein.«

»Ich lege keinen Wert darauf, geblitzt zu werden. Dann gibt es wieder eine Aufnahme mehr, die gegen mich verwendet werden kann.«

»Juri«, sagte sie. Er beugte sich wieder zu ihr vor. Sie flüsterte wieder. Er hatte verstanden. Killian auch. Gleich würde es ihm an den Kragen gehen. Und auf Sarkov wettete Killian auch nicht mehr. Vielleicht hätte er ihn warnen sollen. Aber wie? Einen Unfall provozieren?

Die Baustelle war zu Ende. Sarkov beschleunigte, musste aber gleich wieder abbremsen, weil vor ihm ein Lkw auf die Autobahnauffahrt kroch.

Killian musste aus dem Wagen, bevor sie auf der Autobahn waren. Er saß auf der Fahrerseite. Er sah eine Chance. Dort vorne, wo die Leitplanke endete und er ins Gebüsch flüchten konnte. Innerlich bereitete er sich darauf vor, gleichzeitig bemüht, nach außen nichts davon zu zeigen.

Der Lkw schaltete, eine Rußwolke schoss aus dem Auspuff und überdeckte den Mercedes mit einem Schleier. Oxana lachte. »Das ist ja wie zu Hause.« Juri stimmte mit ein, und sogar Sarkov grinste.

»Ziehen Sie endlich an ihm vorbei. Ihre Korrektheit geht mir langsam auf die Nerven.«

»Es sind nur noch zehn Meter. Haben Sie Geduld.«

»Nicht meine Stärke.« Sie sah ihn scharf an.

Sarkov seufzte und trat aufs Pedal. Er zog auf den linken Seitenstreifen und setzte zum Überholen an. Jetzt war der Moment gekommen. Gleich endete die Leitplanke. Killian fasste den Türgriff, riss an ihm und warf sich aus dem Wagen. Er landete weich im Schnee, aber die Beschleunigung wirbelte ihn noch einige Meter, bis er von einem Schlehdorngebüsch abgefangen wurde. Er stöhnte, Stacheln bissen ins Fleisch. Er überging den Schmerz und hob den Kopf. Der Mercedes konnte nicht umkehren. Er fuhr bereits auf der Autobahn. Vielleicht aber hielt Sarkov an, und Juri kam zurück. Damit musste Killian rechnen. Auf einen Zweikampf wollte er sich hier nicht einlassen. Juri war bewaffnet und verstand sein Handwerk. Oxana umgab sich nicht mit Stümpern. Besser, er lief. Durchs Gebüsch. Wenigstens ein Stück. Und dann musste er es riskieren, die Fahrbahn zu wechseln. Er sah auf die Autobahn. Ein paar Lkws. Ansonsten kaum Autos. Kein Vergleich zum Tagesverkehr. Nach dem nächsten Lkw wollte er es riskieren. Er hörte es hinter sich knacken. Eine Taschenlampe stach durchs Dunkel und traf ihn im Gesicht. Er warf sich sofort zu Boden. Ein Schuss poppte. Er kannte das Geräusch: Makarov mit Schalldämpfer. Der Lkw war vorbei. Killian sprang auf, schwang sich über die Leitplanke und rannte über die Fahrbahn. Wieder poppte ein Schuss. Diesmal traf er Metall. Die Planke des Mittelstreifens. Killian nahm sie wie ein Hürdenläufer und rannte weiter. Er schaute weder links noch rechts. Einfach nur durch. Hinter sich hörte er einen Lkw hupen und vorbeirauschen. Der Fahrtwind des Brummis traf ihn im Nacken und ließ ihn schaudern. Als hätte der Tod ihm die Hand ins Genick gelegt. Den Schuss hatte er nicht gehört, dafür aber das Platzen des Reifens, das Quietschen der Bremsen und das Kippen des Lkws. Dann die Stichflamme. Ein Blick zurück über die Fahrbahn. Im Feuerschein flackerte Juris Gesicht. Er war wütend. Killian verschwand im Dunkel.

***

Jäger bückte sich und hob das Handy auf. »Vielleicht bringt uns das weiter?«

Belledin nahm das Nokia entgegen. Auf dem Bildschirm ein Foto vom jüdischen Friedhof aus Mackenheim. Belledin kannte das Foto und auch den, der es geschossen hatte. Er steckte das Handy ein. »Sollen die Experten entsperren«, sagte er. »Ich muss nach Freiburg zurück. Habe dort noch ein wichtiges Gespräch zu führen. Können Sie mich zu meinem Wagen fahren?«

»Klar. Vorher wärmen wir uns aber noch bei mir zu Hause kurz auf. Einverstanden? Ich brauche einen Kaffee, sonst penn ich ein.«

Belledin sah ihn skeptisch an. »Und Ihnen täte eine kurze Pause auch ganz gut. Sie sehen ziemlich fertig aus.«

»Tu ich das?«

»Entschuldigung. Steht mir nicht zu. Aber wenn Sie zusammenklappen, ist keinem gedient.«

»Wer weiß.« Sarkasmus tat gut. »Vielleicht haben Sie recht. Eine Kaffeepause sollte drin sein. Die Mörder genehmigen sich ja hin und wieder auch eine.«

***

Killian sah sich um. Juri war ihm nicht gefolgt. Das gab Gelegenheit durchzuatmen. Killian stützte sich auf seinen Schenkeln ab und pumpte Luft in die Lungen. Er schwitzte und dampfte wie der Teufel im Mysterienspiel. Die Ablassbriefeintreiber hätten ihre Freude an seinem Anblick gehabt. Wohin sollte er? Zu Belledin? Ihm alles erzählen? Das ging nicht. Die Kiste mit Seif und Moshe ging ihn nichts an. Zum BND konnte er nicht. Es hatte schon genügt, dass sie Tschej-Tschej geschickt hatten. Mehr würden sie für Killian nicht tun. Er war auf sich allein gestellt. Immerhin war Swintha außer Gefahr. Wenn Sarkov die Wahrheit gesprochen hatte. Warum hätte er lügen sollen? Sarkov tanzte auf mehreren Hochzeiten. Wie der Algerier. Nur geschickter. Ein klassischer Doppelagent, von dem alle wussten, dass er für beide Seiten arbeitete, der aber dennoch so ungefährlich war, dass man sich gerne seiner bediente. Jedenfalls für kleinere Angelegenheiten. Er lebte davon, dass er Dienste professionell ausführte und Balance zwischen den Fronten hielt. Ein Diplomat eben, der es verstand, sich schadlos zu halten. Einzig Oxana schien ihn im Griff zu haben.

Killian erreichte einen Parkplatz. Fünf Brummis hielten dort ihren verordneten Schlaf ab. Killian interessierte ein weißer T3-VW-Bus, der die Vorhänge zugezogen hatte. Vielleicht konnte er den Fahrer aus dem Wagen werfen und sich das Fahrzeug borgen. Er schlich an den Wagen und prüfte, ob er verschlossen war. Entweder der Fahrer war sehr vertrauenswürdig, oder bei der Klapperkiste funktionierte nicht mehr alles. Er öffnete leise die Fahrertür und sah in den Wagen. Er war innen zum Camper ausgebaut. Eine Mittelwand war zwischen Cockpit und Laderaum gezogen worden. Eine Falttür diente als Durchgang. Sie war zu. Der Schlüssel steckte im Schloss. Wie naiv konnte man sein? Es roch verdächtig nach Gras. Killian hörte ein tiefes Schnarchen. Er schob leise die Falttür auf und sah eine junge Frau mit schwarzen Locken in einen Schlafsack gerollt. Killian schätzte sie auf Mitte zwanzig. Er dachte an Swintha. Nein. Sie konnte er nicht einfach in den Schnee werfen. Er schloss die Falttür, setzte sich hinters Steuer und zündete den Motor. Er schaltete das Licht an, legte den Gang ein und fuhr auf die Autobahn in Richtung Freiburg.

ELF

»Kaffee?«, fragte Jäger und goss sich selbst hellbraune Brühe in eine Fan-Tasse des SC Freiburg.

»Riecht abgestanden.«

»Ist aber nicht kalt. Die Thermoskanne ist klasse.« Er streckte sie Belledin hin. Belledin nickte. Jäger schenkte ihm ein und reichte ihm den Kaffee.

Belledin sah auf das Wappen seiner Tasse. »Warum kriege ich die KSC-Tasse? Sie sind näher an Karlsruhe.«

Jäger gab keine Antwort. Er fuhr den Rechner hoch und gähnte.

»Sie können tatsächlich von zu Hause aus in interne Dateien? Ist das genehmigt?«

»Es ist bequem. Ich mag nicht immer auf dem Revier sitzen.« Er tippte, während er redete.

»Haben Sie Familie?«, fragte Belledin. Jäger sah ihn an, als ob er nicht verstanden hätte. »Frau, Kinder. Familie.«

»Ach so. Nein. Keine Zeit.«

»Hätten Sie gerne welche?«

»Vielleicht.«

»Was heißt: vielleicht?«

»Wenn die Richtige käme.«

»Und wie sieht die aus?«

»Äußerlich ist mir egal. Hauptsache, sie kann gut allein sein.«

»Sie sollten mehr Wert auf das Äußerliche legen. Denn allein kann keine sein.«

Jäger klickte am Rechner und pfiff durch die Zähne.

»Was ist?«

»Erfordert einen Sondercode.«

»Und? Haben Sie den?«

»Eigentlich nicht.«

»Heißt?«

»Ich könnte zufällig auf ein paar Tasten drücken, die dann Zutritt verschaffen.«

»Dann probieren Sie es mal.«

Jäger probierte und spielte den Erstaunten. Es genoss es sichtlich, dass er in Dateien kam, die ihm offiziell nicht zugänglich sein durften. Die Akte Cosmin Mican sprang auf.

»Hat einiges auf dem Kerbholz. Aber immer wieder auch einen guten Anwalt.«

»Wolfgang Kerner.«

»Richtig.«

»Der kann ihm jetzt nicht mehr zur Seite stehen.«

Jäger ließ den Drucker anspringen und zog Belledin einen Steckbrief von Cosmin. Belledin nahm das Papier, faltete es und steckte es ein. »Wollen Sie ihn heute wirklich noch vernehmen? Der haut Ihnen nicht ab. Wenn Sie wollen, können Sie die Nacht bei mir schlafen.«

Belledin sah sich Jäger genauer an. Hatte er da einen Unterton gehört? War Jäger etwa schwul? Er hatte keine Familie. Das Aussehen der idealen Frau war zweitrangig. Wenn der nicht schwul war. Belledin hatte nichts gegen Schwule. Auch dass sich jetzt Fußballer als schwul outeten, störte ihn nicht. Aber dass er aus der KSC-Tasse abgestandenen Kaffee trinken sollte, wurmte. Er stellte die Tasse auf Jägers Schreibtisch ab.

»Nein, nein. Das ist sehr nett. Aber wenn ich mich erholen soll, dann am besten in meinem eigenen Bett.«

»Verstehe. Wollen Sie meinen Dienstwagen?«

»Warum nicht? Sehr freundlich.«

Jäger ging ans Schlüsselbrett und nahm einen Bund vom Haken. »Hier.« Er drückte Belledin den Schlüssel in die Hand und ging vor. Belledin folgte ihm in den Hof. »Der Wagen ganz rechts.«

»Danke«, sagte Belledin und streckte Jäger die Hand entgegen. Belledin wollte ihm zeigen, dass er sich nicht scheute, Schwule zu berühren. Jäger schlug ein. Recht kräftiger Händedruck für eine Tucke. Er ging über den Hof, setzte sich in den Polizeiwagen, startete den Motor und fuhr los.

***

Killian überlegte, wohin er fahren sollte. Nach Breisach? Dort würde Bärbel Fragen stellen. Zur »FreiJa«? Dort würde Belledin nach ihm fahnden. Killian brauchte Luft. Er musste erst einige Dinge klären, ehe er mit Belledin verhandeln konnte. Vor allem musste er mit Moshe sprechen. Und mit Swintha. Auf Sarkovs Aussage allein wollte er nicht vertrauen. Er entschied sich, in die Günterstalstraße zu fahren. Martas Villa stand leer. Hier würde ihn niemand vermuten. Er nahm die Ausfahrt zur Stadtmitte. Er hatte die Kurve zu schnell genommen. Im Laderaum rumpelte es. Jemand stöhnte, öffnete die Falttür und streckte den Kopf hindurch. »So stoned kann ich nicht sein, oder? Das ist echt. Du fährst mit meinem Wagen, und ich kenne dich nicht. Cool, Mann. Echt cool. Fährst du bis Basel? Meinetwegen kannst du auch die Nacht durchfahren. Bin sowieso zu spät dran. Wenn du Gas gibst, schaffe ich es doch noch rechtzeitig in die Toskana.«

Sie rieb sich die Augen und setzte sich neben Killian auf den Beifahrersitz. »Ich bin Nancy. Mir gehört der Wagen. Falls dich das interessiert. Und wie heißt du?«

»Driver«, sagte Killian.

»Driver. Cool. Und einfallsreich.« Sie schüttelte mindestens achtmal den Kopf. »Driver.« Wieder Kopfschütteln. Die schwarzen Locken hüpften tapfer mit. »Driver, du fährst nicht meine Route. Ich muss nach Basel. Das hier sieht nach Freiburg aus. Ich kenne die Stadt nämlich ziemlich gut. Meine Oma hat hier gelebt. Barfuß im Bächle, daran kann ich mich gut erinnern. Na ja, bin ja auch noch nicht so alt. Wie alt bist du, Driver? Hast schon viele Kilometer gefressen, stimmt's? Mindestens fünfmal um den Äquator.« Sie kramte in einer Tasche, die vor dem Sitz lag, und zog Zigarettenpapier hervor. »Stört dich hoffentlich nicht, wenn ich mir noch einen genehmige. Das entspannt nämlich. Ansonsten wüsste ich wohl nicht, wie ich reagiere, wenn ein fremder Mann in meinen Bully steigt und einfach damit nach Freiburg fährt, ohne mich zu fragen. Und wenn der Typ dann auch noch Driver heißt, aussieht, als hätte er den Rednecks das Spucken beigebracht – ich glaube, ich würde mir vor Angst in die Hosen scheißen. Kannst du das verstehen, Driver?«

Killian sah zu ihr hinüber. Sie war hübsch. Ein rundes Gesicht mit einer vorwitzigen Stupsnase sah zu ihm herüber. Dunkelbraune Augen, von zwei schwarzen Raupenbrauen gerahmt. Und auffallend weiße Zähne. »Hab keine Angst Nancy, ich lass dich gleich wieder in Ruhe. Brauchte nur einen Lift.«

»Kein Problem. Überhaupt kein Problem«, sagte sie und mischte sich Tabak und Gras in den Joint. »Wie gesagt, ich bin ohnehin zu spät.« Sie leckte das Filterpapier. »Ist sowieso eine Schnapsidee. Wer fährt im Winter nach Italien? Muss aber. Sprachkurs. Vier Wochen. Bis nach Heilige Drei Könige. Habe während des Semesters geschlampt.«

»Das Semester läuft doch noch.«

»Sag ich doch. Ich schlampe. Habe es nur schon vorweggenommen. Das würde ich sagen, kurz vor Weihnachten. Deswegen fahre ich ja jetzt auch in die Toskana, um dem vorzubeugen. Kannst du folgen?« Sie suchte nach Feuer, fand aber keins. Killian gab ihr mit dem Zippo eine Flamme. »Cool. Driver. Ein Zippo. War nicht anders zu erwarten.« Sie beugte sich über die Flamme, fasste Killians Hand mit ihren kalten Fingern und hielt länger fest, als es zum Anzünden gebraucht hätte. Sie inhalierte, blies den Rauch in die Luft und kicherte. »Gras macht mich immer heiß. Verrückt, oder? Driver, was hältst du davon? Wir fahren ran und machen es uns hinten gemütlich.«

Killian fuhr ran. Sie hatten Martas Villa erreicht.

»Wow. Cool. Der Mann reagiert schnell.« Sie lachte. »Wenn ich das zu Hause erzähle. Das glaubt mir kein Mensch. Aber ich sag's ja immer. Wenn man was erleben will, muss man in die Welt ziehen.« Sie drückte Killian einen Kuss auf die Wange und stieg nach hinten. »Ich warte auf dich.«

Killian schaltete den Motor aus und lauschte. Nancy schnarchte. Er stellte den Motor wieder an und fuhr den Wagen in eine Parallelstraße. Dort parkte er und ging zu Fuß zu Martas Villa.

***

Belledin hatte die Ausfahrt nach Umkirch genommen, es sich dann anders überlegt und war über den Zubringer nach Freiburg gefahren. Er wollte nicht nach Merdingen. Das hielt er nicht aus. Alles würde ihn an Biggi erinnern. Und er wollte nicht erinnert werden. Er wollte diesen verzwickten Fall lösen. Da konnte er seinen Beziehungskram nicht gebrauchen. Er wurde ohnehin schon ständig damit konfrontiert. Immer wieder Biggi. Immer wieder ihr Gesicht, ihr Lachen, ihr Essen. Und immer wieder die Vorstellung, was sie gerade mit dem Apotheker anstellte. Nein. Ins Eigenheim konnte er auf keinen Fall.

Nach Todtnauberg? Dort hatte er noch nicht ausgecheckt. Er war hundemüde. Bis Todtnauberg würde er es heute nicht mehr schaffen. Er hatte noch den Schlüssel von der Kernervilla, den er bei seinem ersten Einbruch vom Schlüsselbrett stibitzt hatte. Die Villa stand leer. Marta war in Baden-Baden. Er fuhr in die Günterstalstraße und parkte den Streifenwagen eine Straße weiter. Er stieg aus, sah sich nach allen Seiten um, ging zur Villa und öffnete leise die Haustür. Er verzichtete darauf, Licht zu machen, und tastete sich durch den Flur. Das einfallende Licht der Straßenlaterne war hell genug, um die Treppe zu finden, die nach oben führte. Er zog sich am Geländer nach oben und lauschte dem Knarzen der Dielen. Links lag das Bad und rechts das Schlafzimmer. Er ging nach links und pinkelte im Stehen. Dann wusch er sich die Hände, schmierte Zahnpasta auf den Finger und schrubbte damit die Zähne. Er spülte aus und ging ins Schlafzimmer. Das Bett war gemacht. Keine Spuren der vergangenen wilden Nacht mit Marta. Er zog sich bis auf das Unterhemd und die Unterhose aus und legte sich ins Bett. Das Laken roch nach Marta. Er schloss die Augen und sah sie vor sich. Und er sah auch Lilith. Wie sie sich gegen Adam wehrte. Adam sah aus wie der junge Belledin. Lilith sah aus wie – ja, wie sah sie aus?

Unklar. Sie wechselte ihr Gesicht, ihre Figur, ihre Stimme. Eine Mischung aus hundert Frauen, die Belledin zu kennen glaubte. Nah war sie ihm, sehr nah. Und gleichzeitig fremd. Und wild war sie. Ja. Sehr wild. Er fürchtete sich vor ihr und suchte dennoch ihre Nähe. Aber sie stieß ihn von sich, drückte ihn in den Sand und setzte sich auf ihn. Er bekam keine Luft, wälzte sich, riss die Augen auf und schlug die Decke zur Seite. Klatschnass. Er schwitzte wie ein Ackergaul im Hochsommer. Fieber. Endlich brach es aus. Fast war er froh darüber. Vielleicht würde das Fieber alles in ihm verbrennen, was ihn schmerzte. Er müsste nur durchhalten. Wie ein Fegefeuer. Danach wäre er klar und rein. Katholischer Blödsinn. Man kam nicht davon los. Es war Fieber. Nicht mehr, aber auch nicht weniger. Er versuchte sich aufzusetzen. Schläfenschmerz und Schwindel. Er legte sich hin und sank in tiefen Schlaf.

***

Killian wartete unter einer Kastanie und beobachtete die Villa. Kein Licht. Das Polizeiauto hatte also nichts mit Marta zu tun. Killian stieß sich von der Kastanie ab und überquerte die Straße. Er kletterte über den Zaun und pirschte sich von hinten an das Haus. Er wusste, dass die Terrassentür leicht zu öffnen war. Ein einfaches Schnappschloss, bei dem eine Kreditkarte reichte, um es zu knacken. Er schob die Tür zur Seite und trat in den Salon. Er lauschte. Alles ruhig. Er nahm sich die Kaschmirdecke, die über dem Ledersessel hing, und legte sich damit auf das Sofa. Seine Gedanken waren bei Swintha. Ging es ihr wirklich gut? Er hatte noch keine Bestätigung von Sarkovs Information erhalten. Wie auch. Sein Nokia, die Verbindung zu Moshe, lag in Sarkovs Garage. Und sein anderes Handy wollte er im Moment nicht benutzen. Zu heikel. Er hätte dorthin zurücksollen und es holen. Es war eine Spur, die zu ihm führte. Killian versuchte sich zu erinnern, ob es in dem Haus einen Festnetzanschluss gab. Er glaubte, in der Küche ein Telefon gesehen zu haben. Er stand auf und ging in die Küche. Hier war es zu dunkel. Er musste Licht machen, wollte er etwas sehen. Er knipste den Schalter, Neonröhren flackerten und erhellten den Profiherd. Killian sah das Telefon. Es hing an der Wand, direkt neben dem kleinen Esstisch, an dem er mit Marta gesessen hatte. Er ging darauf zu, nahm den Hörer ab und wählte die Nummer, die er vorwärts und rückwärts kannte. Am anderen Ende meldete sich ein verschlafener Moshe.

»Killian hier … Stimmt es, dass Swintha in Sicherheit ist? … Gut. Aber warum rufst du mich nicht an? … Von Sarkov. Er ist mit Oxana unterwegs nach Frankfurt. Sie will nach Tel Aviv … Ich bin in einer leeren Villa in Freiburg, sie gehört Oxanas Tochter … Tut mir leid. Seif war nicht anders zu lösen … Ich weiß, dass es blöd ist und uns zurückwirft. Aber ich konnte nicht ahnen, dass Seif auch etwas mit Oxana am Laufen hatte. Wusstest du davon? Und warum sagst du es mir nicht? … Hör auf mit dem Scheiß, das kannst du dir sparen. Wie soll ich operieren, wenn ich nur die Hälfte weiß? … Belledin? Was ist mit ihm? … Warum ist er gefährlich? … Er hat keine Ahnung. Er hat mit zwei Morden zu schaffen, die im Milieu passiert sind. Dass Oxana darin verwickelt ist, ist nicht meine Schuld … Ja, Moshe, heute hängt alles mit allem und allen zusammen. Ist es dadurch komplizierter oder einfacher? Keine Ahnung. Wichtig ist mir nur, dass Swintha in Sicherheit ist. Den Rest kann ich hier lösen … Lass Belledin in Ruhe, er ist keine Gefahr … Moshe, hallo. Moshe …«

Moshe hatte aufgelegt. Das gefiel Killian nicht. Plötzlich hatte jemand Belledin im Visier. Killian und Belledin waren nicht die besten Freunde, eher wie Hund und Katze. Trotzdem. Belledin gehörte zu den Guten. Sie kannten sich ein Leben lang und waren sich in den letzten Jahren immer wieder über den Weg gelaufen. Nicht harmonisch, am Ende aber doch erfolgreich in der Sache. Dass Belledin jetzt aus dem Verkehr gezogen werden sollte, wollte Killian nicht zulassen. In welches Hornissennest auch immer Belledin gestochen hatte, Killian musste den tapsigen Bären vor den Schrotflinten schießwütiger Geheimdienstler schützen.

Killian ging in den Salon und legte sich auf das große Sofa und deckte sich mit der Kaschmirdecke zu. Er gelang ihm zu schlafen.

***

Belledin schreckte hoch. Nass geschwitzt saß er im Bett und versuchte sich zu orientieren. Hatte er geträumt? Oder tatsächlich was gehört? Er bemerkte, dass ihm weniger schwindlig war. Er hatte das Fieber ins Laken geschwitzt. Auch sein Unterhemd konnte er auswringen. Belledin stand auf und zog es aus. Er legte es über die Heizung vor dem Fenster und sah hinaus auf die Straße. Ein Taxi hielt vor dem Haus. Marta stieg aus. Er taumelte, fiel gegen den Vorhang. Hatte Marta nach oben gesehen? Belledin trat einen Schritt zurück. Es stieg noch jemand aus dem Wagen. Ein Mann. Belledin kannte ihn nicht. Er tastete nach seinen Kleidern und fand die Walther PP. Er fand keine Zeit, sich anzuziehen. In Unterhose schlich er zur Zimmertür. Er überlegte und entschied sich dann, passiv zu bleiben. Falls der Kerl bei Marta einer von Oxanas Killern war, hatte Belledin in seinem Zustand schlechte Karten. Er raffte seine Klamotten zusammen und kroch damit unters Bett. Es war eng. Er passte knapp darunter. Staub kitzelte in der Nase. Er hörte Schritte, die sich der Zimmertür näherten. Belledins Herz pochte. Er hatte es nie so deutlich gespürt. Vielleicht weil er auf dem Bauch lag und sein Körpergewicht drückte? Jetzt stieg es ihm auch in die Schläfen und hämmerte. Adrenalin besiegte das Fieber.

Die Tür öffnete sich einen Spalt. Belledin richtete den Lauf seiner Pistole auf die Füße der Eindringlinge. Ein hellblaues Paar Lederboots mit Stilettoabsatz. Marta. Und schwarze Pilotenstiefel, wie man sie im Winter beim Militär trug. Wer war der Kerl? Und was hatte er hier mit Marta zu schaffen? Marta setzte sich aufs Bett. Die Matratze drückte sich leicht durch und berührte Belledins Rücken. Sie zog die Stiefel aus und legte sich aufs Bett.

Ein Handy brummte. Belledin hoffte, dass es nicht seins war. Er hatte Glück. Nach dem Brummen ertönte ein Klingelton. Ein bekanntes Lied. Belledin kam nicht auf den Namen. Er summte es in Gedanken zu Ende, als es verstummte, weil Marta den Anruf entgegennahm.

»Hier Marta«, sagte sie. »Lilith darf wieder rächen.«

Sie sprach es sehr langsam und sehr deutlich. Als würde am anderen Ende der Leitung jemand sitzen, der schwer von Begriff war oder nur mäßig Deutsch sprach. »Komm einfach zu mir … Ja, sofort.« Sie legte auf.

»Sie kommt. In zehn Minuten ist sie hier. Muss es wirklich sein?«

»Er hat gesagt, dass er Cosmin in die Mangel nehmen will. Das Risiko ist zu hoch, dass Cosmin einknickt.«

Belledin erkannte die Stimme. Es war Jäger. Der Beamte aus Baden-Baden. Er stand auf Oxanas Gehaltsliste.

»Und warum erledigen wir dann nicht Cosmin?«

»Weil wir ihn noch brauchen. Er soll Petkovic ersetzen. Wir dürfen uns jetzt keine Lücke erlauben. Cosmin ist einfach zu kontrollieren. Ruf Belledin an.«

Belledin erschrak. Wenn jetzt sein Handy klingelte, war er erledigt. Er tastete nach seinen Klamotten, fand die Jacke und griff in die falschen Taschen. Schon brummte es. Er fand das Handy, aber nicht den Knopf, an dem er es abdrehen konnte. Es brummte weiter. Er hatte verloren.

»Geh vom Bett«, befahl Jäger. Belledin wusste, was jetzt kommen würde. Er musste schneller sein. Er schoss Jäger in die Füße. Gleichzeitig schlug neben Belledins Kopf eine Kugel ins Parkett. Jäger schrie auf und fiel zu Boden. Die Waffe auf Belledin gerichtet. Belledin war schneller. Er feuerte und traf Jäger ins Gesicht. Jäger blieb reglos liegen.

Belledin sah Marta in Strümpfen aus dem Zimmer fliehen. Er wollte hinterher, aber er war zu langsam. Zudem stach ihn etwas in der Schulter. Jäger hatte ihn getroffen. Glatter Durchschuss. Knapp unter dem Schlüsselbein. Er verlor Blut. Langsam robbte er sich unter dem Bett hervor. Er tastete nach dem Handy und wollte die Kollegen rufen, erinnerte sich aber daran, dass Marta jemand hierherbestellt hatte: Lilith. Schlüge Belledin Alarm, würde er sie vertreiben. Er ging ans Fenster und bewachte den Vorderausgang. Wenn Marta hier flüchtete, konnte er sie abknallen. Und das würde er. Aber Marta kam nicht. Sie war wohl durch den Garten verduftet. Dafür kam jemand anders. Sie trug eine dicke Daunenjacke. Ihren Kopf hatte sie tief unter der Kapuze versteckt, zudem das Gesicht mit einem Schal vermummt. Sie hatte einen Schlüssel. Sie kam durchs Tor und ging aufs Haus zu. Jetzt war sie nicht mehr zu sehen. Sie musste bereits drin sein.

Belledin verließ das Zimmer und ging zur Treppe. Von hier oben bekäme er sie gleich ins Visier.

»Marta?«, rief sie. Und sie hatte Schwierigkeiten mit dem »R«. Belledin erkannte die Stimme. Und jetzt sah er auch ihr Gesicht, weil sie sich Schal und Kapuze vom Kopf genommen hatte.

»Lilith?«, sagte er. Sie sah zu ihm herauf. »Schön, Sie kennenzulernen. Habe schon viel von Ihnen gehört.«

Sie erschrak und wollte fliehen. Belledin schoss eine Vase vom Bord neben ihr. Sie erstarrte.

»Bleiben Sie, oder ich mache Sie kalt.« Belledin kannte kein Pardon. Er wusste, dass er überreagierte. Aber es war ihm jetzt alles scheißegal. Langsam ging er die Treppe runter, den Lauf seiner Walther auf Lilith gerichtet. »Gehen Sie dort rein.« Er zeigte mit der Pistole in den Salon. Sie gehorchte. Belledin sah in den Salon, ob sonst noch jemand drin war. Er wollte keine Überraschungen mehr. Niemand dort. »Setzen Sie sich.« Sie setzte sich auf das Sofa mit Blick auf Todtnauberg.

Er pfiff die Melodie von »Lili Marleen«. »Ich Idiot. Warum bin ich nicht gleich darauf gekommen. Marta hat Sie abgerichtet, ihren Rachefeldzug für Sie zu übernehmen.«

Jana senkte den Kopf. »Marta war gut zu mir. Sie hat gesagt, Rache ist wichtig. Lilith muss Rache üben.«

»Und jetzt sollten Sie mich töten, habe ich recht?«

Sie sah nicht nach oben, nickte heftig mit dem Kopf und begann zu schluchzen. Erst nachdem er es gesagt hatte, fiel ihm ein, dass sie zum Töten eine Waffe brauchte. Er hatte vergessen, sie zu durchsuchen. Es war zu spät. Sie richtete sich auf und zog die Pistole aus ihrem Mantel. Belledin war schneller. Er schoss zweimal. Sie fiel nach hinten aufs Sofa. Belledin wurde schwindlig. Er taumelte, sackte neben sie und schnappte nach Luft. Das Ölbild verschwamm vor seinen Augen. Es wurde dunkel um ihn.

***

Damit hatte Marta nicht gerechnet. Sie war durch die Garage geflohen und mit dem Porsche ihres Verblichenen abgehauen.

Dass ihr auf dem Rücksitz plötzlich jemand ein Messer gegen die Kehle drückte, verblüffte sie. Gerne hätte er sie länger raten lassen, wer er war. Aber es war keine Zeit für Spielchen. Belledin war in Gefahr. Und Killian sah einen Handel mit Oxana als einzige längerfristige Garantie für Belledins Leben.

»Fahr noch ein Stück raus und dann rechts ran«, sagte er.

Marta schien erleichtert, dass es Killian war, der sie bedrohte.

»Zu Befehl, Schatz.« Sie trat aufs Pedal und jagte den Porsche auf hundert Stundenkilometer in der Tempo-Dreißig-Zone. »Soll ich die Kiste gegen eine Laterne oder in einen Vorgarten jagen?« Sie kicherte. »Ich bin angeschnallt. Jede Wette: du nicht.«

Er ritzte sie leicht. Blut floss. Sie nahm den Fuß vom Gas. »Verstehst du keinen Spaß mehr?«

»Dort vorne. Die Parkbucht. Die nehmen wir.«

Marta fuhr den Wagen hinter einen Hänger mit großen Baumstämmen.

»Stell den Motor ab.«

Sie tat es. Killian stieg hinten aus und vorne wieder ein.

»Ruf Oxana an. Ich habe mit ihr zu reden.«

Genervt zog sie ihr Handy aus dem Mantel und wählte eine Nummer. Ehe sie mit ihrer Mutter sprechen konnte, hatte ihr Killian das Telefon weggenommen. »Ich bin's, Killian. Ich habe einen Handel vorzuschlagen.«

***

Belledin öffnete die Augen. Noch immer Winter in Todtnauberg. Ein Schnee, der nie schmolz. In fettem Öl gehalten. Er sah die Waffe in seiner Hand und neben sich die tote Jana. Er erinnerte sich. Jana war Lilith. Abgerichtet von Marta. Marta war weg. Und Jäger hatte ihm in den Arm geschossen. Jäger war auch tot. Belledin hatte zwei Menschen getötet. Einer davon ein Polizist. Das konnte heiter werden. Da würde er demnächst viel Freizeit haben. Und Belledin hatte keinen einzigen Beweis. Nur seine Aussage. Die Leute, für die Jäger gearbeitet hatte, würden ihn decken. Belledin würden sie abschießen. Es sei denn, er fand Marta und würde sie zum Geständnis zwingen. Er raffte sich auf und stieg langsam die Treppen zu Martas Schlafzimmer nach oben. Dort zog er sich an und kramte sein Handy aus dem Mantel. Er wählte Wagner an.

»Hier Belledin. Ich bin in der Villa Kerner. Es gibt zwei Leichen. Einen Polizisten und Lilith … bring das ganze Aufgebot. Und schick eine Fahndung nach Marta Kerner raus.« Er legte auf, zog sich an und verließ die Villa. Er stieg in den Polizeiwagen, den ihm Jäger geliehen hatte, und fuhr davon. Erst einmal nach Todtnauberg. Luft gewinnen. Nachdenken. Die nächsten Schritte planen. Und sich verarzten. Es war ein Durchschuss. Da brauchte es nur Desinfektion und einen Verband. Er stellte den Polizeifunk ein und hörte, wie sie sich koordinierten. Niemand vermisste ihn. Sie waren noch unterwegs.

***

»Und du willst wirklich nicht mit?« Marta sah ihn flehend an. »Wir gehören doch zusammen.«

»Steig aus. Ich brauch den Wagen.«

»Du wirfst mich hier raus? Ich habe noch nicht einmal Schuhe an.«

»Dafür lass ich dir dein Leben.«

»Du Dreckschwein. Du mieses verficktes Dreckschwein! Du bist genau wie alle anderen. Dir sollte man genauso in die Eier schießen wie Kerner und Petkovic.«

Er öffnete die Tür und stieß sie aus dem Wagen. Sie fiel in den Schnee. Er rutschte hinters Steuer.

»Und das schwöre ich dir. Lilith wird kommen und dich finden.« Sie rappelte sich auf. Killian schloss die Tür, startete den Porsche und fuhr davon. Im Rückspiegel sah er Marta stehen, wie sie ihre Fäuste schwang und keifte.

***

Belledin nervte der Porsche, der hinter ihm drängelte. Er hätte längst überholen können. Warum hing er ihm so an der Stoßstange?

Durch die getönten Scheiben konnte er nicht erkennen, wer der Idiot war, der ihm so dicht am Arsch drückte. Hatte der keinen Respekt? Immerhin provozierte er einen Polizeiwagen. Belledin hatte große Lust, dem Rowdy die Leviten zu lesen. Aber er hatte größere Probleme. Er hoffte, dass der Rennfahrer gleich überholte, und fuhr extra noch langsamer, um es dem Porsche leicht zu machen. Aber der dachte gar nicht daran, an Belledin vorbeizuziehen. Jetzt wurde Belledin mulmig. War das einer von Oxanas Leuten? Wollte man ihm an den Kragen, weil er Lilith gestellt hatte? Weil er Cosmin in die Mangel nehmen könnte? Cosmin. Ja. Wenn Cosmin sang, würde er eine Chance haben. Er musste umkehren. Ins Revier und sich den Rumänen zur Brust nehmen.

»Hat jemand Belledin gesehen?«, knarzte es durch den Polizeifunk. Es war Wagners Stimme. Gleich würde Belledins Handy brummen. Bingo.

Belledin wollte den Anruf entgegennehmen, da wurde er von hinten gerammt. Er kam von der Fahrbahn ab und schlitterte in eine Parkbucht gegen einen Felsen. Es war nicht wuchtig. Ihm war nichts geschehen. Nur Blechschaden. Aber er wusste, was jetzt kommen würde. Und er war zu schwach, um sich zu wehren. Die Pistole war durch den Aufprall vom Beifahrersitz gerutscht. Belledin versuchte sie zu erreichen. Er schaffte es und ließ sie in den Ärmel gleiten. Schon wurde die Fahrertür aufgerissen und Belledin unsanft an der verletzten Schulter gepackt. Er stöhnte auf und sah in das Gesicht seines Killers. »Killian.«

»Steig aus. Wir fahren ein Stück zusammen.«

Belledin schüttelte ungläubig den Kopf. »Gott, wie naiv bin ich. Es geht nur ums Geld, hab ich recht?«

»Nein. Um Macht und Ressourcen. Geld ist nur das Schmiermittel.«

»Und was ist dein Auftrag jetzt? Willst du mich davon überzeugen, dass es besser ist, den Mund zu halten, bei allem mitzuspielen und die Version von der rächenden Lilith zu verkaufen?«

»Warum nicht? Wen interessiert schon die Wahrheit?«

Er bog von der Landstraße ab auf einen Feldweg. »Wohin fahren wir?«, fragte Belledin.

»Dorthin, wo es sich klarer denken lässt.«
»Oder stiller töten?«
Killian fuhr den Berg hoch. Die Winterreifen des Porsches krallten sich in den Schnee. Killian parkte den Wagen. »Den Rest müssen wir zu Fuß gehen.«
Belledin hatte seine Walther aus dem Ärmel rutschen lassen. Killian sah sie. »Steck deine Waffe weg. Ich will dir nichts Böses.«
Belledin sicherte die Walther und schob sie in den Mantel. Sie stiegen aus dem Wagen und gingen auf einen schmalen Weg, über dem die verschneiten Fichtenzweige einen Bogen bildeten. Keiner sagte etwas. Nur das Knirschen der Stiefel und ein zartes Pfeifen des Windes, der sich in den Wipfeln verfing. Eine Waldkapelle tauchte auf. Mit Blick ins Tal. Davor eine Holzbank. Heideggers Bank.
Killian fegte den Schnee vom Holz und legte eine Plastiktüte drauf.
»Wenn wir zusammenrücken, reicht es für beide«, sagte er und setzte sich. Belledin drückte sich neben ihn. Sie sahen schweigend ins Tal hinab.
»Zigarette?«, fragte Killian und kramte in seiner Jacke nach Tabak und Blättchen. Belledin nickte.
»Hast du Heidegger verstanden?« Belledin nahm eine Gedrehte und zupfte Tabak ab.
»Ob er Nazi war oder nicht?«
»Ja.«
»Keine Ahnung.«
»Weißt du, ob du zu den Guten gehörst?«
»Schon lange nicht mehr.« Killian gab Belledin Feuer und steckte sich ebenfalls eine an. Sie rauchten.
»Würdest du mich kaltmachen, wenn es die Sache will?«
Killian antwortete nicht.
»Sind wir doch deswegen hier?«
Killian sah zu Belledin. »Ja. Vermutlich würde ich dich kaltmachen, wenn es sein müsste.«
»Muss es sein?«
»Kommt darauf an.«

»Ob ich stillhalte?«

»Das ist zu wenig. Du musst mitspielen.«

Belledin warf die Zigarette in den Schnee. »Was muss ich tun?«

»Cosmin freilassen und die Rache Liliths verkaufen.«

»Und wie lautet das genaue Script?«

»Jana Chuan hat Kerner und Petkovic hingerichtet, weil sie von Männern misshandelt und unterdrückt worden war. Der Mythos von Lilith hatte ihr die Rechtfertigung gegeben, sich als Rächerin aufzuschwingen. Als die Polizei ihr auf die Spur kam, hat sie mit der Waffe des Kommissars einen Polizisten und sich selbst erschossen.«

»Da fehlen aber ihre Fingerabdrücke auf der Waffe.«

»Das wurde schon erledigt.«

»Von wem? Berger?«

»Willst du wirklich eine Antwort?«

»Und was ist mit Marta und Oxana? Nichts davon, dass sie die verstörte Jana für ihre Zwecke abgerichtet haben? Nichts davon, dass sie die Drahtzieherinnen waren, weil es um reine Geschäftsinteressen ging?«

»Es war umgekehrt. Jana hat Marta benutzt, ihr Haare gestohlen, um mit falscher DNA die Polizei in die Irre zu führen.«

»Scheiße. Machst du es dir so einfach?«

»Klingt plausibel, und die Bewegung gegen die Unterdrückung der Frau hat wieder Futter. Das lenkt ab von eigentlichen Themen.«

»Warum bist du so zynisch geworden?«

»Weil es die Welt ist. Außerdem schützt es.« Er drückte seine Zigarette auf dem nassen Holz aus.

»Was kriegst du dafür?«

»Sicherheit für meine Tochter. Und ich rette einem alten Freund das Leben.«

»Wem?«

Killian sah ihn an. Belledin begriff.

»Zum Kotzen.«

Killian griff in den Tabakbeutel. »Rauchen wir noch eine? Oder bringen wir uns gegenseitig um?«

»Ich bin schon tot«, sagte Belledin.

»Und ich kann nicht sterben.« Killian begann zu drehen.

Sie schwiegen und sahen ins Tal hinab. Belledin stiegen die Tränen in die Augen. Er wusste nicht, ob vor Wut oder emotionaler Überforderung. Als Killian ihm die Zigarette gab, brach es aus ihm heraus, und er begann zu schluchzen. Sein massiger Körper bebte. Killian nahm ihn in den Arm. Belledin weinte noch mehr. Die Wärme vom Feind ließ ihn schmelzen. Er löste sich aus Killians Armen, zog den Rotz hoch und wischte sich mit dem Ärmel die Tränen aus dem Gesicht. »Warum ist alles so kompliziert geworden?«, fragte er.

»Es war immer so. Nur spielen jetzt mehr mit.«

»Denkst du nie ans Aufhören?«

»Ich hab's versucht.« Killian reichte ihm die Zigarette.

»Und? Was hat dich daran gehindert?«

»Ich habe eine Tochter. Ich bin erpressbar.« Er steckte beide Zigaretten an.

»Ich habe auch eine Tochter. Aber nur an Weihnachten und Geburtstagen.«

»Was ist mit Biggi?«

Belledin sagte nichts. Sie rauchten die Zigaretten zu Ende und entsorgten sie im Schnee. Killian steckte den Tabakbeutel und die Blättchen in die Jackentasche. Er stand auf und zog Belledin die Plastiktüte unterm Hintern weg. Belledin sprang auf, damit er nicht nass wurde.

»Ich fahr dich zurück. Deine Chefs und die Öffentlichkeit warten bestimmt schon gespannt darauf, wie du den Fall gelöst hast. Außerdem solltest du dich verarzten lassen. So ein Verband macht dich zum Helden.« Er grinste kalt und ging vor. Belledin trottete hinterher.

ZWÖLF

Belledin brauchte dringend eine Dusche. Eine Stunde würde er unter heißem Wasser stehen, um sich das Schulterklopfen und die Verlogenheit abzuspülen, die ihm von den Chefs und den Journalisten anhafteten. Er war nicht mehr der, der er einmal gewesen war. Dieser Fall hatte ihn verändert. Man hatte ihn gekauft. Er hatte gelogen, um sein eigenes Fell zu retten.

Morgen würde man ihn in der Badischen Zeitung ablichten. Mit der Schussverletzung. Und man würde von dem Kultkommissar Belledin sprechen. Von dem, der sein Revier sauber hielt und den niemand hinters Licht führen konnte. Wie Wagner ihn angeschaut hatte. Als wäre Belledin von einem anderen Stern. Auch Aschenbrenner und Selinger hatten ihm gratuliert. Nur Berger hatte wissend gelächelt. Und als ob das nicht schon gereicht hätte, war sogar Bärbel Engler vorbeigekommen und hatte ihm im Namen aller Frauen gedankt. Schuld daran war, dass Belledin nicht Jana Chuan für ihr Vergehen verantwortlich gemacht hatte, sondern eine Gesellschaft, in der die Unterdrückung der Frau so weit ging, dass die Frauen sich nicht mehr anders zu helfen wussten. Er hatte Ressourcen gefordert, um dem Einhalt zu gebieten. Und wie es aussah, würden sogar künftig Mittel freigesetzt werden, um dem organisierten Frauenhandel in der Region Paroli zu bieten. Dass diese Mittel über Waffen- und Drogendeals mit einer Person namens Oxana Litschko im Nahen Osten beschafft wurden, brauchte niemand zu ahnen.

Belledin fuhr in Merdingen ein. Je näher sein Eigenheim rückte, umso enger wurde es ihm um den Brustkorb. Er wollte vorbeifahren, riss sich zusammen und parkte den Wagen vor der Garage. Er stieg aus und sah sich um. Nur jetzt kein Nachbar, der ihn nach Biggi fragte. Die Luft war rein. Er rannte über den Waschbeton, darauf bedacht, nicht im Schneematsch auszurutschen, und verschwand im Haus. Er schlug die Tür zu, lehnte sich mit dem Rücken gegen sie und schnaufte durch. Sein Herz schlug hoch. Gott, war er überfordert und fertig. Duschen. Einfach nur heiß duschen und den Verband wechseln. Er zog sich im Flur aus und ging nackt durch die Wohnung. Ein Geräusch, das aus dem Wohnzimmer drang, ließ ihn aufhorchen. Er kannte diesen Sound. Er hatte ihn fünfundzwanzig Jahre täglich gehört. Der Klang eines Staubsaugers. Vorsichtig schlich er zum Wohnzimmer und sah hinein. Biggi. Sie saugte die Scherben der Hochzeitsvase vom Teppich. Sie stand mit dem Rücken zu ihm. Sollte er sich von hinten an sie schleichen und sie in den Arm nehmen? Ihr verzeihen? War sein Verschleiern von Tatsachen nicht schlimmer als ihr Wunsch nach Abenteuer und Untreue? Er ging zwei Schritte auf sie zu, zögerte und drehte sich weg. So stand er und zählte auf zehn. Er drehte sich wieder um. Der Klang des Staubsaugers war verstummt. Biggi war fort. Er hatte sich alles nur eingebildet. Auf dem Teppich lagen noch immer die zertretenen Rosen und die blauen Scherben der Hochzeitsvase. »So blau, blau, blau blüht der Enzian«, sang er leise und ging aus dem Zimmer.

***

Seline, Ilona, Nadja und Bärbel standen mit Sektgläsern um eine angeschnittene Torte und nippten an dem Schampus, den Killian hatte springen lassen.

»Auf Liliths Rache«, sagte Bärbel. »So traurig es auch ist, dass es so weit kommen musste. Aber es hat was bewegt.«

Sie stießen an und tranken. Killian sah auf seine Armbanduhr und spielte den Erschrockenen. »Ich muss los. Mein Zug geht gleich.«

»Soll ich dich fahren?«

»Wenn du magst. Gerne.«

»Meine Damen. Ich bin gleich wieder zurück«, sagte Bärbel und verließ mit Killian die kleine Runde.

Sie setzten sich in Bärbels Beetle und fuhren durch die Stadt.

»Paris. Du hast es gut. Da wäre ich auch gerne mal wieder«, sagte sie. »Wie wäre es, wenn ich mitkomme? Wir machen einen kleinen Familienausflug in Paris? Swintha, du und ich.« Sie sah ihn an, merkte, wie sie Killian mit dem Gedanken peinigte, und lachte. »Nein. Nein. Keine Sorge. Genieß du nur mal ein paar Tage allein mit deiner Tochter.« Sie hielt vor dem Bahnhof. »Was machen wir mit deinen Sachen? Willst du bei mir einziehen?«

»Wir reden über alles in Ruhe, wenn ich wieder zurück bin«, sagte Killian und drückte Bärbel einen Kuss auf die Wange.

Sie sah ihn misstrauisch an. »Wirst du zurückkommen?«

Er hievte seinen Seesack vom Rücksitz und zwinkerte. »A bientôt.« Gerne wäre er jetzt langsam in den Bahnhof gegangen. Wie ein Cowboy in den Sonnenuntergang. Aber er war spät dran. Wollte er den Zug kriegen, musste er rennen. Und er rannte. Er wusste, dass er immer weiter rennen würde. Solange ihn die Füße trugen, durfte er hoffen, dass er schneller war als die Schatten, die ihn einzuholen versuchten.

Michael Moritz
WEINSELIG
Broschur, 256 Seiten
ISBN 978-3-89705-817-0

»Wieder ermitteln Belledin und Killian gemeinsam. Und sie bewegen sich an vielen vertrauten Orten so sympathisch menschlich – besser gesagt badisch-typisch, dass es dem Leser unweigerlich warm werden muss ums Herz. Trotz Mord und Totschlag!« Badische Zeitung

»Atmosphärisch dicht, ungemein bildhaft und von badischem Humor durchdrungen.« REGIO Magazin

www.emons-verlag.de

Michael Moritz
TOD IM THEATERHAUS
Broschur, 304 Seiten
ISBN 978-3-95451-016-0

Der Kommunikationstrainer Hans Bluhm wird in der Sporthalle des Stuttgarter Theaterhauses von einem Degen durchbohrt. Das bringt Polizeichef Böhnisch in Not: Schirmer, sein fähigster Hauptkommissar, ist ausgebrannt, die junge Kollegin Kälble überfordert. Er holt Hilfe aus Baden – ausgerechnet Kommissar Belledin. Widerwillig gehorcht der badische Brummbär und rauft sich mit der schwäbischen Beißzange Kälble zusammen, um den Fall zu lösen.

Michael Moritz
UM DIE WURST
Broschur, 272 Seiten
ISBN 978-3-95451-092-4

»Die Ermittlungen nehmen gegen Ende eine Wendung, die nicht nur den kleinen Kriminalfall, sondern auch den Roman aus der Menge herausstechen lassen.« Chilli Freiburg

Michael Moritz
LOST PLACE VIENNA
Broschur, 320 Seiten
ISBN 978-3-89705-902-3

Drei abgesägte Köpfe schöner Frauen bringen die Wiener Kriminalkommissarin Valentina Fleischhacker in Bedrängnis. Als sie auch noch unter Verdacht gerät, ihren Kollegen Zirner getötet zu haben, ist sie gezwungen, abzutauchen. In Zirners Wohnung findet sie einen gepackten Rucksack samt GPS – und eine außergewöhnliche Schnitzeljagd beginnt. Am Fundort des letzten Frauenschädels stößt sie auf die Koordinaten, die sie zum nächsten Cache führen sollen. Doch je näher sie dem Mörder kommt, umso mehr begreift sie, dass er sie kennen muss. Denn er legt ihr Rätsel aus, die nur sie lösen kann …

www.emons-verlag.de

Michael Moritz
ZÜRCHER VERSCHWÖRUNG
Broschur, 272 Seiten
ISBN 978-3-89705-972-6

»Ein temporeiches Buch mit packenden Thrillerelementen um einen zunächst sehr undurchsichtigen Fall, in den unzählige verdächtige Personen verwickelt sind, es Leichen zuhauf gibt und Stahl niemandem trauen kann. Das sich dramatisch zuspitzende Finale führt schließlich die losen Fäden gekonnt zusammen.« Ekz

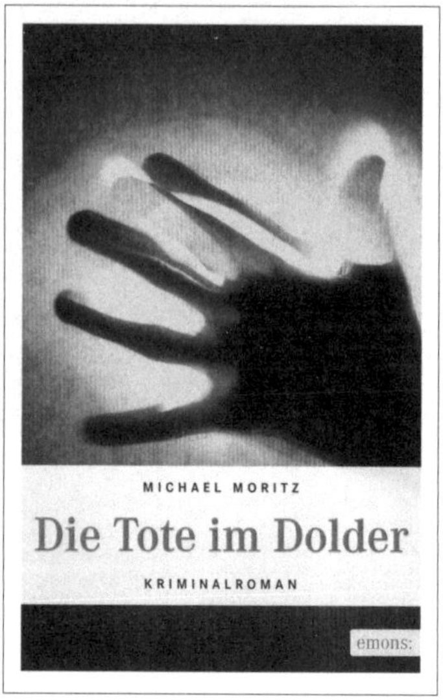
MICHAEL MORITZ
Die Tote im Dolder
KRIMINALROMAN
emons: